NARRATORI ITALIANI

Della stessa autrice presso Bompiani

Ho 12 anni, faccio la cubista, mi chiamano principessa

MARIDA LOMBARDO PIJOLA
L'ETÀ INDECENTE

BOMPIANI

ISBN 978-88-452-6316-3

Via Mecenate 91 - 20138 Milano

Prima edizione Bompiani settembre 2009

Questo romanzo s'ispira a una storia vera.
E a tante.

Nota dell'autore

La narrazione degli episodi che riguardano la vita di Niccolò, dei suoi coetanei e delle sue coetanee, s'ispira in parte a episodi realmente accaduti.

I monologhi di Niccolò si avvalgono, tra l'altro, dello studio di centinaia di blog di ragazzi e ragazze tra i dieci e i quattordici anni.

I nomi e le caratteristiche di siti, portali, social network, videogiochi che incrocerete nel racconto sono autentici.

Tutti i nickname citati nella narrazione sono intercettati dal web.

Ogni ulteriore riferimento a fatti successi o persone esistenti è immaginario.

"L'amore è un castigo. Veniamo puniti per non essere riusciti a rimanere soli."
Marguerite Yourcenar, *Fuochi*

"Solo i bambini sanno quello che cercano."
Antoine de Saint-Exupéry,
Il Piccolo Principe

"Che cosa sono al mondo, si domandava angosciata, se non sono più sua madre?"
Arthur Schnitzler, *Beate e suo figlio*

A mia madre e alle altre madri
ai miei figli e agli altri figli
a Carlo e solo a lui

PROLOGO

La storia di noi due

Vorrei raccontare di noi due, così lui mi legge e dice "fico", o forse mi dice "che stronzate", mi dice qualcosa, mi parla, un fiato basta, e non mi sento più disabitata.

Vorrei farlo, ma piove.

La pioggia mi disordina i pensieri.

La pioggia è un'acqua inutile che geme a vuoto.

Lei che ne sa degli amori taroccati?

Eppure ha l'impudenza di importunarmi coi suoi piagnistei nel punto più dolente sulla curva del cordoglio, mentre sto constatando un mio fallout.

Io piango, e lei beccheggia sui vetri fatua, petulante, lagnosa come una prefica, sottile come una speranza d'amore, aguzza come una disillusione, obliqua come i miei umori, per via del vento teso.

Conosco qualcuno che direbbe "ti assomiglia", ma è un bugiardo.

Quella lamenta complicazioni celesti, perturbazioni autoreferenziali, problemi liquidi.

Le mie perturbazioni riguardano problemi solidi.

Il caro bugiardo lo sa bene.

Il cuore indolenzito

Dai, smetti di piovere, che devo pensare ai fatti miei, badare alle complicazioni che mi flagellano questo perimetro di terra, tempeste ormonali, tempeste emotive, e tutte le intemperie che mi infligge assieme allo scacco del silenzio, e ai battibecchi senza grandezza che mi sviliscono le ore i giorni la vita le funzioni.

E sono estromessa dal suo sguardo dalle sue parole dal suo ascolto, da tutti i privilegi, comprese le chiamate a costo zero dal suo cellulare.

E ho i sentimenti tarati fuori misura e fuori peso, e dormo male, con la fame addosso, col cuore indolenzito, e sono stanca, e ho mal di testa, e devo raccontare di noi due.

Ora ci provo.

Magari, se mi legge, mi rilascia la grazia di un sorriso, o perlomeno un obolo, uno sguardo anche svagato, storto, non fa niente: lo sguardo è un calore, soccorre, ti può riabilitare dal tuo nulla. Se sei un campo visivo, allora esisti.

Prima di cominciare, dovrei procurarmi un testo didascalico che illustri i comportamenti della specie, un dizionario semplificato, qualcosa per semianalfabeti, con allegato glossario per decifrare il gergo e note a margine sulla declinazione degli umori. Riguardo a questi, mi serve un focus sui meccanismi causa-effetto, che mi sono oscuri.

Mi gioverei parecchio, inoltre, di una piantina su scala orizzontale che illustri la dinamica dei suoi pensieri, che non capisco, per via dell'angolazione verticale.

Primipara attempata

Mi chiamo Caterina, ho cinquantatré anni e un figlio scompigliato dall'adolescenza, Niccolò.

Sono stata una primipara attempata, e mi ci sento ancora.

Non tanto primipara.

Attempata.

Mio marito si chiama Filippo, ha cinquantacinque anni, è stato sin dall'inizio un padre-ombra, e ci si sente ancora.

Non tanto padre.

Ombra.

Convivo con due maschi e col silenzio, e ho il cuore sabotato da taccagnerie affettive.

Subisco relazioni volatili, intonazioni richiedenti, umori selvatici, intimità indolenti. L'unità delle nostre relazioni è data da un lessico sgraziato. Lo sfregiano frequenti citazioni genitali, del genere "non scassare il cazzo" e/o "che cazzo vuoi".

Mio figlio, nel ramo sentimenti, mostra una predisposizione equivalente a quella che ho io per le arti marziali o la lap dance: nessuna.

Mio marito mi riserva attenzioni equivalenti a quelle che potrei ricevere dalla reincarnazione di un primate o di uno yeti, in forma leggermente più evoluta ma non troppo.

Talvolta, a scadenze abbastanza regolari, piango un po'.

Poi smetto.

*Da molto tempo, subisco una proterva dittatura di tecnologie, che mi ha spiazzata. Godo di una visibilità molto inferiore a quella dei numerosi schermi installati a casa mia. Di conseguenza, ho riposto ogni residua speranza d'amore in un blackout, in una sconnessione dell'*ADSL*, in un danneggiamento della Play, in un guasto improvviso del satellitare, nella conclusione di una Champions League, nell'indulgenza di un qualunque evento laterale determinato dal caso, non da me.*

L'inizio di una storia

È questo il gergo della nostra storia.

Dovrei raccontarla dall'inizio, ma non so.

Non c'è un inizio. Ce ne sono tanti, dipende da dove vuoi iniziare. Forse quando una ritorna a casa dalla clinica, o prima, o dopo. Forse mai.

Ma poi non so se conti l'inizio, in questa storia, né il finale, perché pure i finali sono tanti, dipende da dove vuoi finire.

Sinceramente, non so neppure se poi vada a finire, questa storia, piuttosto che non andare da nessuna parte, girare in tondo, a vuoto, come l'asino attorno alla ruota del mulino.

Credo, in realtà, che in certe storie più che l'inizio o la fine conti ciò che determina gli eventi, la loro successione, il loro passo.

Si tratta di un'intricata tessitura di filamenti esili, di umori subacquei, di minimi dettagli. È molto sottile, e spesso non la vedi, nemmeno usando occhiali come quelli che inforco da quando ho cinquant'anni, con lenti progressive a campo corto e un indice di presbiopia +5, il grado successivo è il cane lupo.

"Scialla"

Mi pare che tutto sia accaduto all'improvviso, almeno credo.

Bisogna andare a occhio, senza algoritmi, per misurare la distanza tra il giorno in cui facevi la madre e il giorno in cui sei stata licenziata, e niente preavviso, o buonuscita, o cassa integrazione, niente, arrivederci e grazie, anzi, soltanto arrivederci, grazie no; nessun risarcimento per ansia insonnia isteria palpitazioni e tutte le malattie professionali che hai contratto. E adesso vada, signora, con tutti i suoi attrezzi inoperosi, carezze disutili, parole inefficaci, i suoi sentimenti improduttivi, e ora anche disoccupati, a ciondolare nel vuoto, in crisi di autostima.

E non è "scialla".

"Scialla" è l'aggettivo che usa continuamente mio figlio Niccolò, così qualificando un'impresa che fluisce verso il suo sbocco senza intralci, come vorrei che fosse la nostra vita assieme, ma non è.

Quasi nessuna cosa è "scialla", quando i tuoi giorni sono scanditi dalle riproduzioni conformi di se stessi, e la tua vita è una filiera di repliche, di consistenze liquide, di giorni catatonici scomposti in frazioni di tempo senza storia, che sfibrano i pensieri. E un brutto giorno ti ritrovi coi pensieri inerti, pesi morti, neuroni in letargia, e non li riconosci nemmeno, come se fossero i pensieri di qualcun altro, e non i tuoi.

Allora scleri, direbbe Niccolò.

Se una ha i pensieri ridotti così male, e allora sclera, non è "scialla" narrare di un figlio.

E neanche avere un figlio.

La Yourcenar non ne aveva, e le giornate non le sfibravano i pensieri, e non sclerava, e i suoi pensieri restavano polposi e intatti, e raccontava "scialla", e non di figli, e le sue storie andavano a finire.

Il microclima

Capita che anche tu vorresti non aver avuto figli.

Non perché speri, con questo, di raccontare come la Yourcenar.

Figurati.

È che capita.

Non saprei dire quando e perché e come capita.

Dipende.

Dipende dal grado di accoglienza del microclima materno, che è variabile.

Il fatto è che la storia di un figlio e di una madre a volte non è neanche una storia, manca un motore narrativo, manca la risonanza che danno i sentimenti, manca tutto.

Spesso si tratta di un accavallarsi di episodi, tipo una soap coi personaggi insulsi, e i dialoghi incongrui, e la drammaturgia scadente, e avvenimenti che non avvengono davvero ma seguono un percorso circolare, senza sbocchi. E non puoi mai sapere come va a finire, perché una soap non va a finire mai.

Perciò bisognerà scrutare oltre il diaframma dei dati di fatto.

Oltre il diaframma

Oltre il diaframma, in realtà, non c'è una soluzione plastica e coerente, ci sono combinazioni asimmetriche, e nient'altro. Per decifrarle bisogna applicare la geometria degli eventi e la chimica delle emozioni, e le materie non sono compatibili, e il metodo è empirico, e i risultati sono molto incerti.

Dovrò inventariare il campionario di tutti i ricordi, quelli che abbiamo e quelli che no, li abbiamo persi, perché io li ho sottratti quando credevo di esserci e non c'ero, e percorrevo strade secondarie, itinerari obliqui, e mi perdevo, e non sapevo di essermi perduta.

Perciò dovrò investigare i retropensieri, e i retroscena, e tutti i retro che non volevo mai vedere, per non sentirmi mai una retromadre e non scoprire di avere un retrofiglio.

Dietro le quinte scopri le magagne, puoi smascherare la simulazione.

Le madri preferiscono la scena.

Le madri, alcune volte, vorrebbero il risarcimento di un applauso.

Un minimo sindacale di consenso.

Aiuterebbe.

Non dico "Sei brava", "Grazie", "Come fai?", dico soltanto una variante di "Non rompermi il cazzo che ho da fare", giusto un corpuscolo di approvazione, un grano, se capita, una o due volte al mese, anche di meno.

L'insolenza delle stelle

Molto di quel che accade dipende dalle congiunzioni astrali nella tua biosfera.

La rotazione dei corpi celesti ha, sulla Terra, ricadute imprevedibili.

Molto dipende dalle stelle.

Noi siamo figli delle stelle, cantava un tizio quando ero ragazza.

Meno male.

Sono madri simpatiche, le stelle.

Infatti sanno ridere, lo ha scritto Saint-Exupéry, che aveva i pensieri intatti e polposi pure lui, e non sclerava, e il suo Piccolo Principe scrutava oltre il diaframma dei dati di fatto come nessun altro, era praticamente un bimbo-sonda.

Perciò potete crederci, le stelle ridono, è sicuro.

Saranno felici, con tutti quei figli.

Eppure, se il cielo sparisce sotto uno strato di nuvole, e se la notte diventa piombo fuso, tu che ne sai se continuano a ridere, le stelle?

Magari, dietro le nuvole, borbottano come vecchie caffettiere.

Magari piangono.

Magari si sentono sole, tristi, stanche, si sentono nervose e insofferenti, e scattano per un nonnulla, "sbroccano a buffo", direbbe Niccolò.

Il fatto è che non sempre i figli delle stelle sono stelle.

Talvolta si presentano in forma di entità pietrose di luminescenza opaca, meteoriti, di fonte e destinazione incerte. I meteoriti sono corpi celesti cialtroni e insolenti, alcune volte celesti alcune meno, che ruotano nel cosmo un po' a casaccio, e vanno e vengono dalla tua orbita come gli pare, senza degnarti di uno sguardo. A volte, dalle loro distanze siderali, ti occhieggiano di sguincio, solo per rovesciarti addosso un loro mantra: "Non ti incrostare addosso che sei un bostik."

Poi si rimettono a ruotare.

Inoltre, non si lasciano monitorare: alla meccanica celeste ci si avvicina per tentativi, per approssimazioni, e in sovrappiù c'è una tua certa complessiva incompetenza dovuta al fatto che "tanto sei fulminata, e non capisci un cazzo".

Non sempre le stelle sanno allevare bene i propri figli.

Non sono madri perfette.

Neanche loro.

Un non-figlio

Il figlio di una madre non perfetta può essere un non-figlio.

Dipende anche questo.

Dipende dal grado di imperfezione di sua madre, su una scala che va da uno a cento, dove cento sta per Maria, la mamma di Gesù, e uno per Medea, l'infanticida.

In mezzo ci sono novantotto sfumature.

Perciò non bisogna generalizzare.

Facciamo i nomi.

Come ho già detto, il mio è Caterina, detta Cate, o Checacacazzi, oppure amà'.

Le mie migliori amiche, Richi e Gio', dicono che sono ancora bella, ma non so.

Lo dicono per via delle pupille azzurre incastonate in un taglio trasversale, secondo loro sembro un po' india e un po' normanna, con l'epidermide diafana e sottile e un manto di capelli corvini lunghi e spessi spruzzati di grigio sulle tempie, e dicono: "Sei luminosa, davvero, proprio bella", e le ringrazio, ma bella non mi sento più da tempo, e non mi serve. La mia bellezza appartiene allo sguardo degli altri, non a me.

Come madre, porto da tempo le stigmate di rompipalle stratosferica: svolgo difatti in regime di esclusiva le funzioni di educatrice formatrice ammonitrice controllora.

Sono ufficiale di collegamento tra figlio e padre, col quale tendenzialmente il primo interagisce poco, e solo a gesti. Sono perciò ministro plenipotenziario di qualsivoglia attività importuna che attenti alla qualità della sua vita, del tipo lavati riordina fai i compiti dove vai con chi ritorna presto spegni la televisione spegni la Play spegni il PC. *In genere lui non spegne niente, salvo le comunicazioni con sua madre. Le ricadute sulla mia immagine sono disastrose. La mia popolarità è in declino in modo inarrestabile, da tempo.*

Direi, perciò, che la mia posizione tra Maria e Medea è fluttuante: un moto ondulatorio, che oscilla vertiginosamente tra i due punti, e va a lambire tutte le novantotto sfumature che ci sono in mezzo, come le dita di Horowitz sulle note del Rach 3.

Tutto risente, peraltro, delle temperature dei miei umori, sui quali, per risoluzione di una divinità misogina e maligna, ancora spadroneggiano gli ormoni.

Difatti sono in perimenopausa, che non è proprio menopausa però quasi, così che mi sento quasi depressa, quasi triste, quasi nervosa, quasi ansiosa, quasi vecchia.

Mi sento quasi.
Mi sento soprattutto quasi mamma.

E poi "sbarello"

Su mio figlio, da qualche tempo, non ho informazioni precise, solo sospetti, sensazioni che talvolta s'impennano verso livelli di massima allerta e poi, circumnavigando, rifluiscono al punto di partenza.

Vivo d'indizi d'ansia d'impotenza.

Che faccio, mettiamo, quando m'imbatto in un pacchetto di cartine sepolte sotto la soletta di una scarpa, oppure in un coltellino nascosto in un cassetto, o se gli trovo tasche imbottite di sigarette, profilattici, accendini, e dentro gli occhi, invece, non gli trovo niente, solo una polvere di sguardo, pupille ostili, iridi slavate?

Che faccio, se lui schiva le mie interviste con la brutalità di un "Fatti i cazzi tuoi", oppure con la declinazione di un plurale ontologico, elusivo, del genere "Noi siamo così", "Lo fanno tutti", "È la tendenza"?

Posso dirgli solo: "Sta' attento, è pericoloso, ti fai male, mi raccomando a te." Parlargli con l'insipienza del parlare a vuoto, emettere suoni fiacchi, produrre concetti frollati nel generico, inutili come l'ansia, ininfluenti.

Questo succede più o meno tutti i giorni.

E allora i miei pensieri continuano a slittare avanti e indietro, avanti e indietro, avanti e indietro, fino al ribaltamento del centro di gravità cerebrale.

Così sbarello, direbbe Niccolò.

L'istinto mi sibila in testa malevoli sospetti che la ragione tende a respingere, per benevolenza materna oppure per legittima difesa. Pertanto mi sfinisco in un dibattito estenuante con me stessa, che mi scompagina il cervello tra la quota emotiva e quella razionale. Allora chiamo a raccolta i miei neuroni più accomodanti per un negoziato, nel solco di un'antichissima misura di sopravvivenza, molto raccomandata dall'inconscio: rimozione.

L'età indecente

Infine, in pieno accordo, malevola e benevola rimuovono, e ragionevolmente convengono sul fatto che non ci si può far niente, bisogna aspettare, guarirà, si tratta purtroppo di un'età indecente, come la menopausa, o la vecchiaia, che sono anche peggiori, perché non si guarisce più.

Invece dall'adolescenza puoi guarire, è un virus del quale son stati scoperti gli anticorpi, ne hanno sofferto tutti, alcuni ne soffrono ancora in età adulta.

Ne soffre mio marito Filippo, per esempio, sul quale un anticorpo rimbalza e torna indietro, è un anticorpo boomerang geneticamente ricorrente in fidanzati, padri, mariti, amanti. I quali, infatti, sono purtroppo inermi rispetto al contagio di un antico morbo denominato "Sindrome di Peter Pan". Crescono, sì, però pochissimo, per via di una scialba vocazione alla maturità.

Niccolò

Così attualmente, riguardo a mio figlio, mi devo accontentare di minime certezze.

L'aspetto: un metro e sessantacinque, un bel ragazzo, occhi castani con riflessi d'oro, le orecchie un po' a sventola ma non si nota, talvolta sovrappeso, per via dell'ingordigia di merendine tossiche e fast food, ma complessivamente ben piantato.

L'età: dodici anni, tredici tra quattro mesi e mezzo.

Il nome, Niccolò, con mio marito lo abbiamo scelto tra settantacinque selezionati con zelo entomologico dal calendario, e poi democraticamente vagliati uno per uno, nell'ambito di un quotidiano precongresso i cui lavori sono durati attorno ai sette mesi. La cernita è stata orientata da valutazioni di tipo culturale, neoclassico, estetico, politico, calcistico. Alla vigilia del parto, persistendo la mancanza di un accordo, abbiamo tirato a sorte tra la mozione di Filippo, che proponeva Diego virgola Armando ("Sui documenti sarebbe solo Diego, c'è la virgola, amore, sta' tranquilla"), e quella mia, che proponeva, appunto, Niccolò.

La sorte, accortamente, ha favorito me.

La Yourcenar, se avesse avuto un figlio, forse l'avrebbe chiamato Adriano, come l'imperatore delle sue memorie. E la Morante Arturo, come il ragazzo della sua isola.

Bei nomi, anche quelli.

Loro hanno preferito usarli per i libri.

Figli non ne hanno avuti.

Ci sarà stata pure una ragione.

Vade retro

E poi Virginia Woolf, Emily Dickinson, Françoise Sagan, Saffo, Simone de Beauvoir, Jane Austen. Nessuna aveva figli, e forse si sentivano rami secchi o forse no, avevano generato frutti più succosi, e abitavano solitudini ariose ed eleganti, non claustrofobiche, promiscue, perniciose, piene di ciarpame. E itinerari che sono sempre altrove, e strade sdrucciolevoli, e percorsi ostruiti, e porte chiuse a chiave, e vade retro, con te che mi esorcizzi recitando: "Sgombra, scollati, emigra, non ti si affronta, dammi la molla, mi chiudo in bagno, via dalla mia stanza. E sto su Messenger, e gioco alla Play, e guardo un reality, e sto downloadando un po' di house, e camomillati, tranqui, please fly down", fonte Accademia della Crusca, formazione umanistica, si vede, chissà quanto hai studiato.

E le signore, poi, manipolavano sculture linguistiche preziose, perle rubini zaffiri oreficerie, piuttosto che: "Ama', non mi stuccare. E parli a buffo. Mi sembri flashata. Sei fuori come un balcone. Non strippare. E alzi paghette tipo lavavetri, che braccina". E altri neologismi d'avanguardia, con incursioni nel classico tipo: "Quanto rompi, che palle, sei una cacacazzi," letteratura d'influenza paterna, romanzo di formazione scadentissimo, con lei seviziatrice di apparati anatomici maschili e lui dispensatore di metafore, senza che sappia peraltro una metafora cos'è. Forse una pianta tipo conifera, così, per assonanza. Forse il cinquanta per cento di qualcosa, un metanonsochè.

Capita infatti che, talvolta, il suo cervello si trasformi in una camera stagna di neuroni oziosi, e non puoi farci niente.

Grimilde e Biancaneve

Quanto alle madri, ne conosco alcune che scrivono solo la lista della spesa, e magari sarebbero fatte per scrivere chissà cos'altro, però non ne hanno il tempo, e l'autostima che serve, e l'energia, la fantasia quella sì, però non basta, né bastano i giacimenti di emozioni, i dolori, le esperienze, la personalità multipla, e tutto ciò che in genere alimenta il soffio delle ispirazioni.

La strega Grimilde e Biancaneve, Wonder Woman e la Piccola Fiammiferaia, Anna Kuliscioff e Mary Poppins, Emma Bovary e Madre Teresa, Madame Curie e Vanna Marchi, le sorelle di Čechov e le Spice Girls, un condominio, e qualche volta si mettono tutte a litigare, diverse come sono cosa vuoi, si danno sulla voce, e sono stridule come galline, le madri hanno un'anima-pollaio.

È un' implosione acustica, diventi matta.

E non puoi tapparti le orecchie, perché viene da dentro. A una voce di dentro non puoi neppure dire: "Ssst!"

Femmina circense

Il fatto è che sei una femmina circense.

Funambola dominatrice del vuoto giocoliera trapezista, domatrice e domata, segata in due, bersaglio dell'uomo dei coltelli, venghino signori venghino, due generazioni di lanciatori in pista, padre e figlio, e qualche volta hanno la mira incerta.

Ferite, tanto c'è Salvelox che quando si leva non fa male.

Bocconi amari, che tanto si sciolgono sul palato a colazione con Pangocciole Macine Abbracci Nastrine Camille Pandistelle, ricette della nonna, che di biscotti era un'esperta, e di bocconi amari pure, sebbene non abbia mai saputo di avere un copyright, né di dolciumi né di delusioni, che si tramandano tra generazioni femminili, nel DNA.

E solitudini al cloro di piscine olimpioniche, epperò guardi signora suo figlio come nuota, un pesciolino.

E ansie affilate, morsi di piranha, che ti trascini appresso come barboncini.

E supermercati dove ti aggiri sgomitando tra la folla, senza incontrare un'anima, neanche la tua, Cooperativa Deserto del Sinai, e niente sconti, e zero convenienza.

E anticamere di studi dentistici dove stai per ore a meditare sul declino estetico dei tuoi orizzonti, perché i dentisti arredano con stile amorfo, e a leggere riviste vecchie, e a misurare il tempo, le sue ripetitizioni, le sue sceneggiature scialbe.

E ingorghi di traffico e pensieri, e tu intrappolata, inerme, a farti depredare il tempo, non puoi scappare, madonna com'è tardi, tardi per tutto, tardi sempre.

Ed emozioni domestiche da scongelare per cena coi bastoncini Findus dentro il microonde, ma nulla ha il sapore di una volta, proprio nulla, e poi una volta quando, e chi se lo ricorda, quel sapore.

E sogni andati a male come la frutta che praticamente la spacciano i pusher, ma poi non dura niente.

E storie minuscole che ricucite diventano una trama, frammenti di letteratura quotidiana, romanzi mai scritti, ed è un peccato che non li leggerà nessuno, e poi alla fine ti senti un ramo secco pure tu, ma non puoi farci niente, sono mestieri complicati, mamma e narratrice, mamma e qualunque altra cosa, soprattutto mamma.

Il fenomeno

Potrei cominciare a raccontare partendo da un giorno speciale, il primo dente, o quando hai camminato per la prima volta, o hai detto: "Mmammammà", o hai mangiato la pappa con il cucchiaino, o hai orinato seduto sul vasino, e mi sono esaltata come Darwin davanti alla scoperta dell'evoluzione di una specie, un tartarughino intelligente, un merluzzo empatico, un babbuino dai modi affettati.

Un fenomeno.

Correte.

Ecco a voi il primo esemplare umano dell'era cenozoica dotato di dentizione, di arti inferiori deambulanti, di posizione eretta, di controllo sul flusso dell'urina. È il frutto di un momento ispirato di Madre Natura, una divagazione artistica nella sua ordinaria attività spesso mediocre, guarda il consorzio umano in generale.

E ho segnato tutte le date sul diario, integrando con trasalimenti letterari incongrui del genere: "Ora il respiro dei tuoi giorni mi rianima i sensi", "L'alito della vita ti soffia addosso miracoli e mi spiazza", "Ti tengo in braccio e mi riscaldi col fiato del tuo esistere", e c'entravano sempre un alito un fiato un respiro, come se la tua vita avesse ricadute sulla funzionalità dei miei polmoni, forse per via del fatto che avevo transitoriamente smesso di fumare.

Pensavo che quando l'avresti letto, il tuo diario, non ci saresti rimasto male come me quando ho trovato il quadernino rosa di tua nonna dedicato alla bimba Caterina. Praticamente un atto notarile, un modulo per l'ammissione a un concorso: compilare qua sotto, nell'apposita scheda prestampata con relativo disegnino, aggiungere la data, prima pappa, primo dentino, primi passi, titolo: La cicogna ha portato un bel bambino*, edizioni Il mondo delle mamme, anni Cinquanta, sparita dal mercato, sicuramente per incendio doloso della stamperia, ho un alibi, però mi sento complice morale.*

Sospetto che il movente riguardi l'accoglienza familiare.

Non-giorni

O forse potrei farlo cominciare, il mio racconto, in un giorno qualunque, un lunedì, o un giovedì, o una domenica, o non importa, non diamogli nessun nome, a questo giorno, non c'è motivo per distinguerlo dagli altri. Quelli da quando hai cominciato a non parlarmi, a eludere sguardi e schivare carezze con una specie di riflesso pavloviano.

E io non li ho segnati sul diario, perché non erano giorni ma non-giorni, e anzi ho smesso pure di scrivere un diario, che scrivevo? Gli avvenimenti erano non-avvenimenti, erano vuoti che certe volte ci deperisci dentro prima del tramonto, e fai la muffa davanti alla TV, *altre ci sopravvivi, e cerchi di tutelare l'ecologia del tuo cervello, lo tieni acceso, ma non sei certa che sia una buona cosa.*

Meglio no.

La fantasia è spossata da interferenze che stuprano i pensieri.

I tuoi pensieri, infiacchiti, si muovono a rilento e a tentoni, rischiando di impigliarsi in un reticolo di delusioni.

E allora no, pensare non conviene.

Potresti sprofondare tra i rimasugli delle tue ambizioni, che hanno la consistenza dell'acqua morta di uno stagno, una fanghiglia.

Potresti intrappolarti tra i bilanci di ciò che sei riuscita a realizzare, una quasi-madre e un non-figlio.

Un'eterogenesi dei fini.

Occhidoro

Eppure, io voglio raccontare dei tuoi occhi d'oro.

Del sole privato che li scorta e te li bagna sempre, e questo non lo sai, altrimenti ti laveresti i denti le orecchie e anche le ascelle, e sgrasseresti da quell'untume nerastro le tue unghie, e non sbaglieresti la mira della pipì senza pulire, e dopo tireresti lo sciacquone, e abbasseresti la tavola del water, uno col sole negli occhi lo fa sempre; e non ti scaccoleresti in pubblico sfacciatamente, uno col sole negli occhi non lo fa, e non diffonde dagli orifizi anali spifferi d'aria mefitica che sembrano provenire da un oltretomba di putrefazioni, flussi pestilenziali che tu affettuosamente chiami "loffe", ma che non hai il coraggio di rivendicare.

Difatti dai la colpa al vecchio cane Beta che non può difendersi, vigliacco.

Come se poi non le riconoscessi tra mille, le tue puzze, da quando ti cambiavo i pannolini, "la dua babba bulisce il duo guleddo d'oro, abore bio" (chi ha detto cacca e pipì degli angeli? Un cretino). E amo anche quelle, sai, Occhidoro, anche se sono disgustose, e mi ripugnano.

Provano che esisti.

Il clone

Non so chi sarà protagonista del racconto.

Non so se sarai tu, o sarò io, o saremo noi, non so se "noi" esistiamo ancora, io e te assieme, voglio dire. Come quando mi stavi attaccato come una patella allo scoglio, e io ad amministrarti le urgenze d'amore come una contabile: "Adesso vai con tata, amore, adesso mamma deve andare al lavoro, non piangere, poi torno", e infine il tempo non ci ha restituito nulla. Il tempo fa propaganda ciarlatana di se stesso. Promette investimenti buoni e non mantiene, è un broker balordo.

Il fatto è che spesso la mia orbita si sdoppia, terremotata come una galassia dopo un sisma di asteroidi, divisa tra frammenti paralleli, disunita.

Le rotte della tua vita non si incrociano, perciò devi oscillare, scegliere, viaggiare, pendolarizzarti, saltare da una sponda all'altra, sta' attenta a non cadere nei crateri.

E devi esorcizzare i sensi di colpa e il mal di mare, escogitare espedienti, forzare le misure del tempo, dell'energia, della pazienza.

E ovunque sei ti manca sempre un pezzo, e sei precaria, di passaggio, inadempiente, aliena, in debito con tutti e con te stessa.

E sei dissociata, traslata, transumante, senza un diritto pieno di cittadinanza, come se non appartenessi alla tua vita, né lei a te.

E allora fai sogni cretini che neanche un bambino di sei anni, fantascienza.

Avere un clone.

Riprodurre te stessa in doppia copia, una che fa la mamma e l'altra che lavora, e alla sera si ritrovano assieme per un drink.

"Mio figlio mi stressa il cuore e mi succhia il sangue, e poi mi dice non capisci niente, sei vecchia, e non mi parla più."

"In azienda mi spremono come un limone, e poi mi dicono sei superata, guadagni troppo, e già mi considerano da rottamare."

"Non ci son più le stagioni di mezzo, Caterina mia: ci fanno diventare vecchie all'improvviso. Con questa vita ti consumi prima, fatichi tanto, nessuno riconosce niente, non incassi mai."

"E meno male che almeno siamo in due."

"Pensa se fossimo da sole."

Corsi di prediche

E non so dire che genere di racconto verrà fuori, se farà ridere o piangere, o né una cosa né l'altra, magari solo annoiare come io con te quando ti faccio i predicozzi, cazzo se sei un accollo, mamma, è vero, annoio anche me stessa, amoremio.

È la stanchezza.

E poi mi servirebbe un ghostwriter per i testi, dovrei vivacizzare, mimica, espedienti oratori, metafore curiose, un guizzo di ironia, ci vorrebbe un bel corso di prediche materne, se ne fanno?

E poi non so neppure se sarà un racconto, questo qui.

Lo leggeresti, un racconto che comincia con questa introduzione?

Oppure lo lasceresti a coprirsi di polvere sopra gli scaffali, come invariabilmente fai con i libri che ti compro, perché non leggi mai, e io le pulizie di fondo non le faccio neanche a Pasqua, dato che non ho tempo e non ho voglia, e poi non credo alla resurrezione, né a quella di Cristo, né alla mia.

E allora mi tengo la polvere, che mi assomiglia.

Tanto più che oggi è difficile trovare una colf come si deve, rompono tutto, hanno le mani di ricotta, e i gesti lenti, e i sorrisi immobili, e i volti insondabili da sfingi, e i cuori e i figli altrove, madri senza ricordi, e gli occhi sono tristi, come i miei.

Ma è una tristezza diversa, più piena, più rotonda, senza un presente ma con il futuro, con i progetti, non come la mia.

Ecco, non piove più.
Uno dei due, tra il cielo e me, per ora ha risolto i suoi patemi.
Non io.
Allora comincio a raccontare.
Anzi, guarda, ho deciso, lo facciamo insieme.
Però non te lo dico.

PARTE PRIMA

1

"Dai, parliamo."

"Ama', non gridare, cioè, ti sento."

"Io no, solo frastuoni. Di nuovo a sterminare giapponesi?"

"Arti marziali. È *Tekken 5*."

"Una barbarie."

"Me lo hai regalato tu a Natale. Scusa, magari ci vediamo dopo."

"Volevo parlare un po' con te."

"Non metterti a fare la madre dai parliamo, mo'. Sto stanco. Ho dato a scuola. Non è per cattiveria. Flashato proprio. Veramente."

"Stai 'flashato'. Parlare in modo improprio nuoce allo spirito. Socrate lo diceva. Mica io."

"Lasciami concentrare. Non riesco a salire di livello."

"Molla la Play. Magari il tuo livello sale."

"Non toccarmi i capelli, cazzo, c'ho il gel."

"Vedo. Un untume. Senti, se puoi, non dire cazzo, Occhidoro. Puoi?"

"E tu, se puoi, non chiamarmi Occhidoro. Puoi? Io sono Kazuya. Sto per uccidere quel bastardo di Heihachi con una mossa di judo grazie alla forza di Devil che ha assorbito la mia anima. E muori!"

“Deploro il fatto che tu ti sia lasciato assorbire l’anima. Ammesso che tu ne abbia una. Come hai detto che si chiama questo gioco di assassini? *Tekken* cosa?”

“5. Sei una palla.”

“Ce ne sono altri quattro?”

“Pure il 6. Te lo volevo chiedere per il prossimo Natale.”

“Bisognerebbe chiedere all’ONU una moratoria dei Natali, sarebbe una buona misura umanitaria. Spiegami il gioco, faccio il tifo.”

“E dai, non mi distrarre, mo’, ti prego. Sto per conquistare un’altra vita.”

“Voglio anch’io. Un videogioco per cambiare la vita delle madri.”

“Ama’, sai cosa ci vorrebbe per cambiare la tua vita? Una liposuzione. Guardati.”

“Grazie. Sappi, comunque, che mi piace la mia età. Sai riconoscere le occasioni. La vita è una, dici, e, se ti butta male, neanche tutta. Una mia collega ha il cancro ai polmoni. Fumo. O forse delusioni. Chi lo sa.”

“Cioè, ho capito, hanno dato fuoco all’ufficio. O il cellulare delle zie cornacchie non ha campo. O stai di nuovo stesa. Hai preso la pillola?”

“Non scimmiottare tuo padre, non ti dona. Zia Federica e zia Giovanna sono le mie migliori amiche, e non sono per nulla cornacchie. Quanto alla pillola, sono affari miei. Voi due la prendete, la pillola antistronzi?”

“Vabbe’, però papà ha ragione. Cioè, voglio dire che sei una cacacazzi, veramente, cazzo!”

“Non dire cazzo, per favore.”

“Scusa, mi viene. Mi provochi. Non mi va di parlare, al limite dopo, cioè, poi vediamo. Te l’ho detto.”

“Stiamo parlando. Non te ne sei accorto?”

“Che palleee!!”

2

"Pa-lleee, pa-lleee..."

"Mbaaa-ie, mbaaa-ie..."

Guarda le palle colorate, amoremio.

Dai, guarda l'albero, guarda le luci, guarda, guarda, guarda.

Il bimbo, allora, guarda.

Il bimbo è paziente.

Lo sguardo è largo, la direzione obbligata, l'atteggiamento mansueto.

Non credo di avergli lasciato alternative: le primipare attempate con in braccio un bimbo di sei mesi non lo fanno. Sono amorevolmente normative. Sanno manipolare con accuratezza i suoni della voce e i flussi dello sguardo, piccole strategie di prepotenza e petulanza. Dicono al bimbo: "Guarda, guarda, guarda", e il bimbo guarda, e allora le primipare attempate registrano tronfie questo ritorno di autorevolezza come la prova di un miracolo materno. Mater gloriosa del carisma e dell'ipnosi.

Così le mamme continuano a dire: "Guarda, guarda, guarda" davanti a ogni cosa che lui vede per la prima volta, ma sono loro che vogliono guardarla per la prima volta assieme a lui: il bimbo è una funzione della loro vista, di tutti i loro sensi, in generale.

Adesso lui guarda l'albero di Natale, e poi mi guarda, e io lo guardo, e poi riguardo l'albero, e lui guarda il mio sguardo, e io riguardo il suo. Non si fa che guardarsi, a casa mia.

Dicono che lo sguardo di una madre sviluppi nel bimbo la corteccia prefrontale, la parte più pregiata del cervello. Avrà un'intelligenza acuta, e sarà un genio. Avrò la vista usurata, e metterò gli occhiali.

Adesso me li prendo, gli occhi del bimbo, li metto in cassaforte, in banca non mi fido. Li sgrana come fari su un mare amniotico. Adesso la vita è un ventre tiepido, potrei metterci dentro il bagnoschiuma, e attorno le candele profumate, e avere in mano un flûte, e sorseggiare un Krug. E fuori c'è dicembre e dentro no, dentro c'è primavera, quasi estate, grazie al pannello termico di un cuore ardente, il mio, energia rinnovabile, a casa ci preoccupiamo del buco nell'ozono. C'è un bel calduccio, a casa. E a casa siamo felici. A casa tutti bene, grazie.

Mangiarselo di baci.

Affondare le labbra nelle gote mollicce, nel mento soffice, nel collare di ciccia a quattro giri, e strofinare il mento sul cranio piumoso, e mordicchiare i petali attorno alle sue orecchie, e il naso tenero come un formaggino, e le labbra freschissime, pastose. Odorose: fragole e pesche, ciliegie rosse, anguria, albicocche. Primizie. Macedonie.

"Sì, mi sa proprio che ti metto lo zucchero e ti mangio."

Stupida.

Innamorata.

Ubriaca del suo odore.

È circonfuso da fragranze sensuali che stordiscono, come una pianta femmina nella stagione dell'impollinazione.

Ride.

Bisbiglia come il vento che spettina l'erba, secerne piccole bolle dalle forme strane, nebulizza sculture salivari, stelle, coriandoli, fiocchi, fiorellini.

Gli asciugo le labbra con le labbra.

Gorgheggia.

Intona un gorgoglio di sillabe, sale dai bassi agli acuti con perizia, sprofonda e si arrampica sui diesis, senza smarrire mai la melodia.

Un concerto.

Ecco cos'è la musica, non lo sapevo.

Mi sfarfalleggia dita volatili sul viso, coi polpastrelli segue percorsi immaginari. Distribuisce piccoli tepori sulla pelle. Su ogni lembo. Assorto, equanime, preciso. Io lascio che il calore penetri fin dentro alle ossa, e poi diventi fiamma, e bruci vecchie fortezze, inutili avamposti contro il gelo, che è finito.

Ecco cos'è una carezza, lo ignoravo.

Voglio fermare tutto, adesso.

Voglio blandire il tempo, tenermelo buono, circuirlo, che faccia il bravo, che non se ne vada, resti, lo invito al cenone qui con noi, ci sono i cappelletti al brodo e poi il tacchino. In fondo è Natale anche per lui.

Natale.

Ecco cos'è, il Natale, lo ignoravo.

Il primo Natale di Niccolò, il mio primo Natale.

Qui si festeggia una triplice natività. Gesù bambino, e Niccolò bambino, e la sua mamma primipara attempata, che ha visto la luce in mezza età.

Ma per favore non fatemi regali, guardate che regalo ho già, cari Re Magi Befane e papà Natali, vecchi cialtroni ambulanti dai doni taroccati.

Mi basta un benvenuto.

Ciao, benvenuta al mondo, Caterina, grazie a tutti, però, scusate, devo scappare, è l'ora della pappa, guardate, si sta agitando, ha fame, vado, corro, con gli orari bisogna essere precisi.

3

È troppo una precisa, Marge, cioè, da paura.

Proprio una spada, giuro, veramente.

Tipo che c'ha i neuroni che gli battono i minuti in testa.

Conta che Marge, per sapere l'ora, praticamente non deve guardare l'orologio.

Secondo me è l'orologio che per sapere l'ora guarda lei.

Marge fa le cose giuste proprio, secondo me ha studiato su un libro che si intitola *Cose giuste e cose sbagliate*, sottotitolo *Come rompere il cazzo ai figli*, un libro per madri, ai figli gli va in culo.

Infatti Marge dice sempre quello che doveva dire, preciso, come ci sta scritto nel libro, un'altra cosa mai.

Se non sei proprio down, tu praticamente le cose che dice le sai sempre prima che le dice, basta che ci stai attento le prime volte e te le impari, volendo te le potevi dire anche da solo.

Le cose che dice Marge non sono proprio dei discorsi, cioè, tipo che uno dice una cosa e l'altro gli risponde e l'altro riparla e l'altro gli risponde ancora. Cioè, tipo parlare, conta.

No.

I discorsi di Marge praticamente non vanno da nessuna parte, cioè, restano fermi dove stavano prima, al punto di partenza, poteva anche non farli ed era uguale.

Calcola che per esempio, non so, io dico cazzo, e lei dice che non devo dirlo, io dico che mi viene, e lei mi dice di controllarmi, e poi basta. Cioè, scusa, tanto lo sai che mi riviene e lo ridico, e allora ti potevi pure stare zitta, no?

Metti che gioco a *GTA* o *Tekken* o altro di morti sangue mafia eccetera, lei dice che quelli sono giochi troppo violenti per giocarci, e io gli dico che me li ha comprati lei, quei giochi, se non ci gioco che ci devo fare, scusa, mangiarmeli? Allora poi lei dice: "Mah, boh, incredibile, assurdo", cose così, che se non le diceva non cambiava niente, e io tanto continuo a giocare lo stesso, come prima.

E poi a chiedere sempre: "Com'è andata a scuola?", e io rispondere: "Come vuoi che è andata, come sempre", e allora dice: "Ah!" Scusa, se due devono dire cose tipo "come sempre" e "ah", allora si risparmiavano il fiato, e ci facevano più bella figura.

Marge, come dicevo, è in fissa dura col tempo.

Cioè, paranoia proprio.

Sta tutto il giorno fuori a lavorare o non so cosa, e quando torna, a una certa, ti si incolla addosso e si mette a stuccarti di brutto, cioè, precisa, sempre alla stessa ora. Tipo che sull'agenda c'ha segnata l'ora di cacare il cazzo al figlio, e allora, quando arriva, lei lo fa.

Infatti Marge c'ha un'agenda di pelle nera sempre dietro, ci segna tutto quanto, cioè, che a una certa deve fare questo e a una certa quest'altro, e scrive accanto: "Con massima puntualità".

Lei, conta, dice sempre: "Non bisogna perdere tempo." Tipo che il tempo, se ti distrai, praticamente chissà dove cazzo finisce, e non lo trovi più.

O dice: "Il tempo corre." Cioè, tipo che il tempo, invece di fare il tempo, praticamente faceva il velocista ai cento metri piani.

O dice: "Il tempo mi insegue." Cioè, tipo che il tempo, invece di farsi i cazzi suoi di tempo, praticamente s'incollava a lei.

Secondo me, sulla sua agenda di pelle nera, Marge si segna pure l'ora in cui deve andare al cesso, giuro. E fissa i tempi giusti, i bisogni non sono mica uguali, e scrive pure: "Con massima puntualità", come se il tempo la inseguiva pure al cesso.

Marge non è proprio anormale, ma una specie.

Lei è una madre Marge.

Marge Mrs Simpson, quella dei cartoni, con i capelli azzurri a panettone, che spara una pezza ogni byte, e stucca il marito e i figli e tutti quanti, troppo una cacacazzi americana, e i figli gli dicono sempre: "Ciucciati il calzino."

Precisa a mia madre Caterina, a parte che mia madre non c'ha i capelli azzurri ma neri con dei fili bianchi perché ora è un po' vecchia, e non li porta a panettone ma lisci tipo a spinaci lessi, perché non va mai dal parrucchiere.

E poi non è americana.

È solo cacacazzi.

Ed è troppo.

Troppo di tutto.

Veramente.

Dai, fammi uno sconto, qualche volta.

Non ci stai mai, poi vieni e stucchi, che ti ho fatto?

Fammi campare.

Non ho più da dare.

Cioè, restaci pure la notte, in ufficio, qualche volta.

Oppure trovati un'altra cosa da fare, quando torni.

Se proprio non sai che fare, ciucciati il calzino.

4

Su, mangia, amoremio, mangia la pappa, uno per mamma, uno per papà, e poi uno a testa per certi vecchi amici che ti farò conoscere da grande. Uno per Siddharta, uno per Neruda, uno per il colonnello Aureliano Buendía che sta a Macondo dov'ero esiliata anch'io prima di te, mezzo per Lara e mezzo per Živago, mezzo per Thelma e mezzo per Louise. Avanti, apri la bocca, un altro per l'emancipazione delle donne, che poi alla fine non se n'è fatto niente, sennò tuo padre la notte si alzerebbe, talvolta, quando piangi, e ogni tanto ti darebbe la pappa, ti cambierebbe qualche pannolino, e invece non lo fa.

Ora apri bene la bocca, che questo è importante, è per gli amori infelici di Ginevra, di Isotta, di Francesca, ma soprattutto di Richi e Gio', le mie migliori amiche. Due fate, negate per gli incantesimi, però: incontrano rospi, li baciano, e quelli rimangono rospi, come prima. Principi niente. Mai.

Adesso un boccone per Lucio Battisti che ci protegge dal cielo, seduto accanto ai santi, e quando canta i santi fanno i cori, ohmarenero-marenero-marenè. Uno diviso quattro è per i Beatles, e dieci per De André che se li merita, è quello della ninna nanna che ti canto, quello che a via del Campo c'è una graziosa con gli occhi grandi color di foglia, occhi screziati d'oro, come i tuoi.

E adesso lui sbadiglia, un labbro a destra e uno a sinistra, moto asimmetrico, coassiale, come nell'ingranaggio di un orologio svizzero di precisione.

E poi sospira, e sbuffa, diffonde il karma del benessere, l'essenza della beatitudine, la pace.

E scivola nel sonno.

Visto?

Io sono un'incantatrice di serpenti, la maga Circe, la tour operator del Nirvana, l'allieva prediletta di Morfeo.

Vediamo, Caterina, calcoliamo quanto tempo sprecato prima d'oggi: quattordicimilaseicentodieci giorni, duemilaottantasette settimane, quattrocentottanta mesi, se volete vi conto anche i minuti.

Quarant'anni.

E poi non piangi più.

5

Marge piange preciso.

Cioè, mica a cazzo.

Lei vuole piangere bene, se lo fa, come sta scritto sul libro delle cose giuste e delle cose sbagliate, nel capitolo su come devono piangere le madri.

Calcola che lei piange così: per prima cosa si sceglie il posto dove vuole piangere, vede chi c'è, metti che non ci sta nessuno, allora poi che piange a fare?

Infatti di solito Marge piange solo quando è sicura che mio padre o io ce ne accorgiamo, che sta piangendo, e allora poi gli dobbiamo chiedere: "Cos'hai?" e lei deve rispondere: "Niente", per farti capire che è tutta colpa tua. Cioè, in pratica se l'è presa a male per qualcosa che hai fatto o non hai fatto, che hai detto o non hai detto, perciò tu sei una merda, fai schifo, e devi morire, in generale.

Infatti Marge piange per farti sentire una merda senza dirtelo, vuole che te lo dici da solo, così ti fidi, e lei non ha dovuto nemmeno dire merda, perché le parolacce non le dice, a parte qualche volta che ha il nervoso.

Anche piangere, Marge piange puntuale.

In generale, piange la sera, dopo cena, verso le dieci, quando è più libera, cioè, ha già fatto tutte le altre cose segnate sull'agenda prima di "piangere". Se, metti, gli viene da piangere fuori orario, allora si trattiene e aspetta (sennò qualche volta piangeva pure di mattina o di pomeriggio o prima di cena, cioè, capitava, e invece no).

Certe volte, sempre dopo cena, mentre mio padre e io guardiamo il calcio alla televisione, o ci stiamo facendo i cazzi nostri, io nella mia stanza e lui nel suo studio, Marge si attacca al telefono con le zie cornacchie, o l'una o l'altra, e piange ancora più forte, e dice che è infelice e che vorrebbe scappar via.

Lo dice un po' forte, così noi sentiamo.

A me, quando mia madre piange a buffo, mi girano i coglioni, proprio.

Allora che fa se, conta, uno la mena, o se gli rubano la macchina, il cellulare, il portafoglio, o se finiscono i soldi, cioè, tipo una cosa seria?

Poi, scusa, vuoi scappare? Scappa.

Mica stai legata.

Mica ti ci ha costretta qualcuno, a stare qua.

Cioè, se l'è scelto lei il marito, no?

Mica gli hanno puntato la pistola in bocca e gli hanno detto: "Sposati questo qui o spariamo."

Mica l'ha costretta nessuno, a fare me, tipo che gli hanno detto: "Fai subito un figlio o noi ti diamo fuoco."

Cioè, invece di sposarsi e fare un figlio, se non gli andava, poteva mettersi a fare un'altra cosa, non so, la campionessa di nuoto, l'attrice di film porno, l'esploratrice del deserto, la suora, che cazzo voleva, chi glielo diceva di non farlo?

Doveva pensarci prima, Marge, invece di pensarci dopo e piangere.

Il fatto è che questi qui hanno i neuroni abbastanza incasinati, cioè, tipo che gli viaggiano nella direzione opposta a quella in cui gli dovevano viaggiare.

Praticamente gli vanno contromano.

E dopo gli succede l'incidente.

E piangono.

6

Io non volevo piangere, ma ho pianto.

Ho pianto irrigidita dal freddo sul sedile di una Seicento rossa sgangherata, davanti alla scenografia degradata di una location suburbana, nella periferia dove Filippo mi porta a fare sesso.

È un posto dove in moltissimi vanno a fare sesso. Si chiama "Parco Pomice", Filippo dice che lì si sente più protetto, e non incontra nessuno che conosce. Forse conosce solo gente che non fa mai sesso, oppure che lo fa in albergo, beati loro.

Io piango spesso, anche per via dei dotti lacrimali incontinenti. Difetto congenito. È ereditario dal lato materno della mia famiglia, dev'essere nella mappa cromosomica degli elementi di sesso femminile. Difatti piange spesso anche mia madre, e anche mia nonna Teresa lo faceva, diceva: "È il vento", o "È il fumo", anche se le finestre erano chiuse, e l'aria immobile, e il camino della sua cucina spento.

Filippo mi ha sfiorato la guancia col dorso della mano. Le carezze non vengono bene, con il dorso. Il dorso trasmette una tenerezza inceppata, pietrosa, poco fluida, direi approssimativa.

Se avremo un figlio, bisognerà che impari a farle carezze.

Sbuffa: "E smettila. Una non piange per il padre, alla tua età. Sei pronta per fare la madre, cazzo!"

"Chi te lo dice che io sia pronta per avere un figlio, e da uno che dice sempre cazzo, poi? Pensi sia piacevole sapere che

tuo padre va a scopare in giro a quasi settant'anni, con una di trent'anni più giovane?"

"Oggi le quarantenni hanno dei culi da paura."

"Bastardo. Io non lo voglio un figlio da un bastardo."

"E dai, che te ne importa, pensa a noi. Vedrai che tra un po' troviamo anche la casa. Così diventi mamma e non ci pensi più. Vogliamo cominciare a metterlo in cantiere, un figlio?"

Si accosta, rapace.

Schivo: "Trovo che 'mamma' sia una parola cacofonica. È impastata, dolciastra, salivare, con tutte quelle emme."

"Ma dai, che ci muori dietro, all'idea di diventare mamma, non barare. Siete tutte uguali".

Sospiro, ma non so perché. A volte un'inconsolabile malinconia mi salta addosso da un mare piatto senza preavviso, un'onda anomala. Mi salta addosso prima dei pensieri, poi cerco il nesso, non sempre lo trovo. Talvolta i pensieri mi sembrano melmosi, informi.

Sospira anche Filippo, guardandomi le tette. Sembra che a lui non salti addosso proprio nulla: né malinconia, né pensieri, né nient'altro. Quando si tratta di saltare addosso, Filippo preferisce un ruolo attivo.

Reclina il mio sedile.

Catapulta il suo corpo addosso al mio, scatena scosse sismiche nella vettura.

Infila una mano sotto la mia camicetta. Fruga con cupidigia tra i miei seni. Lo respingo. Risbuffa. S'incupisce.

"Ma insomma, Caterina, ora sono io la tua famiglia, no?"

Famiglia. Definizione carica di ambiguità. Secondo me, la famiglia è una cipolla. Un bulbo a strati. Un velo, e poi un altro, e un altro ancora, e sotto ce n'è sempre un altro, veli di Maya, direbbe Schopenhauer, anche se lui non ha mai parlato di cipolle. E sfoglia, e sfoglia, arrivi alla polpa, e scopri il gusto acido, l'odore acre, e avrai versato lacrime inutili, e quell'aroma ti resterà nell'anima per sempre. La "Sindrome della cipolla". Dev'esserci, sui testi psichiatrici. Magari sotto un altro nome.

Magari, se scopo, poi parliamo.

7

L'ultima volta che abbiamo parlato dev'essere tre giorni fa, non so, cioè, forse quattro, tipo una cosa che prima di andare a letto lui mi ha chiesto: "Come va?", e io gli ho detto: "Bene", e lui mi ha detto: "Bravo, buona notte."

In pratica, io con mio padre non ci parlo tipo mai, o forse è lui che non ci parla mai con me, cioè, non so chi non parla con chi, ma è uguale, nel senso che tanto non parliamo. Io non è che me la prendo a male che lui non mi parla, anzi, è sciallissima, cioè, non ti s'incolla addosso a spararti i siluri nelle orecchie, che fai con chi ti vedi dove vai studi o non studi, tipo Marge. Invece mio padre si fa i cazzi suoi e non stucca, e ciao.

Mio padre, praticamente, è tipo un SMS che sopra ci sta scritto: "Manca del testo."

Cioè, lui voleva dire qualcosa, non è che non voleva, ci ha pure provato, ma a te non ti è arrivato nulla.

È uscito così, la voce gliel'hanno data, ce l'ha tutta dentro e non gli esce, cioè, conta, tipo muto.

Quando sta a casa s'incolla alla poltrona, non si muove proprio, cioè, tipo impagliato.

Poi tiene gli occhi fissi sulla televisione, e non guarda nient'altro, cioè, tipo cieco.

Quando gli occhi li fissi su uno schermo, praticamente non ci riesci più, a staccarli, mi succede pure a me. Secondo me ci mettono tipo una calamita per gli occhi, dentro agli schermi, e non puoi farci niente.

Mio padre non è proprio sempre tipo muto cieco e impagliato.

Cioè, certe volte no.

Per esempio, quando guardiamo il calcio e fanno un gol, mio padre si scolla dalla sedia e caccia degli urli da paura.

Poi mi ricordo pure una volta che mi ha accompagnato a scuola perché mia madre stava a letto con la febbre, e ha messo ko di parolacce un lavavetri che cagava il cazzo e una signora con la macchina piena di bambini che andava a trenta all'ora.

Cioè, fortissimo, veramente, non si è regolato proprio.

Tipo Freda Massimo di classe mia, un soggettone che fa cagare tutti sotto di paura, perché quando strippa non si regola proprio neanche lui, e screzia tutti, e mena pure, e sul registro c'ha diciassette note, o forse diciotto, cioè, non mi ricordo bene.

A me, da piccolo, mio padre mi veniva di chiamarlo papo, ora non più, cioè, mi viene di chiamarlo più papà.

In generale, veramente, non mi viene di chiamarlo molto, perché tanto non parla non guarda e non si muove, che lo chiami a fare?

Infatti di solito gli parlo con i segni, tipo ciao con la mano, quando arriva a casa.

Però se poi c'è tipo un compleanno, un Natale, un Capodanno, cioè, una festa, allora no: ci stringiamo la mano e lui mi dice: "Auguri."

E io gli rispondo: "Auguri pure a te."

Cioè, insomma, parliamo.

8

Adesso la periferia è svanita dietro la condensa dei fiati sui vetri della Seicento. Un bel sipario denso e lattiginoso e senza squarci vela gli umori dell'aria, che sono leggeri. I miei no.

Per diventare madri bisognerebbe smettere di essere figlie. Per smettere di essere figlie bisognerebbe aver chiuso la storia con il proprio padre. Per chiudere la storia con il proprio padre bisognerebbe averne avuta una.

Preferirei una sindrome più originale.

Tre anni di analisi. "Cara signora, impari ad ascoltarsi, il vero successo è diventare quel che si è davvero." Io che ne so, chi sono davvero, me lo doveva dire lei, con tutti i quattrini che le ho dato.

Mia nonna Teresa sarebbe stata più efficace.

Due guerre, e molte fami, e molti freddi, e cinque figli partoriti in casa, tre vivi, gli altri no. Il resto era soltanto un campionario di dettagli.

Tento di disarmare l'ennesimo attacco di Filippo alle mie tette: "Sai, pensavo a nonna Teresa. Una gran donna."

"Ma guarda. Nonna Teresa. Bello!"

Ritira la mano. Sconfitto. Si accende una Nazionale senza filtro. Nervoso. Aspira, inala il fumo e me lo soffia in faccia. Ostile.

Tossisco. L'abitacolo si satura di nubi. Apro il finestrino. La morte per assideramento è meglio di quella per soffocamento. Più lenta. Hai più tempo per farti scorrere davanti la tua vita. Magari metti a fuoco particolari che ti erano sfuggiti. Così, per completezza.

Divago: "Sai, da ragazza mia nonna era invaghita di un tizio del paese, un carpentiere, che la guardava sempre in chiesa, e lei arrossiva."

"Davvero?" chiede, astioso.

Se non fosse emigrato in Germania, il carpentiere, forse con nonna si sarebbero sposati, e lui l'avrebbe fatta ridere e fare all'amore e andare al mare che le piaceva tanto, e prima di metterla incinta le avrebbe chiesto se ne aveva voglia o invece preferiva la pittura, l'allevamento di struzzi, l'importazione di frutti tropicali, altro.

Mio nonno Teo, invece, non le chiedeva niente, e aveva un temperamento cupo e malmostoso, e la metteva incinta, e lei piangeva, e poi mentiva sui dotti lacrimali. Per forza d'inerzia le cose non vengono bene, neanche i figli, né i figli dei figli. È come una staffetta di cordoglio.

"Sai, forse nonna Teresa sarebbe stata più felice senza figli. E con il carpentiere."

"Tu credi?" domanda, con inimicizia.

"Già. Le cose che non accadono sono le più belle, e le persone che mancano le più preziose."

I sogni sono ginnastiche inadatte, per i cuori. Li lasciano dolenti.

Sospiro: "La verifica fa evaporare i sogni. Quasi sempre. Bisognerebbe vivere senza verificare nulla."

Apre stizzito il finestrino, lancia fuori il mozzicone, richiude, mi pianta addosso uno sguardo appuntito. Sento che sta per rivendicare la verifica prevista dal programma della gita.

"Bastava dirlo, che siamo venuti qui per parlare di tua nonna. Avrei raccolto qualche aneddoto sulla mia."

È brusco, insofferente.

E siamo scoordinati, asincronici, lontani.

Sepolti in qualche strato.

Una coppia-cipolla.

Pure noi.

Mi attacco al suo collo come ci si attacca al bordo di un gommone col mare in tempesta: ci salti dentro e basta, mica controlli se è stato gonfiato al punto giusto.

La sua pelle esala odori acri, fumo, sudore, umori maschili.

Di nuovo la sua mano rettile. Striscia. Si allunga. Penetra.

"E dai... te l'ho già detto: adesso non mi va."

"Non ti va mai. Conosci altri metodi per fare un figlio? Guarda, ti perdi molto. Mia sorella dice che suo figlio è la luce. L'aurora boreale."

Ancora il figlio.

E poi chissà se arriva, un figlio.

Nel caso, speriamo abbia la pelle profumata.

Come la pelle delle donne.

9

Ha preso e mi ha gridato a buffo: "Puzzi!" Così. Si evolve. Le madri lo fanno, certe volte. Come i guerrieri giapponesi. Tipo i Saiyan di Dragon Ball.

Quando si evolvono, le madri sono peggio dei Saiyan.

Per prima cosa, i Saiyan si evolvono in Super Saiyan della stessa specie, ma più forti, distruggono quello che devono distruggere, e poi ci danno un taglio. Le madri, invece, si evolvono in Super Madri della stessa specie, ma più nervose, e poi scassano il cazzo. I Saiyan scassano un sacco di altre cose, il cazzo no. Distruggono perché gli viene da distruggere e basta, senza stare lì a stuccarti, gridare, sclerare, scrivere tutto nelle agende, a menarsela, tipo a una certa distruggiamo questo, a una certa distruggiamo quest'altro, con massima puntualità.

Per seconda cosa, le madri, quando si evolvono, hanno molta più scelta dei guerrieri giapponesi.

Infatti possono evolversi anche tipo in forma animale o meccanica o altro.

Dipende da quanto nervoso gli è venuto.

Marge, per esempio, ci può avere un casino di evoluzioni diverse, veramente.

Quando strippa a buffo, praticamente si evolve in un cerino acceso che cade in una tanica piena di benzina, e scoppia un incendio bestiale, e tu non devi chiederti se è stata colpa tua o di qualcun altro, perché i cerini cadono nelle taniche piene di benzina senza un motivo preciso, cadono perché dovevano cadere e basta.

Quando parla a nastro, Marge si evolve in una lavatrice con la centrifuga a duemila giri, come fa la filippina con i miei vestiti quando torno da una partita di calcio, e se passi in cucina ti scoppia il cervello, e scappi via con le mani sulle orecchie, sennò scleri.

Quando si mette a perquisirmi, o a farmi gli interrogatori, o a controllare se ho studiato, o a screziarmi tipo che sono uno sciagurato o un incosciente o cose del genere, allora Marge si evolve nel sergente Riggs, la bestia della pula di Los Angeles, Mamma Letale, che colpisce nel nome della legge però esagera, e glielo dicono pure gli altri poliziotti, "Riggs," gli dicono, "vedi di darti una calmata".

Quando mi chiama Occhidoro, invece, praticamente si evolve in una stronza, perché gli dico sempre che non mi ci deve chiamare, con quel nome da frocio, mi stucca da morire, e lei lo fa.

Certe altre volte, poi, si evolve in una gatta: praticamente sparisce tutto il giorno, e poi se ne ritorna tutta strippata e col nervoso, e può essere che ti tira un'unghiata all'improvviso, senza un motivo preciso, solo perché gli andava di tirarla e basta, e te la tieni.

Ma peggio di tutto è cyborg.

Tipo un organismo bionico, guidato da un sistema di giga potentissimo.

Conta, è come se qualcuno gli aveva inculato l'anima senza che lei se ne accorgeva, tipo con una mossa a ventosa, come fa a scuola Freda Massimo coi portafogli e i cellulari dei primini, che non ci mette un cazzo. Infatti è alto tipo due metri, e fa la terza da due anni, e ha le braccia e le mani lunghissime, e sembrano fatte apposta per infilarle sotto i banchi, nelle tasche e negli zaini e per rubare.

Sarà andata così: un Freda Massimo androide gli ha inculato l'anima a mia madre con la mossa a ventosa, e al posto dell'anima ci ha messo un computer, che ora praticamente gli ordina quello che deve fare, come deve muoversi, guardare, parlare, e lei fa tutto.

Cioè, se sapevo che avevo per madre un computer, magari non nascevo.

Secondo me, prima di nascere dovrebbero dartele, le informazioni, e poi vedi.

Mica si deve nascere così, a buffo, senza che nessuno prima ti ha chiesto se ti andava di nascere, e come volevi essere, e come volevi i genitori e tutto il resto.

Non dico che devi proprio scegliere.

Però, metti, ti fanno un test, e tu dici le preferenze, e poi scelgono loro.

Sennò nasci incazzato.

10

Non nasce.

Eccola qui. La mano che recapita il mensile di cattive nuove non ha la discrezione di bussare. Per le cattive nuove non è previsto alcun filtro di premura. Invade il mio ventre con malagrazia, stringendomi l'utero come un'arancia. Si fa una spremuta coi miei sogni, e arrivederci, e torno tra un mese, poco meno.

Il rito dell'occasione ovarica perduta si riproduce con puntualità implacabile, ogni ventitré giorni, da tre anni.

È un rito pulp: il protocollo prevede spargimenti di sangue, detto mestruo, per sviare.

Lo chiamano ciclo per farlo apparire inoffensivo, ma è un sabba del demonio. È lui che l'ha messo nel suo calendario senza santi, scandito dai nomi dei dannati. Sotto il mio giorno deve aver scritto: "Dannata Caterina, patrona dell'infertilità." Chissà se mi darà un paesello da proteggere, un borgo inospitale, arido, brullo, crescita zero, solo vecchietti malvagi e lascivi che ridono di te cantilenando: "Tu sei un ramo secco."

Che ne sapevo, che per sentirsi pronte ti danno una scadenza?

Vanno a due tempi, le non-madri. Sfalsate come orologi taroccati. Il ventre ha un tempo, il tuo cervello uno diverso. Uno le ovaie, un altro il cuore.

"Niente, Filippo, ancora niente. Vedrai, non ce la faccio, è troppo tardi."

"È solo questione di tempo, Caterina. A quarant'anni cala il numero di possibilità, è un fatto statistico, come al Totocalcio."

Dice così, Filippo: Totocalcio.

Incinta 1, non ancora incinta 2, sterile X.

Aggiunge: "Semplicemente non è ancora accaduto, ma accadrà."

Ecco, era 2. Non era 1, ma pensa fosse stato X*! Non è che abbiamo vinto. Ma al prossimo turno si ritenta. Sfidiamo di nuovo la fortuna.*

"Bisogna chiedere aiuto alla fortuna, Caterina. Lo sai."

Lo so.

Io lo so.

Bisogna ricordarlo alla Fortuna. Speriamo che risponda alle chiamate con sistema automatico. Che non ci faccia perdere la priorità acquisita.

E ora l'attesa si dilata in un tempo indefinito, ci espropria dei progetti, ci tiene in ostaggio a ingraziarci il futuro con riti propiziatori, nel freddo di stanze con le pareti bianche, e in mezzo le mie cosce candide spalancate senza nessun diritto alla vergogna, e gli strumenti gelidi a umiliarmi la vagina, e fattucchiere incamiciate con mani di marmo e gesti meccanici e occhi senza sguardo che mi manipolano il corpo come un manichino, e misture di ormoni che mi gonfiano, e sesso come automi senza intimità, e siamo segregati in questo circolo, e non c'è via d'uscita, aspettare, e aspettare ancora.

11

"Ti stiamo aspettando da un quarto d'ora, Niccolò."
"Un attimo, ama', sono su Messenger."
"Noi a cena. Momento in cui si ricongiunge la famiglia."
"Tanto praticamente guardate la televisione, no? E poi che fai, mi vieni alle spalle per spiarmi, nascosta tipo un autovelox?"
"Scusami, ho violato il santuario."
"Cioè, è la mia stanza. Almeno qui nessuno si screzia, e sto tranquillo."
"I nostri rapporti coniugali non ti riguardano."
"Sì, magari. La prossima volta vi faccio un filmino con il cellulare, e poi ve lo mando per MMS. Vuoi? Sembrate tipo un reality, quando Roberto si appiccia contro Ilaria che fa la troia con Massimo, e strippano, e fanno i pezzi."
"E tu cosa ne sai di noi, Niccolò? Non è un reality, sai, la nostra vita. E che diavolo scrivi su quel dannato schermo? Lasciami guardare, spostati."
"Spostati tu, vattene, cioè, sono cazzi miei!"
"Ma guarda un po', *ke kazzo stai fcnd... st skaricando i Rancore... sex al Tufello prln di pompini se vuoi t l mnd...*"
"Togliti, vattene, mi stai spiando."
"Ahi! Non permetterti mai più di spintonarmi, capito? Sono tua madre."

"Oh! Non permetterti mai più di darmi uno schiaffone, capito? Sono grande."

"Stai indietro, lasciami leggere. Grande, maturo, complimenti. *Tu quanto pagheresti per la fica di Carlotta?*"

"Vattene via!"

"Guarda qui... *a Ludo gliela mtt in culo prm o poi.* Bello."

"Cazzo vuoi?"

"Adesso ti strappo il cavo. Se potessi ti strapperei il cervello, per farlo restaurare."

"Tieni, questo è il filo, vediamo se sei abbastanza forte, avanti, spezza, cazzo stai aspettando?"

"Guarda che quello debole sei tu. Debole di sentimenti, di risorse cerebrali, di linguaggio. Di tutto."

"Non gridare, non stripparti, sei fulminata proprio, non ti si affronta. Vattene dal mio schermo. Vattene dalla mia stanza. Vattene dalla mia vita!"

12

La vita. Guarda come nasce la vita. Uno pensa: materia forgiata dal Demiurgo nell'Iperuranio di Platone, o omeostasi contro entropia, oppure reazioni chimiche, enzimi, riproduzione ed energia, o un alito divino al sesto giorno, o storia, passioni ed emozioni, scienza, filosofia, cultura, religione, chissà come comincia. E invece no.

La vita comincia con un minuscolo segmento oblungo dai contorni irregolari e dal colore ambiguo, che appare nella finestra di controllo di un bastoncino di plastica bianca ancora inumidito dall'urina, prodotto dalla casa farmaceutica Lsh, "facile, rapido, sicuro", ventimila lire, la mutua non lo passa.

Rosa.

Sì forse è rosa: è la vita.

Comincio a canticchiare La vie en rose*, da oggi questa è la mia canzone.*

La vita è in rosa, ed è un ormone.

Si chiama Beta Hcg.

Adorabile.

"Se compare una linea rosa nella finestra di controllo, vuol dire che è presente il Beta Hcg. Il test è positivo: siete in attesa, congratulazioni."

Aspetti a congratularsi, signor Lsh. È rosa pallido. Io voglio un rosa shocking. Riparliamone.

Bisogna che blandisca Beta.

Guida lui.

Beta, ma guarda che bel nome! È la seconda lettera dell'alfabeto greco, è il nome di una stella e anche di un pianeta immaginario, credo. Sai cosa faccio, Beta? Se sono incinta lo metto al bimbo, per riconoscenza. "Ciao, Beta, com'è andata a scuola?"; "Mangia la pappa, Beta, non fare i capricci."

No.

Adotto un cane e chiamo Beta lui. Promesso.

Fisso il tester, aspetto, mi ipnotizza, magnetico, lo imploro come fosse la statua della fertilità, un totem per lillipuziane infertili, che mi lasci i suoi doni, se serve mi rimpicciolisco e mi inginocchio.

Lo metto davanti alla finestra, dirimpetto al sole, che il sole lo custodisca, e lo riscaldi, e poi me lo restituisca già covato.

Dal cuore si staccano detonazioni mute, mi sfondano le costole e il cervello.

Ho fatto bene a fidarmi, caro sole: è rosa, proprio rosa, come le schegge che stai scagliando in cielo, mentre il giorno si lascia scalzare dolcemente dal tramonto. E grazie a te, caro giorno, non ti scorderò, adesso ti memorizzo sull'agenda, dall'anno prossimo festeggio in segreto un nuovo anniversario.

Lui invece no, non scivola, non si lascia scalzare da nessuno.

Preso.

È mio.

Già vive.

13

Cioè, certe volte vivere è da flebo, e non si sa che cazzo lo fai a fare.

In pratica, manca un programma, e ti schiumi di noia tutti i giorni.

Certe volte, sembra che ti hanno scannerizzato le giornate, cioè, tutte precise, in copia, e non succede un cazzo, e non ti viene da aspettare niente, e non sai bene che ci stai a fare nel posto dove stai, e speri che forse da qualche parte ci sta un posto diverso dove si può stare meglio, ma non lo sai se c'è, non credi, nessuno te lo dice, e allora vai in flanella.

A me, quelle volte, mi viene tipo di uscire dalla vita. Cioè, non per sempre, per un po'. Tipo un riposo, una vacanza, magari torno, magari ci becchiamo un'altra volta, o forse no, se non ci becchiamo vuol dire che sono morto, e ciao.

Attacchi di nientite.

Attacchi di nientite, veramente, ce li chiamo io, gli altri non so, magari li chiamano in un altro modo, oppure non li chiamano per niente, oppure non ce li hanno proprio. Tipo che a loro forse gli viene da aspettare qualcosa, e sanno che ci stanno a fare nel posto dove stanno, e nessuno gli ha scannerizzato le giornate, e allora in flanella non ci vanno.

Cioè, che ne so, magari sono io.

Oh, non è che me li vado a cercare per menarmela, gli attacchi di nientite, è che mi vengono, cazzo, e quando vengono vengono, non posso farci un cazzo, me li tengo e basta.

Quando ti viene un attacco di nientite, ti salta addosso una specie di fattanza, cioè, praticamente stai a secco di pensieri, collassato duro, svuotato, spolverato. Tipo che qualcuno ti aveva aspirato da dentro di tutti i pensieri e le energie con un aspirapolvere per il cervello. Metti, se eri un cellulare, non avevi campo. Se eri un PC, c'avevi pochi giga. Se eri un iPod, c'avevi la memoria taroccata. Non riesci a fare niente.

E allora poi ti viene l'attacco di nientite.

Cioè, in pratica non riesci a studiare e uscire e chattare e giocare alla Play, ti va solamente di mangiare. Non è che hai proprio fame, è che ti va, e non ti sazi mai, e mangi e mangi e mangi, e niente basta, ti spizzi merendine biscotti snack cioccolato patatine, e tutte quelle cose fiche che mangiano i ragazzini alla televisione, e quelli restano magri e belli e ridono, e tu invece ingrassi, e non ti viene da ridere per niente. Anzi, ti senti un niente più di prima. E allora poi ti aumentano gli attacchi di nientite.

Così mi archivio a letto, davanti alla televisione accesa, e aspetto che accade qualcosa, non so che.

Mentre aspetto che accade qualcosa, non so che, mi metto a fare zapping sui canali del satellitare, e cerco di battere il mio record nella velocità di cambiamento. Tipo che sono arrivato a sessanta in un minuto, praticamente uno al secondo, cioè, novecento in quindici minuti.

E allora penso: ecco che cosa ci sto a fare qui, ecco chi sono, il recordman mondiale nel cambiamento dei canali.

Cioè, un mito.

Chiamatemi mister polpastrello.

Piacere, sono io.

14

Piacere, benvenuto embrione.

Ti devo dare un nome.

Embrione no.

Pasquale.

Tu sei la mia sorpresa. E sei venuto fuori dal mio uovo.

Un nome festivo.

Una resurrezione.

Qualcuno adesso ci acclami, mi aspetto una ola, pretendo una festa, voglio un'ovazione, viva Pasquale, viva Caterina.

Ballo ruotando su me stessa, ballo con Caterina, paso doble, nacchere e mantillas, sincronia perfetta, non era mai accaduto, generalmente noi due ci pestavamo i piedi.

Il cuore piroetta.

Batte a mille.

Il cuore, eh no, che non mi scoppi il cuore proprio adesso, deve scandire i tempi, fare da metronomo ai progetti. Ora il futuro c'è, aggiungo un posto a tavola per lui, già da stasera.

Resisti, caro cuore, balla il tuo ballo senza andare in pezzi, tango o samba o salsa, o una danza tribale, o anche una tarantella, il ballo che vuoi tu. Io gli regalo tutto, al cuore, mi spengo l'urlo di gioia sulla bocca, la gioia la tengo in esclusiva per lui, così non deve dividere niente con nessuno.

Stasera.
A Filippo lo dirò stasera.
Prima ti tengo per me, Pasquale, solo mio.
Prima mi sballo di pensieri.
E regolo i miei conti col destino.

Mi risarcisco dalla cabala maligna di un altro bastoncino, era bugiardo, e avevo ventitré anni, ed era inverno, e il cuore impazzito come adesso, e poi di corsa al parco, e lui che aspettava livido di freddo e di sospetto, soffiando fumo e gelo, e "Sono incinta", e il progetto deperiva nel suo sguardo ostile, e poi non l'ho più visto, e il bimbo aspirato come un mucchietto di polvere tra le mie gambe. Chissà se smetterò mai di contare gli anni che non ha, due, dieci, quindici, oggi ne avrebbe diciassette.

E Federica fuori, in ospedale, al freddo, seduta sulle scale dell'ospedale ad aspettare, a farsi sfiorare dall'andirivieni di quelle donne tronfie di fertilità, la schiena concava, la pancia convessa, la mano sul ventre, in quell'antico riflesso multifunzionale: proteggere, carezzare, palpare, misurare chissà cosa. Su quelle scale, Richi mi scrisse una lettera, ma me la diede solo un anno dopo.

"Ho chiesto di farti l'anestesia totale. È un caso speciale, ho detto. Hanno risposto che sono casi speciali tutti quanti. I figli negati, i figli imposti dal destino, i figli sognati inutilmente, i figli che devi buttare via con i rifiuti."

Stasera correrò incontro a Filippo, mi tufferò tra le sue braccia e gli griderò: "Amore, amore, abbiamo vinto al Totocalcio!"

Lui riderà di gioia, e tireremo il collo a un Krug.
Grazie fortuna, benvenuta.
Resta, ti prego.
Questa è casa tua.

15

Cioè, cazzo di casa.

Tipo inquinata, conta.

Tipo che si respira proprio un'aria di schifo, una specie di ossigeno incazzoso, che ti va nei polmoni e te li sporca.

Praticamente stanno tutti strippati, qua, per cazzi loro, si appicciano a buffo, e poi, per sfogarsi i nervi, mi mettono sempre in mezzo a me.

Cioè, tipo la sera.

A una certa, mentre mio padre sta impagliato e muto e con lo sguardo fisso sulla televisione, a Marge gli viene il nervoso, e per blastare lui blasta me.

Comincia a gridare che sono un disgraziato o un incosciente, non ho fatto questo e quest'altro che dovevo fare, o invece ho fatto questo o quest'altro che non dovevo fare, e allora strippa, e grida, e sbrocca, e chiede a mio padre: "Tu che padre sei, a che cosa servi, che esempi dai, perché non intervieni?", e non sono proprio domande, anche se ci sta dietro il punto interrogativo.

Cioè, sono domande per finta, che praticamente c'hanno già dentro le risposte, tipo: "Sei uno stronzo però non te lo dico, capiscilo da te."

Quando Marge gli fa le domande per finta per dirgli sei uno stronzo senza dirglielo, mio padre continua a guardare la televisione.

Se lei non smette, lui alza il volume col telecomando, e poi s'impalla ancora più di prima, sembra che non respira neanche più, e allora io penso che "lo stiamo perdendo", come dicono i medici di *ER* quando nel monitor viene fuori l'elettrocardiogramma piatto, e poi il paziente muore.

Secondo me, a mio padre gli viene l'elettrocardiogramma piatto non solo perché mia madre gli fa le domande per finta per dirgli sei uno stronzo senza dirglielo.

Gli viene anche perché lei vuole sempre comandare.

Cioè, lei praticamente fa la Regina Rossa di *Resident Evil* quando comanda l'Alveare, e per non farla più comandare bisogna disintegrarla con il raggio laser, perché non è neanche una donna, ma un computer.

I mariti non ce l'hanno mica, il raggio laser, c'hanno solo il telecomando, e usano quello.

Da grande, se mi sposo, per disintegrare mia moglie lo uso anch'io.

Però non mi sposo.

Manco morto.

16

Filippo ha imparato a fare le carezze. Usa le dita, non più il dorso. Con una mano riesce a truffare la paura.

Una carezza blandisce il cuore più delle parole. Arriva prima. "È solo un'amniocentesi. Tranquilla. Ne fanno centinaia al giorno." Per mio marito la documentazione statistica è importante, ti garantisce un gruzzolo sicuro di speranze. Per me conta la mano.

La sua stringe la mia mentre l'ago s'infila lentamente nel mio ventre e prego, e non so chi, ma prego qualcuno che sta da qualche parte, e può esibirsi in numeri speciali, sa fare anche i miracoli, se vuole, e quelli che ha già fatto non li disfa, sarebbe un ciarlatano. E me la stringe quando la notte mi tiene intrappolata nell'attesa, e non posso dormire, e conto i giorni, è già una settimana, ma quanto ci vuole per soppesare un grappolo di cromosomi!

E nuovamente stringe la mia mano quando arriva la grande busta bianca, e gliel'allungo, e il polso sta tremando, e non respiro, la schiena gelata da un sudore freddo, la voce è un soffio.

"Non ce la faccio, Filippo, leggi tu."

"Bene, sta bene, è sano. È un maschio."

I muscoli si allentano.

Decompressione.

Il sangue fluisce nuovamente, si sgela, torna caldo.

Riprendo a respirare.

Il cuore allagato da una gioia liquida, ma dentro c'è un rivolo, lo assaggio, un vago gusto asprigno, frutta acerba.

È una perturbazione quasi impercettibile: uno spiffero, un refolo di freddo, un piccolo presentimento di solitudini, nient'altro.

Delusione?

Sì, delusione, Caterina, dai, non imbrogliare.

Solo una quota minima. Ma c'è.

Fingo di non riconoscerla, la ignoro, non puoi aprire una discussione coi miracoli, rinfacciare i dettagli alla fortuna, la offendi, è permalosa, magari poi si vendica, vedrai.

Non ci sarà Manuela. Pazienza. Arriva un maschio.

17

Cioè, metti, magari preferivano una femmina.

O forse volevano i gemelli.

O forse un cane, un altro golden retriever come Beta.

O un gatto.

Oppure un pesce rosso, o un uccellino, una tartaruga, una lucertola, un criceto, non lo so.

O niente, tipo che senza figli o animali stavano molto più tranquilli, nessuno gli rompeva il cazzo, facevano la bella vita e si spaccavano, non stavano a screziarsi tutti i giorni su chi se ne doveva occupare, tipo io lavoro, lavoro pure io, e tutto il resto che dicono sempre. Secondo me, dopo aver fatto il figlio, mio padre e mia madre si sono pentiti e se la sono presa a male.

Tipo che non gli piacevo, mi hanno guardato e hanno detto: "Ma guarda com'è venuto male questo qui, e chi è, ma come ci è venuta di fare un figlio, a noi, che prima stavamo molto meglio?"

Infatti gli sto un botto sulle palle, cioè, si vede.

Conta, non dicono mai "mio figlio", o "nostro figlio".

Dicono "tuo figlio".

Cioè, tipo per dire: "Beccatelo te da solo, questo qui, io mica lo voglio, cazzi tuoi."

Forse mi volevano con gli occhi azzurri come i loro, e non color merda di cane. O forse mi volevano senza orecchie a sventola, più alto più bello più intelligente più qualcosa, o forse meno qualcosa, che ne so.

Secondo me, mia madre ha pensato che ero venuto male per colpa di mio padre, mio padre per colpa di mia madre, e allora poi si sono venuti sulle palle pure tra di loro. Tipo, hanno pensato: "Guarda un po', se facciamo una cosa insieme viene a cazzo, e allora insieme è meglio se non facciamo più niente."

Così, da un po' di tempo, hanno smesso pure di screziarsi. Screziarsi è una cosa che bisogna fare in due.

E allora stanno zitti.

Cioè, tipo in pausa, momentaneamente spenti, come quando un PC non si connette, impossibile visualizzare, si sono verificati problemi, forse un errore di digitazione.

Tipo che digiti per scaricare un file, ma sbagli tasto e ti ritrovi sullo schermo un file diverso, praticamente un file che non c'entra per niente con quello che volevi, e non gli assomiglia nemmeno, è proprio un altro file.

Conta, ad esempio, il tasto "parlare".

Schiacciavano "parlare", e invece gli veniva "screziarsi".

E allora il tasto "parlare" non lo digita proprio più nessuno, a casa mia, e il software col programma si è impallato.

Cioè, al limite, se proprio ti viene da parlare che non riesci a trattenerti, puoi telefonare a qualcuno, o chattare, oppure andare in piazza o al bar.

A casa no.

Cioè, fate qualcosa.

Quando un PC è sconnesso, uno lo resetta, e se non riesce lo butta nella spazzatura, sennò a vederlo morto gli sembra di morirci dentro pure lui.

Tipo che gli diventa una specie di minibara digitale.

E manco sa se è un morto virtuale, come Neo di *Matrix*, oppure è un morto vero.

E manco sa se deve chiamare il becchino oppure no.

18

"Scusa, cosa sarebbe 'sto sacco nero da becchino, ama'?"

"Non è un sacco. È un loden. E non è nero. È blu. E non è da becchino. I becchini non indossano il loden, che io sappia."

"Cioè, secondo te praticamente io dovrei andare in giro con questo cappotto da frocio? Vuoi un figlio quasi femmina?"

"Meglio un figlio quasi femmina che un figlio quasi figlio. Non dire frocio, te l'ho detto mille volte, si dice omosessuale o gay. Se lo ridici ti sospendo la paghetta per un mese."

"Tanto lo so benissimo perché vuoi farmi vestire da fro..., da omosessuale o gay. Volevi una femmina, non me."

"Ma come ti viene in mente?"

"Lo so da Flavia. Gliel'ha detto sua madre."

"Mia sorella straparla. Forse si riferiva a certi giochi che facevamo da bambine. Giocavamo ai sogni."

"Sognavi di avere una figlia, di' la verità."

"Macché. Sognavo di dirigere una banca come quella del film di Mary Poppins, per prendermi i pence delle persone e trasformarli in desideri realizzati."

"Cioè, sei flashata!?! Se uno c'ha i pence si realizza i suoi, di sogni, no? Cioè, ti fai il culo, lasci tuo figlio con le tate, diventi direttore, e poi realizzi i sogni degli altri?"

"Se vuoi mi licenzio anche domani, riduciamo le spese , tipo videogiochi o vestiti, e sto sempre con te."

"Cazzo, no. Figurati. È stata scialla, con le tate. Per esempio, quella negra che avevo a nove anni c'aveva un airbag da paura. Larissa."

"O madonna mia, non dire negra, non dirlo. E poi, scusa, ti sembra un nome africano Larissa? Larissa era l'ucraina che hai avuto a dieci anni. Quella che dici tu si chiamava Afyra. O Amina. Era dello Sri Lanka. O somala."

"Qua c'è passata gente da tutta Culonia."

"Invece delle tate, avrei preferito avere una moglie, come ce l'ha tuo padre, ma purtroppo ho solo un marito."

"La lagna: allarme rosso!"

"Hai mai visto tuo padre controllarti i compiti, andare a parlare con i professori, accompagnarti in piscina o dal dentista?"

"Donna schiava pulisci e lava. È lo slogan del mio gruppo."

"Provochi? Sì, provochi. Spero che provochi. Altrimenti sarei una madre fallita."

"Cioè, non è che sei vincente, come madre."

"Che si vince?"

"Che si mangia?"

"Polpette al forno."

"Giura! Come perdente sei una forte."

"Grazie. Da parte delle mie polpette. Non da me."

19

Marge, nella vita, doveva fare la cucinatrice di polpette al forno e basta.

Come sua madre e sua nonna, che gli hanno insegnato la ricetta perché facevano le polpette al forno e basta, e non stuccavano con il lavoro e come sono stanca e nessuno mi aiuta e tutto il resto.

Quando Marge cucina le polpette al forno, tu sei contento di avercela per madre, e non la cambieresti mai, cioè, giusto con un abbonamento a vita da McDonald's, quello sì, perché da Mc ti puoi spizzare pure patatine fritte e Coca-Cola, non solo le polpette, e a casa no.

A parte le polpette al forno, io Marge la cambierei di corsa con un'altra, cioè, una qualunque, quella che volete voi, basta che non è Marge.

Cioè, non si regge proprio, veramente.

Mo' c'ha sempre il nervoso. A mille. Dice che ha dei problemi coi colleghi di lavoro. E allora, invece dei colleghi di lavoro, stucca te.

Secondo me, il lavoro fa venire il nervoso alle madri, cioè, si vede.

Infatti, per questo fatto, anche mio padre non la regge. Si vede pure dalle polpette al forno. Gli piacciono un botto pure a lui, però certe volte, la sera, le lascia nel piatto e se ne va.

Metti, per esempio, martedì.

Ha detto lei: "Senti, per giovedì alle undici ci ha convocato la professoressa Manzi, tuo figlio ha preso una nota, io non posso andarci per problemi di lavoro, vacci tu".

Ha detto lui: "Io non posso andarci." Problemi di lavoro. Pure lui.

Così praticamente hanno preso a screziarsi come sempre, e chi lavora più e chi lavora meno, e chi è più stanco e chi è più riposato, e chi si occupa più di me e chi di meno, cioè, tipo una gara.

Io li ascoltavo ingozzandomi di polpette al forno, e sottovoce dicevo prima le battute, cioè, le so a memoria, così le dico prima che le dicono loro, e se indovino vinco, e mi do un premio.

Però a una certa mi sono alzato, ho battuto un pugno sul tavolo e ho detto a tutti e due: "Non c'è mica bisogno che ci andate, dalla Manzi di italiano. Ho fatto una scoreggia. Però mica l'ho fatta apposta. Le scoregge le fa il mio culo, mica io."

Allora Marge ha guardato stortissimo mio padre, e gli ha sparato a manetta quattro domande con la risposta già dentro per dirgli sei uno stronzo senza dirglielo: "Cosa pensi di dire a tuo figlio, adesso? Credi che stia crescendo bene? Credi di occuparti abbastanza di lui? Credi di essere un buon padre? Che cosa intendi fare?"

Allora poi mio padre si è alzato e se n'è andato senza dire nemmeno buonanotte, lasciando nel piatto quattro polpette al forno su cinque che ne aveva prese, un pazzo.

Io me le sono rovesciate nel piatto e le ho mangiate a razzo, senza nemmeno masticare.

Intanto Marge piangeva, cioè, era l'ora giusta.

Allora poi io mi sono spizzato l'ultima polpetta, e me sono andato pure io.

Ah: però gli ho detto buonanotte, prima di andarmene.

20

Non te ne andare.

Tieniti forte, Pasqualino, sennò scivoli via.

Dai che puoi farcela, sei di tempra buona, tuo padre faceva sci alpinismo, e io ho vinto due gare di pallacanestro al campionato femminile under quattordici, negli anni Settanta.

Aggrappati, resisti, serra i muscoli. I muscoli... Che scema. I muscoli ancora non ce li hai.

I muscoli si formano al quarto mese, e sei al secondo. So tutto, io, di te, ho studiato, e poi ti ho visto sullo schermo dell'ecografo.

Eri bruttissimo. Dai, non ti offendere, certe cose posso dirle. Solo io. Gli altri no. Quando ad esempio la radiologa, con quella faccia arcigna da strega Abelarda, ti ha chiamato "embrione", io stavo per dirle: "Come si permette?"

Aveva già il cuore, il mio, non lo sentiva?

Scandiva un ritmo regolare, intenso, esotico, come il tamburo di un pigmeo durante un antico rito tropicale.

Un cuore. Il centro di ogni cosa.

Il cuore di una questione, di un'era, di una storia, di una notte, di un giorno, di una vita, della mia.

Il cuore di mio figlio.

Mi sono commossa, come da copione, anche se avrei voluto mostrarmi un po' disincantata, scabrosa, dissacrante, col

Dottore-Barone-Principe della Sanità in abito elegante grigio ferro, che si grattava meditabondo la barba a ciuffettini sapientemente spogli, sale e pepe. Giovanile.

E allora ho liberato i dotti lacrimali, fissando l'ecografo. Eri una miniatura d'uomo, amore mio. Non un grumo di cellule. Non materia grezza. Non un sogno.

Eri tu.

Minaccia di aborto.

Che dice, Barone? Chi sta minacciando me e mio figlio? Che gli abbiamo fatto?

E tuttavia il Barone parla gravemente, il timbro regolato sui toni più profondi, molte pause, voce narrante impostatissima, dev'essere compreso nel pacchetto, con quello che paghiamo.

"Deve restare a letto almeno fino al quarto mese." Pausa. "Forse anche di più." Pausa. "Potremmo perdere il bimbo."

Potremmo perdere? Non siamo mica la sua squadra di calcio, io e mio figlio. Se perde qualcuno, perdo io.

Si scrolla nelle spalle.

"Dobbiamo affidarci alla natura e alla fortuna. Aspettiamo."

Va bene, aspettiamo. In quanti siamo? Filippo, Pasquale, Caterina, il Barone, e in campo avversario soltanto la natura e la fortuna. Due contro quattro. Secondo me vinciamo.

"Cerchi di star tranquilla. Agitarsi le fa male. Non posso garantirle nulla, ma spero che andrà bene."

Si dia da fare, Barone. Non ha i superpoteri? Mi affido alla plastica energia del suo onorario.

E tu apri le orecchie, Pasqualino, non fare il sordo, so bene che ce le hai. Le ho viste: una minuscola pianta carnivora, uno schizzo d'arte surrealista.

Ascoltami bene, ti dicevo: resta.

Vieni, e poi sguazzeremo in una spuma di allegria.

Faremo Paese dei Balocchi, faremo Disneyland, faremo Luna Park.

Te lo prometto: ti faccio divertire.

21

Non si divertono, non gli viene proprio, guarda che facce, stanno neri. Tipo che c'hanno avuto un corto nel cervello, click, la vita gli si è spenta, e stanno al buio, e se stai al buio non ci vedi un cazzo, e sbatti contro i muri, e stai incazzato.

Metti i miei. Due che si sposano, per esempio, dovrebbero scopare, sennò che si sposano a fare, per giocare a scacchi?

E invece niente.

Papà mica gli guarda più le tette e il culo, a mamma.

E mamma sta sempre strippata, come scopa?

C'è il fatto dei neuroni contromano, quello conta. Magari volevano sposarsi per scopare, e poi si sono accorti che s'erano sposati per screziarsi. Metti che scopavano, magari gli veniva da screziarsi anche scopando. Li ho sentiti.

Una sera vado da loro, dovevo chiedergli i soldi per andare al cine, sento che parlano, mi metto dietro la porta ad ascoltare.

"Adesso no," dice mia madre.

"Hai ancora il mal di testa?" chiede mio padre, tipo con una voce un po' cattiva.

"Ho che non mi va, non è fatto solo di questo un matrimonio."

Allora ho pensato che forse mia madre e mio padre si erano sposati per giocare a scacchi, anche se poi io non ce li ho visti mai, a giocarci.

Mi sono girato e sono andato via, e i soldi li ho presi direttamente dal portafoglio che stava nello studio di mio padre. Cioè, se non mi fai da padre, allora fammi da bancomat, se serve.

Domani devo andare al cine con Camilla, la mia migliore amica delle elementari, e adesso pure delle medie. È uscito il film dal libro *Un posto nel tuo cuore 1*, di Lucia Bonetti. Nel libro, Federico e Daniela scopano con Carlotta e Andrea, i due fichi della scuola, ma solo per fare gli sboroni. A un certo punto scoprono di amarsi, e allora poi decidono di scopare solo tra di loro. Mentre stanno a scopare, si dicono cose tipo: "Amore mio ti amo sei la mia vita non ti lascerò mai sarò tuo per sempre" e tutto il resto, e finalmente diventano felici.

Non credo che mio padre e mia madre hanno scopato mai così. Al massimo una volta, quando hanno fatto me. Non credo che i bambini si fanno come nei bagni delle discoteche o delle scuole, tipo una botta e via, tanti saluti, se capita ci becchiamo un'altra volta, sennò no.

Secondo Cami, quelli hanno pure problemi di memoria su come si fa per diventare felici scopando o in generale. L'ha scritto su Messenger, due sere fa. Su Messenger, Cami si chiama Qui l'InFerno nOn arRriVa mUsiCA, e io mi chiamo Ci sTripPi Ci Strappi ci StAi deNtRo e sChiAcci uN fiVe.

Io ho scritto: "Cioè... scnd t, i nstr genitori hn mai skopato cm Fred e Dani... tipo X esempio qnd hn ftt noi?"

Lei ha scritto: "Scnd m 1 vlt almn sì... xrò se lo sn scordato... potevano fare un video... ks 1 volta ce lo facevano vdr pure a n, così s lo ricordavano anche loro."

Magari un giorno lo sapevano pure, come si fa per diventare felici, ma ora no. O se lo sono scordato, per via della memoria, o gli avevano dato le informazioni sbagliate, cioè, credevano di saperlo e invece no.

Comunque, in generale, io di felici in giro, tra questi, non ne ho visti mai.

Cioè, forse qualcuno di felice c'è pure, però praticamente non lo fa capire.

Col cazzo che lo dice.

Si nasconde, il bastardo.

A quello, secondo me, non gli va mica di fare ai mezzi con qualcuno.

22

E adesso eccoci qui, caro Pasquale.

Tu, e io, e il letto Flou Chocolat rivestimento sabbia con copripiumino coordinato che ci hanno regalato i nonni per il matrimonio; e io che imparo a memoria la geografia di intonaci scrostati lungo le pareti e di macchie verdognole lungo il soffitto, e sembrano mappe imprecise di percorsi ambigui, minacce del futuro.

La casa sta ammuffendo, assieme a noi.

Dopo che nasci restauriamo tutto.

Nasci, se puoi.

Ti illustro i vantaggi dell'essere venuti al mondo, e del restarci. Pubblicità ingannevole. Pazienza. Per farti piacere la vita, riuscirò a farmi piacere anche la mia.

Promessa: niente prediche.

Sarò una sciamana, ti tornirò la coscienza per mezzo di messaggi subliminali, tonalità suadenti, sortilegi, esorcismi, sguardi efficaci, sorrisi contagiosi, battute esilaranti, esempi.

Sarò un'educatrice floreale: m'ingemmerò di luce interiore come un fiore si ingemma di rugiada. I cattivi, invece, sono incrostati di muffe e di licheni. Il mondo dei cattivi è piatto, senza spessori, è un ologramma, monodimensionale. I cattivi sono smarriti, vuoti, soli. Brutti.

Almeno credo.

Prima dovrò censirli, a volte le contiguità confondono, e vai a sapere, non è che si capisce dalla faccia, come nei cartoni.

Ecco, Walt Disney.

Ti compro tutte le cassette, dagli anni Cinquanta a oggi, e ci facciamo il cinema ogni giorno. Le luci spente, e poi sprofondiamo abbracciati sul divano.

Quand'ero bambina, me li vedevo al cine con nonna Teresa, poi li sceneggiavamo, nonna e io, e la mia stanza diventava un set.

La bella volevo farla sempre io. Io ero Lilli e nonna il Vagabondo, io Wendy e lei Peter, io Cenerentola, Aurora, Biancaneve, e lei il Principe Azzurro. Il principe lo interpretava con grande ispirazione, sfidando con profondissimi inchini la sua artrosi, e sprofondando il timbro nei toni carezzevoli d'amore che nessun principe le aveva dedicato mai.

Questa storia del Principe Azzurro, per la verità, è stata un'allucinazione collettiva, il bacillo di un'epidemia micidiale, una Spagnola degli anni Sessanta, una catastrofe generazionale.

Alcune non si sono più riprese.

23

Stiamo seduti su un muretto della scuola, e il sole ci spara le carezze sulla pelle, né calde né fredde, cioè, giuste.

"Cami, secondo te come si fa per diventare felici?"

"Guarda, io non ne so un cazzo proprio, se lo sapevo te lo dicevo, figurati. Mica te lo insegnano a scuola, non so, all'università."

"Secondo me dovrebbero farli, i corsi di felicità, invece di insegnare le stronzate. Cazzo ti frega, per esempio, di sapere il Risorgimento, la densità del Giappone, la radice quadrata dei numeri, mica diventi felice con queste menate, se le sai. Resti incazzato come prima. Uguale. Pure peggio. Guarda quelli."

Due prof, un maschio e una femmina vecchi sui quaranta con le facce storte, fumano al sole e bevono il caffè. Dalle facce dei prof, si vede proprio che gli stai sul cazzo tu, gli altri compagni, il preside, i colleghi, la scuola in generale, e soprattutto il fatto che devono stare a fare i professori, mentre magari volevano fare un'altra cosa, e invece non gliel'hanno fatta fare.

E poi dicono studia studia. Scusa, voi avete studiato per fare i professori, no? Però state a dire sempre che non ne potete più, che noi ragazzi siamo peggio delle bestie, e tutto il resto. E allora perché non avete fatto direttamente i contadini, che di studiare non c'era bisogno, stavate all'aria aperta, coi cavalli le mucche e i maiali, cioè, le bestie vere, che sono meglio di noi, lo dite voi!

Cami, per capire come si fa a diventare felici, ieri si è messa a cercare sui siti degli emo, che a lei gli piacciono un botto.

Gli emo cercano il senso della vita, però non sanno dove. Infatti praticamente si vogliono sempre suicidare tagliandosi le vene, ci vanno proprio in fissa, perché così trovano almeno il senso della morte, tipo che smetti di soffrire, ci siamo visti e ciao.

Sui siti degli emo, Cami ha trovato molte band che fanno musiche tipo di morte e di vampiri, e che si chiamano tipo Il massacro del compleanno, Zombie Girl, Il mio sogno di suicidio, e altre cose così.

Sulla felicità non ha trovato niente.

"Forse devo cercare meglio," ha detto.

Secondo me, pure se cerca meglio non ci trova un cazzo, cioè, è sicuro.

Allora ho preso e ho guardato io su Wikipedia.

"La felicità," ci stava scritto, "è una condizione fortemente positiva di soddisfazione totale."

Tipo che bevi una Coca ghiacciata dopo il calcio? Che ti vai a mangiare un Big Mac dopo la scuola, quando hai lo stomaco bucato come il vulcano Mana Loa? Che le vacanze durano sei mesi? Che la tua squadra vince il campionato? Che raggiungi l'ultimo livello a *Tekken 6*?

Ok, vabbe', dopo ti senti soddisfatto, ma quando finisce la soddisfazione cosa fai?

Secondo me, stai nero un'altra volta.

Cioè, preciso come prima.

Anche di più.

24

“Perché non rispondi al cellulare? Ti ho chiamato per tutto il pomeriggio. Niente.”

“Cazzo ne so. Non avrò sentito.”

“Non dire cazzo. E non dire sciocchezze. Tu te lo porti sempre dietro, il cellulare. Una protesi. Con quella suoneria che gracchia rumori osceni nell’arco di cinque chilometri quadrati.”

“Sei pazza. È un pezzo di dj Emix. Che ne sai di house?”

“Il mio interesse è minimo. Dov’è il tuo cellulare?”

“Non si potrebbe rinviare la pezza a dopo? C’ho da fare.”

“Quando ti ho regalato il Nokia settemila e rotti...”

“... 7900 Prism...”

“... quando ti ho regalato il Nokia settemilaeccetera, mi hai promesso che lo avresti tenuto sempre acceso per farti rintracciare. Lo hai perso?”

“Non è che l’ho perso. È che non so dov’è.”

“Cioè perso.”

“Vabbe’, allora te lo dico. Inculato a scuola.”

“Sei un cretino. È il terzo.”

“So chi è stato.”

“E allora denuncialo e fatti ridare il cellulare.”

“Sì, denuncialo... È uno grande, del liceo. Fascio. Scrive sui muri ‘Onore a Rudolf Hess’. C’ha il coltello con la lama da dodici. Se lo denuncio mi apre.”

"Rudolf Hess? Ma tu lo sai chi era Rudolf Hess?"

"Un tedesco che va una cifra coi fasci, a scuola mia."

"Tu lo denunci e basta, questo qui. Se ti ammazza di botte pazienza, vuol dire che ti porterò al pronto soccorso. Ha bisogno di aiuto, uno così. Dev'essere ricoverato in una clinica per malattie mentali."

"Cioè, ama', calmati, è pieno di fasci in giro, mica solo lui. Li vuoi ricoverare tutti?"

"Sì."

"E poi si fa, questa cosa che rubi il cellulare e chiedi il riscatto, mica la fa solo lui. Vuole cinquanta euro. Un prezzo buono."

"Accetti un ricatto? Vigliaccheria, omertà, così si è costruito il potere della mafia."

"Cioè, sei strana. Mi cazzi quando gioco al *Padrino* e chiedo il pizzo. Mi cazzi quando pago. Secondo te da che parte dovrei stare? Vincente o perdente?"

"Voglio che tu capisca che tutte e due le parti riguardano lo stesso gioco. Non un videogioco. Un gioco vero. Con le regole della malavita. E tu ci stai giocando."

"Non strillare come una lavandaia."

"Le lavandaie lavano, non strillano."

"Allora non strillare come una strillaia, che cazzo vuoi da me? La mafia e il nazismo e gli altri cazzi li avete inventati voi. I grandi. Mica io. Cioè, fatevi raddrizzare i neuroni, poi parliamo. Sennò dove stanno tutti questi buoni esempi, scusa?"

"Sui libri che ti compro, per dirne una."

"Da schiumarsi."

"Leggine uno, prova, scommetti che ti piace?"

"Ok, ci sto. Cinquanta. Andata?"

25

Marge appartiene alla scuola di madri "daiparliamo". Le madri "daiparliamo" non parlano perché devono dire qualcosa di particolare. Parlano perché devono parlare.

In pratica, le madri "daiparliamo" parlano come tu vai in bagno, a scuola, o al bar, o in piazza, o accendi la televisione il cellulare il PC, cioè, non lo fai per una ragione precisa, lo fai perché si fa.

Le madri "daiparliamo" hanno una bocca grandissima, e c'entrano dentro il triplo di parole che possono entrarci nella tua.

Loro dicono che è per parlare con te, la bocca grande, ma non è vero.

È per mangiarti meglio.

Le madri "daiparliamo" sono peggio delle madri che non parlano per niente perché non gliene frega un cazzo di parlare coi figli, cioè, hanno altro da fare, perciò alla fine nemmeno i figli parlano con loro, a parte se devono mandarle a fare in culo, allora sì. Tipo le madri di Robi e gli altri.

Le madri "daiparliamo", invece, parlano un botto.

Però parlano a buffo.

Conta, parlano quando gli va di parlare a loro, senza chiedere se ti va di parlare pure a te, e scelgono loro gli argomenti, senza chiedere se magari tu preferiresti altri argomenti, oppure preferiresti non parlare proprio, e stare zitto.

Secondo me era meglio se non parlavano proprio, come le madri di Robi e degli altri.

Almeno stavi in pace.

Le madri "daiparliamo" non parlano per sapere cosa pensa il figlio.

Parlano per far sapere al figlio cosa pensano loro.

Praticamente ti assaltano alle spalle, all'improvviso, come Tommy Vercetti quando fa fuori Diaz, il boss della coca di Vice City, in GTA. Anche le madri "daiparliamo", come Tommy Vercetti, sono armate. Sparano a manetta, tipo con un revolver calibro 40 a doppia azione selettiva, missione distruggere, impallinare le orecchie del figlio, proiettili perforanti di venti millimetri, a raffica, tutti attaccati. Ra-ta-tata... perchéfaicosì... chetihofatto... nontiriconosco... ditenonsopiùniente... deviparlarmi... parla parla parla.

Dai, parliamo.

Però, alla fine, è sempre Marge che parla.

Parla tutto attaccato, senza pause.

Apre le virgolette e non le chiude, occupa tutti gli spazi dei discorsi tipo senza capoversi punti due punti virgole puntini, senza niente, solo una vagonata di esclamativi, e anche interrogativi, però senza aspettare la risposta.

Quando Marge parla, io mi metto l'iPod nelle orecchie, e lei di solito nemmeno se ne accorge, perché sta troppo impegnata a parlare e non ti guarda.

Siccome lo so che in pratica sta parlando con se stessa, io non ascolto.

Cioè, per discrezione.

Sto lì e basta.

Ma è come se non c'ero.

26

Non c'ero.

È nato Niccolò, ma io ero altrove.

Ero sospesa nel buio di un'anestesia.

Intanto il Barone coi superpoteri mi sventrava, usando il superlaser baronale come si usa un apriscatole, e poi mi asportava il bimbo dalla pancia come svuotando una scatoletta di ventresca, e richiudeva, e si sfilava i guanti, e salutava tutti, e andava a pranzo.

Ora sento un dolore lancinante, e sono intrappolata in questa rete di tubi come un tonno durante una mattanza, vorrei dormire, vorrei morire, rifatemi l'anestesia, anche l'eutanasia, se necessario, la buona morte non si nega ai tonni, sono creature viventi pure loro. E non mettetemi il bimbo sul petto, per favore, pesa, m'ingombra, non lo voglio, ogni minimo movimento mi tormenta, vorrei tornare indietro, digressione, facciamo che va in un altro modo, un modo lieve, giulivo, divertente, non si era detto che avremmo fatto festa?

Preparazione al parto: cinque mesi. Avevo un mister. Avanti, cara, training autogeno respiratorio, rilassamento, uno-due, uno-due, e ora facciamo i massaggini con l'olio profumato, aromaterapia, dobbiamo coinvolgere l'olfatto, e anche l'udito, e adesso musica, aumenta le endorfine. Infine tre, quattro gocce di fiori di Bach faranno il resto, antico rimedio contro l'incertezza e la paura, domandi a sua nonna. Non l'ha più? Ha quarant'anni? Lei? Nooo, non ci credo, complimenti, cara, ecco il conto, se vuole fattura devo aggiungere l'IVA, sa com'è, arrivederci cara, e in bocca al lupo.

Crepi. Non lei. Il lupo. Si figuri. Caro.

Ultima visita, mancano due settimane: il Barone si gratta il pelo, cincischia, prende tempo, sposta il suo sguardo inespressivo da me a Filippo, pupille da gufo, dilatate da lenti con montatura rossa. Le lascia fluttuare da una parte all'altra, senza sintonizzarle con gli occhi di nessuno, un altro tic.

Con l'indice tamburella un ritmo marziale sulla scrivania, pa-parapapa-pa. Coordina il ritmo dello sguardo fluttuante con quello del dito militare. Poi me li punta contro entrambi. Sguardo e dito. Accusatori.

"Lei ha quarant'anni!"

Confesso, Barone, li ho compiuti la settimana scorsa, martedì. Gemelli, segno complicato, devi arbitrare tra più anime, e sono tutte inquiete, ultronee, prepotenti, il negoziato è estenuante. Però che c'entra? Perché me lo rinfaccia? Si sarà offeso perché non l'ho invitato. Non se la prenda, sa, non abbiamo festeggiato, non mi vede? Una balena spiaggiata, vessavo i piedi gonfi in un andirivieni con il bagno, sa come si comporta in questi frangenti la vescica, anzi, mi scusi, dov'è la toilette?

Torno, lo sguardo del Barone ora è sintonizzato con quello di Filippo, con evidente e reciproca soddisfazione. Sento che si è saldata una complicità. Infatti anche Filippo tamburella il dito sulla scrivania, si gratta il mento, tiene gli occhi bassi.

Allora il Barone, con un sorriso burocratico, dice: "Quarant'anni non è l'ideale per fare il primo figlio."

Avrei fatto meglio ad avere un'altra età. A quarant'anni, spiega il Barone, va molto il parto pulp. Forcipe e ventosa, quindici o sedici ore di travaglio, va così nel quaranta per cento dei casi, veda lei.

Mi pare sogghigni.

È circonfuso da un'aura di menzogna. Mente, è sicuro, lo sanno tutti, col cesareo fai lievitare la parcella, fatichi meno, incognite zero, lo metti in agenda come un appuntamento col commercialista, nessun travaglio, e lui ti confeziona un bimbo morbido roseo garrulo tranquillo, dormiente per condivisione dell'anestesia. Superperpoteri.

"Rifletta: vuol far correre rischi al suo bambino?"

Filippo è pallido come un malato. Mi mette la mano sulla pancia, con gesto possessivo.

"Deciso: fai il cesareo."

Filippo è così: a lui le sfumature stanno come a un appassionato di telequiz possono stare i teoremi cartesiani riguardo al valore del dubbio e del sapere.

E tu cosa ne pensi, Pasqualino?

Fermo.

Niente capriole, neanche un calcetto dei tuoi, quel leggero sussulto d'ali nella pancia che mi fa il solletico e sorrido.

Non voti.

Sono in minoranza.

Piango un po'.

Si piange facilmente, in gravidanza, soprattutto se si hanno i dotti lacrimali incontinenti.

Mi taglieranno la pancia.

Ma il destino ci risarcità, ne sono sicura.

È un bravo cristo.

27

È bravo soltanto a criticare, Cristo. Io lo vorrei conoscere proprio, lui, o suo padre, o Buddha, o Allah, Maometto, Geova, la dea Kalì, Giove, uno di questi, quello che comanda in cielo, il boss. Io non lo so chi è, però gli vorrei dire che non è bravo per niente, a comandare.

È bravo soltanto a fare la lista dei peccati, a minacciare, guarda che se fai lo stronzo vai all'inferno o ti reincarni in un verme, e sono cazzi tuoi. Secondo me quello si diverte pure, a starsene là sopra bello bello per sparare gli scherzi a quelli sotto, e poi si spacca a guardare, a dire vediamo mo' che fanno questi, a ridere di noi.

Se quello lo sapeva fare, il boss, le cose andavano come dovevano andare, cioè, giuste. E invece non ci vanno mai.

Metti scuola mia.

A me mi stanno pure simpatici, Edo, Davide e Franco, e fanno ridere, e sanno giocare benissimo a calcetto, e fanno le battute forti, e a me non mi hanno fatto niente. Però li devo per forza pisciare e blastare perché sono perdenti, sennò Robi e gli altri si mettono a pisciare e a blastare me, e dicono che anch'io sono un perdente, e non mi va.

Bedoya Edoardo non si chiama Edoardo, ma Edwin, dato che praticamente è un filippino. Si fa chiamare Edoardo, anzi Edo, per sembrare meno filippino, perché ai filippini a scuola mia la gente deve per forza andargli in culo, non lo so perché.

Infatti Robi e gli altri non lo chiamano mai Edo, né Edoardo, né Bedoya, lo chiamano sempre "sporco negro".

A me Bedoya non mi sembra proprio sporco, secondo me si lava, cioè, la sua pelle sa sempre tipo di sapone o docciaschiuma. E poi a me non mi sembra neanche negro, cioè, praticamente è tipo marroncino. Al limite, volendo proprio, dovevano chiamarlo "sporco marroncino".

Perciò a me questa storia di "sporco negro" mi sembra una cazzata proprio, però non posso dirlo, perché sennò quelli mi chiamano "sporco" pure a me, cioè, tipo "sporco bianco", "sporco italiano", "sporco qualcosa", e non mi va.

Potenza Davide, invece, Robi e gli altri lo chiamano "sporco ebreo", oppure "scappellato", per via che i genitori gli hanno fatto fare la circoncisione.

Robi e gli altri certe volte gli scrivono sul banco: "Viva i lager", "Cuciniamoli nei forni", "Riapriamo le camere a gas" e altre cose del genere, e allora lui si porta da casa l'alcol e il cotone e poi cancella.

Quando una prof li scopre, Robi si alza e dice che quello era uno scherzo, così, giusto per ridere. Cioè, dice Robi, mica è successo veramente il fatto degli ebrei, delle camere a gas e dei lager, è tipo un fumetto, una stronzata.

Le prof in genere scuotono la testa, e fanno finta di non aver sentito, e poi parlano d'altro.

La Manzi di italiano, invece (che la chiamiamo Manza per via del fatto che pesa tipo cento chili), lo fa vedere proprio che ha sentito, s'incazza di brutto, e dice che vuole parlare proprio di questo e di nient'altro, e attacca una pezza lunghissima sull'Olocausto.

Mentre lei parla dell'Olocausto, Robi e gli altri si mettono gli iPod nelle orecchie e fissano gli occhi sul soffitto, e lei gli mette le note, e loro se ne fregano, e continuano con gli occhi sul soffitto e con gli iPod.

Allora io vorrei dirgli: "Guardate, Robi e gli altri, che il fatto degli ebrei è successo veramente, cioè, l'ho visto pure nel film *Schindler's List*", però non posso dirlo, sennò mi scrivono sul banco pure a me che vogliono cucinarmi nel forno sul gas nel microonde o non so cosa, e non sono mica un abbacchio, e non mi va.

E poi c'è Fabbri Franco, che bisogna blastarlo perché vive in periferia, dove prima ci stava la campagna e un po' c'è ancora, in certi grattacieli con le finestre di alluminio, tutti uguali. "Come a New York", dice ogni tanto Fabbri Franco, e sembra tutto contento, e sorride, però con le labbra solo, gli occhi no.

Un giorno la Manza ci ha dato per tema "Dove vivo".

Quello di Fabbri lei lo ha letto in classe, perché secondo lei era il tema più bello, infatti ha preso 9.

Fabbri, nel tema, ha raccontato che i grattacieli di dove vive lui non hanno negozi e marciapiedi attorno; e dalle finestre di alluminio praticamente ci entra dentro il vento pure se le chiudi; e in casa certe volte l'intonaco ti cade in testa; e gli ascensori sono sempre rotti e devi farti dieci piani a piedi; e ci sta sempre una zaffa da paura per via delle discariche, e sembra che stai tipo al cesso e non all'aria aperta; e quando giochi a pallone inciampi nelle sterpaglie per il fatto che la campagna un po' c'è ancora.

Io non ci sono stato mai, a New York, però la vedo sempre al cinema o nei serial, alla televisione. Secondo me i grattacieli dove vive Fabbri non sono per niente uguali ai grattacieli di New York.

Mentre la Manza leggeva il tema di Fabbri, Robi e gli altri hanno cominciato a fare tutti insieme buuu, però con le bocche aperte poco, così la Manza non capiva chi faceva buuu e chi no.

Io no.

Cioè, veramente ho aperto un minimo la bocca, sennò Robi e gli altri mi blastavano anche a me.

Però ho fatto finta.

Cioè, voglio dire, la voce non l'ho fatta uscire.

28

Uno spettro sonoro innaturale.

La natura ha strafatto, nel calibrare la tua voce.

Non ha senso.

Come puoi tirar fuori questa acustica da tre chili e sessantadue grammi di massa corporea? Smettila, smettila, ti prego, vuoi farmi impazzire, che ti ho fatto? Non piangere, lo so, piangi per colpa mia, perdonami, qualunque cosa abbia fatto non la farò mai più.

Forse è per come ti cambio ti lavo ti vesto, mi sento impacciata come un agricoltore alle prese col ricamo, sono contratta, intimidita, m'inibisce la tua fragilità, manipolo un cristallo, vedrai che ti rompo, prima o poi. E provo un vago orrore per quello che resta del cordone ombelicale, un monconcino pendulo e sanguinolento. E poi mi strappa un fiato di ripugnanza la tua cacca quando ti sfilo i pannolini, e vado in apnea finché non ho finito, e se la fontanella della tua pipì zampilla sul mio volto corro a lavarmi, e forse tu ti offendi.

Il fatto è che l'istinto materno lo devi coltivare come si coltivano le rose, ha una stagione giusta, vuole tepore, adesso è ancora freddo, abbi pazienza.

Basta, non piangere, ti imploro, fammi capire cos'hai, che devo fare, hai sonno, hai fame, hai caldo, hai freddo, hai mal di pancia, vediamo che dice il dottor Spock. Dove l'ho messo, quel dannato manuale che incongruamente elogia i doni della maternità? Qualcuno li ha contati? Vedrai, saranno sette, le cose sono quasi sempre sette, chi ha fatto la contabilità dell'universo aveva la fantasia che hanno le mosche. I re di Roma, i nani, i peccati capitali, le meraviglie del mondo, i giorni della settimana, le note musicali, le vite di un gatto, i doni delle mamme. Dove li trovo scritti, eventualmente?

Vediamo Spock. Pianto a sirena seguito da crescendo ritmico di urletti: colica gassosa. Pancia all'ingiù, due o tre goccine, massaggi leggeri, un po' di pazienza, smetterà.

Dice: il pianto è il suo linguaggio, vuole attirare l'attenzione della mamma. È naturale.

Dice: chiede contatto e rassicurazioni. È naturale.

Grazie, dottor Spock.

È mai rimasto due settimane senza quasi mai dormire? È naturale?

Scommetto che anche Spock, come Filippo, ha avuto una moglie con delega di veglia notturna al bimbo in regime di esclusiva. I guru della pediatria devono riposare, per poter scrivere bestseller sull'allevamento dei bambini.

E ora, caro Spock, vedo sua moglie muoversi come uno spettro in una notte priva di sollievo. La vedo come fosse una proiezione di me stessa. Ascolta suo marito russare dietro la porta che lei le ha chiuso in faccia dopo un congedo beffardo, buonanotte. E lei col bimbo in braccio, e una costante incipienza di pianto censurata in gola, smarrita in un andirivieni inconcludente. Perlustra l'inospitalità notturna delle stanze, cerca di rabbonire l'inimicizia della solitudine, del freddo, del silenzio, braccata dal respiro della casa.

"Ti prego, piccolino, dormi! La mamma è così stanca. Dormi un po'!"

E adesso la signora Spock, come me, sta cercando di riconoscere se stessa in quella figura scarmigliata dal passo malfermo, il corpo ancora gonfio, infagottato in una vestaglia stazzonata coi bordi insudiciati da aloni di rigurgito infantile. E intanto misura lo sproporzionato ingombro di quel fagottino nel perimetro del suo futuro, soppesa il sistema di abitudini che l'esproprierà del suo, riflette sulle ambivalenze della maternità. Sui fuochi artificiali e sugli abissi, sulla schizofrenia che sovrappone l'istinto materno a quello infanticida. Ora, tentando di reprimere il secondo, la signora cerca di interpretare gli strepiti del bimbo. Compulsa, naturalmente, il suo manuale.

Fame, dolore, rabbia? Avanti, è rebus, la soluzione sul prossimo numero, o uno dei seguenti: "Col tempo la mamma imparerà a capire." È naturale. Sempre che prima la mamma non smarrisca il senno.

E allora dai, Niccolò, smetti di piangere, facciamo un po' per uno. Se smetti tocca a me, così posso sciogliere quel nodo balordo che mi stringe la gola a orari regolari, sei volte al giorno, come le poppate. Ansia, fatica, sbornia di estrogeni, in America si chiama baby blues, come fosse un pezzo di cool jazz. Poi passa. Lo garantisce anche Spock. È naturale.

"Non sono riuscita a non essere banale."

Parlo da sola.

Zitti, ascoltate, il ritmo dei singhiozzi rallenta, l'ululato si affievolisce, il lupo sta tornando in tana con qualche pecora sulla coscienza.

Il tuo respiro diventa regolare, largo, profondo, concentrato. Vado a depositarti nella culla con la circospezione di un felino, senza spostare aria, senza nemmeno respirare, maneggiandoti come un ordigno inesploso.

Mi raccomando. Zitti. Fermi. Nessuno si muova.
Sentite che pace, che silenzio. Che sollievo.
A chi ti raccomandi, Caterina?
Non vedi che non c'è nessuno?
Le ombre non fanno rumore.

29

Cioè, non è un fatto fisico.

Fisicamente è un po' vecchia, ma a me che me ne frega, cioè, è mia madre, e mica ci devo andare in giro, e quando viene a prendermi a scuola la faccio aspettare dietro l'angolo, e praticamente gli altri non la vedono, e così non mi vergogno.

Cioè, non è questo, giuro, veramente, le madri sono vecchie, in genere, si sa.

Il fatto brutto è che è vecchia di cervello, Marge.

Di corpo in teoria se vuole si rifà, cioè, si scannerizza dai piedi alla testa, si fa un lifting, una lipo, allora forse diventa anche guardabile, e non proprio una cozza come ora. Tipo una via di mezzo di cozzaggine, da zero a dieci cinque, metti, pure sei.

Con la chirurgia fai tutto.

Metti Cri, che c'ha le tette piccole, tipo seconda, mica si suicida. Ora si mette il push up, poi si farà fare l'airbag dal chirurgo, tipo quinta, la madre gli ha promesso che glielo regala per i diciott'anni. Ludo si farà rifare il naso, invece, e Robi la lipo alle cosce che c'ha la cellulite, e Fede si fa tirare su il culo, perché dice che è basso. Michela invece non ha deciso ancora, forse le orecchie forse le cosce forse il mento, ci sta pensando, intanto si è già fatta un archivio. Per i tredici anni, si è fatta regalare da sua madre un videogioco fortissimo dove puoi far fare la chirurgia plastica al tuo avatar, così intanto capisci che faccia e che corpo ti vuoi fare, e poi decidi.

Invece il cervello no, come si fa, cioè, se sei vecchia sei vecchia e te lo tieni. Mica ti ci puoi fare il lifting o la lipo o cose del genere, al cervello.

Mia madre, di cervello, c'avrà tipo cent'anni.

Conta, per esempio, che s'impalla sempre col PC, cioè, non ha capito ancora come funziona, gli tira i calci e i pugni, ci si screzia, si mette a blastarlo, ti scassa le palle tutti i giorni a dire per favore aiutami sennò impazzisco. Ma che ti aiuto a fare, ama', che sei sclerata, per dire, usi ancora l'email, cioè, usa la chat, sennò tanto vale che scrivevi una lettera e la portavi a mano, cioè, era uguale.

Il cellulare non si può guardare. Vecchio e scrausissimo, senza videocamera, e quando papà gli ha regalato per Natale uno smartphone, Marge gli ha detto grazie, ha aperto la scatola, lo ha guardato, ce lo ha rimesso dentro e poi ha chiuso tutto nel cassetto, è ancora lì. Dice che è troppo complicato, e preferisce il suo.

La macchina, poi, praticamente un cesso. Non la cambia da tipo sette anni. E che cazzo, ma non ti vergogni che vai ancora in giro con una Twingo giurassica che cade a pezzi? E dentro ci butta pure le carte, è un cassonetto, dice che fuori non si sporca, è brutto. Cioè, sporchi dentro? Scusa, che ti frega?

E poi s'intrippa per una cazzo di musica da flebo, tipo senza ritmo senza parole senza dj senza cantante senza niente, cioè, che vuol dire, che te ne fai, nemmeno ci puoi ballare sopra, a che ti serve?

Ma il peggio è quando parla, che certe volte si fa i viaggi all'indietro con la macchina del tempo.

Gli scappa "disco" invece di CD, e "cassetta" invece di DVD, e "macchina per scrivere" invece di computer, e "lire" invece di euro, e "millenovecento" invece di duemila, cioè, da dove vieni, che parliamo a fare, non ci sei, non sei connessa.

Sembra che ancora nessuno gliel'ha detto, a Marge, che abbiamo cambiato secolo e millennio.

Magari gli prende pure un colpo, se lo scopre.

30

Buongiorno signora, guardi che giornata, novembre e sembra maggio, sempre più strane le stagioni, bello il suo bimbo, cresce bene, lei lo allatta ancora? No? Ma pensi, invece io sì, ho ancora tanto latte, ciuccia che è un piacere, non vuole staccarsi. Prima piangeva tanto, scambiava il giorno con la notte, credevo di morire, ora è tranquillo, un angelo, dorme dieci ore a notte, non ero mai stata felice come ora. Però sapesse svezzarlo che fatica, mi sputa le pappine, non me le digerisce, e poi mi fa il ruttino dopo quasi un'ora, una tragedia. E il suo?

Al parco tua madre è il guru della prima infanzia, la più virtuosa, la più esperta, un'attrazione. Io predico ammonisco pontifico erudisco consiglio rassicuro, cito a memoria trattati di pediatria, manuali di igiene infantile, testi accademici, riviste sul mondo delle mamme.

Nessuno mi frega, in fatto di pannolini ad ala o a mutandina, di latte materno o vaccino, di brodi di pollo o vegetali, di omogeneizzati o cibi freschi, di lallazioni che vanno interpretate, ognuna è diversa da un'altra. Il mio a cinque mesi ha già superato la fase prelinguistica, sa, è precoce. I vostri? Mi raccomando, attente alla fase del "piccolo linguaggio", ma come che cos'è? È importantissima, comincia a manifestarsi la personalità del bimbo, bisogna saper fare un po' di introspezione, ora vi spiego come faccio io.

E pendono dalle mie labbra, e a momenti si portano da casa le domande scritte, tranne qualcuna che appena mi vede stira un sorriso agrodolce e dice "devo tornare a casa, corro, chiedo scusa", e imposta l'inversione a U *del passeggino, e scappa guardandosi alle spalle, come se avesse alle calcagna un venditore di enciclopedie. Invidia.*

"Sono dilettanti, amore mio. Per fare le madri bisogna un po' studiare, sai?"

Mi ridi in faccia. E allora rido anch'io. E il nostro riso convoglia in un torrente di allegria, e l'allegria tracima, ci allaga, e noi anneghiamo, e tutti dicono che sono annegati due che ridevano senza ragione, assieme, due cretini.

La vita è bella, la vita è cretina, la vita siamo noi.

La vita è un parco.

Si possono aspettare quarant'anni.

E poi si vive.

31

"E poi si muore."

"Che dici, ama'?"

"Elisa, una collega, tumore. Morta a quarantott'anni, venti di carriera, terzo livello, due figli, due case, centoquaranta metri quadri con giardino più villino a schiera trifamiliare con scorcio periferico, marito dirigente d'azienda, un cane, tutto..."

"... cioè, straparli..."

"... e poi basta, tempo scaduto, peccato, signora, ha perso, ci dispiace. Chi ha vinto? Nessuno, ha vinto. Qui non si vince mai, che si credeva?"

"Ama', tranquilla, sbarelli proprio. Veramente."

"Neanche piangevano, i figli. Parlavano con gli amici, la piccola rideva."

"Gli avranno detto una cosa da ridere."

"Pensava, cara signora, di aver fatto tutto ciò che si deve fare per essere felici? La somma delle parti non fa il tutto, diceva il saggio cinese. Non lo conosce, signora, il saggio cinese? È un tizio petulante che s'impiccia, e quando sbagli viene a rinfacciare."

"Ama', guarda che stai fuori come un balcone. Proprio. Schizzata."

"Ma che ne sai? Menarca, e quarant'anni di sangue e sofferenze, e parti sanguinosi come i massacri delle foche canadesi, e poi menopausa, e poi, finiti gli estrogeni, finito tutto."

"... ma che ti sei fumata, ama'? Cioè, guarda, ti do un consiglio, cambia pusher."

"E poi si muore. Si muore con la ricrescita scura su metà capello e tre centimetri di pelo sulle gambe. Si intravedevano, nella camera ardente, sotto le calze. Chissà da quanto tempo non faceva la ceretta. Non credo che i becchini depilino."

"Cioè, se vuoi m'informo."

"Aveva i soldi, ma non aveva tempo per usarli."

"Be', scusa, se non sai usare i soldi sei fagiana proprio. Cioè, allora dalli a un altro, tipo me."

"Si muore senza aver avuto il tempo di capire il senso della vita, e neanche di andare dal parrucchiere. Vedessi che capelli, Elisa. Ricordati: non voglio il prete, sul mio letto di morte. Il parrucchiere. Per la camera ardente. Giura."

"Vabbe', ho capito: ti sei fatta il *binge drinking*. Cinque bicchieri di seguito. Robi ha provato. I suoi lo hanno tanato, ha sbrattato l'anima, gli ha tipo asfaltato il parquet del salone. Praticamente ai domiciliari per un mese."

"Un tailleurino grigio topo. Ricordati, per la camera ardente voglio indosso un Armani beige corallo."

"Ma quando, ama'? E chi t'ammazza, praticamente stai gasatissima, una spada, e quando muori? Chissà quanto dovrò pagare di badante. Cioè, sempre se cambi pusher. Sennò schiodi prima."

32

Cioè, pagano dieci sacchi a settimana, cazzo ci fai, non è mica una paghetta quella lì.

Un'elemosina.

Conta, un euro e quarantadue centesimi al giorno, neanche un rom, era meglio se facevo il lavavetri.

E poi se mi scoprono che vado a prendergli i soldi dal portafoglio mentre dormono non è che possono stare a dire niente, scusa, allora non facessero i rabbini, alzassero più euro, e io non rubo, e pace.

A Robi gliene alzano cento a settimana, voglio dire. E allora a Robi e altri glielo andate a dire voi che non mi posso comprare un cazzo, quando usciamo?

Cioè, io mica glielo dico, mi vergogno, mica lo voglio fare lo straccione, e allora gli dico che c'ho il mal di pancia e che non posso uscire, e loro mi dicono che sono sempre malaticcio, un frocio.

E poi c'ho pure gli incubi, i soldi me li sogno anche la notte.

Tipo ieri.

Trovavo la mia stanza piena di euro, erano sparsi dappertutto, sul letto, sulla scrivania, sotto il tappeto, nei cassetti. Li raccoglievo tutti nello zaino e uscivo per spenderli, tipo vestiti, da mangiare, sigarette, birra, tutto quanto. Però, praticamente, non trovavo neanche un negozio, neanche un bar. E in giro non c'era nessuno. Cioè, ero solo su una strada di campagna. Il sole un po' alla volta cominciava a gonfiarsi, e tutti gridavano: "Fuggite, fuggite, adesso scoppia, e presto scoppierà pure la Terra, e moriremo tutti."

Allora poi dal cielo cadevano pezzi di fuoco e io scappavo, gridavo e avevo paura. Allora mi nascondevo dentro una casa vecchia, coi muri scrostati e il tetto rotto, e in una stanza c'era mia madre che piangeva scrivendo sull'agenda di pelle nera, e in un'altra c'era mio padre che alzava il volume della televisione col telecomando. Ma a un certo punto mia madre e mio padre non li vedevo più. Cioè, sparivano, compresa l'agenda di pelle nera e il telecomando, tutto quanto.

Allora, dalla finestra, praticamente vedevo che fuori era diventato tutto buio. Il sole era scoppiato. Allora mi chiedevo: cioè, come facciamo senza il sole? Chi ci darà la luce e il calore? E come faremo ad abbronzarci? E si potrà ancora andare al mare? E chiuderanno tutte le piscine? E mia madre e mio padre dove stanno?

Cazzate dei sogni.

I soli mica scoppiano.

E in giro ci sta un botto di gente, ci stanno un botto di bar e di negozi, e puoi comprare tutto, se c'hai cash. E dove stanno mio padre e mia madre a me non me ne frega niente, cazzi loro.

E quando ti fai un sogno lo fai e basta, mica poi devi stare a stuccarti di domande.

I sogni non sono mica un telequiz, che devi rispondere, oppure il tempo scade.

33

Il tempo scade. Il tempo è un'unità brevettata da gente anaffettiva. Il nostro è scaduto. Sentenza definitiva, senza contraddittorio e senza appello. Giustizia sommaria. Il tempo è un giacobino.

Domani mamma torna al lavoro.

La vita mi ricatta.

Mi chiede una parte del tuo tempo.

Vuole il pizzo.

Se non ritorno, perderò il lavoro.

mi ha informata, senza neppure una simulazione di empatia, la dottoressa Nonsocomesichiama Felisetti, capo del personale, quando le ho chiesto un mese, una settimana, qualche giorno in più.

"Non se ne parla. Lei manca già da un anno." L'ha detto con un sorriso fisso, acido, appagato, saturo di malevolenza, stampato come un tatuaggio sulle sue labbra sottili, un taglio ombreggiato da un velo di peluria scura.

Imploro: "Almeno un orario flessibile, un part time."

Lo sguardo da apostolo aziendale che cade su un eretico sorpreso in flagrante blasfemia. "Lei ha usufruito di tutto il periodo di aspettativa per maternità previsto dai contratti. Qui non si fa beneficenza, stiamo facendo una politica di tagli al personale e c'è la lista d'attesa per i contratti a tempo determinato," ha sibilato, senza modificare il suo sorriso.

Apprendo così che il tempo si può determinare. Non è una risorsa illimitata. Mamma a tempo determinato: chissà come funziona.

"Il bimbo ha solo un anno, se mi vede sparire sarà un trauma. C'è pure nei testi: trauma da distacco. Ha presente?"

Silenzio ostile.

Non ha presente.

"E poi non è una questione privata, non soltanto." Viro, con tono enfatico, sul ruolo sociale della maternità. "Il crollo demografico, questo lo ha presente?"

Silenzio scorbutico.

Non ha presente.

Provo, provo ancora: "Denatalità, crescita zero, una catastrofe. Lo sa che siamo gli ultimi in Europa? Un paese di vecchi, dottoressa Felisetti. Chi assumerà, la sua azienda, tra trent'anni? Vogliamo che questo bel palazzo di vetro e laminati diventi un ospizio? Vogliamo prendere, al posto delle segretarie, le badanti? Chi farà figli, se il mondo del lavoro ti ricatta? Cos'è il mondo del lavoro, un racket? E poi dovrebbe capire, lei, è una donna."

Risponde, risentita: "Se vuole rimanere con il suo bambino, può sempre licenziarsi."

Non è una donna.

Oltre allo spasimo di disapprovazione aziendale, colgo nella sua voce un fiato gelido, ferino, un soffio di vendetta obliqua contro tutte le madri, compresa la Natura.

Avrei dovuto capirlo che non è una donna.

È un capo del personale.

Si vedeva.

I capi del personale, talvolta, sono androidi dotati di fisiognomica tipicamente amorfa. Antiestetici. Flessibili come l'acciaio, empatici come le iene. Credo che, nella strategia di alcune aziende, si tratti di requisiti essenziali nella selezione. Il personale va gestito in modo impersonale. Se occorre, con ferocia.

Infatti, quando sorride di quel sorriso torvo e limaccioso, Felisetti mostra la chiostra dei denti come i cani. Ha gli occhi attaccati al setto nasale e leggermente obliqui, due foglie appassite pencolanti dal ramo di un salice in autunno. Hanno un colore indefinibile, direi nessuno, e sono offuscati da una patina di qualcosa che non so, una categoria dello spirito melmosa, mi sembra zelo ottuso. È ossuta, lignea, bidimensionale. Credo sia inodore. La carnagione è opaca, lisa, sgualcita, ingiallita come i fogli di un vecchio libro sciupato che nessuno ha letto. Ha il sesso degli angeli: nessuno. Sottospecie celeste. Angelo aziendale. Malmostoso. Tetragono. Peloso. Indossa calze spesse, per nascondere. Chissà se c'è stato un tempo in cui si depilava.

Dicono che viva con una colonia di gatti, ma nessuno sa niente di sicuro. Età indefinibile, condizione familiare sconosciuta, mistero persino sul nome di battesimo, c'è chi dice Carla, chi Annarita, e c'è chi dice che non ne abbia nessuno, forse si chiama soltanto Felisetti.

La guardo da una distanza siderale, da una biosfera aliena, dove le dottoresse Felisetti muovono le labbra senza riuscire a emettere alcun suono, pesci in un acquario.

Mi stringe la mano nella sua, gelata.

La mano di una morta.

Corro a casa.

Ho urgenza di assorbire dalla tua pelle un poco di tepore. Faremo una scorribanda di carezze. Devo far scorta. Devo attrezzarmi per la carestia.

34

Le carezze se ti vengono ti vengono, se non ti vengono pace, che vuoi farci.

A me con Beta mi vengono, con mia madre no.

Cioè, ti pare che una dev'essere gelosa di un cane, dico io?

Mo' se l'è presa a male perché dice che accarezzo Beta e lei no.

Stavo sul letto, accarezzavo Beta, e arriva lei.

"Con tutte le carezze che ti ho dato, ne rivorrei indietro qualcuna, qualche volta. Mi basta poco: per ogni dieci che fai a Beta, ne fai una a tua madre. È un prezzo buono, no?"

"Ama', i cani si accarezzano, voglio dire. Cioè, ti viene. Li accarezzano tutti, i cani, le madri non ti viene. Io non conosco gente che accarezza la madre. Tu sì?"

Allora mi ha guardato storto e se n'è andata, secondo me a piangere, cioè, era l'ora.

Non ho capito, che una per caso le dà in prestito, le carezze ai figli, che poi a un certo punto le rivuole?

Cioè, le carezze sono gratis, no?

E poi, scusa, chi gliele ha chieste, a mia madre, le carezze?

Meglio mio padre, che le carezze non le vuole e non le dà.

Noi siamo uomini e facciamo gli uomini, non gli accarezzatori.

Che sennò, magari, poi ti prendono per frocio.

35

Disabituarmi ai lussi di noi due richiederà del tempo.

Dovrò emanciparmi dal tuo odore, dal tempo perimetrato come una tana attorno a noi, e i riti e gli ideogrammi che cadenzavano le ore come una colonna sonora di Prokof'ev: le pappe, i pannolini, il borotalco e le creme, e i tuoi bagnetti caldi con la schiuma, e i massaggini con l'olio profumato, gli aromi della tua pelle che stagnano ovunque mischiati a quelli dei brodini vegetali, e il libro che parla, la ruota col verso degli animali, i cubi colorati, e tu che ridi, e allora rido anch'io. E le conversazioni nella lingua che abbiamo inventato per noi due, i miei falsetti e i tuoi strilli euforici, e quelle lunghe nanne al pomeriggio, e l'uno sulla pelle dell'altra nel lettone, fusi in un tempo e in uno spazio ritagliati attorno alla tua sagoma, coi sogni che s'incrociano, a galleggiare assieme nello stesso torpore denso e saporoso.

Indigestioni.

E adesso niente più.

E d'ora in poi c'è Helena.

Helena ha gli occhi dolci, acquosi, occhi allagati di malinconia, e una bellezza eterea, angelicata.

Quando ti ha visto per la prima volta, l'acqua degli occhi è tracimata in due lacrimoni densi come gocce carsiche, pensava al suo bimbo che ha la tua stessa età e vive lontano, con i nonni, e quando potrà rivederlo dovrà riadattare l'immagine del cuore a quella vera, e la misura nuova sarà la misura di ciò che ha perduto.

Helena l'ho scelta soprattutto per le mani. Sembrano fatte apposta per fare le carezze, coi polsi sottilissimi che potresti serrarli tra l'indice e il pollice, in un cerchio, le dita affusolate, la grana della pelle trasparente, e sotto una sottile filigrana azzurra, ruscelli di montagna.

E provo un malessere strano, un sentimento acre, gelosia.

Sei così piccolo. Hai il cuore di plastilina, hai la memoria vuota. E se ti confondessi? Se ti abituassi alla voce e all'odore di lei e li sovrapponessi ai miei? Non fai le graduatorie dell'amore.

Ho consultato manuali di psicologia infantile, riviste femminili, ho fatto un sondaggio tra le amiche esperte.

Il tuo pediatra, alla mia ennesima domanda, si è un poco spazientito. "Signora, cosa dice? La figura della mamma non è fungibile, in nessun caso. Dovrebbe saperlo."

Di mamma ce n'è una sola, Caterina, lo sanno tutti, tu non lo sapevi?

"I bimbi non hanno la cognizione del tempo, a quest'età. Anche se lei dovesse sparire per un anno, al suo ritorno la riconoscerebbe."

Sei il cane Argo, amore.

Io sono Ulisse.

Dovrò viaggiare, solcherò mari, sfiderò insidie, eluderò gli agguati. Tu aspetta. Tornerò.

PARTE SECONDA

“Il silenzio è diventato la sua madrelingua.”
Oliver Goldsmith,
The Good-Natured Man

“Chi è questo figlio cometa, chi è questo mio clandestino?”
Erri De Luca, *In nome della madre*

36

Non si può.

Pagina 777 di televideo, d'ora in poi.

Se mia madre mi cerca, ditegli che per lei sono lì.

Coi sottotitoli.

Parlare basta, cioè, mai più, lo giuro.

È fuori, andata, ciao, in pieno sclero, se torni tra i normali chiama.

Nemmeno le polpette al forno. Bastoncini Findus scongelati male, scorda il sale, li prendi e li butti nella spazzatura, che ci fai?

Cioè, stesa proprio, Marge. Ha gli occhi da flashata, il corpo secco, e braccia e gambe che sembra che non sa che farne e che gliele hanno date a fare, e quindi le muove a casaccio, e sembra che si è evoluta in madre ragno.

Mangia con la testa dentro il piatto, e poi, a una certa, alza lo sguardo, e me lo passa attraverso, e fissa una delle mattonelle grigie e gialle della cucina. Una sola, o grigia o gialla, è uguale.

A me mi stucca un botto, quando fa così, per due ragioni.

Primo: non mi va di essere attraversato, tipo che sono le strisce pedonali una strada un fiume o non so cosa.

Secondo: quando Marge fissa la mattonella grigia o gialla, si sta evolvendo nel software Viodiotutti, e sono cazzi.

Download: uomini e donne non sono fatti per stare assieme, i figli sono ingrati, alcuni più degli altri tipo me, e bisognava nascere uomini, o gay, o farfalle, o piante, oppure non nascere proprio, meglio ancora. Poi il software si sposta dai suoi cazzi a quelli degli altri, cioè tipo le guerre, il razzismo, la violenza, i bambini che muoiono nel Terzo Mondo, mentre quelli del Primo se ne fregano e pensano al petrolio ("Ammesso che il primo," dice, "sia davvero il primo, dipende da come uno fa le graduatorie").

Mentre Marge scarica il software Viodiotutti, io mangio più svelto che posso, senza parlare, senza mai alzare gli occhi dal mio piatto, e scanso la sua pezza come Luke Skywalker scansa la spada laser di Darth Fener: la faccio rimbalzare addosso al mio scudo deflettore, e neanche un graffio. Troppo un grande. Quando ho finito, buonanotte ama', e corro a infrattarmi in camera mia, a doppia mandata, perché non si sa mai, cioè, metti che quella si evolve un'altra volta e viene qui.

Anche mia madre, dopo cena, si va a infrattare nella sua camera da letto.

Poi chiude a chiave, si archivia a letto e piange.

Adesso piange molto più di prima.

Pure come orario, ha anticipato.

Piange più presto, tipo otto e trenta, di solito alla fine del tiggì, dopo la sigla.

Magari c'entrano pure le notizie sfigate che hanno dato, cioè, i morti ammazzati, la gente della politica che fa le risse, i soldi che non ce ne sono più, e altre cose che in generale possono pure far venire da piangere alle persone, o almeno che ti girano i coglioni.

Però, secondo me, Marge non piange per le notizie sfigate, per gli uomini stronzi, né per le guerre il petrolio il Terzo Mondo le graduatorie dei mondi la crisi e tutto il resto.

Piange perché mio padre se n'è andato, un mese fa.

37

Seduta con Giovanna al bar Fiorino, sorveglio la mobilità fluttuante dei pensieri. Sciami. Alcuni mi braccano, altri li inseguo, altri ristagnano, e in mezzo Niccolò. Mi sfugge, volatile, non parla: mi gracida contro un'eco stranita, indecifrabile, dal fondo di un pantano, chissà dove.

"Da quando se n'è andato Filippo nemmeno una parola, sai? Nemmeno una di quelle conversazioni strampalate tra alieni che mi concedeva un tempo."

Giovanna si rigira tra le dita il bicchiere con il secondo mojito della sera, analizzando, scientifica, il vetro smerigliato, come per scorgere un'incrinatura, un graffio. Intanto, dalla periferia degli occhi, mi lancia sguardi-sonda.

Sospira: "C'è sempre un punto in cui gli oggetti cominciano a sbeccarsi, se sono fragili come i bicchieri, e tu non te ne accorgi. E un giorno si rompono. E devi buttare via tutto il servizio".

Metafora sul matrimonio.

Il mio.

Messaggi subliminali al bar Fiorino. Premura consolatoria resistibile. Livello basso, direi sottomarino: da talk show. Giovanna è così.

"Tutto si usura," sospira la Sibilla. "L'integrità non dura, se fai parlare i dettagli te ne accorgi."

Siamo in diretta dai tavolini di corso Garibaldi. Parabole motti paradigmi su servizi sbeccati e matrimoni, con esegesi sceneggiata per mezzo di un bicchiere.

La malaccorta che sfregia i cristalli ripara dietro un roccioso e insondabile silenzio.

E tuttavia la Sibilla continua, oracolare: "Siamo sinceri, hai i tuoi torti, Caterina. Gli uomini non ti lasciano nel momento in cui ti lasciano, cominciano a lasciarti molto prima. Ti lanciano segnali, sperando che sia tu a risolvergli la situazione, lasciarli o riprenderli, fai tu."

Mi guarda scuotendo la testa: una professoressa davanti alle modeste prestazioni del solito alunno intelligente che non s'applica.

Delusa: "Li avrai ricevuti, Cate, i tuoi bei segnali. Ma tu sempre in fissa col lavoro, il figlio, tuo padre, i sensi di colpa, la depressione, tutto il resto."

"Grazie per la rassegna. Ne avevo un gran bisogno."

Snervante: "Scopavi? Da quanto non scopavi con Filippo?"

Sto misurando la banda di oscillazione tra l'ostilità e l'affetto. La uccido o la sopporto ancora? Scelgo la soluzione zen, mi astraggo, mentre Giovanna continua a scuotere la testa. Tra un po' prende il registro e scrive 2.

Accademica: "Da quanto non ti occupavi di Filippo?"

Non le rispondo. Sono impreparata. E poi la domanda è inappropriata. Doveva chiedermi: da quanto non ti occupavi di te stessa, Caterina? Mi sembra impreparata anche lei, professoressa. Se non si sanno le cose, non si può insegnare.

"Senti, Giovanna. Sono preoccupata per mio figlio. Voglio una moratoria delle interrogazioni sul fallimento del mio matrimonio. Ok? Sono quarant'anni che non vado a scuola. E cambio canale, quando c'è un talk show."

Infatti mi piacerebbe far svanire Giovanna con il telecomando. Click. Non so perché ho accettato di vederla. Avevo bisogno di disperdere i pensieri. Da quando Filippo è andato via, i pensieri si sono addensati in un grumo infetto, ripugnante. Ho un herpes al cervello.

Mentre Giovanna parla chiudo gli occhi, cerco di chiudere i pensieri, inspiro, espiro, e poi lo faccio ancora. Vorrei che il dolore di una separazione fosse governabile come quello del parto, con esercizi di respirazione. Non lo è. Inspiro pensieri dolorosi, provo a espirarli, non li espiro. Rimangono depositati in fondo, calce viva. I polmoni sono vulnerati, esalazioni tossiche, sono contaminata, senza alcun filtro di anticorpi. Adesso ho la vita degradata, senza progetti di riqualificazione. Un dolore dispotico mi si è installato nel cuore sfondando la porta, da abusivo, e non ho piani di sfratto, per adesso.

Vent'anni di matrimonio. Quattordici di maternità. Filippo, Caterina, Niccolò.

E adesso?

Adesso noi tre non siamo nulla. Una famiglia mancata, solo questo.

E io che cosa sono, adesso?

Un pezzo sparso?

Una scoria?

Un avanzo di famiglia?

E che me ne faccio di me stessa, sfinita da un deficit integrale di progetti e di energie? Con un cervello che fatica a elaborare dati. Oltre all'herpes, c'è dentro un rimbombo. L'eco di un sisma che ha distrutto tutto, e tutti son scappati, e te ne stai da sola nella tua casa mezza diroccata, e sta per crollare, e tu lo sai.

Ma sei troppo stanca per metterti in salvo.

38

Mio padre è andato a vivere in un residence.

I residence non sono una casa né un albergo, sono una via di mezzo. Quando uno si sente una via di mezzo, praticamente quello è il posto suo.

Infatti mio padre si sentiva una via di mezzo tra un marito e un non marito, una via di mezzo tra un padre e un non padre, tipo una via di mezzo in generale. Cioè, praticamente un mezzo uomo. Anche per questo non parlava. Quando uno è un mezzo marito e un mezzo padre e un mezzo in generale, praticamente può dire soltanto mezze cose, e allora è molto meglio se sta zitto.

"Mi prendo una pausa di riflessione," ha detto mio padre.

A me, praticamente, mi sembra che ha detto una stronzata del tipo da neuroni contromano, una di quelle cose che dicono questi qui quando non sanno che dire, perciò parlano a buffo, e dicono le cose alla rovescia. Per riflettere, scusa, non bisogna fare pause, cioè, il contrario: bisogna concentrarsi proprio, tipo quando fai algebra, e se non ti concentri e fai le pause praticamente canni l'equazione. La Ricci di mate ci va in fissa, con questa storia della concentrazione, dice che "il calcolo ha una sua musica, un suo ritmo", altrimenti il filo del ragionamento s'incasina, il conto non torna, e allora toppi.

Mio padre e mia madre praticamente avevano perso il ritmo, il filo, tutto quanto, non risolvevano niente, il conto non tornava, cannavano tutte le equazioni, e allora poi alla fine hanno toppato.

Mio padre e mia madre sono negati in matematica, la Ricci di mate praticamente gli metterebbe tre. Anche meno. Non riescono a fare neppure le addizioni. Neanche uno più uno uguale due.

Uno più uno, secondo loro, resta uno, uno da una parte e uno dall'altra, e il due praticamente non esiste, perciò non puoi arrivare neanche al tre.

E allora io, come figlio, in pratica ero un numero fuori dalle somme.

Non ero neanche un numero.

Tipo la cifra che viene prima dello zero.

Tipo un niente.

Quando ti senti tipo un niente, aumentano gli attacchi di nientite. E durano di più. Infatti gli attacchi di nientite non sono lunghi uguali, cioè, dipende, certi sono a flash, che viene fai una canna e passa, certi medi, certi lunghi, pure lunghissimi, ti possono durare anche per sempre, tipo che allora, metti, se capita, ti suicidi pure. Certi infatti si buttano dalla finestra per un brutto voto o perché si screziano con i genitori o li blastano i compagni, o perché c'è una tizia che non se li fila, o nonsoche. E allora tutti a dire ma guarda, ma mica ci si suicida per una cazzata. Quello sicuramente c'aveva un attacco di nientite, cioè, tipo che non gliene fregava niente di campare a prescindere, e alla prima che gli è successa allora ciao.

Ora io c'ho un attacco di nientite che mi dura da un mese, cioè, non se ne va.

Non mi era venuto mai lungo così.

Se provo a parlare, mi cadono le parole dalla bocca, finiscono per terra, le perdo e non le trovo più.

Tanto per ora non mi servono mica le parole, a me.

Cioè, parlo o non parlo, nessuno se ne accorge.

Mio padre sta impegnato a riflettere nel residence, mia madre sta impegnata a piangere dopo il tiggì, e allora a chi gliene può fregare, se perdo le parole?

39

Moijto numero tre. Ha già lo sguardo opaco, e le pupille fisse, e qualche ciuffo scompaginato tra le chiome irragionevolmente lunghe e bionde, da Barbie in menopausa. Parla facendo slittare leggermente i suoni, poi li rincorre e li riacciuffa con un guizzo vocale, e prova a rimetterli nelle caselle giuste, con una curiosa allitterazione di sillabe e vocali.

M'importuna con l'accanimento ottuso degli ubriachi: "C'era un problema serio, a casa tua. Se una, entrando in casa, dice 'ciaaaaooo' al cane, e 'ciao' al marito, delle due l'una: o è una cinofila compulsiva, oppure è una moglie frustrata."

Incontestabile. La seconda che ha detto.

Persiste: "Non puoi trattare un vecchio cosopeloso meglio di quanto tratti tuo marito."

Mi risento: "Un cosopeloso sarà il tuo Bobo, che è rintracciabile solo per mezzo di una dilatazione innaturale del campo visivo. Beta è un golden retriever. I golden retriever sono molto più intelligenti dei cosipelosi."

Parlare di cani mi rincuora.

I cani hanno una predisposizione generosa all'amore, ne accolgono la misura più colma, più integrale, conoscono l'assoluto della devozione, non solo rattoppi rappezzi palliativi. I cani rifuggono gli amori cavi, menomati.

"Quanto bene mi vuoi, mammina?"

"Tutto il bene del mondo, amore, non ce n'è di più."

"Anch'io."

Ma poi.

Svio sul tema canino: "È un cane fantastico, sai, Beta. Non è un bonsai canino come il tuo."

Giovanna fa spallucce, e succhia avidamente dalla cannuccia le ultime gocce di rum nel ghiaccio sciolto. Produce un gorgoglio sommesso, un borborigmo, uno sciacquone per lillipuziani. Sfila rapacemente dal bicchiere le foglie di menta, le infila in bocca con affettazione, come se fossero cioccolatini, e rumina.

Era diversa, Giovanna. Ero diversa anch'io. La vita ci ha sfigurate coi suoi disamori, tutt'e due. Ci ha spente, gettandoci addosso panni di penombra, straccetti di fattura amorfa, da saldi di fine stagione. La mia famiglia sabotata, la sua solitudine incurabile come un morbo invalidante. Il mio smacco, un figlio inaccessibile, il suo randagismo tra gli amori Ikea. La mia resa all'amarezza, i suoi anticorpi di futilità. Spume diverse di cordoglio.

Sospiro: "Meglio i cani."

"I cani sono esseri inutili, diversivi per gente frustrata e anaffettiva."

Quando Gio' manifesta ostilità verso i cani, vuol dire che ha in corso una liaison con qualche single attempato rimorchiato in una chat, in genere emotivamente disabile e affetto da conclamato narcisismo. Il quale, fatalmente, si smaterializza quasi subito con spiegazioni inverosimili o senza nessuna spiegazione, cambiando anche il nickname. In quei casi, l'ideale affettivo di Giovanna trasla velocemente sui cani. Allora dichiara che solo quelli sanno amare, e prende a baciare in bocca il sottodimensionato Bobo, approfittando delle brevi pause nel suo abbaiare contro qualsivoglia creatura semovente. Un cane oligofrenico.

Divaga, etilica: "Sai, secondo me uno può avere la cattiva idea di sposarsi solo se proprio vuole un figlio. Certo, col senno di poi, magari alla banca del seme facevi meglio e prima. Non ti pare?"

Reprimo, per uso di mondo, qualsiasi esternazione.

Insiste, fatua: "Uomini e donne sono incompatibili. Meglio gay. E tu che ci hai fatto pure un figlio. E maschio. Fa' qualcosa."

"Cioè cosa?"

"Attivati per la ricerca scientifica: che trovino un rimedio, un Viagra spirituale per rivitalizzare l'anima dei maschi. Un giorno qualche donna te ne sarà grata. Non credi?"

Lascio sospeso l'interrogativo.

Intanto Gio', dirottata da riflessioni secondarie di natura alcolica, mi chiede a bruciapelo: "Non credi che dovrebbero inventare un Viagra anche per le donne?" S'illumina, golosa: "Secondo me, se lo inventassero, la vita andrebbe meglio per tutti, in generale."

40

Per via dell'attacco di nientite, mi è presa che devo mangiare tutto il giorno. Sono ingrassato di tre chili, mi faccio schifo, e più mi faccio schifo e più voglio mangiare, e più mi vengono gli attacchi di nientite. Sono in trappola.

L'attacco di nientite, in genere, dipende dalle persone. Ognuno ha l'attacco di nientite che gli va.

C'è chi collassa a letto, chi collassa in poltrona, chi preferisce collassare su un tappeto o sulle mattonelle della cucina o del bagno o sul balcone o non so dove. Può essere che ti viene di fare zapping a cazzo in televisione, oppure di digitare a cazzo sul PC, oppure di mandare squilli a cazzo dal cellulare, cioè, una cosa o l'altra, non importa, comunque sempre a cazzo. Può essere che ti va di cazzeggiare stravaccato in piazza con gli amici, oppure che non ti va di vedere nessuno, di fare niente. Può essere che mangi a manetta, come me, o che non mangi un cazzo. Per esempio, a Camilla (adesso io e Camilla siamo insieme anche al liceo), di solito gli attacchi di nientite gli vengono che praticamente non mangia proprio più.

L'anno scorso, quando eravamo in terza media, a Cami gli era venuto un attacco tipo di otto mesi. Ha perso dieci chili, ed era tipo uno scheletro coi jeans, e hanno dovuto mandarla dal dottore perché sennò moriva, e lei dal dottore non voleva andarci, e ce l'hanno portata di peso, ma senza faticare, perché praticamente pesava trenta chili. Camilla al dottore gli ha detto che doveva farsi i cazzi suoi, cioè, che non c'era niente da curare. Gli ha detto che sua madre, con la dieta, era diventata magra come lei, però non era morta, purtroppo, cioè, se moriva era meglio, dato che è una stronza. Al dottore, Cami gli ha detto pure che a lei non gliene frega un cazzo di morire.

Questo perché Camilla adesso è diventata un'emo, una di quelli che cercano il senso della vita ma non sanno dove, e pensa che una volta o l'altra si suiciderà. Infatti, se uno cerca il senso della vita però non sa dove, a un certo punto si rompe di cercare. Cioè, o lo trovi o non lo trovi, il senso, e se non lo trovi vuol dire che non c'è. E allora gli emo la vita la vorrebbero slashare, cioè, tipo un file taroccato: la butti nella cartella del cestino e pace, il senso se lo trovi qualcun altro.

Dice Camilla: "La vita senza un senso è tipo un iPhone senza il libretto di istruzioni. Se tu non sai farlo funzionare, l'iPhone, che te ne fai?" La morte, invece, secondo Camilla non ha bisogno del libretto di istruzioni: "Tipo che funziona da sola, muori e basta."

A Cami, oltre alla vita, gli stanno sul cazzo da morire pure suo padre e sua madre.

"Sai," dice, "sei proprio un culoso ad avere i genitori separati, che almeno non li senti screziarsi e litigare."

I suoi, invece, lei li sente un botto, dato che stanno tutto il giorno a dire ti lascio e me ne vado e non ne posso più, ma poi restano lì, a farle intorno l'ossigeno incazzoso, che sporca i polmoni. E lei tutto il giorno con l'iPod nelle orecchie, la TV a palla, la porta chiusa a chiave, e deve tagliarsi le braccia con le lamette perché gli emo s'incazzano così, e deve fumarsi canne a castello per scaricare i nervi e non pensare. Camilla dice che un giorno gli prepara le valigie, a quelli, e gliele butta giù dalla finestra. O forse, dice, "mi butto proprio io, direttamente".

Buttarsi dalla finestra, secondo lei, è il modo migliore per suicidarsi. L'ha pure votato su un sito degli emo, questo suicidio qui. Infatti, sui loro siti, gli emo votano i suicidi migliori: meglio il gas che dormi e addio per sempre, no, meglio il veleno che non soffri e ciao, no, meglio svenarsi che c'è tutto il sangue ed è più pulp, meglio buttarsi giù da un ponte che ti vedono tutti, o sniffare il butano degli accendini, o andare contro un albero col motorino, o soffocarsi con un sacchetto della spazzatura, o prendersi una scossa nelle prese, o, meglio di tutto, un'overdose, o nonsochè.

Certe volte si screziano pure. Cioè, uno dice all'altro che suicidarsi come si vuole suicidare lui gli sembra una cazzata, e l'altro gli risponde io mi suicido come mi viene di suicidarmi, fatti i cazzi tuoi.

Però praticamente non è che poi si suicidano davvero, cioè, in genere decidono che lo faranno un'altra volta, non questa qui, perché questa qui si stanno cagando sotto di paura, e allora è molto meglio rinviare.

41

E poi un ingorgo di rabbia in vorticosa ascesa dalle viscere. Spirali coniche, come un tifone. Mi assale all'improvviso, in forma di ferocia vendicativa, contro tutti: le amiche scombinate, i discorsi scombinati, i matrimoni scombinati, la vita scombinata. Il Viagra per le donne. Giovanna pagherà per tutti. Salderà il conto per le disarticolazioni universali dei contesti.

E allora l'aggredisco: "Ma tu di che parli, Giovanna? Che ne sai?"

Si allarma: "Che ne so di cosa?"

"Che ne sai dei matrimoni, dei figli, della vita? Che ne sai del doppio lavoro a condizioni che manco una schiava, niente ferie pagate, o tredicesima, o contributi, nessuno contribuisce a nulla, mai, quanto alle ferie non le prendi proprio, né pagate né no, e non ti danno tredicesime, né dodicesime o undicesime o un qualunque altro numero di mensilità, nessuno ti dà niente, in nessun caso, nessuno ti paga, neanche un grazie. E intanto i talenti deperiscono oltre la data di scadenza, e magari avresti vinto il Nobel come la Levi Montalcini, che non aveva figli da allevare, altrimenti sarebbe diventata rappresentante di classe, o presidente dell'assemblea condominiale, non scienziata."

La diga è frantumata. Il lavorio sotterraneo di correnti si è trasformato in un'inondazione. Giovanna, indifesa, mi sgrana addosso sguardi sgomenti, da capriolo in fuga. La rabbia esonda: il terrore della vittima incattivisce il carnefice, lo esalta, è il gioco delle parti, vale nelle amicizie, nel lavoro, nei matrimoni, nella giungla. Vale sempre.

Bela, spaventata: "Hai ragione." Untuosa. Sottovoce.

Continuo: "E ci fosse uno straccio di carta, cara mia, un nero su bianco, un minimo di diritti per tutelarti dalle vessazioni: precarietà, orario indefinito, mobbing, sfruttamento, niente formazione professionale, nessuno ti insegna nulla, autodidatta. E neanche un supporto psicologico aziendale, perché nessuno ti parla né ti guarda, sei trasparente, priva di massa corporea, e il tuo nome è ama', che sembra la sigla di una municipalizzata di Parigi. Spazzatura. Francese. Ma sempre spazzatura."

Il mio timbro di voce si arrampica sulla scala dei diesis vertiginosamente, raggiunge tonalità impetuose, da tribuno. "Perché alla fine ti cambiano anche il nome, sai? Invece di chiamarti mamma, o Caterina, ti chiamano Checacacazzi, e infine tu ti abitui, ti volti e dici: 'Sì?'"

Mi guardano dagli altri tavolini. Una signora zittisce il marito e i tre bambini, li guarda obliquamente, forse dice: "Ascoltate, imparate, che ne sapete voi, di noi?"

Riprendo l'orazione: "E neppure uno spazio fumatori per scaricare i nervi, cara mia, perché altrimenti dai il cattivo esempio. E neanche una pausa cappuccino perché non ce n'è il tempo, e premi di produzione zero, risultati aleatori, nessuno tiene il conto, e anche il consenso devi contenderlo alla colf, che ormai ha superato la maestra, e con le tue ricette cucina la tua specialità, polpette al forno, mica scongela bastoncini come fai tu il giovedì sera, quando lei non c'è."

Non faccio pause. Un flusso di endorfine oratorie mi sostiene il fiato. Sono stupita dalla mia eloquenza, dai virtuosismi retorici, dal mio rigore nelle argomentazioni.

"E poi dequalificazione, disprezzo per le competenze, incarichi multifunzionali, management e straccio da passare perché

la colf fa il minimo, strategie di governo e cessi da pulire perché alla colf fa schifo, e guida morale da educatrice, e guida automobilistica da autista full time, e poi amministratrice delegata di bilanci che non tornano mai, e di frigo biporte acciaio inox che sembrano sempre mezzi vuoti, di guardaroba anarchici e di mutande che si consumano, come la tua vita."

Adesso una mozione degli affetti: "Il tempo è spietato, sai, Giovanna? Un giorno hai un bambino, il giorno dopo no. Ti lascia in astinenza da un momento all'altro, senza nessuna terapia per la riduzione del danno, qualche sostegno per affrontare la disassuefazione, o almeno un po' di comprensione, un po' di affetto, una carezza. Niente."

Giovanna ha gli occhi bassi. Tortura la catena dorata della sua borsetta Dior, sembra che sgrani silenziosamente un rosario, schiacciata dal peso delle sue colpe, che non saprebbe elencare esattamente ma che riguardano il suo stesso stare al mondo.

"E prima eri una donna, e adesso sei solo un'allevatrice di bipedi selvatici, bizzosi, indocili, riottosi. E sei pedagogista psicoterapeuta investigatrice consolatrice castigatrice educatrice imbonitrice. E senti che hai sempre i denti di qualcuno affondati nel collo, figli, mariti, capouffici, colleghi, genitori, qualcuno che succhia, succhia, che vuole di più, fin quando non sei esangue. E nessuno donerà il plasma, per salvarti. No, proprio nessuno, non te lo aspettare."

Urge una pausa, prima dell'epilogo oratorio. Calcolo una durata plausibile. Né lunga, né breve. Pausa media. Infine virata drastica, ritorno alla premessa: "Tu che ne sai, Giovanna, dei figli? Dei matrimoni? Che ne sai?"

Fine. Catarsi. Ora galleggio in un luogo poco denso, gassoso, dove ogni cosa è priva di peso, consistenza, gravità.

La signora del tavolino accanto guarda il marito e i tre figli con inimicizia, e me con infinita ammirazione. So che appartiene a uno sterminato esercito di complici e sorelle che virtualmente, adesso, sono al bar Fiorino. Profili di sagome impettite, scolpite nella luce rosata del tramonto. Sono tutte in piedi, mi stanno dedicando un'ovazione. Qualcuna piange. Qualcuna, invece, canta. Siamo le condottiere di un ceto deprivato, anche se raccogliamo la metà del mondo e l'altra metà l'abbiamo fatta noi. Adesso balleremo assieme danze apache attorno a un pentolone pieno di figli e di mariti, e gli faremo fare un bel bagno bollente, e dentro verseremo oli aromatici e detergenti per pelli delicate, in un sussulto finale d'amore, di premura.

Giovanna ha gli occhi liquidi. Ha una postura da animale ferito, rannicchiata, la testa inclinata, ciondoloni.

So che piangerà.

"Mi stai rinfacciando il fatto che non ho un figlio, Caterina?"

Piange.

"Sai bene che sono stata sposata cinque anni. E l'ho cercato tanto, il figlio. Però non è arrivato. Sei stata fortunata, tu. Il figlio tu ce l'hai. Io invecchierò da sola in un ospizio, dove sicuramente non fanno neanche i cocktail."

Conscia del pericolo incombente, si rovescia in gola quello che resta del mojito, un filo d'acqua sporca.

Il senso di colpa mi travolge. Storno lo sguardo da lei e lo dirotto verso un cameriere. Cerco di impietosirlo con un gesto largo, da naufraga. Lui viene.

Mojito anche per me. Doppio. Senza cannuccia, per favore.

Le sfioro una mano: "Scusa, Gio'."

42

Secondo me a questi qui dovrebbero fargli un esame, prima di farli diventare grandi, e fargli fare pure i genitori.

Straparlano.

Mia madre, per esempio, dice che devo essere contento, perché mio padre e lei hanno fatto una cosa che si chiama "separazione consensuale", e per me hanno deciso un'altra cosa che si chiama "affido condiviso", ed è una cosa fica, dice lei.

Cioè, mo' ditemi perché hanno aspettato di separarsi, mio padre e mia madre, per fare delle cose consensuali e condivise, tipo che due vanno d'accordo, si parlano da amici, si danno ragione, fanno i gentili, grazie prego noncedichè figurati ci mancherebbe. Se non gli andavano i neuroni contromano, le cose consensuali e condivise le facevano prima, così non si dovevano separare, no?

"Affido condiviso" vuol dire che praticamente io divento tipo un figlio ai mezzi. Cioè, mi dividono a metà, tipo Laura e Roberta, due di classe mia che si smezzano le lattine di birra, le canne, i pacchetti di sigarette, la merenda, perché sono emo omosessuali e sono impicciate fra di loro.

Se mi chiedevano che ne pensavo di questa cosa di condiviso e consensuale, gli dicevo che a me mi sembra proprio una cazzata. Cioè, voglio dire, se due non sanno fare le cose consensuali e condivise da sposati, figurati da separati.

Infatti questi due non fanno per niente i gentili, e non si dicono mai grazie prego figurati noncedichè né niente. Quando si sentono si mettono a screziarsi, come prima.

E poi io non sono un pacchetto di sigarette, una lattina di birra, una canna o una merenda, e mi stucca un casino essere fatto ai mezzi, non mi va. E a me non mi va di essere neanche affidato, né intero né a metà, cioè, voglio dire che posso cavarmela da solo, non ho bisogno proprio di nessuno, veramente, meglio solo.

E poi mi stucca pure questa storia che devono spedirmi in giro da una casa all'altra tipo un pacco. Cioè, secondo me, se mia madre e mio padre volevano spedire i pacchi, dovevano fare i postini, non i genitori.

Io me ne voglio restare a casa mia, dove ho il PC e la TV nella mia stanza, mentre al residence di papà non ho né il PC, né la TV e neanche la mia stanza, e praticamente devo dormire su un divano letto in salotto, e in salotto c'è pure la cucina.

Perciò di notte mi ronza in testa il rumore del frigo, tipo la mosca gigante di *The Fly*, e poi mi ammorba una zaffa da paura, perché mio padre non porta fuori l'immondizia e non sa fare gli hamburger surgelati. Cioè, li lascia troppo sul fuoco, e poi praticamente si bruciano, e a mangiarli ti fanno venire la diarrea, e Marge il giorno dopo gli telefona per fargli il culo, e strippa, e grida, e "neanche un piatto di pasta gli sai fare", e allora ricominciano a screziarsi.

Non riescono a condividere nemmeno una telefonata, questi qui.

Figurati un figlio.

43

Ci sono cose buone, in una separazione, e altre no. Per cercare le cose buone bisogna muoversi un po' da rabdomanti, sviluppare le percezioni extrasensoriali, intercettare quel che non si vede. Quelle non buone, invece, si vedono. Non serve cercarle. Sono loro che vengono a cercare te.

Senso di esclusione sociale e familiare, senso di perdita, horror vacui, vertigini notturne e vertigini diurne, autoflagellazione ed eteroflagellazione, autodisistima ed eterodisistima, agguati dei ricordi, problemi del sonno, inappetenza, tendenza al tabagismo e/o alcolismo, aumento dell'incontinenza lacrimale, aumento dell'incontinenza nervosa, danni collaterali al fegato e alla pelle, aumento delle rughe e, più di tutto, problemi tricologici: caduta dei capelli. Minaccia di calvizie.

Di buono c'è il letto.

Ricordo che tanti anni fa, quando si è separata, Giovanna ha detto: "Il letto mi sembra tanto vuoto."

A me sembra più comodo. E più grande. E più sicuro nel tutelare l'igiene del sonno, della veglia, e l'incolumità fisica e morale della tua persona. Non devi rotolare verso il bordo più estremo del tuo lato, per evitare il contatto, rischiando di cadere giù per terra. Non devi più subire vessazioni verbali se vuoi leggere, e rumoreggiamenti ostili se cambi posizione troppo spesso. Non devi incassare invettive maligne nel caso di tosse stizzosa o raffreddore, e calci assestati con perfidia all'os-

so della tibia quando i tuoi polmoni, mentre dormi, danno incolpevolmente sfogo a certe loro apnee ostruttive, dovute in buona parte a stress. E tuttavia derubricate in modo scortese e approssimativo: "A' Caterina, russi come un trombone, come cazzo dormo? Vaffanculo!"

Chissà quando finisce esattamente un matrimonio. Finisce quando viene meno un galateo minimo nella reciproca sopportazione? Oppure, quando succede questo, vuol dire che il matrimonio era finito già da tempo?

Frugo nella memoria. Cerco un momento di cesura, una deflagrazione, un punto di non ritorno, un prima e un dopo. Non ne trovo. O meglio, non uno. Sono troppi.

Il fatto è che non sono pronta per l'esame autoptico. Il mio cervello è oppresso da un ronzio di rancori e di risentimenti contro Filippo, me stessa, l'istituzione matrimoniale e quella esistenziale, ovvero il venire al mondo, e l'essere obbligati a rimanerci, senza poter negoziare alcuna condizione.

E poi, pensandoci, non c'è un momento esatto in cui finiscono le storie. E nessuno ne ha colpa più dell'altro, attenuanti generiche a entrambi, errori bipartisan, fallimento preterintenzionale. Sentenza indulgente, però niente condizionale: la pena non è sospesa, la pena te la fai.

E in media i matrimoni quanto tempo ci impiegano a finire? Con quanti passaggi temporali? L'amore, e poi l'abitudine, e poi l'indifferenza, e poi l'insofferenza. Quattro? Solo quattro in vent'anni? Solo quattro. Ma in mezzo ci sono stati un figlio, e molte funzioni disattese, e molti percorsi diretti oppure obliqui, e molti ingorghi di cattivi umori e di cattive azioni, e molti rancori nudi o travestiti, e attorno a quelli molte sfumature: passaggi non chiari, scontornati. Come fai?

Credo che un matrimonio non possa avere visioni complessive. Solo visioni periferiche. Un matrimonio che dura vent'anni può averci messo vent'anni a finire. E il punto di non ritorno non è un punto. È una punteggiatura. Gesti sempre più neutri. Sentimenti sempre più informi. Letti sempre più scomodi. Diete sempre più strette di parole. Cazzo e vaffanculo. E un giorno uno dei due fa le valigie e se ne va.

Poteva farlo l'altro, ed era uguale. Potevo farlo io. Avrei potuto farlo mille volte. Avrei dovuto, alcune. Come quel giorno di quattro anni fa.

Ecco, forse tra noi è finita proprio quel giorno. Il giorno in cui ho compiuto cinquant'anni. 24 maggio, Gemelli, l'oroscopo diceva: "Il matrimonio, nel giorno del vostro compleanno, vi riserverà sorprese: vi imbatterete in aspetti del vostro partner che non avevate ancora scoperto."

Non credo agli oroscopi.

Non credo nemmeno ai matrimoni.

Ma, da quel giorno, credo alle scoperte tardive e alle sorprese.

44

Non è perché mi guardano. Cioè, mi guardassero pure, se gli va. La mamma, e i nonni, e le zie cornacchie, e la zia Annina, e le insegnanti. Nessun problema, guardate pure, ok. Quel che mi rode è che mi guardano in quel modo, tipo come ti guardano questi quando sono convinti che stai male, e sembra che ti vogliono aiutare, però ad aiutare sono delle seghe. Per via dei neuroni contromano, pensano che è per un motivo e invece è per un altro, che non gli era venuto proprio in mente. E allora finisce che gufano, ti portano più sfiga.

Vabbe'. Mio padre e mia madre si sono separati, e allora? Non mi è mica successa una disgrazia, tipo, non so, l'Italia eliminata ai Mondiali al primo turno, o che mi hanno inculato il cellulare, o che si è rotta la PlayStation due. Per quanto mi riguarda, sto una crema.

Primo: non respiro più l'ossigeno incazzoso, così si puliscono i polmoni.

Secondo: cazzi loro.

Terzo: a me cosa mi cambia?

Innanzitutto, per separarsi bisogna essere stati uniti, sennò cosa separi? Perciò, nel loro caso, da separare non c'era proprio niente, stanno separati come stavano prima, cioè, preciso uguale.

Vabbe', mio padre se n'è andato, ciao. Siccome lui non c'era essendoci, praticamente è meglio lontani da lontano, che non lontani da vicino, come prima. E siccome mia madre lo trattava a cazzo, praticamente è meglio se non lo tratta proprio, come ora.

E poi figlio di separati è scialla.

Cioè, lo dicono tutti a scuola mia.

Più di metà ce li hanno separati, i genitori, e dicono che un genitore separato c'ha i sensi di colpa, e perciò alza più soldi, stucca meno, ti dà più la molla, fai quello che ti va di fare e non ti dice niente.

"Devi imparare a lavorarteli," dice Fili, che ce li ha separati da sei anni. "Cioè, è un'arte."

Dice che, in generale, devi parlare male dell'uno all'altro, così l'altro ti alza più euro e ti dà più la molla. Con tutti e due, devi fare lagne sul fatto che sei triste, e ti senti diverso dai tuoi amici, e la tua vita non è più come prima, e tuo padre ti manca tanto, e altre cose così, e alla fine ti allungano vestiti cellulari iPod motorini PC, qualunque cosa.

"Magari," dice Fili, "te le scrivi queste cose qui, così ne dici due o tre alla settimana senza ripetere la stessa. Se puoi, fai pure finta di piangere qualche volta. Aiuta."

Fili dice che, per piangere, basta tenere gli occhi aperti senza chiuderli mai per tre o quattro minuti, e gli occhi diventano rossi, e viene giù una lacrima, anche due.

Se poi ti viene da piangere davvero, allora piangi proprio: viene meglio.

45

Un mese prima del mio compleanno, mi parla con l'affabulazione infida degli imbonitori: "Sai che ho pensato, Caterina? Per i tuoi cinquant'anni, affittiamo un locale e organizziamo una grande festa. Te la meriti. E poi dobbiamo ricambiare gli inviti di un sacco di persone. Sono secoli che non organizziamo cene, a casa nostra."

Rimprovero velato. Lo lascio sotto il velo, assieme al tentativo di usarmi il compleanno per aumentare i suoi crediti sociali.

Rispondo, indecifrabile: "No, nessuna festa, invece ce ne andiamo a cena tu e io Da Cesare."

Da Cesare, il ristorante emiliano con le pareti rosse, il nostro ristorante, altre ere geologiche.

"I tortellini in brodo e il lesso con la salsa verde, ti ricordi? Sono dieci anni che non ci andiamo più."

Dopo dieci anni, Da Cesare non era più di Cesare, né nostro. Cesare lo aveva perduto per via delle sue scarse capacità manageriali, e adesso lo gestiva un tipo rozzo del Napoletano. Noi lo avevamo perduto per via dello scarso allenamento alla condivisione, e adesso di nostro non avevamo neppure un ristorante.

Ai tavoli non c'erano più coppiette innamorate, ma agenti di commercio, statali e parastatali in missione, grisaglie da trasferta gessate o nere o blu. Alla nostra destra, due tipi tracagnotti coi tovaglioli legati attorno al collo s'ingozzavano discor-

rendo con la bocca piena di un import-export di tonni ("meglio comprarli surgelati all'estero, non dalle tonnare siciliane, che costano di più"). E le pareti non erano più rosse, versavano in una tinta scolorita come noi. E il brodo era insipido come la conversazione, e i tortellini scotti come i ricordi, e la carne una suola, non si tagliava, come il silenzio che c'era tra di noi.

Cosa prendi, bevi altro vino, grazie, prego, questo posto è cambiato, sì lo è.

Eppure, a un certo punto, comincia a guardarmi intensamente, mi aggancia gli occhi negli occhi, si concentra, contrae leggermente i muscoli del volto, come inseguisse un ritmo interno di pensieri.

Forse mi sta riconoscendo.

Forse riaffiorano i ricordi.

Forse non tutti i ricordi sono già scaduti.

Forse.

Inclina leggermente il busto verso destra, muto, concentrato, come se la postura riproducesse uno squilibrio dell'anima, del cuore. Ecco, si stava schiudendo una fessura, dovevo approfittarne, dilatarla, non farmi sfuggire l'occasione.

"Senti, Filippo, dobbiamo parlare, siamo ancora in tempo, io ti amo ancora, ci vuole solo un po' di pazienza, un po' di volontà. Sai, credo che..."

"Ssst!"

Allunga l'indice davanti al naso. Inclina ulteriormente il busto a destra, assume una posizione perpendicolare. Con una leggera rotazione del collo, volta il capo di taglio. Che succede?

D'un tratto, mi tramortisce la rivelazione.

Non ascolta me.

Ascolta con attenzione morbosa la conversazione sui tonni surgelati.

Allora ho afferrato il cellulare dal tavolo e ho detto: "Scusa", ho farfugliato di una telefonata urgente e sono corsa fuori, perché diffidavo dei dotti lacrimali. Non volevo che mi vedesse piangere, e non volevo dirgli: "Sei un bastardo," e non volevo niente, solo star sola, volevo, e rifornirmi i polmoni di aria pura, solo questo.

Lui mi ha raggiunta fuori, trafelato.

E mi ha guardata con apprensione, mentre digitavo compulsivamente, a caso.

E mi ha preso la mano destra tra le sue.

E mi ha sfilato il cellulare.

E io ho pensato che no, adesso era inutile che mi chiedesse scusa, non lo avrei perdonato, questa volta no.

Eppure: "Scusa."

"Scusa che?"

"Scusa, ma questo non è il tuo cellulare, è il mio. Non è per avarizia. È che ho solo due tacche. È quasi scarico. Ti avevo detto che non era una buona idea comprarli uguali. Tieni, ecco il tuo."

Lo ha sfilato dalla tasca e me l'ha dato.

Si è raccomandato: "Dai, sbrigati. Tra poco arriva il dolce. Domani devo alzarmi presto."

Mi ha voltato le spalle e se n'è andato.

Sono rimasta sola con il buio.

E abbiamo continuato a familiarizzare.

46

Cioè, ve lo dico, se non mi credete chiedete in giro, controllate: il liceo è un posto di merda, veramente. Non è scialla proprio. Questi qui del liceo ti fanno venire proprio un botto d'ansia, per un casino di ragioni.

Al liceo, per esempio, ti chiamano col cognome davanti, Chiari Niccolò, non Niccolò, come alle elementari e alle medie. Certe volte ti chiamano solo col cognome, Chiari e basta, come se il nome non l'avevi proprio. E allora poi ti sembra di non essere più tu, tipo che potevi essere pure tuo fratello o tuo cugino o uno qualunque che si chiama Chiari come te, che ce ne sono un sacco. E ti senti un po' male, tipo una cosa brutta dentro, tipo che non sei nessuno.

E poi ci stanno gli insegnanti nuovi spinti duri, che appena arrivi manco ti dicono buongiorno che già stanno a spararti addosso verifiche a tappeto. Stanno in fissa con la storia delle basi, tutti quanti. Cioè, vogliono vedere se tu sei uno con la base o senza, se sai gli articoli i pronomi i tempi dei verbi le quattro operazioni, domande a raffica, tipo un telequiz. Però se rispondi praticamente non vinci nessun premio. Se sbagli, invece, gli insegnanti nuovi scuotono la testa e si muovono le mani davanti alla faccia, tipo per dire mamma mia. Poi dicono che tu la base proprio non ce l'hai, e un giorno o l'altro cadi, non ti reggi, senza una base non si regge niente. E a te ti viene proprio un botto d'ansia.

E poi ci sono i compagni nuovi, che fanno le verifiche anche loro, praticamente i provini come alle selezioni di tronisti o veline o reality, per decidere come sei fatto.

Quando hanno deciso come sei fatto, allora poi te lo dicono, così lo sai anche tu.

Cioè, questo fatto succedeva pure alle medie, però questi qui del liceo sono più fomentati, non si regolano, se a loro non gli piaci sono cazzi.

Infatti, da quello che decidono loro dipende se sei da gruppo sfigati, o falliti, o perdenti, oppure se sei da gruppo vincenti, che si chiamano vincenti e basta, con un nome solo, tanto per far capire come sono, praticamente non c'è bisogno di aggiungere nient'altro. Da loro dipende se sei vivo oppure morto. Non proprio morto morto, una cosa tipo morto dentro, perché se gli va ti blastano ti screziano ti fanno gli scherzi e tu non campi più. Però puoi essere pure morto fuori, perché c'hanno i coltelli. Non come il mio che l'ho comprato ai mercatini a quattro euro, lama da cinque, cinese, taroccato. No, quelli c'hanno mollette con le lame da sette, da dieci, pure dodici, e se le sono comprati nei negozi delle armi, pure cento euro, pure duecento, cioè, roba seria.

Se non vuoi diventare uno sfigato o fallito o perdente, che non ti va, il taglino devi avercelo sempre in tasca pure tu. Cioè, non è che lo devi usare sempre (solo se ti rompono il cazzo). Però lo fai vedere, tipo guardate, io ce l'ho in tasca, fate voi.

E poi non devi andare troppo bene a scuola, e dire un cazzo almeno ogni cinque o sei parole, e devi stare attento a tutto, al cellulare che hai, a come ti muovi, a come parli, a come ti vesti, tutto fa punti. Praticamente, contano anche il berretto, anche la sciarpa, anche le scarpe.

E poi devi anche fumare sigarette, e bere birra, e farti canne. Cioè, quelle me le facevo pure alle medie, veramente, però non tante, tipo una volta a settimana, anche perché mi fanno venire tipo il mal di testa e la fattanza. Invece al liceo devi fartene almeno una al giorno, sennò perdi altri punti, ed entri nella squadra dei falliti o degli sfigati o dei perdenti, e non ti va.

Che poi non è neanche una squadra, quella lì, è tipo niente, perché i falliti o sfigati o perdenti non fanno squadra, anzi non giocano proprio, che devono giocare a fare?

Se sei un perdente praticamente hai già perso, come potresti vincere con un vincente, che ha già vinto?

Perciò i perdenti cercano tipo di sparire, tipo invisibili, tipo che non li vede più nessuno, aria.

Praticamente si nascondono proprio, tipo i cerbiatti nella giungla, che se il leone li vede li acchiappa e se li sbrana.

Non è che hanno fatto qualcosa di sbagliato, cioè, non penso.

È che sono cerbiatti.

Dovevano pensarci prima.

Dovevano nascere leoni.

In pratica, hanno toppato la legge della giungla.

47

Ci sono troppi sabati sera, a questo mondo. Uno a settimana. L'erogazione mi sembra dissennata. Danneggia l'ecologia cerebrale delle madri.

"Sono tre sabati che fa così. Ama' ritorno tardi, ciao. Tardi quanto, dove vai, con chi? Sbatte la porta sui miei interrogativi e arrivederci. Me li lascia sospesi sulla testa come bombe a grappolo già disinnescate."

Giovanna e Federica consumano con ingordigia misurata le mie polpette al forno. Sorvegliano l'appetito e il loro interloquire da non madri con solidarietà intensa ma impacciata, piuttosto incompetente, diluita in un brodo di luoghi comuni.

"Si sa, è l'omologazione, devono fare quel che fanno gli altri a quest'età."

"Ti devono dimostrare che sono adulti, che adesso si sono emancipati dai controlli."

Annuisco meccanicamente, ed elargisco brevi sorrisi privi di allegria.

Le ho invitate per non starmi a sgranare da sola il rosario dolente delle ore, delle mezz'ore, dei minuti. Inoltre avevo urgenza di disporre di tutto il repertorio delle mie funzioni. Richi e Gio' incarnano alcuni nuclei embrionali di me stessa, che non si sono sviluppati a pieno per via di una costituzione malformata. Crescono e decrescono in un moto sussultorio, a strappi, senza assestarsi mai. Federica è l'ancoraggio della pazienza, è la misura della riflessione, l'integralismo delle cose giuste. Giovanna è il miracolo di uno stralunamento infantile ancora intatto, ed è il sollievo della leggerezza. Talento nel quale, talvolta, tende un po' a strafare, producendo effetti secondari.

Stasera vuole assolutamente distrarmi dalla monografia dei miei affanni materni. È garrula, divulgativa, progettuale. A tavola si è dimenata in pose gallinacee, e mi ha illustrato minuziosamente i benefici di due siti per cuori solitari ai quali è iscritta, di un locale per single dove va, di una crociera per scapoli e zitelle che farà e di un'associazione per divorziati che frequenta, la quale si propone, irragionevolmente, di rilanciare il matrimonio in forme non nocive. "Sperare sempre," ha predicato Gio'. Che la speranza sia l'ultima a morire, fortunatamente, non l'ha detto.

Però ha elogiato tre volte l'efficacia dei chiodi che schiacciano altri chiodi, e ha espresso due volte l'auspicio che morto un papa se ne faccia un altro. Inoltre ha consumato una bottiglia intera della collezione di rosso che Filippo e io abbiamo acquistato durante una vacanza in Chianti.

Adesso, satolla di polpette e di saggezza etilica, si sfila le scarpe dai tacchi smodati, depone le sue gambe sul divano azzurro (Filippo e io lo abbiamo scelto a una fiera del mobile, litigando sulla sfumatura di colore), e spalma uno sguardo rapace sulle bottiglie nel mobile bar anni Trenta (Filippo e io lo abbiamo comprato di comune accordo in un negozio di modernariato). "Adesso, ragazze, ci facciamo un drink. Che meraviglia, Cate, tornare a casa tua, libera dall'occupazione di energumeni. Però non devi chiudertici dentro, lo prometti? L'hai già fatta abbastanza, la sepolta viva."

Sento che sta per rilanciare il chiodo o il papa. Uno dei due.

"Quando si chiude una porta, sai, si apre un portone."

No, un portone.

Davanti al portone, Richi insorge.

"Senti, Giovanna, la pianti con questi tuoi stupidissimi proverbi? Stai diventando grottesca. Credi che Caterina abbia voglia di andarsene a cercare un altro? Ha bisogno di elaborare il lutto in santa pace."

Guardo Richi con gratitudine, mentre si concentra sull'osservazione dell'ennesima sigaretta che ha acceso questa sera. La guarda consumarsi tra le dita, come un fenomeno da cui si aspetta rivelazioni.

Mi fruga negli occhi, preoccupata. Richi parla poco. Interagisce con l'efficacia dello sguardo. Economizza, taglia via il superfluo. Ha riservato la tenacia delle sue emozioni a cause universali: la guerra, l'inquinamento, il Terzo Mondo. Al suo privato concede solo l'adozione a distanza di bimbi ugandesi, o ucraini, o brasiliani, le cui foto, in casa sua, sono appese dappertutto. Richi è speciale. Produce ironia abrasiva e accoglienze generose, pragmatica come un ragioniere, ascetica come un monaco trappista, nonostante quel buffo soprannome maschile da rockstar.

"Come sta Niccolò?"

"Non mi parla. Scappa, quasi che invece di parlare gli tendessi agguati. Pretende di uscire e di tornare quando vuole. Se provo a fermarlo o a interrogarlo mi dice vaffanculo, grida, minaccia di scappare."

"Non dargli retta. Dove vuoi che vada?"

"Non riesco a esercitare nessun tipo di controllo su di lui, Federica. Non credo di esserci mai riuscita. Sospetto voglia punirmi per la separazione, a modo suo. Mi ignora. Sempre chiuso in camera."

"I ragazzi lo fanno. Si chiudono in camera e usano i sensi di colpa delle madri contro le madri medesime, se queste lo permettono."

Isso le gambe sulla mia poltrona, poi le incrocio in posizione yoga. Raccolgo le tempie tra le mani.

"Va male a scuola. È strano. Da qualche settimana si trascina come una carcassa, un peso morto."

"Forse ha bisogno anche lui di elaborare il lutto."

"Ho paura. Sto a osservarlo come uno scienziato con una cavia in vitro, a cercare espressioni sul suo volto, e non ci riesco. Sono diventata un'esperta di morfologia adolescenziale, sai? E frugo senza vergogna nelle tasche dei suoi jeans, nei suoi cassetti, negli zaini, lo annuso come un segugio per capire se beve, se fuma, se si fa le canne. Gli ho trovato delle cartine nascoste in fondo alle scarpe. Non gli ho detto niente."

"Si farà qualche canna, se le fanno tutti. Ma forse, Caterina, prima di capire cosa fa, dovresti capire cosa cerca. Cosa gli manca. Se sei riuscita a nutrirlo con le tue passioni e i tuoi progetti, a fargli capire che senza passioni e progetti vegeti, non vivi."

"Attualmente, purtroppo, non dispongo di risorse da catalogare nei generi passioni o progetti. Nessuna."

"Devi lasciargli i suoi tempi, i suoi spazi. Non credo sia un ragazzo felice, in questi giorni."

48

In questi giorni sto gasatissimo. Infatti sono diventato "uno giusto". Cioè, mica "uno giusto" a cazzo, così, tanto per dire. Ufficialmente.

"Uno giusto" è un'evoluzione prima di vincente. Un quasi vincente. Cioè, tipo che manca un po'. Non tanto.

"Uno giusto" ci sono diventato lunedì durante l'intervallo, quando Giumatti Matteo, uno della mia classe alto, con i capelli ricci e un tatuaggio con l'aquila sul braccio, mi ha detto che ero in prova per diventare uno di loro. Cioè, voglio dire loro loro. Quelli che contano. Quelli che hanno tipo duemila contatti su Messenger, duemila numeri nella rubrica del loro cellulare, e non è che li conoscono proprio tutti, ma tutti quanti conoscono loro, perché sono i vincenti.

Quando passano, la gente rincula così passano meglio, e tutti li rispettano, li ammirano, gli fanno la fila davanti alle macchinette per prendergli il caffè. E gli offrono da bere e da mangiare, gli fanno i compiti, gli portano gli zaini e altre cose così, cioè, da vincenti.

Nella mia classe, i vincenti sono cinque.

Oltre a Giumatti Matteo ci sono Guglielmi Stefano, che conta più di tutti, e poi Colapico Claudio, e Albenzi Filippo, e Roberti Andrea. Tra loro non si chiamano con il cognome, e neanche con il nome. Praticamente si chiamano "zio", oppure si chiamano con mezzo nome: Matti, Ste', Cla', Andri e Fili, che fai prima, e ti senti anche più amico.

I vincenti della mia classe li riconosci subito. Se uno è un vincente lo fa vedere, sennò che fa il vincente a fare? Apparecchiati con marche fichissime, cioè, fashionissimi, i cellulari e gli iPod stratecnologici, i coltelli a serramanico con la lama da dieci almeno, le macchinette o i cinquantini che gli hanno tolto il parabrezza, gli specchietti e anche il diaframma per andare più veloci. Camminano al rallentatore, con le gambe larghe, dondolando, tipo che c'avevano le molle nell'anca. Hanno i capelli scolpiti con il gel, i piercing e i tatuaggi, e sanno bere e fumare come i grandi, senza sentirsi male o vomitare, e sanno fare le risse anche col sangue, cioè, tipo videogioco. Sono più alti di tutti, perché sono più grandi, cioè, quindici o sedici anni, li hanno cannati a scuola, e sono tutti e cinque ripetenti.

È stato Giumatti Matteo a parlare di me agli altri vincenti, perché venerdì gli ho passato il compito di mate. Quella di mate ci ha dato 51/2 a tutti e due, ha fatto la troia, sputava un altro mezzo e arrivavamo a 6, cioè, sufficiente, che è tipo il mio voto preferito, un voto giusto. È un voto che non sei né un secchione né una sega, nessuno ti può dire un cazzo, se è sufficiente vuol dire che basta, e allora cosa vuoi.

In mate, Giumatti praticamente si becca sempre 2, perciò quando si è visto 51/2 non ci credeva proprio, cioè, tipo che praticamente si è commosso.

"Sai," mi ha detto, "è il voto più alto che c'ho avuto in tutta la mia vita."

Così Giumatti ha proposto ai vincenti la mia candidatura, e sono in prova. "Uno giusto" è uno stadio di evoluzione tipo Oozaru, lo scimmione gigante dei Saiyan, che quando supera le prove di forza si evolve in Super Saiyan di quarto grado, cioè, il più potente di tutti i guerrieri. Tipo un vincente, che praticamente sopra di lui non c'è nessuno, il cielo e basta.

I perdenti della mia classe, invece, sono sei: Astolfi Luciano, Bozzi Roberto, Antolini Giuseppe, Fanti Camillo, Dakarai Amir, che è arabo, e Razvan Bogdan, che è rumeno. Anche i perdenti, a scuola mia, si riconoscono. Praticamente si vede che sono spiedi, fagianotti, con il pullover di lana e le giaccone a vento comprate tipo all'Upim o alla Standa, le scarpe Dr Marten's, gli zaini tipo Jansport, da piscioni. I perdenti, in genere, sono dei secchioni, e fanno i mastrolindo con i prof (sempre a lucidarli). C'hanno i cellulari di mille anni fa, cioè, scrausissimi, senza videocamera, e certe volte pure rotti e incollati con lo scotch. Certi a ricreazione mangiano le merendine Kinder sporcandosi la bocca e le mani come i pischelletti, e hanno la mamma che li viene a prendere a scuola con la city car. Tranne le madri di Dakarai e Razvan, loro no, perché vanno a servizio dai ricchi fino a tardi. Infatti i vincenti chiamano Dakarai e Razvan "i figli della serva", ma loro non si offendono per niente, cioè, non sembra, tipo che fanno finta di non aver sentito.

Quando i vincenti blastano i perdenti, o li screziano, oppure gli si inculano le cose, oppure gli fanno gli scherzetti tipo sborargli nello zaino, pisciargli sui quaderni, sputargli nei berretti o altro, certe volte i perdenti vanno a protestare dai prof o dalle madri per fargli prendere le note. Però a una certa poi capiscono che è meglio non andarci più, dai prof o dalle madri, cioè, non gli conviene. Infatti quando i vincenti si beccano le note si fomentano, non si regolano proprio, diventano ancora più forti e più cattivi, tipo un Super Saiyan quando fa a pezzi Freezer. E allora vanno dai perdenti e gli gridano addosso davanti a tutti gli altri che sono delle fogne, o dei laidi, o dei bastardi, o degli infami. Gli mostrano i coltelli, e gli dicono tipo: "nNon farlo più, sennò ti apro, ti svuoto il sangue." Siccome i perdenti non vogliono per niente essere aperti, e il sangue se lo vogliono tenere, da quel momento praticamente si prendono gli screzi e gli scherzetti e stanno zitti.

A parte i vincenti e i perdenti, ci stanno pure altri gruppi, a scuola mia.

La maggior parte sono del gruppo leccaculo. Questi qui leccano il culo ai vincenti perché hanno paura, ma anche perché li ammirano troppo, cioè, vorrebbero diventare troppo come loro. Secondo me non ci diventeranno mai, per due ragioni soprattutto. Primo: si comprano le marche taroccate di magliette e di felpe ai mercatini, cioè, si vede. Secondo: per venire a scuola passano metà giornata dentro ai mezzi, perché non stanno in centro.

Nella mia classe, ci stanno anche quelli che non gliene frega un cazzo dei gruppi, cioè, tipo si fanno i cazzi loro, praticamente non sono né vincenti, né perdenti, né leccaculo, proprio niente, tipo Carosi Flavio e Penna Luciano e altri. Loro, praticamente, non si vestono né bene né male, si vestono come gli viene di vestirsi, e quando i vincenti li screziano praticamente non se li filano, nemmeno li guardano, al massimo gli dicono solo: "Mi attraversi", e quelli gli rispondono: "Stai basso", e loro si girano e se ne vanno via, e poi finisce lì.

"Puoi cominciare a stare con noi durante la ricreazione," ha detto Giumatti, "e possiamo beccarci anche la sera. Cioè, qualche volta, non sempre, decidiamo noi. Comunque stai in pole position, zio. Comportati bene, e poi si vede."

Già bevo la birra maxi al Roxy Bar, e cammino al rallentatore dondolando le gambe, e fumo sigarette e bombe, anche due al giorno. L'erba la compro da Giumatti, che ha il contatto, e ha detto che se non c'ho i soldi me ne dà da vendere agli altri, così la fumo gratis. L'erba non è come quella delle medie, cioè, molto più forte, che ti scoppia la testa, e qualche volta ho pure vomitato di nascosto. Però Giumatti, che è un fattone, ha detto che poi passa, cioè, praticamente col tempo uno si abitua, e può fumarsi pure tre o quattro cannoni al giorno, e non gli viene né il mal di testa né da vomitare, "e anzi è fortissimo, cioè, tipo che ti passano tutti i pensieri".

Giumatti ha detto: "Per diventare vincente devi leccare il culo a Ste' perché alla fine in pratica decide lui. Quando lui pensa una cosa, allora la pensano anche gli altri."

Guglielmi Stefano è un soggettone, col naso grosso a Falcon Crest, un mezzotronco da un metro e sessanta, ma tutti lo ammirano come se era alto due metri e aveva la faccia di Brad Pitt. Ha il padre ricco, un lanciafiamme d'oro per le sigarette e per le canne, sniffa le piste da tre anni, porta un coltello da centottanta euro, scopa un casino e prende il Viagra, e altre cose così, da boss.

Se lui s'incazza, allora poi s'incazzano anche gli altri.

Davanti a lui, praticamente si cagano sotto persino gli insegnanti, perché Guglielmi, se gli gira, li manda a fare in culo a voce alta. Guglielmi, infatti, pensa che "vaffanculo", praticamente, è come l'oneshot della PlayStation: i grandi li annienti al primo colpo. Naturalmente, se dici vaffanculo a scuola, ti becchi una nota sul registro, e chiamano pure i genitori. Guglielmi Stefano ne ha già prese trenta, di note, ma i genitori ci sono andati due volte e basta, cioè, mica possono stare sempre lì. E poi Guglielmi in generale ha i genitori che non stuccano, a dirgli con chi vai e dove vai, e non lo aspettano svegli per annusargli il fiato e i vestiti, tipo Marge, perché, quando lui torna, loro stanno dormendo già da ore, mica possono rimanere svegli fino all'alba.

E più di tutto, poi, c'ha i soldi, Guglielmi Stefano. Il padre e la madre, infatti, gliene danno un botto, e se non bastano lui se li prende dai loro portafogli, tipo anche cento euro o duecento a botta, non solo dieci o venti come me. Quelli tanto non se ne accorgono mai: di soldi nel portafoglio ne hanno tanti, perciò non li contano nemmeno.

49

Non torna. L'orologio a cucù del Settecento che ho scovato con Filippo da un antiquario di Firenze mi sbeffeggia. È l'una. Accumulo un castigo di Dio di cicche spente e kleenex bagnati nei portacenere di vetro decorato che ho scelto con Filippo in una bottega di Murano.

Location di altre vite mi tendono agguati. Sovrapposizioni. Disturbi della memoria. Raggiri del whisky. Sto sorseggiando il terzo.

Federica cerca di diluirmi adrenalina e alcol in un flusso di parole carezzevoli, le sue ninne nanne di saggezza per addormentarmi il cuore: "Non piangere, Caterina, a che ti serve?"

Già. Le brave bimbe non piangono e non bevono, di notte. Dormono. Ma il sonno è tra i tanti che mi snobbano.

"Vedrai, non gli è accaduto niente. Lui tarda e tu aspetti. È il gioco delle parti, alla sua età."

Sarebbe stata una madre speciale, Federica. Ha atteso l'uomo giusto, l'umore giusto, il tempo giusto, le cose giuste che occorrono per avere un figlio. Erano troppe. E non è mai arrivato nessun figlio. A me è arrivato, ma devo aver eluso un requisito o due.

La guardo, intenerita: "Con questa storia dei figli ci hanno fregate tutte quante."

I figli che volevi e non hai avuto, i figli che credevi di avere e non li hai più.

Tornano tardi.
Senza spiegarti "tardi" quanto dura.
Se dura per sempre, oppure no.

"L'attenzione non basta, Cate, sai? L'attenzione dev'essere sapiente."

C'è un'assennatezza aurorale in tutto quel che dice Federica. In ciò che fa. Ha scelto, per esempio, di non opporre resistenza al tempo, di conquistare la sua benevolenza, le buone cose che sa dare lui: la commestibilità delle giornate senza cupidigia, la digestione fluida della vita. In cambio lo ha lasciato fare: che le screziasse il volto, se voleva, e le sbiancasse la lunga coda di capelli che rifiuta di tingere o accorciare, e le spolpasse le ossa, rendendo il suo mento e i suoi zigomi salienti, la sua struttura aguzza, spigolosa, quasi una gogna per additare la sua infertilità.

Giovanna, invece, ingrassa, e la sua pelle si va congedando dalla struttura ossea con un lento addio.

Il tempo, nell'attacco, diversifica le strategie.

Ecco, parliamo del tempo, un tema neutro sul quale si possono convogliare ostilità generiche, contro nessuno. Parlare del tempo allenta la tensione.

"Il tempo è davvero una carogna," esordisco.

Federica: "Eh già. Smucina tra i tuoi progetti come fa un gatto con la spazzatura."

Il tema risveglia Giovanna dal torpore etilico. "Sapete cosa fa, il bastardo? Si fa inseguire, e tu gli corri dietro, e ti fa credere che tu sia il cacciatore e lui la preda, ma è lui che bracca te." Vira sul pulp, la voce impastatissima, visualizzando fiere: "Ti sbrana con metodo, a pezzi piccolissimi. E tu non te ne accorgi."

Mi verso un altro whisky.

L'alcol mi appanna la percezione del luogo e dell'ora, mi provoca slittamenti spazio-temporali.

Siamo nella camera di Richi, trent'anni fa, i suoi sono partiti e dormiremo assieme. Ridiamo, parliamo di politica e di maschi, fumiamo uno spinello, e siamo belle, e niente mariti e niente figli e niente tirannie, nessun investimento a lungo termine, solo frazioni di tempo, particelle, domani e dopodomani, poi si vede, intanto che bello stare qui.

Ora le osservo con uno sguardo neutro, per dissociarle dalle immagini impresse nella mia retina da sempre, un affidavit della mia memoria accompagnato dall'acciottolio dei ricordi. Il passo lieve, e le risate, e i balli, e le chitarre, e i cuori sprofondati in sogni soffici, e i sogni che poi crescono con noi, e s'inspessiscono, e assumono nuove consistenze, cambiamo il mondo, dai, vi va? E guarda che strafico quel compagno con la barba nera, gli occhi di fuoco, e poi come parla, non assomiglia al Che? Il mondo dobbiamo cambiarlo assieme a lui, sennò non viene bene.

Col Che ho scopato tre volte, forse quattro, diluite nell'arco di due mesi, nella comune che divideva con altri rivoluzionari, in sovraffollamento entropico e in condizioni igieniche precarie. Poi mi ha lasciata, senza spiegazioni. Nella misura di un poco, allora, si condensava agevolmente un tutto. Credevo di amarlo, e gliel'ho detto, è stato un passo falso. L'aspettativa amorosa rendeva inagibili le storie.

Comunque il mondo lo abbiamo lasciato deperire, e non lo abbiamo cambiato neanche un po', né col Che, né senza. Giovanna e Federica sì, sono cambiate tanto, una sempre più astenica, l'altra più vorace, coi nomi sbagliati pure quelli, uno pomposo e l'altro sbarazzino, dovrebbero invertirli.

Gio' e Richi, le mie quasi sorelle, coi loro fallimenti più precoci, o solo più espliciti dei miei.

E adesso annego in un lago di nostalgia per tutti i nostri sogni, soffici o densi, non importa, c'era il futuro, allora, ci stava davanti, non alle spalle come ora.

Abortisco un sorriso: "Sapete che vi dico? Non c'è più il futuro di una volta, signore mie."

Giovanna e Federica distendono le labbra di due terzi, niente più.

Riguardo l'orologio a pendolo, o piuttosto è lui che guarda me.

Le due.

Che stai facendo, Nicco?

In quale notte state scorrazzando, i tuoi pensieri e tu?

Questa serata non finisce mai.

50

Questa serata non finisce mai. È proprio uno spacco stare in disco, cioè, veramente, che culo che ci sto. Solo che ci stanno le luci praticamente tipo col singhiozzo, cioè, che si accendono e si spengono, e un po' vedi le cose ma un po' no. La musica va a palla, e se provi a parlare non ti sentono, e se ti viene una cosa da dire non puoi dirla, cioè, te la tieni in testa, e se era una cosa fica la dici un'altra volta, sperando che funziona ancora, perché le cose fiche certe volte funzionano, certe no.

Sono le due.

In disco i vincenti ci vanno tardi, in pratica quando se ne sono andati via tutti i pischelli, tipo tra i dieci e i tredici anni, che arrivano alle quattro, e fanno i sexy party da piscioni con la schiuma, le mele da mordere, i chupa chups da succhiare, le leccatine di Nutella, le cubiste lattanti mezze nude che se la tirano e fanno la lap dance, e poi alle sette la mamma se li viene a prendere, avanti bambini, dritti a casa.

I grandi invece entrano più tardi, cioè, proprio di notte.

Un caldo bestiale. Sono una zuppa di sudore. Mi sento tipo sciolto, come un'aspirina in un bicchiere. Ci sono un casino di patate gasatissime, ballano da paura, si tolgono le T-shirt, ti sbattono le tette sotto il naso, e tu, praticamente, oltre a guardarle puoi pure annusarle e toccarle, se ti va. Prima della disco abbiamo fatto un botto di altre cose. L'happy hour con gli snack, io due Bacardi Breezer, e loro tre per uno. Poi ci siamo fatti una pizza, io una birra, loro due per uno. Prima di entrare in disco, ci siamo scolati da una bottiglia un po' di vino rosso comprato da un vinaio che sa Andri, io solo un sorso, loro quattro a testa. Ci siamo già sparati una canna e un po' di vodka alla fragola o al limone, io una, Giumatti tre, Guglielmi cinque.

Ho mal di testa.

Mi sento strano, praticamente tipo scontornato. Cioè, tipo quando facevo i disegnini alle elementari, e i colori mi uscivano un po' fuori dai bordi, e la maestra Rosa diceva: "Fai più attenzione Niccolò," e cancellava le sbavature con la gomma. Ecco, stasera praticamente mi sembra di uscire un po' fuori dai bordi, ma nessuno mi dice: "Fai più attenzione Niccolò," o mi cancella le sbavature con la gomma, e posso scontornarmi quanto voglio.

Cioè, veramente non lo so se mi piace sentirmi scontornato, ci devo pensare.

Secondo me ai vincenti gli piace una cifra.

Si spaccano, si sbracano dal ridere, si bombano, e fumano a castello, e bevono, e ingoiano delle caramelline colorate tipo a forma di cuori e di stellette, e ballano per tutto il tempo senza mai stancarsi come se c'avevano il motore, e mentre ballano smandibolano tipo robot. Poi battono i pezzi alle patate, gli toccano le tette e il culo, e quelle se li lasciano toccare, e ridono, e sembra che gli piace un botto, e a quelli gli dicono: "Fallo ancora, dai," e a un certo punto si lasciano portare al cesso, e poi i vincenti chiudono la porta a chiave.

Ora i vincenti mi chiamano Nik. Io posso chiamarli pure "zio", se voglio, oppure con mezzo nome, cioè, come mi va, dipende dai momenti. E mi hanno ammesso nella loro chat.

Sulla chat dei vincenti, come nickname, ho scelto Nikvaffankulo, tutto attaccato, con le kappa. La kappa sta bene dappertutto, è da vincenti.

Chatto ogni sera con tutti, anche con Ste', cioè, Guglielmi, lui proprio in persona, tipo che siamo amici da dieci anni. Bella Ste', bella Nik, che stai facendo, niente sto chattando e tu, chatto pure io, allora bella Nik, bella Ste'. È bello raccontarsi tutto, sapere le cose dell'altro che non sai. Cioè, io lo sapevo che Ste' stava chattando, e lui lo sapeva che chattavo pure io, dato che praticamente chattavamo insieme. Però se uno te lo dice di persona ti senti che ti stai dicendo tutti i segreti e sei molto più amico.

Con i vincenti, sono uscito quasi tutte le sere di questa settimana, e Marge urlava, sbroccava, minacciava, e io niente. Ormai gli dico vaffanculo, e la oneshotto, e lei schizza come un siluro a piangere nella sua stanza.

Lunedì poker americano a casa di Fili, martedì in sala corse a puntare sui cavalli, mercoledì canne davanti a un centro anziani così i vecchietti s'incazzavano e poi chiamavano la polizia e tutti a ridere e a scappare. Giovedì pornazzi a casa di Ste' con sega collettiva, nella tavernetta che gli hanno messo su i genitori per farci quello che vuole coi suoi amici senza che si stanno tra le palle. Io una sega in pubblico non l'avevo fatta mai, di solito me le faccio nella mia stanza, per i cazzi miei. Sono arrossito, ma per fortuna le luci erano basse, nessuno mi ha sgamato, cioè, almeno spero, sennò perdevo punti.

Matti mi ha detto che ne ho già un sacco, di punti, soprattutto da quando a italiano ho toppato la verifica, e la Nitti di lettere mi ha messo 2. "Nemmeno i verbi, sai. Se non ti fai le basi, Chiari, finisci per essere bocciato."

"Vabbe', pazienza, sarò bocciato, che ci posso fare, se uno è bocciato è bocciato, mica muore."

Ci stava tutta, io li ho guardati facendo l'occhiolino, e quelli hanno applaudito.

Cioè, bocciati praticamente fa pure un botto di punti.

E fanno punti pure i genitori separati.

I vincenti ce li hanno quasi sempre separati, i genitori, oppure che si screziano sempre, e prima o poi si separano, è sicuro.

I genitori separati è un sacco da vincente.

Che culo.

Appena in tempo.

51

Le tre.

La signora Tim dev'essere scolpita nel metallo, la voce è scialba, gelata da un freddo di rimproveri ferrigni, avrà un cuore meccanico. L'utente potrebbe avere il cellulare spento. Non faccia la tetragona, signora Tim. Provavo così, per fare, mi prendevo in giro. Lo so che l'utente lo ha spento, il cellulare. Lo fa sempre. Eppure, in un moto di compassione stridula, la signora Tim propone di riprovare più tardi. Vuol farmi intravedere una speranza.

Non riesco a trattenere il cuore dentro il petto. Rotola lungo l'inclinazione delle attese a vuoto, mi sembra sia arrivato nelle scarpe, fa male, mi sta stretto. Curioso. Il cuore, se lo ipertrofizza l'ansia, può diventare più grande dei tuoi piedi.

Richi mi osserva con apprensione sorvegliata, silenziosa. Giovanna è ubriaca fradicia.

Proviamo a disinnescare l'angoscia con l'illusionismo dei ricordi.

Dico: "Sapete, dovremmo fare un album commentato con le fotografie dei vecchi tempi, per metterci in ordine i ricordi. Per dare una mano alla memoria. Quella si arrugginisce come una scatola di latta, no?"

Le parole non mi aderiscono, sembrano scompaginate dal timbro vocale.

Riflette Federica: "È vero. Vi ricordate Umberto, quel biondino con l'aria da intellettuale un po' intontito che mi scopavo all'ultimo anno di liceo? Accidenti, siamo usciti insieme per sei mesi, eppure non ricordo com'erano i suoi occhi, la sua voce, niente. E poi si chiamava veramente Umberto?"

"E come si chiamava veramente il Che? Credo Giuseppe. Ti pare che uno che assomiglia a Che Guevara poi si va a chiamare Giuseppe? Non ha senso."

Giovanna riaffiora dalla nebbia: "Ma sta' zitta, Cate, che ci hai pianto per sei mesi. Ti abbiamo portata a Giannutri con la tenda e i sacchi a pelo per farti distrarre, non ricordi? Una settimana ad asciugarti lacrime, cercando di rimorchiare energumeni tedeschi, e rimorchiando solo energumene zanzare."

"Il Che si chiamava Angelo," asserisce Richi.

"Ma no, quale Angelo, era Giuseppe, ha ragione Caterina."

"Alzheimer, tutt'e due. Neanche tanto precoce, del resto."

"Il fatto è," sospiro, "che la memoria non solo è approssimativa. È conformista. Non sa selezionare il materiale. I buoni giorni sono fatti di buoni dettagli, ma lei generalizza, sintetizza, rimuove, un tasto e via, un nanosecondo e il tuo tempo sparisce nel cestino".

"È vero," approva Giovanna, "la prima scopata, per esempio, ti va in memoria per automatismo, anche se è stata un disastro. Vi ricordate la mia col professore di filosofia, al secondo anno di università? Cinque minuti, forse meno. Poi mi ha mostrato le foto dei suoi figli."

"Però te la ricordi, vedi? La prima volta non si scorda mai. Anche se sono state migliori la seconda, o la terza, o la quarta, o la numero sessantatré o la centocinque, ammesso che una poi ci arrivi..."

"... e non diventi piuttosto 'ficasmessa', come elegantemente dice mio figlio. Adora gli eufemismi."

Richi si allunga in un sospiro: "Sapete cosa siamo diventate? Tre portatrici sane di rimpianti."

"Parla per te, io non rimpiango nulla," si autoesorcizza Giovanna, la voce sempre più flebile e disarticolata. "E poi non mi sento affatto ficasmessa. Non smetto nemmeno gli abiti stretti. Figurati la fica."

Mi sgorga un riso piccolo da un moto impercettibilmente obliquo delle labbra. Sono riuscite a farmi ridere persino stanotte, queste due. Allora vado a sedermi in mezzo a loro, e allungo le braccia simultaneamente sulle spalle di entrambe, le accolgo con ali di colomba, o di gallina, o entrambe, sono un volatile meticcio.

Non credo sopravviverei a questa nottata, se non fossero qui. Ma penso: non voglio che la mia vita evapori nel fumo scialbo di fuochi deperiti.

Per me è diverso.

Nella mia vita c'è Niccolò, ed è una forza gravitazionale che m'incolla a terra, e mi impedisce di galleggiare nello spazio come un corpo in caduta libera, e però poi mi lascia là sotto, e se ne sale, e va ad acquartierarsi nelle sue distanze siderali, e brilla sulla mia testa per provocazione.

Eccolo lassù.

Posso vederlo.

È lontano.

(Non avrei dovuto bere così tanto.)

Mi sembra che ridacchi insolente in mezzo al cielo, e giochi ad acchiapparella col mio cuore, prova a raggiungermi se puoi. No che non posso, io sono un cuore-talpa, e tu sei una stella senza cuore. Una cometa maligna e strafottente, che viaggia troppo in fretta.

"Sapete, non so se mio figlio sia una stella, oppure una luce artificiale. Un neon. Uno di quelli con la luce glaciale, latti-

ginosa, pallidissima, come quella che mio marito ha voluto a tutti i costi mettere in cucina. Voi due che ne dite?"

"Sostituiscila. La tua cucina sembra una camera ardente," fraintende Giovanna.

Mi verso il quarto whisky. È l'ultimo. Non voglio che Niccolò mi veda ubriaca. Non deve sapere che sua madre beve.

Il buio si stanca di aspettare, come me.

Un'alba spettrale mi rinfaccia un'imperdonabile insipienza nell'esercizio delle mie funzioni.

Sono le cinque del mattino.

Le chiavi nella porta.

Una vertigine, è il cuore che risale precipitosamente dalle scarpe e riprende la sua postazione.

Faccio sparire sotto i cuscini del divano i kleenex ciancicati, mi rassetto i vestiti, mi ravvio i capelli con le mani. Adesso dovrò fargli una scenata.

Non gli farò capire che ho sofferto.

Non deve sospettare che ho anche pianto.

Non deve sapere che sua madre piange.

52

Mia madre piange nello stesso modo di tutte le altre donne, cioè, preciso proprio.

Piangono con le interruzioni. Tipo che in mezzo al pianto gli veniva di sparare un vaffanculo, cioè, si sente, ma invece non lo sparano, tipo per educazione, o per non dare soddisfazione a qualcun altro, chissà chi. E allora fanno un'interruzione.

Ogni sera, dopo il telegiornale, Marge piange così.

La sento quando abbasso il volume della televisione dello stereo o della Play. Non è che voglio spiarla. Cioè, figurati, che me ne frega. È che si sente.

Piange uguale preciso a come piange Corsini Anna, una sfigata cicciona secchionissima di scuola mia, quando gli fanno gli scherzi Ginevra e Benedetta.

Ginevra e Benedetta sono le strafiche della classe, tipo belle tette, bel culo, ultrafashion, modaiole, stilose, cioè, precise.

In genere Corsini Anna, invece di chiamarla Corsini oppure Anna, Ginni e Benni la chiamano Bustadipiscio. Adesso in classe mia le donne in pratica la chiamano tutti così, Bustadipiscio, perché Ginni e Benni contano, sono vincenti femmine, e hanno il coltello, e sanno menare di brutto come i maschi, e quando pensano o fanno una cosa, allora la pensano o la fanno pure tutte le altre. Cioè, tipo Ste', per dire, ma femmina.

Quando gli vogliono fare gli scherzi, Ginni e Benni vanno da Corsini in cortile durante la ricreazione, e gli parlano tipo il gatto e la volpe di Pinocchio, cioè, una comincia la frase e l'altra la finisce.

Tipo pure ieri.

"Ci devi ringraziare che ti abbiamo cambiato nome."

"Bustadipiscio è molto meglio di Anna."

"Hai un nome di merda, proprio."

"Cioè, pure la faccia è di merda, veramente. Guardala, Benni, non ti pare?"

"Sì, Ginni, hai ragione."

Allora poi, mentre le altre tenevano ferma Corsini, Ginni e Benni gli hanno dipinto la faccia con i loro trucchi, cioè, tutti i colori spalmati sugli occhi sulla bocca sulle guance, e Corsini alla fine sembrava tipo un clown. Poi tutte a ridere, e intanto Ginni e Benni a Corsini gli hanno messo davanti uno specchietto e gli hanno detto: "Vedi che non sei più una cozza come prima? Cioè, ringrazia."

Poi dopo l'hanno fatta mettere in ginocchio, gli hanno detto: "Ora stai a cuccia per un po'", e se ne sono andate a fumare con appresso tutte le altre, che le seguono sempre un po' dietro, non accanto, perché sono leccaculo, non vincenti.

Bustadipiscio invece è proprio una perdente, cioè, si vede.

Voglio dire, fagli il culo a quelle, mena, comprati il coltello, e invece niente.

Quando Ginni e Benni e le leccaculo se ne sono andate via, Bustadipicio è diventata tutta rossa, si vedeva pure sotto il trucco, un pomodoro, di rabbia o di vergogna, non lo so. Si è pulita un po' la faccia con un kleenex, cioè, un pasticcio. Non si è nemmeno alzata, e poi si è messa a piangere con le interruzioni. Così, per conto suo, da sola, tipo che non gli andava di farci ai mezzi con nessuno, col suo pianto, come se era una cosa segreta, solo sua.

Pure mia madre piange così, come se era una cosa segreta, solo sua, anche se le ragioni sono diverse.

Cioè, a Marge nessuno gli ha detto mai Bustadipiscio, e nessuno gli ha mai dipinto la faccia come un clown, e nessuno l'ha fatta mettere in ginocchio.

Secondo me, lei piange perché a mio padre gli vuole ancora bene, o forse non proprio bene bene, cioè, una specie, gli vuole tipo qualcosa che non so. Una di quelle cose che dicono di volersi questi qui quando non si amano più, però per qualche motivo non vogliono lasciarsi. Allora potevi pensarci prima, e non stripparti e stuccare e comandare, e quello se ne restava a casa, e non andava via, dato che a te non ti si affronta proprio.

Metti sabato.

Quando sono tornato dalla disco, l'ho trovata con le zie cornacchie mezza ubriaca, e c'era la bottiglia di whisky tutta vuota, e nel salone non si respirava, tipo che si erano fumate mille sigarette. E quella si mette a perquisirmi, ad annusarmi, a gridare: "Si sente che hai fumato e che hai bevuto, sei un disgraziato, non esci più la sera."

Allora gli ho sparato in faccia un vaffanculo davanti alle sue amiche, cioè, mi è venuto proprio, ci stava tutto.

"Chiedimi scusa, come ti permetti?"

"Tu puoi bere e fumare, e invece io no?"

Allora mi ha sganciato una pizza in faccia, e si è quasi sfasciata le nocche, e ha detto: "Aahi", e mi ha gridato: "Sei un bastardo", tipo che era colpa mia se ho la mascella dura. A me mi è venuto da ridere e allora ho riso, e Marge ha preso la mira con l'altra mano per darmi un'altra pizza. Allora sono scappato a chiudermi nella mia stanza a chiave, e lei mi è corsa dietro, e ha cominciato a battere le nocche della mano sana sulla porta, e urlava: "Ti mando da tuo padre sei un disgraziato non ti sopporto più", e cose del genere, e le zie cornacchie urlavano anche loro: "Calmati calmati, sta' tranquilla", e l'hanno trascinata via di peso, e a me mi sembravano proprio sbarellate tutt'e tre, tipo che stavamo al manicomio.

Cioè, scusa, si fa così?

Bastava chiedere: "Che hai fatto, ti sei divertito, è andata bene?" Non è che gli raccontavo delle vodke e delle canne o tutto il resto, che sono cazzi miei.

Però gli rispondevo: "Grazie, sì, mi sono divertito, buonanotte."

E non glielo dicevo vaffanculo.

53

L'ho segregato dentro la sua stanza, e lui ha segregato fuori me. Immoto, ultraterreno, a smanettare sulla tastiera del PC, rapito da un'ipnosi compulsiva. Lo sguardo spento, le orecchie occluse da un iPod, la bocca non veicola alcun suono. Da quando gli ho detto: "Ora non esci più", mio figlio ha interrotto il contatto con i territori condivisi. Si astiene dall'uso della parola, dell'udito, del movimento corporeo, di altri doni. Si nega a qualsivoglia forma di socializzazione con i suoi consimili in forma corporea, e non virtuale. Dev'essersi riprodotto in una dimensione immateriale, e adesso starà lì a scolpirsi qualche sagoma vicaria che non assomigli a lui, alla sua vita, alla vita in generale.

Gli ho sottratto le chiavi della stanza, così di tanto in tanto, con la circospezione dei predatori di bestie pregiate, posso affacciarmi a sbirciare il suo mistero. Posso guardarlo. Riconquistarlo almeno ai ricettori della vista. Si tratta di consistenza organica, un'illusione ottica, nient'altro. Lo so che non è qui.

È connesso.

Vaga randagio in uno spazio sterminato, scontornato, e cerca chissà cosa. È traslocato altrove. Senza bagagli. A mani vuote. Persino il suo corpo è ancora qui. A che indirizzo posso spedirti la posta, Niccolò?

La mia autostima minata non mi lascia scampo. Implacabile. Mi bracca, m'incalza, colpa tua. Lo so. Lo è sempre.

Nell'esercizio dello stare al mondo, pratico metodologie sconclusionate, disordinate da un sovrappiù di aspettative. Ho usato mio figlio per avere un figlio. L'ho usato per avere una famiglia, e la famiglia poi l'ho tolta a lui. L'ho consegnato alla centralità del vuoto. Un perno che non regge nulla. Ora starà galleggiando in uno spazio circolare, tracciato da un compasso con la perversa perfezione geometrica dei fallimenti. Chissà che spazi sgombri. Chissà che vertigini, in un vuoto.

Forse dovrei spiegarti perché, com'è accaduto, se è stato meglio che accadesse o no. Prendo e lo faccio. Affronto il tuo silenzio come si fa con i nemici più attrezzati, sfiancandoli, usando un combinato disposto di astuzia e sentimenti.

Allora mi armo di coraggio, ed entro, e ti sfilo l'iPod, e tu mi guardi con risentimento.

Mi siedo sul tuo letto, prendo la mira del tuo cuore, sparo.

"Mi spiace che tu stia male, Niccolò. Sai, sto male anch'io. Perché non ci aiutiamo? Ti va di parlare un po' con la tua mamma?"

Mi fa deflagrare in faccia una risata. Un riso maligno. Un diserbante. Mi cade il cuore. Allora lo raccatto.

"Va bene, ridi se ti va di ridere. O piangi. Però prima capisci."

Non piangere, non ridere, prima capisci. Cito Spinoza senza firma, che ne sa.

"Vorrei spiegarti che in fondo non è cambiato niente, Nicco. Che soli, noi due, lo eravamo già senza saperlo, e adesso lo sappiamo, è meglio."

Esamina meticoloso un poster di femmina discinta, enucleando la curva appuntita del suo posteriore.

"Vorrei spiegarti che i matrimoni mica finiscono in un giorno, ci mettono un bel po' a finire, e mentre lo fanno producono polvere e detriti, e forse ti stavamo intossicando. Allora è stato meglio andare giù di ruspa, meglio un palazzo demolito di uno che sta andando in rovina. No?"

Allunga i piedi, osserva affascinato la punta delle scarpe inzaccherate, sondabile come una profezia di Nostradamus.

"Vedi, Niccolò, i fallimenti fanno parte della vita, servono per crescere."

Allora si mette le mani sulle orecchie, come se la mia voce amplificasse rumori interni che non vuol sentire. Poi grida: "Basta, lasciami in pace, che vuoi da me? Che cazzo vuoi da me? Cioè, ci avete messo un botto a crescere, voi due. Praticamente state col piede nella tomba. E poi, scusa tanto, cazzi vostri. Potresti andare, adesso? Ho un po' da fare."

E allora me ne vado altrove, a chiedermi che cosa devo fare, dove la trovo la mappa per viaggiarti dentro e fare il più importante dei viaggi che non ho mai fatto. Te lo ricordi, quando perlustravamo assieme il mappamondo che ti ha regalato Federica, facendo l'inventario delle mie mancate esplorazioni?

"Cina, Giappone, Brasile, Turchia, Sud-Est asiatico, Australia, Zanzibar... Non ho mai visto niente, Niccolò. Sono un insetto. Un'entità irrilevante sperduta in mezzo al mondo."

"Ama', mica capisco questa tua fissa di sbatterti in Culonia, cioè, gente diversa, cibi strani, non parli la lingua, praticamente non puoi guardarti neppure la televisione. Che ti frega?"

Così presagivo che per me il cinese e il turco e lo swahili sarebbero stati più decifrabili della tua lingua. Di quel tuo ruminare monosillabi vetrosi, parlate di cui non colgo il senso, e neanche so dire se un senso ce l'abbiano davvero, e spero di sì, con tutto il cuore, e mi auguro che la tua terra straniera sia una terra e non una fortezza sguarnita, un deserto, una steppa, una radura spoglia, lo schermo di un PC.

Che ti sta succedendo, amoremio? Cosa ne fai, della tua vita? E dove vai, la notte, se ti lascio uscire? E dove traslochi lì, dalla tua stanza? Con chi ti connetti? E cosa pensi?

Perché non mi racconti? Non tutto, soltanto un'elemosina, un indizio.

Lo so, lo dici sempre, ti piace giocare a guardie e ladri.

Io sono la guardia. Tu che ladro sei? Cosa rubi? A chi? Agli altri, a me, a te stesso, alla tua vita?

54

Uno se sta, tipo, nella merda, e gli hanno fatto venire un botto d'ansia, e si avvelena di ossigeno incazzoso, allora che cazzo fa?

Prende, e ci scappa dentro, e non ritorna più.

Vuoi mettere?

Dentro un PC, conta, ci sta tutta la gente, e tutte le storie, e tutte le notizie, e puoi chattare, conoscere un milione di persone, girare per un milione di siti, giocare a un milione di videogiochi, scaricare un milione di film pezzi musicali telefilm, guardare donne nude, pornazzi, comprarti foto spinte, se c'hai i soldi, e pure scopare con la web, e pure fare gli appuntamenti al buio, se ti va. Certi lo fanno, tipo Letizia Francesca della quarta D, che è una vescicona, e se gli appuntamenti li chiedeva di persona sicuramente la mandavano affanculo. Se poi mi vedevano a me, dicevano sicuramente: "Guarda questo che c'ha le orecchie a sventola, e tutti quei crateri in faccia, Kinder Cereali, e si è pure ingrassato, cioè, fa proprio schifo." Dietro lo schermo, invece, che ne sanno? Praticamente potevi pure essere Tom Cruise.

Ora, siccome quella stronza di mia madre mi ha messo ai domiciliari, mi sono fatto il blog. Nik CryMinAl Style. Accanto al nickname, come template, ci sta un teschio. La foto non l'ho ancora scaricata. Prima mi faccio passare i brufoli e dimagrisco un po', poi ce la metto. L'ho già decisa, tipo col berretto Refrigiwear nero che copre le orecchie, e con gli occhiali da sole Carrera, e con la sigaretta che mi pende dalla bocca.

Preciso.

Da quando c'ho il mio blog, mi sembra che sono qualcuno, non un niente. E c'ho un futuro. E sono anche immortale. Infatti i blog non si possono cancellare dalla rete, cioè, stanno lì per sempre, a parte se li vuoi cancellare tu.

Nel blog, ogni giorno, racconto tutte le mie cose, tipo mia madre, mio padre, i vincenti, scuola, Camilla, tutto il resto.

Da quando bloggo, ho scoperto che in giro c'è un botto di gente, cioè, mica eri solo, credevi, invece no. Pure se tu non li conosci, ti postano commenti fortissimi. Tipo lol, wow, da paura, mitiko, massiccio, un grande, spakkosissimo, cose del genere. Gente seria.

Nessuno che viene a romperti le palle.

Nessuno che viene in camera a toglierti l'iPod dalle orecchie e a mettersi a stuccarti a buffo.

Cioè, che ti ho fatto, stavo tranquillo per i cazzi miei, e quella mi s'incolla all'improvviso a fare la madre daiparliamo, a dire stronzate su mio padre, le case in rovina la polvere le ruspe e gli altri cazzi, il loro matrimonio, perché è fallito e perché non è fallito, e tu cosa ne pensi, e tutto il resto. Cioè, scusa, lasciami stare, cazzi vostri, cosa ti frega di cosa penso io? I matrimoni sono matrimoni vostri, mica miei. Se vi falliscono la colpa è vostra, scusate, e di chi è? Perciò a mia madre manco gli ho risposto, gli ho detto di sgombrare e basta, ciao.

Allora poi quella se l'è presa a male, e si è impallata.

A cena, non guarda manco più le mattonelle, né grigie né gialle, non guarda proprio niente. Non riesce più nemmeno a scaricare il software Viodiotutti. Scarica un software tutto strano, taroccato, tipo che non si capisce se dice le cose per farle uscire dalla bocca oppure no.

Sclera soprattutto quando qualcosa gli ricorda qualcos'altro che c'entra con la sua vita precedente, come se si era scordata che la sua vita precedente non c'è più, tipo che non se l'era scritto sull'agenda.

Ieri, per esempio, stava facendo il cambio di guardaroba estate-inverno. Da tre mesi, andava in giro coi vestiti leggeri e sopra dei maglioni.

Nel guardaroba non c'erano più i vestiti di mio padre. In pratica lui un giorno è venuto con un baule e se li è presi tutti, perché probabilmente la sua riflessione non è più in pausa, è andata avanti, e allora gli servivano i vestiti.

Allora Marge si è ricordata che la sua vita di prima non c'è più, ed è andata in para dura. Prendeva i suoi vestiti e li lanciava per aria, poi li guardava tutta stupita del fatto che cadevano sopra il pavimento. Scusa, se li lanci dove vuoi che cadono, cioè, mica volano i vestiti.

Intanto parlava a manetta: "Cose che ti sembravano belle, te le sentivi bene addosso, e invece non c'entravano nulla con te e con la tua vita."

Secondo me, lei non parlava davvero dei vestiti. Parlava con il doppio senso di mio padre. Certe volte lo fanno, questi qui. Per dire una cosa ne dicono un'altra, col doppio senso, tipo che un po' la dicono e un po' no.

Cioè, se devi dire una cosa allora dilla, che ci giri intorno a fare?

Volevi dire che era meglio se non ti sposavi proprio e non facevi figli?

Vabbe', per una volta sono d'accordo con te.

Cioè, ci sta tutta.

55

"Hai sentito papà?"

"Sto su Messenger, non vedi?"

Vedo. Scusa. Un transfert metafisico. Stand-by tra un mondo e un altro, un interregno.

"Entrata gratis, vero? Nessun biglietto, come nel Paese dei Balocchi di Pinocchio."

"Che c'entra Pinocchio?"

"Ti lascio, ma prima permettimi un consiglio: di tanto in tanto controlla la lunghezza delle orecchie."

"Vaffanculo!"

Già, vaffanculo, cos'altro sennò?

È un mantra.

Non mi dice buongiorno, che ore sono, che c'è da mangiare, come va.

Mi dice vaffanculo.

E resto a bocca aperta, e m'ipnotizza il misticismo col quale declama il turpiloquio, e dice vaffanculo cazzo coglioni merda come se fossero poesie, teoremi di filosofia morale, sinfonie, trame di suoni e melodie e salti d'ottava, timbri di ottoni e fiati di cui possiede la chiave musicale solo lui.

"La smetti di stare ore sul PC*? I compiti li hai fatti?"*

"Vaffanculo!"

E allora le mie mani fremono, le sento vibrare, percorse in ogni fibra, rivendicando l'equità di uno schiaffone.

Quando una volta gliel'ho dato, mi son contusa le nocche sulla sua mascella, e poi ho guaito "Aaahi", e lui si è messo a ridere con scherno, e mi ha sopraffatta la misura della mia impotenza, e ho giurato a me stessa che non l'avrei fatto mai più, per mio decoro.

Pure al telefono.

Mi dice vaffanculo e mette giù.

"Pronto? Stasera esco, ama'."

"Questa settimana sei già uscito due volte, adesso basta. Ne riparliamo sabato. E cerca di usare un altro tono."

"Esco."

"Resti a casa."

Vaffanculoclick.

La cornetta è rimasta incollata al palmo della mano, sospesa a mezz'aria, e l'ho guardata con disprezzo, come un nemico che ti ha preso alle spalle e poi è scappato, un vile. Ho percepito con esattezza un confluire di traiettorie di sguardi su di me. Un discreto talento telepatico mi ha rapidamente edotta sulla natura dei pensieri delle mie colleghe.

Eccola, la predicatrice del tutto si può fare, quella che figli e carriera assieme, perché no? Guardate me, diceva. Non conta mica il quanto, conta il come. Conta la qualità del tempo che passi con i figli, non la quantità. Lo garantiscono i neuropsichiatri infantili di ultima generazione.

Ecco, invece bisognava dar retta a quelli delle generazioni precedenti.

Contava pure il quanto.

Se il quanto è poco, finisce a vaffanculo.

"Problemi?" mi chiede malignamente la vipera Grimaldi, tre livelli aziendali e nessun figlio, ramo commerciale, ramo secco.

"Ma no, figurati, solite cose."

Rimetto la cornetta sull'orecchio, e mi intrattengo con il rumore metallico: tu-tu-tu.

"Sssì... bravo... sssì... vedo che hai capito, amoremio."

Tu-tu-tu.

"Certo che ti perdono, lo so che sei pentito. Ti credo, lo so che non lo farai mai più."

Tu-tu-tu.

"Adesso devo chiudere, mi spiace, scusami, sai, ho da lavorare."

Tu-tu-tu.

"Ma certo... Io di più... A questa sera... Sì, ci vediamo a casa... torno presto. Un bacio pure a te, Occhidoro."

Chiudo. Scuoto la testa intenerita, invio uno sguardo soffice su un punto del soffitto, come se proprio lì qualche sceneggiatura di pensieri si stesse animando a beneficio esclusivo della mia persona.

"Vuole che continui a chiamarlo col nome che gli davo da bambino, Occhidoro," mi sdilinquisco, come parlando con me stessa, sottovoce. Non abbastanza, però, da non farmi sentire.

Ostento il languore di un'occhiata alla foto che tengo da dodici anni sulla scrivania: Nicco bambino che ride sulle giostre, un sole in seguito svanito, nell'emigrazione di tutto il suo sistema lungo una distanza di anni luce. Rilascio un sospiro lunghissimo. Struggente. Di pancia. Rumoroso.

"Non vuole staccarsi dalla mamma," semisorrido, stomacata dal gusto stucchevole della bugia.

Mi cade addosso un mistero di sguardi corali non interpretabili. Li reggo con baldanza misurata.

"È proprio un cucciolone. Non vuole diventare grande, quel ragazzo."

56

Metti che Marge se ne accorgeva, che sono diventato grande, cioè, potevo pure parlarci, qualche volta.

Non dico sempre, dico qualche volta. Potevo non dirgli vaffanculo e basta, dirgli qualcos'altro, tipo una volta alla settimana, pure due.

Mo', per esempio, mi andava pure di parlare con qualcuno che sa bene le cose, e che ti dà un consiglio.

L'attacco di nientite non mi passa, non è che ci puoi prendere le medicine o andare dal dottore, cosa fai? Metti che se ne accorgono i vincenti, sto fregato. Se sto con loro mi spacco, poi torno a casa e vado subito in fattanza. C'ho il mal di testa, sto sempre in flanella, credo per via dei cannoni, cioè, forse, non so. Mo' me ne fumo un botto al giorno, come gli altri, e aspetto che alla fine mi abituo e poi sto bene, come dice Matti. Prima o poi succede. Cioè, di lui mi fido.

Di Marge no.

Se lei non era una madre Marge, ma un'altra madre, le cose gliele potevo pure raccontare. Cioè, mi piaceva pure fargli sapere che sto per diventare vincente, e so giocare a poker americano, e anche ai cavalli, e non arrossisco più se ci facciamo le seghe di gruppo coi pornazzi. Sto imparando già il binge drinking, cinque bicchieri giù di seguito e poi sballi, e io sono a tre, e Ste' dice che sono forte, e che se vado così posso arrivare pure a sette, ma non so, cioè, subito no (Matti lo ha fatto, il binge con sette, ma poi si è collassato a terra nel bar, tipo morto, mo' ci sta attento, solo tre, di più no).

Poi viaggio a mille con la Play, vado a manetta nei tornei di *Karmaggedon*, che investi i passanti con la macchina e fai punti, e quelli di guerra con le bombe e i mitra e il napalm e tutto quanto, e i picchiaduro come *Mortal Kombat*, che una volta ho ucciso pure un lottatore con la mossa "fatality", uno sbraco. Ecco, se non faceva la madre Marge, mia madre, a sapere tutte queste cose qui magari era contenta, e mi diceva cose tipo: "Sono fiera di te, sei stato bravo", invece di cazziarmi.

E mi chiedeva pure di spiegargli bene che cos'è un vincente, cioè, una domanda vera, per sapere le cose, non con già dentro la risposta, per dirti sei stronzo senza dirtelo.

Tipo:

"Credi aver studiato abbastanza?"

"Dici che ti fa bene passare tutto questo tempo davanti alla TV?"

"Pensi sia giusto che uno della tua età rientri così tardi?"

"Ritieni che sia utile rincretinirti per ore davanti a quel PC?"

"Trovi che sia morale chiedermi tutti questi soldi?"

Praticamente vuol farti sapere che non studi, che passi troppo tempo davanti alla TV, che uno della tua età non deve rientrare così tardi, che ti rincretinisci davanti al PC, che sprechi i soldi. Insomma, praticamente, sei proprio uno stronzo.

E allora tu ti senti come Ryan di *The OC* davanti al procuratore distrettuale di Chino, California, che vuole fargli il culo perché ruba. Mica gli dici i cazzi tuoi, a un procuratore distrettuale di Chino, California, che vuole farti il culo.

Se puoi, sottovoce, gli dici vaffanculo e te ne vai.

Ritorni a casa, a farti i cazzi tuoi.

O scappi nel PC, o vedi qualcosa alla televisione, così non devi fare nemmeno la fatica di pigiare i tasti.

Cioè, guardi e basta.

57

Guarda e basta. Lo sguardo è ottuso. Forse visualizza qualcosa, forse no. Più verosimilmente, sta sprofondando in qualche anfratto buio. Giace sul letto da svariate ore, esanime davanti alla TV, *postura catatonica. Mobilità corporea equivalente a quella di un burattino nel giorno di riposo, a parte il ritmo lento del respiro. Un caso di vita apparente. Solo un esame autoptico potrebbe illuminarci. Forse un cortocircuito del lobo prefrontale, che seleziona e stimola i neuroni. Un guasto cerebrale.*

"Se torni sulla Terra, me lo racconti com'è un coma?"

"..."

"Chiudi il televisore, per favore, Nicco. Ti bruci il cervello."

"Ama', vaffanculo. Cazzo vuoi?"

Danni collaterali dell'assenza.

Come faccio a scollarlo dallo schermo, dopo che ce l'ho abbandonato davanti da bambino come se fosse la ruota degli esposti? E pomeriggi interi a sprofondarci dentro, come legato a una zavorra, a farsi abbindolare dai canti di sirene ciarlatane. Avrei dovuto fargli il controcanto, ma non c'ero. E lui si è inoltrato in quel baraccone di sogni di plastica da solo, e si è lasciato irretire dalle favole di fate meretrici, folletti bari, Papà Natale furfanti che esistono davvero, dispensatori di formule magiche da poco, di cialtronerie.

E ora mi ingelosisce la sua intimità con questa roba che definisce con soprannomi, acronimi confidenziali, come se fossero parenti o amici cari: "Ossì", "Siessai", "Gieffe." Dice così.

Io sgrano gli occhi: "Cosa sarebbero 'Ossì' e 'Siessai', documentari sul raffreddore e gli starnuti? E 'Gieffe'? Un film sulla storia dei supermercati?"

Allora mi svela il mistero cifrato con una sfumatura di diprezzo: "The Orange County, Crime Scene Investigation, Grande Fratello. *Neanche il* Grande Fratello *sai cos'è?"*

"Un'opera di Orwell. No?"

Adesso sgrana gli occhi lui.

"Orchì?"

Mi guardo attorno, con costernazione.

Mi sbalordisce l'assetto in cui lascia la sua roba: ordine primordiale, il caos, una voragine in cui fa galleggiare libri di scuola intonsi, T-shirt ciancicate, jeans impataccati, calzini radioattivi, scarpe maleodoranti, mutande batteriche, "sgommate", dice lui, rivendicando con fierezza quelle strisciate marroni ripugnanti. È un paradigma del modo in cui sono disposti i suoi pensieri, i suoi progetti e le pulsioni che gli tracimano dal corpo nel cervello.

"Non devi sottovalutare," ragiona Richi, "l'effetto dei cambiamenti ormonali. Il suo corpo si sta modificando. È un trauma, sai?"

Così m'intenerisco pensando a quel corpo tenuto in scacco dal testosterone. Un corpo che non sa come indossare, mentre si sbuccia delle sue sembianze come un intonaco usurato, si allunga, si allarga, si scolpisce e sputa fuori un'armatura ossuta. E la pelle coltiva un pelo irsuto, e la voce si addensa attorno a un tono ambiguo, gutturale, e si arrochisce, e lui si trasfigura un po' ogni giorno, in forza di una inarrestabile dinamica interiore, come nella metamorfosi kafkiana.

E allora, ansiosamente, scruta se stesso in ogni specchio come per rivelarsi segreti e confidenze, e cerca qualcosa che non trova, e mille volte, poi, si cambia le T-shirt, le scarpe, i pantaloni, manipola i capelli, si mette a ispezionare la quantità dei peli sul labbro superiore, contabilizza i brufoli, perizia la curva dei padiglioni auricolari, misura lo spessore della pancia e la sua altezza. E intanto sperimenta espressioni stravaganti, curiose contrazioni muscolari, smorfie, pose, quasi che raccogliesse i suggerimenti di un fantasma, un'entità che lo scorta per governare la sua metempsicosi, rubargli l'immagine di bimbo, e poi scambiarla con un'anima nuova.

"Madonna come cresci, sei diventato più alto di me in sei mesi, dove arriverai?"

"Ama', che cazzo vuoi? Che invece di crescere decresco?"

Già. Che cosa voglio?

Vorrei un indizio che le sue siano emozioni, non masse amorfe di pensieri vacui, di sentimenti acrilici, di niente.

Fuochi fatui.

58

Eccola.

Giulia.

Quarta c.

È troppo una patata, cioè, non si capisce. Accanto a lei le altre non si possono guardare.

Amo Giulia.

La amo da un casino di tempo.

Mi sembra da sempre.

Tipo da quattro settimane e mezzo, quasi cinque.

Giulia non cammina.

Vola.

Ci sono ragazze sfigate che c'hanno il culo basso, e se lo tengono tutto attaccato alle gambe senza muoverlo per non farlo notare, praticamente camminano tipo zavorrate. Ci sono altre ragazze che il culo ce l'hanno guardabile, e mentre camminano lo sventolano per fare le fiche e le sborone, cioè, tipo menarsela. Ci sono altre che camminano col culo né attaccato né sventolante, niente, cioè, camminano normale. Ci sono altre che volano, fiche alate. A volte ci nascono così, succede, sono pochissime, praticamente quando ne becchi una hai avuto culo.

Giulia non posa i piedi da nessuna parte, sembra che i piedi non ce li ha proprio, solo ali.

Il culo di Giulia è come appeso a un filo, però corto, per farglielo stare così, tutto all'insù.

Il culo di Giulia guarda il cielo, e il cielo guarda il culo di Giulia. Come me.

Le bocce di Giulia sono pneumatiche come le gomme delle auto. Si vede benissimo, che sono così, perché non porta il reggiseno. Mentre lei scende le scale del cortile, le bocce, sotto la camicetta bianca trasparente, gli marciano tra uno scalino e l'altro, su e giù, destra e sinistra, e poi, quand'è arrivata giù, si fermano tutte dritte in avanti, con i capezzoli sparati e appuntiti tipo chiodi, o spilli, oppure punte di matite temperate.

Ieri, sul blog, ho scritto che Giulia, quando passa, fa sparire le puzze della scuola, le zaffe di cesso, degli scarichi delle auto e delle moto, di umidità, di Costantini che non si lava mai, dei piedi di Rufolo che puzzano pure se li lava, del preside che ha l'alito stendimosche, tutto quanto. Ho scritto: "Giulia è proprio 1 fiore!"

Allora DarKettA vaMpirEtta sTregHetTa cAprIcCioSa (cioè Marinacci Ludovica, una cicciona che sta nella mia classe) ha postato: "Ma kuale fiore... 6 prpr 1 fagiano... quella si sprzz addosso il profumo lavdrim nmr 7... lo uso ank'io... cst 70 euri... se vuoi dmn a skuola annusa... t fcc annusare pure qlks altro."

Allora a Marinacci gli ho risposto: "6 prp 1 rosikona...", e ho chiuso il blog. Cioè, per forza, a Marinacci gli rode in modo assurdo, lei ci prova con tutti ma va in bianco, praticamente è una ragana, sembra uno scaldabagno con i piedi, hai voglia a spruzzarsi di Lavdrim.

Giulia invece è magrissima, leggerissima, altissima, biondissima, capelli lunghi e lisci, tutta vestita giusta, fashionissima. Ha gli occhi azzurri tipo zaffiri, e al posto della bocca praticamente c'ha un canotto, e certe volte lo bagna con la lingua, tipo la ragazzina della pubblicità che succhia i chupa chups, e come la vedi praticamente ti viene subito voglia di un pompino.

Giulia non c'entra un cazzo con la scuola. Secondo me, doveva stare alla televisione, al cinema, a fare la modella o la velina o l'attrice o tipo la protagonista di un reality, e poi ci diventi ricca e famosa, e mo' ci puoi diventare pure tipo ministro od onorevole, a certe gli è successo.

Giulia non sa che esisto.

Un giorno lo giuro vado lì, la guardo negli occhi tipo zaffiri e gli dico: "Ciao. Mi chiamo Niccolò, piacere. Ma puoi chiamarmi Nik, con la kappa. Sono un quasi-vincente, chiedi in giro. E tu sei bella, troppo una patata."

Se glielo dico, magari me la dà.

Fili e Ste' dicono che Giulia è una sdraiona, cioè, tipo una Polo, un buco con la carne attorno, una di quelle che la danno, se uno gliela chiede, invece di stare a guardarla come un fagiano e stare zitto, come me. Prendo il fiato e vado. Il fiato non lo danno mica solo a quelli fichi.

Il fatto è che certe volte c'ho come un tappo in gola. La voce ci sta, dentro, però per via del tappo non può uscire.

Non è mica facile parlare. Cioè, voglio dire, chi te lo insegna? I grandi non lo sanno fare neanche loro, o parlano troppo, oppure niente.

Secondo Marge, per esempio, saper parlare vuol dire che non dici sempre "cioè", "praticamente", "tipo", soprattutto "cazzo". Cioè, praticamente tipo che certe parole, secondo lei, se uno le dice a cazzo fanno male, come le merendine o il cioccolato.

Secondo la Nitti di lettere, invece, saper parlare significa usare come Dio vuole i condizionali e i congiuntivi. All'inizio dell'anno, infatti, ci ha fatto gli esercizi alla lavagna, tipo "se io ti amassi tu mi ameresti", o "io vorrei che tu fossi qui", "se tu mi baciassi io sarei felice".

Allora ho alzato la mano.

"Scusi, prof, non era meglio dire ti amo, baciami, stai con me, che fai prima e viene meglio? Così sembra che le cose non sono sicure, cioè, forse succederanno forse no. Ti viene un botto d'ansia."

La Nitti di lettere ha sorriso. La Nitti di lettere è una forte. Ha detto che in un certo senso non avevo torto.

"La sostanza conta più della forma, Niccolò. Però una buona sostanza in una buona forma viene meglio. Ma una cattiva sostanza, pure in una buona forma, viene male."

Secondo me a Giulia dei verbi non gli frega niente. Cioè, se gli dico: "Ti amo" e basta, me la dà. Ma mica gliela posso chiedere con il pensiero.

Lo dice pure Cami: "I pensieri, se non riescono a diventare dei discorsi, praticamente fanno venire solo mal di testa. Cioè, se ti arrivano, ti fumi una bella canna e te li scolli."

Ecco, praticamente adesso ci voleva una canna, proprio quella, così non ci penso, e mi rilasso, e a Giulia gli parlo più tardi, al massimo domani, cioè, mo' vediamo.

Intanto fumo.

Adesso mi piace, non mi viene più mal di testa, né da vomitare, proprio come aveva detto Matti.

Mi conto i soldi in tasca: mezza paghetta. Dieci euro. Un decino. Due bombe.

Devo beccare Matti, o Ric, o Andrea detto Outlet perché ti fa gli sconti, o Barbara Cilum, Luca Cannone. A ricreazione di solito stanno nei bagni, oppure in fumeria, a smazzare roba.

Dice che ieri, da piazza Sbazzi, Vincenzo Vendotutto ha portato pure la coca, le paste e la keratonina.

Tipo che ci sarà la coda.

59

“Pronto, buonasera Caterina. Sono io.”

Sei mesi, poi prende e chiama e dice: “Sonoio.”

Ce l’ho sulla lingua, come una tentazione di cioccolatino alla nocciola: “Iochi?” Sputo il cioccolatino. Ha un gusto scialbo, e un retrogusto acido.

“Ciao, Filippo.”

Buona questa.

Chiede: “Tutto bene?”

Scanso le intonazioni risentite come una ginnasta: slancio, rincorsa, salto in alto. Almeno un bronzo, nella gestione dei postfallimenti coniugali. Rampogno le emozioni intempestive. Reprimo un sussulto tachicardico. Ingoio una discreta dose di saliva. Il drenaggio salivare asciuga, inaridisce i toni. La lingua secca puoi tirarla fuori a scatti, come un anaconda, e mordere, se occorre.

Per ora sto in agguato.

Replica la simulazione di premura: “Allora, Caterina, non rispondi? Come stai?”

Valuto rapidamente un po’ di opzioni: “Benegrazie”, “Noncemale”, “Insomma”. Magari qualche suono disarticolato tipo “Mmmm...”, o qualche monosillabo elusivo, tipo “Boh...”, “Mah...”, cose così.

Dribblo: “Tu?”

Palla al centro.

Risponde: "Così."

Ci avviamo all'esaurimento dei convenevoli previsti dal galateo dell'autistico perfetto.

Cerco di modulare il timbro su una frequenza inespressiva: "Volevi dirmi qualcosa?"

Dice: "Preferirei parlarti di persona."

Trattengo l'aspettativa dallo slancio, prima che si condensi e vada in spasmo, e la rimpiazzo con anticipazioni negative. "Ho dovuto vendere la casa", "Non sono più in grado di passarti gli alimenti", "Aspetto un figlio". Sgambetti.

"Vuoi anticiparmi qualcosa? Sai, ho parecchio da fare in questi giorni, devo gestire Niccolò da sola, molto lavoro, appuntamenti fuori casa, e poi..."

Errori plurimi, strategicamente rovinosi. Rivelazione di aspettativa, autoelogio subliminale, rivendicazione subdola di aiuti, sollecitazione obliqua di sensi di colpa, ostentazione di impegni con tono allusivo. Quel "fuori casa", poi, me lo potevo proprio risparmiare. Patetico.

"Sono contento che tu sia così impegnata. Vuol dire che stai meglio."

Offerta su un piatto d'argento. Dieci a zero.

Continua: "Sono certo che un momento per me riesci a trovarlo. Non avevi detto che sarebbe stata una separazione riuscitissima, la nostra, diversamente dal nostro matrimonio?"

Venti a zero.

Tento il recupero: "Se vuoi che parliamo di Niccolò, va bene. Abbiamo qualcosa in comune, attualmente, tranne lui?"

"Mi rattrista sentirti così categorica, Caterina. Così indurita."

Lo rattristo. Pronuncio parole inudibili, sto vulnerando la sua sensibilità, soffre di umori fluttuanti, l'hai scordato? Dovevi crepitare di allegria. Tenerlo allegro. Si è appena separato.

Un refolo dal retroterra dell'inconscio: "Dovresti andargli incontro, se vuoi recuperare." È la mia Slava.

La mia Slava non è un'amica dell'Est, né la mia colf. È il lobo cerebrale che mi gestisce le emozioni. Si chiama "amigdala", l'ho letto in un libro sul cervello. Sembra un nome polacco, ceco o russo, e invece corrisponde a una fibra cerebrale sventata e malaccorta, priva del senso della realtà e della misura. Infatti propone domande irragionevoli: "Forse è pentito, confuso, ti ama ancora?"

"No."

Risposta esatta.

Bravo René.

René Descartes. Lo chiamo per nome da quando siamo entrati in confidenza. Lui alloggia nella corteccia prefrontale, che è la parte accorta del cervello. Per anni l'ho trattato da abusivo. Adesso, invece, gli lascio fare il suo lavoro sporco, controffensive cartesiane per contenere le intemperanze della Slava. È tonico, muscolare, efficientissimo. Con una sillaba l'ha messa ko.

Elabora il concetto: "Cosa ti fa pensare che lui possa amarti ancora? Lo sai, è finita, bella. Da tempo, non da ora. Quando festeggi il secondo anniversario dall'ultima scopata? O è il terzo? O è il quarto? Vedi, non rammenti più."

Da quando gli do corda, René tende a strafare, è diventato dispotico e protervo. Infatti s'incarognisce con interrogativi inopportuni: "Vogliamo ricordarcelo, cosa diceva tuo marito, quando invariabilmente lo respingevi dicendo: 'Adesso no'? Avevi il mal di testa, ed eri così stanca, e neanche cercavi scuse originali, e lui sospirava: 'Ormai la tua password è adessono', e poi si girava, ostile, dall'altra parte. E quante volte hai preso tu l'iniziativa, in vent'anni? Ricordo soltanto un giovedì. La colf non c'era, ed eri molto stanca, e allora hai negoziato una prestazione di sesso orale in cambio del rigovernamento della cucina, ma poi ti sei interrotta prima di concludere, perché non ti sostenevano la mascella né la cervicale. Avanti, sii sincera, da quanto tempo non lo desideravi più?"

Domanda scorrettissima, René. Come si fa a rispondere, così, su due piedi? L'abitudine rende irriconoscibili tutti i desideri, diventano come i pesci di un acquario liberati in mare, sfusi, irrintracciabili, sai che ci sono ma come fai a trovarli, sei sempre così stanca, e hai il mal di testa, e non ti sorreggono la mascella, la cervicale, la fantasia, la voglia né nient'altro, e allora inserisci la password "adessono". C'entra qualcosa, questo, con l'amore?

Non so, non so nulla, mi sento centrifugata in un frullato di emozioni, con tutti i pezzi sparsi e sghembi, la Slava e René, ieri e oggi, io e lui, il lessico compito di un estraneo appaiato all'immagine di mio marito, la sua galanteria glaciale sovrapposta all'eco di una voce astiosa, alle punteggiature ineleganti, ai vaffanculo, ai cazzo, all'eco che ho ancora nelle orecchie, come un ronzio di mosche sboccate e importune, invulnerabili all'azione degli insetticidi.

Se solo potessi ottenere un'immunità dai ricordi, dai rancori, dai sentimenti in caduta libera…

Ti arrivano alle spalle.

60

"Bella, Nic. Attento ai pensieri. Ti beccano alle spalle."

Cami. È lei che mi becca alle spalle, veramente. Fa sempre così.

Mi abbraccia da dietro, stringendomi sotto le ascelle, e poi mi attacca uno stampone tiepido sul collo, mi appoggia il viso sulla spalla, e intanto fa dondolare il suo corpo assieme al mio: tipo un ritmo metal hard, però più dolce.

Da dietro, mi parla in un orecchio.

Mi fa un po' il solletico. Mi piace.

"Dai, non ci pensare. Figlio di separati è sciallissima. Vedrai, hai svoltato."

Mi svincolo, mi giro, la guardo, schiaccio il cinque. Cazzo, a gufare su questa storia della separazione pure lei!

Si infila le mani in tasca, allarga un po' le gambe, comincia a dondolare da un piede all'altro, praticamente tipo un po' da maschio.

"Guarda che mica devi consolarmi. Già lo so. È sciallissima. Mi hanno aumentato la paghetta a venticinque."

Lei sorride un po'.

Camilla non sorride mai completamente. Cioè, se deve proprio sorridere, in pratica stende una parte della bocca e l'altra no.

Cami c'ha il viso rotondissimo con gli zigomi a punta. Quand'era piccola, somigliava uguale precisa a Sailor Moon del cartone giapponese: cioè, gli occhi allungati tipo oliva, e dentro le gocce di luce tipo luna, e le ciglia lunghissime tipo farfalle, e i capelli neri legati di lato in due ciuffetti. Alle elementari rideva sempre. A me mi piaceva, da bambino, e per un mese siamo stati pure fidanzati, cioè, tipo a otto anni, e ci davamo pure i baci con la lingua, e io gli toccavo le tette, però non le trovavo, perché non ce le aveva.

Adesso ce le dovrebbe avere, almeno penso, non è che si vedono, cioè, lei le nasconde. Da quando si è messa a fare l'emo darkettona, infatti, si veste tutta nera, con i maglioni larghi e lunghi fino alle ginocchia, tipo che non vuol far sapere che c'ha il culo o le tette o altre cose da femmina, è un segreto. Invece di scarpe normali, si mette gli stivali con i ganci che sembrano gli scarponi per sciare. Pure d'estate se li mette, giuro.

Ora non ride tipo mai, e se gli viene da ridere, metti, si trattiene: un'emo dev'essere depressa, se ride la gente può pure pensare che è contenta. Il viso rotondo e gli occhi allungati tipo oliva ce li ha ancora, però non si vedono proprio, per via dei capelli tutti spalmati sulla faccia, con la frangia che arriva tipo al naso. Praticamente Cami va in giro senza faccia. E ci vede anche male, cioè, tipo sfocato: se vuole guardare qualcosa, si deve spostare la frangia con le mani.

Veramente ci sono certe altre emo pure peggio. Tipo che puzzano come alci, e vanno in giro con i capelli unti e colorati di rosso di giallo di viola o di blu, e le unghie laccate e gli occhi truccatissimi di nero, e le catene che gli cadono dalle cinture tipo gli anti-furto, e le calze strappate apposta. Tipo per far vedere che loro se ne fregano, di fare le fiche, a cosa serve? Gli uomini e le donne, secondo gli emo, in pratica devono sembrare tutti uguali. Cioè, tipo gli uomini vestiti da donne e le donne da uomini, e devono scopare bisex, ed essere un sacco ambigui, come il cantante dei Tokyo Hotel, che per sapere se è maschio o femmina praticamente devi guardargli dentro le mutande, sennò non lo capisci.

Io certe volte gliel'ho detto pure, a Cami.

"Cioè, apparecchiati un po', stai messa da sfattona, nemmeno si capisce che sei femmina. Guarda Giulia, per esempio, che sta sempre in canna."

"Sì, a fare la padella, a mettergliela sempre sotto al naso ai maschi, caro, prendi pure. Lo so che ti piace, quella lì. Non ti capisco. Sbora che ti ci lavi, e poi è cretina che ci tagli il granito."

"Vabbe', che c'entra mo'? Stiamo parlando di te. Perché non ti togli almeno quel coso dal collo, cioè, fa impressione, veramente."

"Mi serve. Cazzi miei."

Al collo, Camilla c'ha una catena di plastica nera, con sotto attaccata una lametta da barba. Così ce l'ha pronta, dice, quando deve usarla. Tipo che ha litigato con i suoi, o l'hanno fatta incazzare le vincenti, o ha preso un brutto voto, o altro.

E allora va in bagno e zac, si taglia un braccio, però appena appena, cioè, non affonda, sennò poi muore dissanguata, e un'altra volta non può morire più.

A scuola mia, certi la chiamano Emodelcazzo, però sottovoce, perché quando s'incazza praticamente mena, e gli fa male. Fa karate da quando era bambina. Se capita, gli piace soprattutto menare i vincenti, perché secondo lei sono "merdosi, grezzi come il petrolio, e tutti un fango, cioè, proprio sono animali, vuoti dentro, e fomentati a bestia, e prepotenti", e altre cose così. Sia i maschi che le femmine, dice Camilla. Stronzi bisex. Se scopre che sono quasi-vincente sicuro mi quasi-mena pure a me, perciò non gliel'ho detto ancora.

Un mese fa, per esempio, si è appicciata di brutto contro Ginni e Benni mentre facevano il gatto e la volpe con Bustadipiscio, e lei piangeva. Gli ha detto troie puttane baldraccone vescicone e tutti gli altri screzi da femmine che gli venivano in testa in quel momento. Ginni e Benni gli hanno risposto affanculo brutta cozza di merda bastarda emodelcazzo e altre cose così.

E allora poi si sono messe a prendersi a spintoni, a strapparsi i capelli, a darsi i morsi, i pugni, i calci, e Cami gliel'ha piazzata per via del karate, cioè, le ha fatte nere.

I maschi si sono messi intorno a cerchio a sghignazzare e a fare il tifo. A una certa, Benni ha tirato fuori il coltello, e glielo ha messo sotto il naso a Cami, e stava per finire a cazzo.

Per fortuna è arrivata la Nitti di lettere, correndo. La Nitti prima le ha separate, e dopo ha fatto una delle tirate che fa sempre quando le femmine si menano. Tipo: "Che vergogna, le donne non devono scimmiottare i maschi, sennò dove finiamo, il mondo alla rovescia", e non so che.

Allora poi Camilla ha detto alla Nitti: "Non sono pentita. I deboli vanno difesi sempre, compreso con le botte."

E la Nitti ha detto: "Dovrei metterti una nota."

Però poi non gliel'ha messa, la nota, e se n'è andata via scuotendo la testa.

Guardava per terra, tipo che aveva perso una cosa e la cercava. Sembrava che era triste, come se gli veniva anche da piangere.

Si vede che ci teneva molto, a quella cosa lì.

61

La conversazione langue, inceppata dagli omissis. Mi stressa la memoria. Replica un rito domestico di verbalizzazioni claudicanti.

Ma insomma, cosa vuole?

Guadagna tempo con una digressione sul paterno: "Come sta Niccolò?"

"Non saprei. Non parla. Esce quasi tutte le sere. Se gli chiedo informazioni mi risponde vaffanculo o cazzi miei. Eredità gergale di famiglia, dal lato paterno. E scusa, poi, perché non glielo chiedi tu direttamente? Mi pare che non vi vediate da due settimane. Sbaglio?"

Silenzio.

Zona minata, echi di polemiche trite seguite da silenzi. Questo silenzio ha un'assonanza forte con altri silenzi familiari. È impregnato di cattivi presagi e di cattivi umori. Lo riconosco. Talvolta può evolversi in cazzo o vaffanculo. Adesso spara. Io, la Slava e René aspettiamo, appiattiti in trincea.

Non spara. Viene in pace.

Blandisce: "Perché non ne parliamo di persona, Caterina? Di questo e di altre cose. Potremmo vederci la prossima settimana, magari giovedì sera. Vuoi?"

La Slava si svincola dalla morsa di René: "Vedi, ci invita a cena, che dicevo?" S'imbizzarrisce, comincia a galoppa-

re incongruamente mulinando detriti, rancori, cattivi ricordi, elaborando tattiche da soap.

Mi suggerisce una pausa strategica, abbastanza lunga da contenere la consultazione di un'agenda molto piena.

"Giovedì, dici?"

Pausa strategica. L'ho fatta.

Mi suggerisce di lasciarlo un po' in sospeso, né sì né no.

"Magari ci sentiamo il giorno prima."

L'ho lasciato un po' in sospeso, né sì né no.

Mi suggerisce di fare la preziosa.

"Ma non chiamarmi sul telefonino. Preferisco a casa. Il numero lo sai."

Ho fatto la preziosa.

"Ok. Se vuoi chiamami tu. Ti mando per SMS *un altro numero di cellulare. Adesso ne ho due. A presto, Caterina."*

"Ciao."

Click.

Chi ha chiuso per primo?

No, per favore, non voglio slittare all'indietro di secoli, quando avevamo il duplex condiviso coi signori Favaro del primo piano. Una linea per due famiglie, piuttosto che due linee a persona.

"Insomma, vuoi chiudere una buona volta, Caterina, altrimenti la signora Favaro protesta, non puoi monopolizzare il telefono per ore."

"Va bene, mamma... Chi chiude per primo?"

Lui. Sempre lui.

Ma prima esorcizzava il gesto conclusivo lasciando sgorgare nella cornetta un fiume di aggettivi: "Mio unico, insostituibile, definitivo, infinito amore, nel sonno ricordati di me."

Adesso che credo di avere la consistenza di una pozzanghera, per lui. Un monosillabo. Un'ex. Mi devo ricordare questo, nel sonno e nella veglia. Magari lo scrivo sull'agenda, giovedì.

Eppure ormai la Slava mi sta trascinando chissà dove coi capelli al vento.

Dio, i capelli!

Corro allo specchio. Guarda che massa impoverita, che punte sfinite. Ne ho persi proprio tanti, devo rifarmi qualche mèche sfumata per farli sembrare un po' meno sfoltiti, aridi, monocolore, malinconici, sfibrati, col fiume di aggettivi che mi merito attualmente.

Comincio a rinfacciarmi il campionario di frasi insulse che gli ho detto, a rifinire inutilmente quelle ficcanti che avrei potuto dirgli. Mi faccio la caricatura davanti allo specchio, la voce in falsetto, da svampita: "Non chiamarmi sul cellulare, chiamami a casa. Il numero lo sai."

René mi fulmina con un commento lapidario: "Sei un'idiota!"

Mi allungo sul divano, e lancio nel silenzio un doppio fischio accordato in fa-sol. Segnale convenuto. Beta mi raggiunge caracollando, e poi, a fatica, si arrampica e mi si stende addosso. Mi lava con metodo la faccia, lentamente. Lo accarezzo, e mi restano in mano ciuffi del suo pelo stopposo, incanutito.

Ormai si muove poco, è apatico, non mangia quasi più. Ti prego, vecchio Beta, adesso non te ne andare pure tu.

Un lampo di devozione illumina fiocamente gli occhi appannati di stanchezza, occhi da vecchio. Dentro c'è una rassegnazione virtuosa, da bilanci buoni, da buone relazioni con il tempo, se il tempo ha benignamente consumato senza consumare, lasciando intatto ciò che ti spettava. Lo invidio un po'. Ha avuto una buona vita, Beta, e avrà una buona morte. Mi appoggia il muso tra l'omero e il mento, come un bambino anziano e peloso, e resta lì.

Rifletto sulla qualità dell'amore di cui sono capaci i cani: basta un fischio.

Rifletto sulla qualità dell'amore di cui sono capaci gli uomini: non basta quasi niente.

Rifletto sul fatto che riflettere non è una buona cosa.

Mi verso tre dita di whisky, mando giù. Tre gollate. Ne verso ancora, svuoto. Solo due. La mia velocità di consumo si sta impennando vertiginosamente.

I colori cominciano a sfumarsi. La mia vita sta meglio coi colori sfumati, come i miei capelli. La massa sembra un po' meno impoverita. Sembra un po' meno arida, sfoltita, monocolore, malinconica, sfibrata. Come me.

62

È un soggettone, Mancini Francesco, quarta F.

Un rospo ciccione segaiolo col culo da balena.

A ricreazione certi gli stanno attorno ad ascoltarlo, che fa lo sborone e se la tira contando le seghe che si fa, come se erano le tabelline (che quelle invece secondo me non le sa proprio, infatti in mate prende 2): "Quattro al giorno. Cioè, pure cinque. Se ho mangiato bene, pure sei."

E tutti a dire seee, figurati, ma va', dici cazzate.

"Cazzate? Domani sette raspe. Cioè, è sicuro."

Mancini allora spiega che lui le seghe se le fa guardando un MMS di Giulia nuda sul suo cellulare.

Il cuore mi fa tipo una capriola.

E tutti a chiedere ma come hai fatto dove le hai trovate cosa dici.

Mancini Francesco si gonfia come un pallone, tipo che mo' vola, e dice che le foto le ha comprate da Bondi Angela Maria, detta Tricheca, per via della stazza uno e cinquanta per sessanta chili. Per il fatto che tutti la chiamano Tricheca, non se la prende a male. Dice che Tricheca secondo lei è molto meglio di Angela Maria, il nome del cazzo che le hanno dato i suoi, e manco gliene bastava uno, cioè, pure due. Tricheca scorta Giulia tutto il giorno, tipo bodyguard. Mancini fa vedere che lui ci sta molto in confidenza, con Giulia e Tricheca, che sa tutti i fatti loro che ci sono da sapere, anche i segreti.

"Conta, Giulia fa tipo la modella, Tricheca fa la pierre e la fotografa. Cioè, in pratica riprende con il cellulare Giulia, ti vende le foto e poi te le manda per MMS. Cioè, mica a tutti. A quelli di cui si fida, e c'hanno i soldi."

"Quanti soldi?" chiede Scamarcio Ettore, che è un rabbino, e non gli esce un euro manco se lo metti a testa in giù. Infatti si vende tutto, pure il panino con la Nutella che gli fa sua madre (di solito lo compra Mancini, che è un riccone e che la madre lo tiene sempre a dieta), e poi la merenda se la becca facendo la fila per gli altri: una ogni tre, tipo tangente.

"Allora: cinque euro per Giulia in minigonna, venti in bikini, settanta nuda. Io c'ho quella da settanta: da paura."

Mi viene il nervoso.

Vado a fumarmi una canna con Cami, cioè, per calmarmi. Mentre lei rolla, gli racconto il fatto di Mancini.

"Secondo me si è inventato tutto, quel bastardo."

"Drin! Svegliati, Nic. Te l'ho già detto, quella è una padella, veramente. Io ci sto in classe. Lo vedo tutti i giorni, come fa la troia, cioè, pure coi professori maschi, pure con il prete di religione certe volte. Vedessi sua madre, poi. Fa Pilates con la mia. Due stronze sgallettate in fotocopia."

"Dici così perché sei una rosicona. Tu fai l'emo del cazzo, e lei ti dà le piste."

"E tu dici così perché sei stronzo."

Si è alzata, ha buttato la canna per terra, l'ha spenta con la scarpa, mi ha guardato storto e se n'è andata via dicendo: "Meglio che mi vado a prendere un caffè." Cioè, uno spreco, ce n'era ancora quasi un terzo, se non la voleva me la poteva lasciare tutta a me.

Camilla, certe volte, sa di Marge.

Per esempio, quando ha saputo che mi becco coi vincenti mi ha fatto due domande con la risposta già dentro, per dirmi sei uno stronzo senza dirmelo.

"Perché vuoi fare lo sputo nell'oceano assieme a quei bastardi? Perché ti caghi sotto di paura di essere diverso?"

Poi se ne è andata a prendersi un caffè. Per forza che è nervosa.

Adesso guardo Giulia da lontano.

Ce ne avrà venti, attorno. Gli battono i pezzi, s'intrippano, sbavano, gli fanno le lastre, hanno le patte dei jeans a palloncino. Ci sono pure certi di terza liceo, che vengono a fare i merenderi, cercare di beccarsi le primine e quelle ci si gasano, perché a scopare coi grandi ci fai bella figura.

Bocche bavose, come davanti a un Big Mac verso le due, dopo la scuola. Bastardi. Chissà quanti di questi qui ce le hanno, le sue foto.

Ho come un mal di pancia, cioè, tipo un bruciore, non so. Comincio a scapocciarmi con i dubbi. Cioè, sarà vero?

Corro da Mancini, che mo' si sta spizzando il paninazzo alla Nutella di Scamarcio, e si sporca tutta la bocca le mani la t-shirt, cioè, fa proprio schifo.

"Senti, Mancini, secondo me tu dici balle. Io non ci credo al fatto della foto. Se è vero che ce l'hai, falla vedere."

"Sì, mo' te la faccio vedere così, per niente? Dipende che mi dai."

Mi sfilo dallo zaino un CD.

"Duecento pezzi, tipo dj Emix, dj Louis, Killers, Oasis, cioè, roba forte, un mese a scaricare da eMule. Che ne dici?"

Allora si acchiappa il mio CD con le sue schifose mani sporche di Nutella, apre il suo cellulare sulla galleria, me lo allunga, e poi mi dice con la bocca piena: "Però cinque minuti e basta".

Allora guardo.

Cioè, ora muoio, è sicuro.

Giulia sta appoggiata al muro del bagno delle femmine, tutta nuda, le bocce tonde gonfie dritte, la lingua rosa che bagna le labbra, e con la mano destra si arriccia una ciocca di capelli attorno a un dito, e con la sinistra si sfiora la patata, con sopra un ciuffetto di pelini biondi depilati a forma di cuore.

Mi viene duro come un bastone.

Mi passa il mal di pancia.

Dico: "Cazzo, da seghe triband."

Mancini mi strappa il cellulare dalle mani.

"Tempo scaduto. Stop."

Lo imploro: "Senti, Franci, me la mandi? Ti do una ricarica da dieci, il fumo, il GTA *Vice City 3* per un mese, e poi ti faccio i compiti di mate che tu sei una sega, cioè, per un anno. Quello che vuoi. Non fare lo stronzo."

Mancini allora dice che le ricariche a lui gliele compra sua madre, da cinquanta, e al fumo preferisce la Nutella, e in culo la matematica, cioè, che gliene frega, e poi che se ne fa del GTA *3*? Dice che ha il GTA *4*, glielo hanno regalato i nonni per Natale, e il *3* lo ha dato ai poveri della parrocchia.

Poi parte a manetta: "Un taglio assurdo, sai, cioè, praticamente effetti grafici da sballo, e ho già un sacco di punti, tra poco divento il padrone di Vice City, ho già inculato ai cubani venti prostitute, sette partite di coca e otto di eroina, e poi ho ammazzato Diaz, che voleva farmi saltare un affare di droga da trecento punti. E ho fatto fuori pure Lance e Sonny, con quei bastardi dei loro emissari, cioè, una strage. Praticamente ho cannato per sempre la mafia del Nord. Adesso sono il boss."

Poi mi guarda come si può guardare un accattone rom, e riprende a mangiarsi il paninazzo, e sembra proprio un maiale che s'ingozza d'immondizia in un porcile.

63

Mezz'ora di ritardo: è nella media.

Mia sorella del tempo se ne infischia, lo aggira con tattiche puerili. Evita di controllare l'orologio, o la densità della luce che c'è fuori, o il calendario. Non guarda neppure se stessa in uno specchio, se presagisce un rischio di rivelazioni. Il tempo lo scansa così, con uno scarto. Semplicemente, quando lui arriva, lei si sposta. E il tempo sfonda il vuoto.

L'ho sempre invidiata, Annina, per come riesce a pattinare nella vita. Slitta, volteggia, giravolta, plana con grazia e poi rivola. E tu stai a guardarla a bocca aperta, e pensi: ma guarda che talento questa qui, una così l'applaudi, mica ti metti a criticarla perché non tocca terra. Ma adesso è quasi l'una, e alle due e mezzo devo tornare a lavorare. Annina vive senza lavoro e senza orari. Lavora per suo marito Rodolfo, detto Rudi. Esercita incarichi di natura pubblica e privata in qualità di funzione dell'ego di costui, le cui proporzioni richiedono cure impegnative.

Il ristorante è affollato. Mentre aspetto, per ingannare il tempo provo a isolare qualche brano di conversazione dal brusio.

Una biondina smilza, seno improbabile, labbra mutilate da una tumefazione esorbitante, cinguetta a beneficio di un giovanotto dalla morfologia slavata, per causa di un evidente deficit di pensiero forte. Non hanno cinquant'anni in due. Lei l'ho intravista in qualche fumo di vacuità televisive nel quale era perduto Niccolò. Lui sta facendo una specie di intervista. È emozionato, le somministra domande con la solennità di un chierichetto che porge le ampolline. Poi, diligente, annota, con flemma laboriosa, da scolaro. Usa un plurale pomposo, "ci racconti", allude a un'urgenza collettiva.

"Vorremmo sapere," indaga, "come ha cominciato."

"Guardavo molto la televisione, da bambina. E poi se sei sveglia impari presto, no?"

Ridono d'un riso stolido, sguaiato, complici in una strana ilarità truccata da equivoci, stonata. Mi sento il fiato oppresso da un sollevamento di polveri nocive. Mi chiedo, sgomenta, in che misura stiano infiltrando il fiato di mio figlio, e quanto interferiscano nel suo respiro.

A un altro tavolo, una signora bruna di sobria eleganza piagnucola aggrappata alla mano di un'amica: "La ricovero in una casa per anziani, non posso più farcela da sola." L'amore filiale indietreggia, nei passaggi stretti.

Più in là, una donna dalle chiome canute si asciuga una lacrima, e intanto si mangia con gli occhi un giovanotto che invece sta mangiando avidamente una bistecca: "Giura che mi verrai a trovare spesso. Lo so, i figli devono seguire la loro strada, ma la tua è così lontana. Ti ho avuto sempre accanto per trent'anni, adesso come faccio senza te?" La invidio per la dilazione che ha ottenuto. Le ha fatto un cospicuo sconto di solitudine, suo figlio.

Rifletto: ogni giornata aliena qualcosa a qualcuno, puoi perdere la dignità, una madre, un figlio. Mi sento fortunata. Nella classifica di cose da perdere, un marito-ombra dev'essere sotto i primi venti posti.

Eccola, Annina, trafelata, bella, bionda, rutilante, disarmata e disarmante. Indossa la solita gonnellina che scopre le gambe dritte e affusolate, la solita T-shirt griffata che lascia nuda la curva infantile dei suoi fianchi.

"Scusascusascusa, Caterina. Il traffico. Sono imperdonabile."

Il traffico, da sempre, le si ipertrofizza davanti in via esclusiva, un appannaggio di agguati, un fatto personale. Mi bacia, mi avvolge nella voluttà del suo profumo, si siede, sorride, la perdono.

Ordiniamo due Margherite.

Mi guarda preoccupata: "Come stai?"

"Chiariamo subito, Annina: non intendo parlare di Filippo. Ci siamo viste per parlare di altro. E poi sto bene, io. Invece papà no."

Si rabbuia, s'imbroncia, bamboleggia: "Aspetta un attimo, Cate, lasciami il tempo di riprendere fiato."

No, non aspetto, non ne ho il tempo, si farà bastare il fiato che ha.

"Prendiamola di petto, Annina. Non basta più la badante. Mamma è distrutta. Bisogna fare qualche turno, almeno nei fine settimana."

Inorridisce: "Oddio, Caterina. Non posso mollare Rudi nel weekend. Lui vuole andare in villa, ha bisogno di relax, sennò diventa pazzo. Vuoi che lo lasci andare solo?"

Eccola qui. Volteggia. Non plana. Se cerchi di acchiapparla sfondi il vuoto. La guardo obliquamente, come quando dovevo sparecchiare la tavola da sola, mentre "la piccola" motteggiava sulle ginocchia di papà, seduto sulla sua poltrona a scacchi verdi. Gli statuti delle famiglie sanciscono privilegi iniqui, che lasciano il segno in chi ne gode e in chi li subisce. Caterina e Anna, Cate e Annina, e sperequati anche i vezzeggiativi, con sottrazioni e attribuzioni arbitrarie di suffissi. "La piccola" mi riconosce negli occhi uno sguardo d'insofferenza, antico.

Allora pigola, afflitta: "Scusami, sai, Cate. Ma Rudi ha un affare importante in ballo. Come faccio?"

Mi chiedo se anche a lei, come agli altri, talvolta capiti di perdere qualcosa a parte le chiavi, i cellulari, gli accendini, e tutti gli altri reperti di se stessa che rilascia lungo i percorsi del volo, come fanno i gabbiani con le piume. Mi chiedo se le piaccia davvero, il pattinaggio artistico. Mi chiedo se il suo bilancio matrimoniale sia più simmetrico del mio.

È peggio avere un marito-ombra, o essere l'ombra di un marito? Non saprei.

"Senti, Annina, dobbiamo fare qualche sacrificio. Non ne avrà per molto. Si sta spegnendo."

Apre la borsa, sfila un fazzoletto, piange. In quest'ordine. Prima il fazzoletto. Incontinenza dei dotti lacrimali, pure lei. Ma riesce a prevenirne i danni collaterali, tipo lo scioglimento del trucco.

"Non posso pensarci, Caterina. Ti prego, non essere così esplicita con me."

Intrappolate nei ruoli di sempre: io Marta, lei Maria. Maria che piange, Marta che consola. E intanto febbrilmente, sul Golgota e dintorni, governa la logistica del postcrocifissione.

Consolo: "Papà ha ottantaquattro anni, Annina. E se l'è vissuta bene, la sua vita. Lo abbiamo amato molto, in tante. E ha fatto sempre quello che ha voluto."

Si corruccia: "Non mi piace che parli così di papà, Caterina. Ci vuole bene."

Annina non sbuccia le cipolle. Non è brava in cucina. Mangia leggero. E poi non vuole che le puzzino le mani.

Ora contempla svogliata la sua Margherita senza toccarla, disappetente, o forse a dieta.

Invece io mangio.

Ho fame.

Ieri sera ho digiunato.

A casa, se non c'è Nicco, non cucino più.

64

Sai che ti voglio dire, Mancini Francesco?

Sparati.

Tienitela pure, la tua foto del cazzo da settanta euro.

A me che mi frega.

Tanto non sono mica indispensabili le foto, per le seghe.

Cioè, dove sta scritto?

Le seghe si possono pure fare col pensiero, e se ci sai fare praticamente vengono meglio, e non ci devi neanche spendere settanta euro, cioè, il pensiero è gratis.

Infatti io ogni sera, quando vado a letto, penso a Giulia, e mi faccio le seghe a falegname, fin quando non ce l'ho pendulo e sgonfio come un palloncino dopo una festa di compleanno con l'animatore, tipo che mi chiede pietà, ti prego, lasciami in pace, mettiti a fare qualcos'altro per un po'.

Io, per le seghe su Giulia col pensiero, in pratica non ho bisogno di nessuno: mi faccio tutto da solo, tipo la sceneggiatura, l'attore protagonista, la regia, e poi si gira nella mia stanza, quando mi va a me.

Ciak, sega numero 1: siamo a scuola, e io l'acchiappo nel corridoio, la spingo nello sgabuzzino delle scope, e la violento, e lei comincia a gridare no no no, e poi, piano piano, diventa sì sì sì.

Ciak, sega numero 2: siamo al cinema da soli, e fanno *The Ring*, e Giulia si spaventa, e dice: "Portami via", e mi trascina nel bagno del cinema, e chiude a chiave, e poi si toglie la camicetta e libera l'airbag, e poi mi tira giù la zip dei pantaloni, e poi mi fa un pompino mega di mezz'ora.

Ciak, sega numero 3: siamo i protagonisti del *Grande Fratello*, siamo in diretta dalla casa, è notte. Giulia è venuta nel mio letto. Scopiamo davanti alle telecamere e, conta, ci ammira tutto il mondo, cioè, pure i vincenti, pure quel rospo di Mancini, così impara, e fuori ci stanno un botto di giornalisti che ci aspettano, e allora poi diventiamo ricchissimi e famosi.

E poi ci sono le seghe numero 4, 5, 6, cioè, tipo che potrei scrivere la Bibbia delle seghe, se mi metto: noi che scopiamo in classe, o in gita scolastica, o a casa mia mentre facciamo i compiti nella mia stanza, o a casa sua in cucina mentre ci prepariamo la merenda. Praticamente scopiamo dappertutto, una, due volte, anche tre, ma poi basta, perché altrimenti comincia a farmi male.

Nei film delle seghe, mi ci metto sempre il lieto fine. Dopo che abbiamo finito di scopare, io guardo Giulia negli occhi tipo zaffiri, gli accarezzo i capelli, e poi gli dico: "Sai, ti amo." Non me ne frega niente, gli dico, se lei si fa fotografare da Tricheca e poi vende le foto, lo so che è un gioco, e poi praticamente lo fanno quasi tutte, cioè, pure certe che sono delle cozze, figurati se non deve farlo proprio lei che c'ha un corpo da sballo. E allora a che gli serve avercelo così?

Gli dico: "Cioè, te lo giuro: anch'io mi vendevo le foto se ero una patata come te. Basta che, per amare, mi ami solo a me."

Allora anche lei mi accarezza i capelli, e poi mi bacia. Uno stampone mega, tipo di quelli che due si danno se si amano, cioè, senza lingua, che poi si capisce subito che un giorno c'avranno una bella casa un cane e un figlio e una TV al plasma e un Suv, e tutte le altre cose che si hanno quando la gente si ama e si sposa, e poi è felice, a parte le separazioni e tutto il resto.

A questo punto i titoli di coda scorrono mentre noi stiamo correndo assieme su una spiaggia tenendoci per mano, con l'onda del mare che ci accarezza i piedi, i gabbiani e tutto quanto.

Io Giulia ce la porto al mare, un giorno.

Un mare bello.

Tutto l'opposto di quel mare dove da piccolo andavo ogni domenica, d'estate, coi miei.

Quello non era un mare: era una merda.

65

Ora, davanti alla pattinatrice, mi sono chiusa in un mutismo ostile, nebulizzato da un'umidità di malumori recenti e di altri antichi, soffiati dall'inconscio.

È concentrata nel tentativo di non incrociare il mio sguardo. È assorta nella realizzazione di microsculture con la mollica di pane. Poi le deposita sulla tovaglia, le allinea minuziosamente e le contempla.

Sibilo: "Vuol dire che me la caverò da sola, come sempre."

"La piccola" non regge l'ostilità, non è allenata. Pratica invece strategie di aggiramento. Infatti scansa bruscamente le opere in pane, mi bagna con la tenerezza di uno sguardo disarmante, mi sequestra una mano, prorompe in un gorgheggio di note regressive: "Cate, ti prego, dai, non arrabbiarti, adesso," cantilena. "Prometto che ci provo. Ne parlo con Rudi e poi vediamo," mi ammansisce, stringendomi la mano.

Mi elargisce un sorriso conciliante, con grazia infantile.

Le elargisco un sorriso bisbetico, con distensione di labbra irrilevante.

Mi allunga una carezza sulla guancia: "Dai, Cate, parliamo d'altro adesso? Vuoi? Dimmi come sta Niccolò."

"Guarda, lasciamo perdere. È un argomento doloroso. Dimmi tu di Flavia."

Di colpo le labbra disattivano il sorriso, che vira in una smorfia.

Per un tempo indefinito, Annina s'impegna a strapazzare i pezzi di mozzarella della pizza, dissezionandoli con la punta della forchetta come se fossero scorie plastiche, invece che bufala campana. Deposita la forchetta. Si prende la testa tra le mani. Scoppia in un pianto dirotto, incontenibile, definitivo. Senza aver preso prima il fazzoletto.

Tutti si girano a guardarci.

"Non farmi allarmare, Annina. Che è successo? Tua figlia è malata?"

Scuote la testa in direzione orizzontale. Negativo.

"Si droga?"

Orizzontale. Negativo.

Aggiunge, straziata: "Peggio."

"È incinta?"

"Peggio ancora."

"Ti prego, Annina. Spiega."

Sfila dalla borsa un foglio, e me lo allunga.

È la stampa di una pagina online. In alto è stampato un acronimo: RIV. *Ragazze in vendita. In calce: "La videochat più erotica di tutta la rete. Migliaia di ragazze e di ragazze in cam ti aspettano per fare amicizia."*

Lo sguardo mi precipita in un incubo di nudità acerbe, un disordine osceno di candori esibiti all'ammasso fotografico. In basso a sinistra, Flavia posa in tanga, il seno pianeggiante, irrintracciabile, i fianchi senza curve, da bambina. È distesa sul letto nella sua stanzetta dalle pareti rosa, languida, in bocca un lecca lecca, in braccio una bambola Bratz, discinta, ambigua, i lunghi capelli neri, le assomiglia.

Nickname: "Lalekkobene '95."

Profilo: "Magika, bisex, vip, maialona, cerko amiketti e amikette per spakkarcela."

Depongo il foglio tra le mani di mia sorella, che adesso sono scosse da tremiti leggeri.

Per impegnare lo sguardo, frugo nella mia borsa cercando niente, ne sfilo le chiavi di casa e un accendino, e incongruamente, in un fallout del sistema di reazioni, li deposito sulla tovaglia.

Ora Annina è travolta da un'eruzione di singhiozzi intermittenti. Lo sguardo da cerbiatta atterrita si aggrappa al mio, sospeso in uno spasmo d'ansia: aspetta di raccogliere una parola, un'intonazione, un commento qualunque, tutto fuorché un silenzio.

Il fiato si è rappreso in gola, come faccio? Faticosamente, ne recupero un flusso parziale. Produce una tonalità esile, rauca, malferma.

Abbordo da una sponda laterale: "Dice che è vietato ai minori di diciotto anni. Come ha fatto?"

"Puoi dichiararne diciotto anche se ne hai dieci. Nessuno controlla."

"Non so che dire, Annina. Io ti avevo avvertita che sbagliavi, a comprarle quelle bambole troiette, a vestirla così, le mini, gli strass, i top scollati, persino i wonderbra 7-12 e le scarpe coi tacchi. Cosa ti aspettavi?"

Un guizzo di rabbia perentoria la scuote dal dolore: "Ma che ne sai? Tu non ce l'hai, una femmina. Si vestono tutte così. Se ti opponi ti fanno il tormentone, ti accusano di volerle vestire da sfigate. E poi quel genere di vestiti che ci comprava mamma alla sua età non li trovi, non li fanno più."

Abbandono la pizza.

Mi sforzo di modulare la voce su tonalità indulgenti: "Forse avresti dovuto spiegarle, Annina, che la diversità non è un elemento di discredito. Avresti dovuto darle qualche lezione di anticonformismo. Magari con dimostrazioni pratiche. Evitando, ad esempio, di vestirti come lei."

"Ma io come potevo immaginare, non ha neanche quattordici anni. Educata, tranquilla, va a scuola dalle suore, è brava, tutti 8. Guarda ancora i cartoni animati, e ride. Ed è pure abbonata a Topolino. Come potevo capire che aveva il diavolo in corpo? E poi, per discrezione, io non ci vado mai, nella sua stanza."

Adesso strepita, non guardano che noi.

"Stai calma, Annina, ti prego. Bisogna ragionare."

Ecco, ragionare. Ingaggio una lotta interna con la calamita che mi incolla i pensieri a una sommaria iconografia di Niccolò. La porta della stanza chiusa. La sagoma di spalle. Lui digita sul suo PC. Provo a distogliermi, non è il momento.

Le prendo una mano, l'accarezzo.

"Le hai parlato?"

"Dice che lo fa così, per gioco, per arrotondare la paghetta. Dice che lo fa mezza classe, al suo istituto, che non devo 'stuccarla' con le mie manie. Ha detto proprio così, Cate: 'stuccarla'. Come se, invece di fare la madre, facessi il muratore."

Si asciuga le lacrime copiose con le mani, e usa il tovagliolo per soffiarsi il naso, e il bordo delle maniche per strofinarsi gli occhi, e il trucco è sciolto, e sembra una bambola sciupata da una bimba sciatta.

"Ma come l'hai scoperta, Annina?"

"Era uscita, e aveva lasciato aperto il suo PC. Lo schermo era scuro, io che ne sapevo? Il mio era sconnesso, dovevo mandare un'e-mail, così ho digitato per accendere. E allora... oddio... sarebbe stato meglio non averlo fatto, sai? Oh, Caterina. Che cosa devo fare adesso?"

"Parlarne subito a Rodolfo."

Sgrana gli occhi, indignata: "Sei matta? Ha già tante preoccupazioni."

Scuote la testa, prostrata, tirando su col naso. Piagnucola: "Non bisognerebbe mai toccare il PC *dei propri figli. Non bisognerebbe mai entrare nelle loro stanze."*

Mi interroga con gli occhi, spaventata: "No?"

Abbasso lo sguardo, non rispondo.

Penso: che brutta storia di bambine.

Una storia di bimbe figlie e bimbe madri.

66

Io, la domenica, quand'ero piccolo, non vedevo l'ora che diventava lunedì.

D'estate soprattutto.

A me, quand'ero piccolo, tipo sette, otto anni, non mi piaceva proprio andare al mare, con tutta quella sabbia che si appiccica addosso, ti pizzica, ti graffia, e praticamente non sai come staccarla.

Non mi piaceva per questa ragione qui, ma anche per altre.

Intanto mi toccava beccarmi tutto il giorno quell'accollo di mia cugina Flavia, che c'ha il granito in testa, cioè, non la si affronta proprio. Mia madre la portava sempre con noi, "così giocate", diceva.

Ma quella non sapeva giocare a nessun gioco, biglie volàno palla castelli di sabbia, cioè, niente. Mia cugina Flavia in genere stava tutto il tempo a parlare di cose sceme da femmine, a fare la cretina con i bambini della spiaggia, a dirmi che c'era uno che le piaceva oppure che lei piaceva a un altro. E poi mi stuccava a chiedermi se a me lei mi sembrava carina oppure no, e quando gli veniva il ciclo, e quando gli crescevano le tette secondo me. Diceva tutto il tempo che lei un giorno, quando gli crescevano le tette, si faceva un book, e se ne andava a fare la ballerina alla televisione o la modella o altre cose così, che poi diventava famosa e ci faceva i soldi.

Io non vedevo l'ora che ce ne andavamo via.

Anche perché era proprio brutto, il mare Solito.

"Andiamo al mare solito," diceva mia madre.

Da piccolo, io credevo che Solito era un nome di mare, tipo Adriatico, Ionio, Tirreno, un mare che a scuola non lo studiavi, però. Cioè, non c'era proprio sulle cartine, forse perché non era come gli altri mari.

Infatti i mari in genere fanno le onde, mentre quel cazzo di mare vomitava. Tipo che sputava una schiumetta verdastra da sbrattare, piena di alghe viscide, cartacce, bottiglie e altra merda del genere. Ed era pure pieno di parole cattive che ti si appiccicavano addosso proprio come la sabbia, e pure quelle pizzicavano e graffiavano, e io me le ricordo ancora, tutte quante, le sapevo a memoria, tipo la poesia di Natale.

... e tu sei proprio una stronza a trascinarmi in questo carnaio, sono stanco, dopo una settimana di lavoro... e tu sei insensibile, egoista, potremmo andare su una spiaggia più lontana, se tu non dovessi ritornare a casa presto per le tue partite.

Poi ce ne tornavamo a casa tutti zitti, cioè, parlava solo la voce della radio che raccontava le partite, gli altri no. Due ore di coda, e mia madre a guardare fuori dal finestrino tipo che c'era chissà che cosa sulla strada, e mia cugina Flavia a digitare sul suo cellulare rosa, e mio padre a bestemmiare i santi, praticamente sapeva tutto il calendario.

Io non vedevo l'ora di farmi la doccia, così la sabbia si staccava, finalmente, e a me piaceva un botto stare a guardarla mentre scivolava sul fondo della vasca, e poi spariva nel buco.

Le parole brutte che si erano appiccicate addosso, invece, no, quelle non scivolavano via per niente, tipo che continuavano a graffiare e a pizzicare, e ti giravano in testa, e non sparivano, perché nella testa non ci sono buchi.

Allora poi io non vedevo l'ora che la domenica finiva, e che veniva il giorno dopo. Così quelli praticamente non li vedevo più fino alla sera, che avevano tempo per screziarsi solo una mezz'ora, al massimo un'ora, e non per tutto il giorno.

Ogni sabato sera, d'estate, prima di dormire, facevo una preghierina all'angelo custode: caro angelo, fa' che domani mattina c'ho la febbre, o che si rompe l'auto di mio padre, o che c'è un temporale, oppure un'inondazione o un terremoto, o che il mare Solito si asciuga o si sprofonda, così non ci possiamo andare più.

Io il mare Solito, certe volte, di notte, ancora me lo sogno. Il sogno è sempre uguale. Praticamente sto seduto a riva coi secchielli, e il mare mi vomita sui piedi, e mi ci lascia appiccicati sopra dei pesciolini brutti viscidi e tutti neri, e mi stanno mangiando le dita una per una, e allora piango e grido: "Presto, correte, aiutatemi, venite."

Mia madre e mio padre non vengono, però, perché stanno a screziarsi sotto l'ombrellone. Non possono fare due cose contemporaneamente, devono scegliere, e scelgono screziarsi.

Quando porterò al mare Giulia, invece, andiamo a un mare bello, dove non ci stanno proprio pesciolini neri, ma solo pesci tutti colorati.

Le onde ci bagneranno i piedi, però senza mangiarli.

Il mare avrà le onde e non vomiterà schiuma verde alghe viscide cartacce bottiglie e tutto il resto.

Non ci staranno neanche mio padre e mia madre che si screziano, e neanche mia cugina Flavia che spara le stronzate.

Solo Giulia e io.

Non c'entrerà un cazzo con il mare Solito, quel mare.

Praticamente, sarà proprio un altro mare.

67

Non avrebbe dovuto farmi questo, Federica. Non trascinarmi in un ristorante macrobiotico, istigata da uno dei suoi attacchi di nichilismo alimentare. La tristezza in cui abito attualmente necessitava di variazioni a contrasto, un diversivo. Non luci crepuscolari, e pareti dai colori amorfi, e gente smunta che parla col registro sorvegliato come in chiesa, censurando risate a beneficio di flebili sorrisi. Niente chiasso. E niente alcol, e cameriere ascetiche con passi felpati e gesti da vestali, e lo chef in crisi vocazionale, frustato dal cilicio gastronomico, che infatti dissimula travestendo la soia da salsiccia, e il tofu da polpetta, e le alghe nuri da insalata contadina.

Anch'io, stasera, mi sento travestita, una macrobiotica truccata da abbacchio con patate, in abito corto fasciante d'un rosso chiassoso, la scollatura a V che sfiora l'incrocio tra i seni. Non lo indossavo più da secoli. Da quando i miei seni ancora non avevano accorciato le distanze dall'area ombelicale. Richi e Giovanna lo hanno scelto dopo aver setacciato il mio guardaroba con accanimento da ruffiane, scartando tutti gli abiti più sobri.

E allora l'ho indossato, e mi hanno trascinata davanti a uno specchio.

Giovanna ha dato il peggio, nei commenti. Iperbolica: "Guardati, sei strafica." Peccaminosa: "Ti porto a fare stragi."

Invece ce ne stiamo sedute davanti alla malinconia di alcune porzioni irrilevanti di portate dai nomi stravagan-

ti, miglio decorticato e azuki, il tutto bagnato da tè bancha. Cerchiamo di rabbonire le papille gustative con la promessa di un successivo gelato al bar Fiorino. Intanto proviamo ad acquietare le nostre forze interne antagoniste. È quanto ci ha suggerito di fare, all'ingresso, una graziosa signora orientale e con voce bisbigliante e cenni pastorali, da sacerdotessa. "Nelle portate troverete lo yin e lo yang, forza centrifuga e forza centripeta." Ci ha minacciate: "Sono contrapposte." Poi, con un sorriso artificiale, monitorando il mio vestito e i jeans aderenti di Giovanna: "Se riuscirete a trovare l'equilibrio tra le due forze, scoprirete anche l'arte del ringiovanimento." Mi è parso di cogliere un bagliore sarcastico negli occhi a mandorla, ma non ci giurerei, gli orientali sono talvolta insondabili, si sa.

Richi e Gio', adesso, discutono pletoriche su chi sia più centrifuga e chi più centripeta tra loro due, e se sia meglio essere l'una o l'altra cosa, o entrambe, o nessuna, e piuttosto andare a correre o in palestra o a fare yoga.

Sarebbe stato meglio restarmene a casa, questa sera.

Avrei potuto riflettere sull'imminente incontro con Filippo, sulle risorse inagibili di cui dispongo, sulle mie scarse possibilità di non affrontarlo in perdita.

Avrei potuto insistere con Nicco, cercare una breccia nel muro di ghiaccio che mi oppone, e continuare nella mia marcia da esploratore artico, nel gelo e nella neve, col fiato rarefatto, senza attrezzature adatte.

Mi assale l'ansia. Irrompo con garbo nel confronto ozioso: "Scusate, forze antagoniste, ho bisogno di voi. Sono disorientata. Si comporta in modo inspiegabile."

Domanda retorica, all'unisono: "Chi?"

"Mio figlio."

Di nuovo all'unisono: "Ah!"

"L'altra notte, per esempio, è ritornato a casa con una scarpa della Nike. Una destra. Taglia 41. Ha detto che l'aveva trovata per strada. Ora la tiene sul comodino, come una reliquia. Vi sembra normale?"

Scuotono vigorosamente la testa in senso di diniego, mute, gli occhi bassi.

"E poi tre giorni fa se ne va a scuola portandosi dietro un involucro di carta argentata, e in auto lo custodiva amorevolmente sulle sue ginocchia, come fosse un bimbo. Puzzava da morire. Indovinate cos'ha risposto quando gli ho chiesto che cos'era?"

Azzardano, sempre all'unisono: "Vaffanculo?"

68

Un vestito rosso un po' del cazzo, corto aderente col seno un po' fuori, tipo che mezzo te lo faccio vedere e mezzo no. Marge se lo è messo per uscire con le zie cornacchie. In pratica, un vestito da rimastona. Una che tipo non è giovane però vorrebbe tanto rimanerci, e fa finta. Non proprio vecchia vecchia, tipo mia nonna, ma un po' vecchia sì, sennò non doveva fare finta.

Secondo me, se una è un po' vecchia, non se li deve mettere proprio i vestiti rossi corti aderenti, e non lo deve far vedere proprio il seno, né mezzo né intero né niente, sennò tutti capiscono che fa la rimastona.

Il vestito rosso dev'essere stato un'idea di zia Giovanna. Zia Giovanna col fatto di far le rimastone ci va in fissa proprio. Infatti si scannerizza da paura, cioè, tutta rifatta, conta. Non la si affronta proprio, in generale. Un giorno glielo dico in faccia, che non mi deve spalmare quei baci bostik sulle guance che poi me le sporca di saliva e di rossetto, e non mi deve scombinare tutti i capelli con le mani che poi me li devo stare di nuovo ad aggiustare per un'ora, e non mi deve dire tutte le volte che mi vede: "Ma guarda come sei cresciuto." Per forza dovevo crescere, cioè, che ti credevi, che ero uno hobbit?

Zia Richi, invece, è forte. Come saluto, mi dice: "Ciao" e basta. Al massimo, certe volte, mi chiede come sto, che se a te non ti va di rispondergli gli dici benegrazie e poi hai finito. Se invece ti va di rispondergli rispondi, e lei non ti interrompe. Zia Richi ascolta e basta, e fa i commenti solo se uno glieli chiede. Secondo me, zia Richi doveva dare lezioni di parlare a Marge. Se era mia madre, zia Richi, sicuramente a lei lo raccontavo, che la mia vita da quattro giorni mi è tutta cambiata, cioè, che sono un altro.

Infatti, da giovedì alle undici e quarantacinque io sono un vincente.

E la mia storia è diventata proprio un'altra storia.

69

Nel raccontare la storia di Flavia a Richi e Gio', la narrazione s'inceppa su una resistenza involontaria, trattiene il passo per ritardare lo sviluppo della trama, per non rivelare come andrà a finire, per non volerlo sapere neanche io. E poi sono temi su cui mi muovo a tentoni, questi qui. Antropologie aliene, di cui so poco o nulla. Storie di piccoli androidi dotati di sembianze umane, eppure ultraterreni. Li attiva un impulso meccanico, un protocollo di automatismi tecnologici sui quali non interferiscono emozioni, riflessioni, sentimenti, un'altra, semplificata civiltà.

Giovanna e Richi ascoltano con irriducibile pazienza, senza interrompere, sbocconcellando minuscoli pezzi di alghe nere e sorbendo svogliatamente piccoli sorsi di tè bancha.

Prima di andarcene, abbracceremo la sacerdotessa per dirle addio per sempre: "Cara signora macrobiotica," diremo, "non ci rivedremo più." I nostri rispettivi yin e yang, le spiegheremo, sono rimasti tali e quali a come stavano prima, ovvero antagonisti. Purtroppo non si prendono. La prossima volta andiamo in pizzeria.

Al colpo di grazia del dolce (un pandispagna con malto di grano e amido di mais), la mia ossessione monotematica sembra evoluta in forme maniacali.

Smuovo parole a valanga: "Il fatto, sapete, è che una, come madre, ha una giurisdizione limitata. Prendiamo Internet. Io non so proprio che cosa faccia Niccolò, su quel dannato schermo, capite? Lui non mi lascia nemmeno avvicinare. Lui ne capisce molto più di me. Lui ci passa ore. È come se vagasse da solo di notte nei quartieri più pericolosi e malfamati, in una dimensione planetaria. Io non lo posso accompagnare, controllare, non posso selezionare le informazioni che raccoglie, niente. Non posso sapere chi incontra, che scrive, che guarda, dove va, che fa. Niente. Capite?"

Giovanna, dissimulando male l'insofferenza, minimizza: "Ma insomma, Caterina, che c'è di male se lui si cerca in rete qualcuna da scopare? È sotto l'assalto del testosterone. E poi, guarda, lo faccio anch'io. E allora? Il sesso fa bene alla salute. La eete allarga il campo delle opzioni. Dovresti provare."

Richi sta grondando disapprovazione: "Ma smettila, Gio'. Un po' di sensibilità, di autocensura. Puoi provarci?"

La disapprovazione reciproca è un gioco delle parti indispensabile alla stabilità di Richi e di Giovanna. L'una, senza la disapprovazione dell'altra, si sentirebbe persa. L'unità degli opposti, complementari e contrapposte come i due poli di una batteria. Io, nel mezzo del campo magnetico, cerco di assorbire quel che mi serve di energia, però bonificando, mettendomi al riparo dal cortocircuito eventuale, con relativa eruzione di scintille.

Eccole. Le scintille.

Giovanna, risentita: "Vuoi darmi lezioni su come si aiutano le amiche? Dai, fallo, su. Tu sai sempre tutto, no?"

Federica, con un sorriso freddo: "Io, cara Giovanna, so solo che se qualcuno soffre bisogna saperlo aiutare anche in silenzio, evitando di parlare a vanvera, magari ascoltando e basta, con l'esercizio di quel talento che si chiama umiltà."

La mia forza centrifuga mi schizza le parole di Richi nel cuore, nel cervello, le inoltra lungo una rotta diversa da quella originaria. Soffre silenzio talento ascoltare umiltà parlare a vanvera. Penso a mio figlio. A me. A noi due. La forza centripeta, però, rimane inefficace.

Il mio baricentro, ormai, si è sbilanciato.

Pencolo pericolosamente verso il vuoto.

La forza di attrazione dei burroni.

70

Vincente mica ci diventi così, da un giorno all'altro. Per diventare vincente, ho superato tre prove di forza e di coraggio.

La prima prova si chiamava "la prova del secchione". Mi hanno fatto partecipare a una missione come palo. Sabato notte, ci siamo imbucati alla festa di compleanno di un secchione di prima liceo, Luciani Flavio, che aveva invitato solo altri secchioni come lui. I vincenti si sono fatti aprire soffiando il fumo da sotto la porta, e sono entrati, e poi si sono messi a rompere vasi piatti e bicchieri lanciandoli sul pavimento e contro il muro, e hanno rovesciato la terra fuori dai vasi delle piante, e hanno scritto sui muri con le bombolette, e hanno pisciato sui tappeti. Bisognava anche rubare qualcosa. Andri ha rubato un vaso d'argento, Matti dei soldi dalla stanza dei genitori del secchione, Ste' un po' di scarpe e vestiti del secchione dall'armadio di camera sua.

Io sono rimasto sulla porta, per avvertirli se casomai tornavano i genitori del secchione, e poi magari chiamavano la polizia. In ricordo della mia prima missione, Ste' mi ha regalato una Nike del secchione. Una sinistra, taglia 41. L'ho messa sul mio comodino, e penso che ce la tengo lì per sempre (anche se, veramente, puzza un po').

Per la seconda prova, praticamente dovevo far da solo. Si chiamava "la prova della merda". Mi sono portato a scuola un po' di merda di Beta in un foglio di carta argentata. Prima che gli altri arrivavano in classe, l'ho messa sulla sedia di Caretti Giulio, un perdente che vive in periferia e c'ha un cellulare giurassico e sta sempre tutto vestito da sfattone. Mentre gli mettevo la merda sulla sedia, Matti tratteneva fuori Caretti dicendogli stronzate, tipo: "Dobbiamo provare a essere amici, non ti pare?" Poi lo ha accompagnato in classe mostrandogli la galleria di foto porno sul suo cellulare, così si sedeva senza guardare sulla sedia, e lui a fare sì sì con la testa sorridendo. Cioè, conta, un sorriso da down, tipo che gli era capitata una cosa fichissima, e proprio non si aspettava che gli capitava proprio a lui.

Poi è arrivata Morelli Claudia, una che se la tira un botto perché di tette c'ha la terza. Morelli si è seduta accanto a Caretti, ha cominciato ad annusare l'aria, e poi, con la faccia schifata, ha gridato: "Scusa, tu puzzi di merda, cioè, Caretti, ma che schifo!"

Allora Caretti è diventano tutto rosso, e si è alzato, però era meglio se rimaneva seduto come prima. La merda si era tutta spalmata dalla sedia al suo culo, e dal suo culo alla sedia, e tutti a guardarlo, a ridere, a fare i cori: "Caretti si è cagato addosso, Caretti si è cagato addosso."

Mentre tutti facevano i cori, Caretti si è messo a pulire la sedia con i fogli del quaderno di mate perché praticamente di fogli c'aveva solo quelli, e intanto piangeva, e gli colavano i lacrimoni e il moccio dal naso, ma non poteva asciugarli perché le mani erano sporche di merda, e allora se li puliva tipo col braccio, o li leccava, e tutti a sbracarsi di risate.

Dopo la storia della merda, gli altri mi hanno detto cose tipo: "Zio, sei rozzissimo", "Sei troppo un grande", "Cioè, complimenti!"

"E adesso," ha detto Ste', "facci godere con la prova finale: tocca a te. Devi inventartela da solo. Conta, da stupirci."

Allora ho spinto duro il cervello, cioè, pure di notte, tipo che per tre giorni non ho dormito mai.

La Nitti di lettere, senza saperlo, mi ha dato una dritta.

Ci ha chiesto di fare una ricerca sui sinonimi, usando Internet. La Nitti di lettere vuole che usiamo anche Internet per studiare, cioè, dice che "la rete dev'essere la quarta agenzia educativa, non solo una trappola" (le agenzie educative non so che cosa sono esattamente, e non so nemmeno quali sono la uno, la due e la tre, forse è una cosa di stelle, cioè, metti, tipo gli alberghi, ma non sono sicuro).

La prof ha scritto sulla lavagna: "Individuare una o più parole e ricercare almeno tre sinonimi." E allora praticamente ho passato tutta la notte sul PC, tipo blog, glossari, forum, social network. Il giorno dopo, quando la Nitti ha chiesto: "Allora, ragazzi, quanti sinonimi siete riusciti a trovare?", io ho alzato la mano.

"Io settantanove."

"Ma dai... Ottimo, bravo, Niccolò. Di quante parole?" (Quando è contenta, la Nitti di lettere chiama le persone col nome, invece che col cognome, e dice: "Ottimo bravo" e altro del genere, così ti gasi un po'.)

"Prof, di una sola."

Mi guardano tutti zitti e tutti sbalorditi.

"Sono davvero curiosa. Avanti, sentiamo, Niccolò."

Allora mi alzo, e mi gratto la voce, e comincio a leggere a manetta, senza mai sollevare gli occhi dal mio foglio.

"Canna cannone spino spinello caneo sturo burro brazeiro brasa boomata maria gangia ghinghello gibbo fransimoglio fraccozzo bomba ciocco giunto joint spadino petardo missile barnello bobmarley ciuccetto cecio ceppo chigniolo cicione cozzo crodo diera fiamma flower porro friends ginepro jobba johnny makumba maranza mina miccia moffo paglia paparina pepperepè pezzione pirolo pito pitullo porra fumello ranzano razzo sago sbobbone pallone sigaretta-simpatica smarrone stroppa stuppolo tapis tarello tanzanello tizzone torcione trella tubo trumma trummetta veccia viola zappa zars zipillo suba zubbetta."

Nessuno fiata.

Vado a mille.

C'ho pure messo sotto un discorsetto finale scritto tutto bene.

Leggo: "Si tratta di definizioni gergali della cannabis che divergono in base alle zone geografiche. "Marocco" o "pakistano", invece, non sono sinonimi, perché qualificano il tipo di erba che stai usando. Non sono sinonimi neanche "mezza", o "purino", perché quantificano l'erba che hai messo in una canna. Finito."

Allora tutti gli sguardi si spostano in blocco sulla prof. La Nitti di lettere gira il capo e si mette a fissare la finestra.

Ai prof, praticamente, piacciono un botto le finestre, cioè, le fissano spesso, per un casino di tempo, non lo so perché. Quando fissano le finestre (in genere, conta, quando gridiamo facciamo a botte ci messaggiamo facciamo squillare i cellulari ci tiriamo le penne e le cartacce o i ragazzi si spippano in classe o le ragazze si fanno toccare le tette e il culo e cose così), i prof diventano tipo statue. Cioè, non muovono un muscolo, a parte spostare gli occhi dalla finestra all'orologio. Quando finisce l'ora, i prof scattano verso la porta, tipo che, invece della campanella, avevano sentito il colpo di pistola ai blocchi di partenza dei cento metri piani. La Nitti invece no. Lei preferisce guardare gli occhi della gente che sta in classe. Gli occhi gli piacciono di più delle finestre. Infatti la finestra non l'aveva mai guardata.

Penso: cioè, mo' questa qui mi mette 2, e pure una nota, e mi sospende pure, e mi dà pure una pizza, e mi sputa in faccia, mi dice fai schifo, o non so cosa.

Invece, dopo un certo tempo, lei gira la testa, mi guarda e mi dice: "Bravo, Niccolò. Una ricerca semantica di ottimo livello."

Poi guarda gli altri, tutti e trentadue, uno per uno (la Nitti, conta, c'ha tipo lo sguardo a ventosa, in uno solo riesce a infilarci dentro tutti quanti), e dice: "Tralascerei le esercitazioni pratiche. Fanno male alla salute. Un giorno, se volete, ne parliamo un po'."

Allora parte un megapplauso, cioè, tipo stadio. Per la Nitti di lettere, che è troppo una grande, e per me, che ormai sono un vincente. Cioè, è sicuro. Infatti Ste' e Matti si sono messi a fare anche la ola, e Andri grida: "Grande Niccolò", e Fili alza la mano e chiede: "Prof, posso fare una ricerca sulla parola fica?" e tutti ridono, e la Nitti fa finta di non aver sentito, e secondo me gli scappa da ridere anche a lei, però non ride.

Oggi, o al massimo domani, mi stappo la voce, prendo il fiato e glielo vado a dire a Giulia, che sono un vincente, e lei mi guarda.

Ho già cambiato il titolo del blog: "Nikilvincente". Al posto del teschio, ci ho messo la foto di un coltello da centottanta euro, tipo quello che c'ha Ste'.

Ho scaricato la lista dei sinonimi di canna. Un botto di commenti: "forte... nn n conoscevo nnk 1 terzo", "ma dv li hai trovati", "6 1 grande", "6 trpp 1 vincente."

Invece EMoCaMi qui l'InFerno nOn arRiVa mUsiCA mi ha postato un commento che se lo poteva proprio risparmiare: "Bella Nikilvincente... scs... pss farti 1 dmnd... ke cazzo hai vinto?"

Cioè, questa domanda io l'ho già sentita.

Sa di Marge.

Perciò a Emocami non gli ho proprio risposto.

Così impara.

71

Gelato al cioccolato e lacrime materne. Riti liberatori al bar Fiorino. Ho sciolto in un diluvio di lacrime le ultime inibizioni del decoro. Richi mi tiene una mano, con la premura di chi assiste un moribondo.

Giovanna, disinibita da un Negroni doppio, mi guarda obliquamente. Forse ho preteso un sovrappiù di tolleranza, di cui non dispone.

Infatti parte a razzo in una predica cattiva.

"Sei un po' opprimente, Caterina. Scusa se te lo dico. Hai già fatto scappare il marito. Vuoi mettere in fuga pure il figlio? Anche le amiche?"

"Giovanna," dice Richi, "certe volte sei una stronza."

"Sì, lo è."

Ci guarda col cruccio di un bimbo preso in fallo. Si passa le dita tra le ciocche dal colore indefinibile, un ibrido tra il bianco e il biondo, per non sembrare né troppo giovane né troppo vecchia. Scivola via dai nostri occhi con una rotazione laterale dello sguardo, vetrificato da eccessi di varia natura, botox, alcool, delusioni, non saprei. Rivolge il capo verso una coppietta seduta a un altro tavolino.

Turisti: pantaloncini, zaini, guide, muti davanti a due whisky con ghiaccio. Sembrano tristi, stralunati, stanno per lasciarsi, o forse sono solo stanchi, non vedono l'ora di correre in albergo per riposare e per fare l'amore, e non si lasceranno mai.

Giovanna li addita sfrontata. Tra le categorie dello spirito, non ha la discrezione.

"Vedete quei due? Metteranno su una casa con il parquet bianco e le pareti color pastello e i mobili high tech come si usa ora, e avranno un bel giardino, e lui taglierà il prato alla domenica, e lei lustrerà l'appartamento, e avranno vicini simpatici, e svariati figli, e un cane o due. E un giorno i figli e i cani e i vicini non sopporteranno più le loro urla, e il prato andrà in malora, e le pareti e il parquet diventeranno di un colore indecifrabile, e si contenderanno quel rudere di casa per vie legali o altre, compresi l'aggressione o l'omicidio."

Richi scuote la testa, incredula: "Complimenti, Giovanna. Discorso strategico, da fare a una che sta cercando di elaborare un lutto coniugale."

"Elaborare un lutto, l'hai detto un'altra volta, oddio! Lo dici sempre. L'hai trovata nel dizionario delle citazioni sulla sfiga, questa qui?" Mi addita: "Vuoi che appassisca in casa da sola con un ragazzino autistico e un vecchio cane spelacchiato?"

Imploro: "Ragazze, non litigate, per favore. Non stasera. E tu lascia perdere il mio cane, Giovanna. Beta, attualmente, è l'unico capace di ascoltarmi."

"Grazie infinite," si offende Giovanna.

"Anche da me," converge Federica.

Convergono e divergono in base a sintonie alternate, umori irregolari. Convergono, in genere, su una frequenza emotiva che non richieda affinità caratteriali o di pensiero. Convergono più contro, che a favore. Ora convergono contro di me.

Faccio spallucce. Ho consumato il mio gelato e le mie lacrime. Sono pacificata da un benessere di sazietà.

Le rabbonisco: "Stupide. Non parlo delle amiche. Parlo della mia famiglia. O meglio, della mia ex famiglia."

"Ex famiglia, che dici? Hai un figlio, no?" attesta, inoppugnabilmente, Federica.

"Nicco non è mica un ex. È definitivo," si arrampica sugli specchi Gio'.

Parlano assieme, adesso, si passano l'un l'altra un calumet di parole fiacche.

"Il bilancio della tua vita è un buon bilancio," generalizza Federica.

"Migliore di altri, guarda noi," si autocompiange Gio'.

Le guardo, sconsolata. Mi sento sola senza rimedio, anche con loro. Liquefatta in un magma simile a quello che bolle sotto la crosta della Terra, e si va raggelando in una tempesta di ghiaccio, e l'intera specie umana si estinguerà per assideramento, e le sta bene. La solitudine cosmica concentrata tutta su di me. È una sperequazione. E tutti pagheranno.

Continua il sabba di streghe dilettanti.

"Un figlio non è come gli altri uomini, dura per sempre. È un buon investimento," garantisce Richi.

"Non hai fatto solo scopate a perdere, come noi due. Hai scopato utilmente, non è poco," documenta Giovanna.

"E non sarai mai sola," si sbilancia Richi.

Giovanna si inoltra nei dettagli: "Da vecchia, se starai male, tuo figlio ti porterà dal geriatra. Forse ti inviterà pure a pranzo la domenica, scommetti? Mentre noi due a mangiare brodini di dado e carni bianche, menù domenicale dell'ospizio."

Basta, ho deciso. Non esco più la sera. Rimango con Niccolò. Gli cucino le polpette al forno, e lui mi dice: "Buone" e io gli dico: "Grazie" e lui, magari: "Prego", così si parla un po'.

Se esce, lo aspetto. E se tornando mi dice vaffanculo gli dico bentornato. Me lo tengo buono. Non sono certa che mi inviterà a pranzo la domenica, quando sarò vecchia. Che quando mi ammalerò mi porterà dal geriatra. Nel caso, chiamerò un taxi.

72

Buco libero. Cinque ore, tre di lettere e due di storia, sciallissima. Senza supplenza. Cazzeggiare e basta.

La Nitti di lettere è assente da un po', nessuno sa perché. La Nitti è del genere di prof che non si ammalano. Cioè, magari si ammaleranno pure, come gli altri, ma se si ammalano si prendono un'aspirina e vengono a scuola anche ammalati.

Roberti di storia, invece, manca da una settimana, però praticamente tutti sanno benissimo cos'ha. Ha un cognato medico, che gli scrive i certificati, e lui li manda. La Colli di ginnastica, che in genere gli tocca di sostituirlo, dice che Roberti di storia appartiene alla scuola di pensiero lavorare stanca, e quando può si sfila. Anch'io appartengo a quella stessa scuola, ovvero il fancazzismo e voglio un cognato medico, da grande. Se mi sposo, mi sposo solo con la sorella di un dottore.

Quando c'abbiamo i buchi, nessuno vuol farci la supplenza, a noi.

Il preside dice che non siamo una classe, siamo il Bronx. Nel Bronx non fai lezione, spari. I prof possono sparare solo le note, che altro sparano? A noi però le note ci attraversano, cioè, nemmeno un graffio, perciò i prof praticamente sono disarmati, e quindi nel Bronx non ci vogliono venire.

Stiamo in cortile, affidati a Saverio bidello poco serio. Noi lo chiamiamo così, Saverio, dato che invece di fare il bidello sta a fare tutto il giorno il lettore di pagine sportive di giornali gratuiti, si guarda pure i risultati della C1, tipo che faceva il tifo per la Sanbenedettese o la Massese. Smette di leggere solo per andare in bagno, e ci va spesso, tipo che aveva una diarrea cronica. Quando vede una cosa che non va, Saverio finge di non averla vista, e corre in bagno per via della diarrea.

Ci stiamo ibernando, cioè, fa proprio freddo. Per riscaldarmi, cammino avanti e indietro dondolando: adesso le molle nell'anca ce le ho anch'io. Mo' faccio tutte le cose dei vincenti, cioè, precise. Chiamo la gente "bellazì" o "raga", e dico "stica" o "meco", che vuol dire 'sti cazzi o me' cojioni, però con la pronuncia da vincente. C'è la solita coda davanti alle macchinette del caffè. Chiedo a un perdente se per favore mi prende un cappuccino. I vincenti non devono fare la coda, e non devono nemmeno dire per favore. A me mi viene di dirlo, per favore, non lo so perché. Però lo dico sempre sottovoce, così non mi sentono.

Adesso mi hanno dato tutti i loro contatti su Messenger e i loro numeri di cellulare, e ho un botto di amici, anche se non ne conosco tantissimi, cioè, la maggior parte no. Posso votare per decidere gli scherzi da fare ai perdenti oppure ai prof. Mi fanno stare con loro anche quando si vedono per blastare la gente sulle chat senza dire chi sei, tipo brutto bastardo ti ammazzo sta attento mi scopo tua madre, cose così, che si cagano sotto di paura, e tu ti spacchi. Vado con loro nei centri commerciali per rubare le mutande, le scarpe, le cinte, le T-shirt. Matti c'ha pure una specie di telecomando per disinnescare i taccheggi, non so dove l'ha preso, cioè, fortissimo.

Una volta mi hanno fatto fare persino persino arrizza appizza ammazza, cioè quello che rolla la canna, e poi l'accende, si becca i primi tiri, e gli altri bussano, e allora lui decide a chi allungarla, e aspira l'ultimo tiro, e ammazza lo scottino.

Mi hanno regalato un coltello con la lama da dieci, me lo hanno comprato facendo la colletta, cioè, amici veri. E ho avuto persino il "salvapiscio", cioè, uno dei campioni di pipì di neonato che Andri compra per tutti all'ospedale pediatrico dagli infermieri, dieci euro a bottiglia, conta, e poi stai a posto, casomai c'hai una madre rompicazzo con la fissa dei test.

Ho avuto pure i numeri di cellulare di quelli che smazzano la roba a scuola nostra, e mi hanno spiegato come si fa per non farsi sgamare dalle madri o dalla polizia. In pratica è una cosa di spionaggio, cioè, tipo James Bond. Gli devi mandare un SMS con dentro un numero. Tipo: "All'interrogazione ho preso 3", "Ci vediamo per 1 cinema", "Ho fatto 2 gol alla partita", e altre cose del genere. Così quelli capiscono quante dosi vuoi, e te le vanno a prendere dagli spacciatori in piazza Sbazzi, e se le nascondono nelle scarpe, negli astucci o dentro i buchi nei muri del cortile, e poi te le danno a ricreazione. Cioè, una genialata.

Mentre cammino nel cortile dondolando, mi sento spalmati addosso gli occhi di Camilla.

È un po' che fa la spalmasguardi, Camilla, tipo che mi voleva trasmettere i messaggi per telepatia.Io gliel'ho detto mille volte, di non farlo, perché mi stucca, e a me non mi funziona per niente, la telepatia, e se mi devi mandare proprio i messaggi mandali col cellulare, no?

Si avvicina.

"Ho roba buona. Te lo fai un purino?"

"Andata."

Cami si sfila dalla scarpa un pacchettino di carta argentata. Lo scarta. Annuso e schiaccio il cinque: "Super!"

"Fatta in casa. L'ho coltivata sul balcone coi semi che vende Quisifuma. Mica quelle schifezze che vendono i tuoi nuovi amichetti, e poi ci resti secco. Un primino della D, l'altro giorno, dopo una canna si è sentito male, e l'hanno portato via con l'ambulanza."

Sbuffo: "Magari c'aveva l'influenza. Non ricominciare. Se mi spari di nuovo il mostro sui miei amici arrivederci."

Scendiamo al seminterrato, in fumeria.

Ci sta la folla, cioè, un fattume assurdo, tutti già mezzi sfondati, gli occhi rossi, cilum, ciloni e cilotti, velieri e bottiglie di plastica bucate con la sigaretta, lattine di birra ancora piene e lattine bucate per il bong, che praticamente se fumi e bevi lo sballo viene meglio. In fumeria, nessuno viene mai a sgamarti. A parte Sciarelli di arte, che non s'incazza, ma ci insegna a rollare con molto tabacco così poi non ti senti male, e ci insegna a distinguere l'erba buona dalla scrausa. Sciarelli ne capisce, di fumo, perché secondo me le canne se le fa. Troppo uno forte, cioè, non sembra un prof. A Sciarelli di arte non gliene frega un cazzo della scuola, cioè, dice che lui ci credeva, ma adesso non ci crede più. Durante la sua ora, invece dei pittori del Rinascimento o gli altri cazzi, ci insegna a fare i graffiti e i fumetti.

Una boccata, due, tre, quattro. La mente si scarica, pensiero libero, sospiro.

"Chissà come profuma."

"Cosa?" chiede Cami.

"La patata di Giulia."

"Chissà quanto ti costa."

"Che vuoi dire?"

"La patata di Giulia è cara arrabbiata. Adesso Tricheca la vende in giro, non lo sai? Cioè, lo sanno tutti, e tu non sai mai un cazzo. Cacciapuoti della quinta F ha detto che a lui giel'ha data per duecento, nel bagno della scuola. Tu ce li hai?"

73

"Soldi. Sempre e solo soldi!"

"Cosa dici, tesoro?"

"Contano solo i soldi, per questi qua. Chissà a che gli servono, poi, tutti questi soldi. Lo vedi tuo nipote, mamma? Sai quanto ho dovuto dargli per farlo venire a salutare il nonno?"

Mia madre mi rivolge un sorriso svogliato, uno sguardo remoto, e una domanda molto più stanca che interrogativa: "Quanti, tesoro?"

"Venti euro. Vero, Niccolò?"

Lui, stravaccato sulla vecchia poltrona a scacchi verdi di mio padre, solleva un breve sguardo inespressivo dalla tastiera del suo cellulare, senza interrompere lo smanettamento. Poi lo restituisce alla funzione, muto.

"Questa è una società di plastica," gemo.

La soglia di attenzione è bassa. Mia madre e Niccolò sono distolti dai loro rispettivi tic, curiosamente affini. Lui digita il cellulare, lei i grani di un rosario, feticci delle loro rispettive relazioni immateriali. Manualità nevrotiche, oziose (infatti lei non prega e lui non parla), modificate nell'arco di tre generazioni per servire un medesimo progetto ozioso: intontirsi, e affidarsi alle cure dei loro diversi automatismi, e sfuggire a un deludente rapporto con se stessi.

Mia madre sospira: "Ci vuole pazienza!"

Lei si è sfinita, di pazienza. La pazienza se l'è mangiata viva. Se ne è costruita le ragioni come un salvavita, un sistema di reazioni chimiche che la salvano dall'asfissia. Sulla pazienza, si è giocata tutto. Ora rifiuta di rivelare a se stessa che non si è trattato di un buon investimento. Persevera, aspetta. Chissà, un giorno. La scorta di giorni si è quasi esaurita, ma pazienza. Serve pazienza per starsene da sola, a mani vuote, lo sguardo appannato da una condensa di illusioni evaporate, in una casa che odora di vecchio. Una foresta pietrificata di organismi devitalizzati, come lei.

Questa casa mi scompiglia il sistema degli umori. Mi mette a contatto con un interfaccia di ricordi censurati. M'infiacchisce la resistenza alla memoria, e allora le correnti sottomarine mi trascinano dove non vorrei arrivare mai, contro gli scogli sui quali s'infrange la mia autosufficienza dal passato.

"Dimmi di papà."

S'illumina: "Stamattina ha mangiato, sai, tesoro? Stasera non ha la febbre. Sta un po' meglio."

M'intenerisco. Vorrei accarezzarla, ma qualche proterva energia contraria mi trattiene. Tutte le volte che avrei potuto farlo e non l'ho fatto, son stata morsa da un rimprovero del cuore. Nessuno l'accarezza, mamma. A parte la lama di luce che a quest'ora trapela dalle persiane di legno semichiuse e va a cadere sulla sua poltrona. La stoffa è a scacchi verdi, come l'altra, molto più consunta.

L'occhio di bue, dalla finestra, raccoglie attorno alla sua sagoma milioni di pulviscoli nervosi, molecole di energie disperse, di opportunità sprecate che non dovrebbero avere l'indecenza di farsi illuminare. Eppure volteggiano attorno alla testa di mia madre, incoronandola.

Allora lei diventa una regina di polvere, deposta, spodestata, memoria incarnata di signorie che non sono mai esisti-

te. Com'è stato, regina di polvere, trattenere il passo un paio di secoli prima del Duemila? Chi, tra noi due, ha speso più monete sonanti di saggezza? Un giorno faremo un confronto tra bilanci di secoli e di donne. Non ora.

Adesso ha gli occhi bassi, mamma, s'incanta in un esame attento delle proprie mani, come racchiudessero ancora progetti, profezie, energie, invece della miseria di un rosario dal quale non si stacca mai.

"Di giorno dorme sempre. Di notte grida. Contro il buio, contro i suoi fantasmi, contro la morte che vuole prenderselo, non so."

Mamma è riuscita sempre a parlare senza dolore del dolore. Ne ha sempre parlato come ora: con pazienza. Accanto alla poltrona, sul tavolino, ci sono il Vangelo, i santini, gli idoli che le servono per i suoi mantra. Sia fatta la volontà della Madonna, di Dio, di Gesù Cristo, di chi, diversamente da lei, abbia voce in capitolo sulla propria vita. Sia fatta qualunque volontà, fuorché la sua.

"Spegni quel cellulare, Niccolò, andiamo a salutare il nonno."

Di malavoglia mi segue nella stanza, e poi rapidamente ripara nell'angolo più buio e più appartato, per autoemarginarsi, o emarginare.

Mio padre ha indosso uno dei suoi elegantissimi pigiami di seta a righe beige e blu. Sul comodino, un campionario di farmaci e un bicchiere d'acqua con la sua dentiera. Accanto al letto, la carrozzina. L'aria è impregnata del profumo della sua acqua di colonia, lo stesso che mi stordiva da bambina. Socchiudo gli occhi, lascio che mi stordisca ancora e mi trascini nelle capriole della memoria involontaria. Gli accarezzo una gota rasata di fresco. La pelle è ancora tesa, elastica, setosa. Mi piace accarezzarlo, e liberare un gesto censurato a lungo, e risarcirmi, una restituzione minima, unilaterale, lo so bene. È meglio di niente, finché posso.

Gli parlo in un orecchio: "Ciao, papà. Riesci ancora a sedurmi, vecchio mascalzone!"

Ha gli occhi svuotati di sguardo, velluto stinto che affonda in due grandi macchie scure.

Le mani curate, belle, dalle lunghe dita affusolate, sono scosse da un tremito leggero e regolare.

Le stringo tra le mie, le riconosco, sono le stesse che m'ipnotizzavano manipolando elegantemente le posate, sfogliando con grazia un libro o il suo giornale, infilandosi i guanti di daino dalla pelle bionda. Oppure riparandogli la bocca mentre, nella cornetta del telefono, sussurrava a qualche ladra di carezze: "Amore amore amore", amore chi?

Non mi riconosce. O forse sì. Balbetta parole incomprensibili. Temo, per qualche istante, che mio figlio possa deridere la sua demenza. Non voglio verificare. Non mi volto.

Klara, la badante ucraina, gli svolazza attorno in un biancore di pelle diafana, di camice inamidato, di chiome così bionde da sembrare incanutite. Lo accudisce con gesti precisi. Ha gli occhi a contrasto, curiosamente neri, sembrano disegnati su un foglio bianco con un carboncino. Ha una maturità pacata, materna, e una corporatura sovradimensionata, nella stessa misura della sua pazienza. Gli parla con un timbro mieloso, una frequenza di voce troppo alta, usando il noi, come si fa con i bambini: "Tra poco mangiamo nostra pastina con brodo, ingegnere, e purea di patate, che ci piace tanto. Poi andiamo a fare nostra piccola passeggiata in carrozzina. Prima, però, dobbiamo cambiarci. Vogliamo mandare via bella signora sua figlia e bel giovanotto suo nipote?"

La guardo risentita.

Non dovrebbe parlargli così! Con una contrazione dolorosa al cuore, mi auguro che lui non se ne renda conto. Reprimo un rimprovero. Abbiamo impiegato mesi per trovarla, è premurosa, diligente, infaticabile. È sui cinquanta, il tempo giusto per accumulare quote bastanti di saggezza, dopo essersi lasciate sfigurare dai graffi della vita. So com'è. Eppure la mia vita, nonostante tutto, ha contabilizzato meno perdite della sua. A casa, Klara ha lasciato sei figli il marito le sorelle. Dov'è la sua vita, lei non c'è.

Perciò la lascio fare.

È giusto piegarsi alla dittatura delle badanti, delle baby sitter, delle colf, a una plausibile rivincita di etnie contro le sperequazioni dell'economia globale. Bisogna riequilibrare l'iniquità di lasciare che governino le nostre case, i nostri figli, i nostri anziani, invece dei loro.

"Andiamo, Nicco, lasciamo riposare il nonno. Salutalo. Fagli una carezza."

74

Ancora le carezze, cioè, una fissa di femmine, non si può sentire. E poi, scusa, gli potevano pure mettere una badante bona, a nonno, invece di stargli a fare le carezze. Che cazzo se ne fa delle carezze se poi, come badante, gli incollano la balena bianca?

Se nonno c'aveva una badante bona, invece di averci la balena bianca, almeno moriva guardando un bel culo, un bell'airbag. Metti che poi lo mandano all'inferno, il culo e l'airbag se li poteva ricordare, per distrarsi un po'. Secondo me all'inferno non ci stanno culi e tette e femmine in generale, cioè, non penso, dato che te la devono far pagare. Quelli pensano che hai fatto proprio il bastardo, sennò non stavi lì.

Secondo me, se a nonno gli mettevano una badante bona, magari si svegliava pure, e alla badante bona gli diceva tipo, non so, "Che belle tette, signora, che bel culo", e s'intrippava un po'. Lui ci teneva un botto, a queste cose.

Infatti una volta, quando avevo tipo cinque anni, mi ha detto: "Giovanotto, qui dobbiamo trovarci una bella signorina, sennò che maschi siamo?" Me lo ricordo ancora questo fatto, perché mia madre e mia nonna lo hanno guardato storto, e mio padre invece ha riso, e io mi sono chiesto dove si potevano trovare, le belle signorine, cioè mica c'erano ancora Messenger, RIV, Netlog e tutto il resto di siti per rimorchiare sul PC.

A quella poi gli puzza pure il fiato, e parla a cazzo. "Bel giovanotto, ora noi salutiamo il nonno e andiamo via." Cioè, scusa, noi chi? Andiamo dove? Cioè, tu per fortuna mica vieni dove vado io, quando riesco ad andarmene da qui.

Alle otto ho appuntamento a casa di Ste' con gli altri. Tra un po' sgombro, cioè, non vedo l'ora, con tutta questa zaffa di medicine, di vecchio, di badante, di merda. Che cazzo aspetta a cambiargli il pannolone, a nonno, la balena bianca?

Ste' pensa che questi qui dovrebbero tornare tutti a casa loro, "un calcio in culo e via", dice, perché secondo lui sono selvaggi, e puzzano, e sono sporchi, e poi praticamente rubano il lavoro agli italiani. Di solito Ste' dice cose giuste, ma non so. Cioè, per puzzare, questa puzza. Ma io, sinceramente, il badante del nonno non lo volevo proprio fare. È molto meglio se lo fanno questi, voglio dire. Cioè, sai che schifo, a dargli le pappine cambiargli il pannolone e tutto il resto, e poi tutto il tempo che ci fai, tipo ti appalli, mica ci puoi giocare a poker o altre cose, messo come sta.

Mia madre, quando viene qui, sta tutta strana, dice le cose al padre nell'orecchio, cioè, tipo i segreti. Scusa, voglio dire, se tuo padre non capisce nemmeno le cose normali, figurati i segreti, che glieli dici a fare? Poi parla tanto per parlare, Marge. Tipo: "Facciamo riposare il nonno, Niccolò." Scusa, da cosa si deve riposare, il nonno? Sta a letto tutto il giorno e non fa un cazzo, cioè, mica si stanca.

E poi sempre con questa storia delle carezze. Io nonno non l'ho visto quasi mai fare le carezze. Io nonno, in generale, non l'ho visto quasi mai.

Se lo vedevo, mi diceva solo: "Ciao giovanotto, come andiamo?" e basta, e io gli rispondevo: "Ciao nonno, bene grazie", e basta. Dopo queste cose qui non ci veniva più niente da dire, cioè, né a lui né a me, perciò stavamo zitti.

Di buono mio nonno c'aveva che alzava una fracca di soldi. Ai compleanni e ai Natali ci potevi rimediare pure cento a botta. Me li portava nonna in una busta, e mi diceva: "Sono da parte di tuo nonno, si scusa, ma non può venire", e io gli dicevo: "Non fa niente." Cioè, pazienza se veniva o non veniva, basta che aveva fatto il suo dovere.

Secondo me, il dovere dei nonni è di allungare i soldi, cioè, li hanno inventati apposta, sennò che te ne fai.

Mo', per esempio, se mio nonno non stava mezzo morto io glieli chiedevo, i soldi che mi servono per Giulia, e me li dava. Tipo un anticipo sul compleanno e sul Natale.

Dove li trovo, io, duecento euro?

75

"Ama', be', ciao, ci siamo visti, mo' me ne vado, torno tardi...", e non son certa nemmeno che sia stato qui.

Mia madre non si è mossa dalla sua poltrona. Sta recitando il rosario, per fare confusione, sovrapponendo le vie crucis degli altri alle sue. La luce ha rinfoderato la sua lama, la sagoma sprofonda in un sudario di penombra. Col buio, qui dentro, i fantasmi s'imbaldanziscono, si mettono a far festa. Accendo in fretta il lampadario di cristallo.

"È proprio una carogna," dico.

Mi guarda allarmata: "Chi?"

"Il tempo, mamma. Il tempo."

"Ah!" Sorride flebilmente, sollevata. "La tua solita fissazione sul tempo, tesoro. Che vuoi farci?"

"Ti fa girare come una trottola lungo un percorso circolare. Si finge munifico e ti frega. Guarda papà. Se il tempo ti concede i tempi supplementari, ti rimanda con una bella pedata al punto di partenza, di nuovo le pappe e i pannolini, di nuovo a caracollare e balbettare, di nuovo sdentato, di nuovo in carrozzina."

"Non dire sciocchezze, tesoro. Sono i cicli naturali della vita. È la volontà di Dio."

Facciamo la volontà di Dio: la delega è totale.

"Mi sembra che il tuo leader abbia ingannato i suoi sostenitori, cara mamma. Se avesse esposto per bene il suo programma lo avrebbero abbandonato, sta' sicura."

Guaisce: "Ti prego, non bestemmiare, Caterina. Lo sai: quando bestemmi mi fai male."

Comincio a trasudare insofferenza. I miei sentimenti per la regina di polvere contengono ambivalenze non quantificabili, vasi comunicanti di sentimenti contrapposti che hanno un medesimo livello di capienza. Ma a tratti il vaso con l'impazienza si satura e tracima. E allora vorrei prenderla, e scuoterla, e riesumarla dalla sua palude di certezze immobili, e ribaltare le sue prospettive verticali, così da strapparle grida sussulti movimenti indizi di vitalità. Tra le armi improprie per ferirla, brandisco volentieri anche la blasfemia.

"Mi sembra, cara mamma, che i cicli della vita siano stati preordinati da una mente perversa e vendicativa, contro la quale bisognerebbe lanciare un anatema di valore universale, o anche periferico, o almeno condominiale. Si avvisa che l'erogazione dei benefici che avete conquistato negli ultimi decenni verrà presto sospesa, si consiglia di fare scorta di ricordi, allo scopo di preservarli dall'usura. Per protestare, rivolgersi ai piani superiori."

"... ti scongiuro, non bestemmiare, Caterina..."

"... guarda me. Avevo una famiglia. Mi sono ammazzata di fatica, per tenerla assieme. Vent'anni. E un giorno puff, scomparsa. Nessun risarcimento per i danni."

Adesso mi occhieggia con uno sguardo laterale, e s'impettisce, e fa una ricognizione delle sue risorse di autorevolezza per rimproverarmi, come quando opponevo un drastico rifiuto alla verdura, ed era il mio massimo di trasgressione, da bambina.

Sento che è l'ora del sermone. È in arrivo una "pezza", direbbe Niccolò. Credo che la vocazione alla predica molesta si tramandi tra le donne della mia famiglia, assieme ai dotti lacrimali incontinenti, ai matrimoni falliti e alla ricetta delle polpette al forno.

Ecco: "Hai fatto molto male a lasciartela sfuggire, la famiglia. È la cosa più importante, per noi donne. È compito nostro tenerla assieme e proteggerla, con pazienza. E poi io non ho ancora capito per quale ragione sia finito, il tuo matrimonio."

Esalo una voce sprezzante: "Per quali ragioni finisce un matrimonio, mammina? Dovresti saperlo. C'è un'abbondante letteratura sul tema nei romanzi rosa, nelle soap, nei talk show pomeridiani, ovvero le occupazioni che prediligi, a parte, ovviamente, il tuo rosario."

Mi sgrana addosso gli occhi, spaventata.

La guardo vuotamente, e poi infierisco: "Vediamo. Un matrimonio finisce perché si annega nelle solite cose, oppure nelle solite non-cose: da quanto tempo non ce ne andiamo assieme a cena, al cinema o a teatro, da quanto tempo non facciamo l'amore e non parliamo, da quanto tempo non mi dici 'Sei bella', o almeno 'Sei simpatica', o almeno 'Sei brava ad ammazzarti di fatica ad allevare un figlio, per sopperire all'inoperosità del sottoscritto.' Cose così. Un matrimonio finisce per forza d'inerzia. Tu lo sai bene, no?"

Piagnucola: "Allevare i figli è un compito da madri. E allora io, che ho sopportato quel che ho sopportato? Che ho difeso il mio matrimonio fino alla fine, nonostante tutto?"

Colpisco per ferire: "Nei casi come il tuo sarebbe giusto chiedersi per quale ragione non finisce, un matrimonio. Dev'essere una specie di istinto primordiale all'autolesionismo della foemina sapiens. Difettosità dei cromosomi."

Ora è una vecchia bimba offesa.

Cantilena: "Dovresti dirmi brava. Hai visto che alla fine è ritornato qui da me? Adesso è solo mio. Finché morte non vi separi. Come ha detto il prete."

Certo. Alla fine. Adesso è suo. Tornato giusto in tempo perché, dopo la vita, li possa separare anche la morte. E lei deve ancora dividerlo con la badante Klara, con la malattia, col buio, con le sue ombre, con i suoi fantasmi. Potrei dir questo, a mia madre. Però non dico niente. Un rigetto improvviso di cattiveria sterile. Un transitorio afflato di complicità tra regine di polvere deposte. Una resa fulminea alla tenerezza.

Le accarezzo una mano in silenzio.

Il buio si è inspessito.

I cattivi pensieri tramontano col sole.

Non sempre lo fanno.

A volte sì.

76

Duecento cattivi pensieri che graffiano il cervello, duecento coltellate al cuore, duecento volte che mi strozzo il fiato e non ce la faccio a respirare e forse muoio.

Duecento euro.

Duecento è proprio un numero del cazzo.

È troppo.

E Cami non si scolla, si mette tutti i giorni a darmi l'ansia, appena comincia la ricreazione. Mi prende a calci i sogni, lo fa sempre. Praticamente una bomber di sogni, cioè, una stronza.

Lunedì: "Allora, li hai trovati 'sti duecento euro?"

Martedì: "Scusa, posso farti una domanda? A te ti va di starci, con una sdraiona che la dà per soldi?"

Rete. Sfondato lo stomaco. Uno a zero.

Mercoledì: "Nicco?"

"Sì?"

"Sai, ho pensato una cosa, forse se glielo chiedi ti fa un sconto. Oppure aspetta i saldi. Forse a fine anno li fa."

Cioè, meno male che siamo già a metà settimana, tra due giorni per forza ci dà un taglio.

Faccio finta che non me ne frega un cazzo. Faccio finta con Cami, con tutti, anche con me, quando ci penso.

Ma mi rode.

Da un po' non riesco a farmi neanche più le seghe su Giulia col pensiero. Cioè, non lo so perché, non riesco e basta.

Giovedì, come vedo che Camilla mi sta arrivando addosso, prima che parla lei gli parlo io: "Scusa, Camilla, secondo te che cazzo posso farci io? Praticamente questa cosa di darla per soldi è una cosa che si fa. Si fa perché si deve fare e basta."

"E chi l'ha deciso che si deve fare?"

"Cioè, che cazzo ne so, mica le ho scritte io le regole."

Secondo me, ci sta tipo un gruppo di boss segreti che decidono le cose senza farsi vedere, e mica ti chiedono cosa ne pensi tu. Certe volte decidono, conta, che da un certo giorno si devono mettere le T-shirt della Devil, e non più della Carhartt, oppure le scarpe della Nike, e non più le Converse. Non è che stai a discutere, o gli chiedi perché hanno deciso questa cosa e non un'altra. Quando decidono le cose, le fai e basta. Se poi ti vuoi mettere lo stesso Carhartt e Converse pace, vuol dire che ti va di fare lo sfigato, cazzi tuoi.

L'ultima cosa che i boss segreti hanno deciso per le femmine, è che la devono dare per soldi. Cioè, tutte no, però certe lo fanno.

C'è pure un cesso apposta, a scuola mia, al bagno delle donne. Si chiama cesso-sesso. Sopra la porta ci stanno disegnati una grande fica che sembra un garofano, e accanto un grande cazzo. Dentro, sui muri, ci stanno scritte pure le tariffe e certi numeri di cellulare, però senza il nome.

C'è il numero di una, per esempio, che si fa toccare le tette nude per cinque euro a botta, e ci sta scritto pure che, se vuoi, ti fa lo sconto: "Dieci euro per tre toccate."

Un'altra ha scritto che fa i pompini dalle sei alle otto, nei bagni di un bar, "trenta semplici, cinquanta con l'ingoio".

Morelli Claudia, quella di classe mia che se la tira per via della terza di tette, la dà per cento, ma non sempre. Cioè, certe volte, se gli gira, a quelli più fighi la dà gratis, e gli dice di non dirlo a nessuno. Ma quelli, per fare gli sboroni, lo dicono a tutti.

Secondo certi di classe mia, Ginni e Benni fanno le cose a tre per trecento, ma non lo so se è vero. Quella cicciona vescicona di Marinacci Ludovica, invece, lo dice proprio a tutti: dice che lei ti fa le pompe anche per venti, che le sa fare bene, se l'è imparate a memoria su YouPorn e su RedTube, e poi ha fatto anche le prove a casa, con una banana. Però, cozza com'è, nessuno se la fila, cioè, al limite, se vuole fare le pompe a qualcuno paga lei.

"Cioè, Cami, ragiona: figurati se non doveva darla per soldi proprio Giulia, che c'ha un corpo da paura. Se era una cozza praticamente non gliela chiedeva nessuno, neanche gratis."

Allora si è appicciata: "Non ho capito, dove sta scritto che le cozze non possono scopare? Cioè, voi che vi credete di essere, tutti Tom Wellings o Brad Pitt?"

"In culo Brad Pitt e Tom Wellings. Figurati. Praticamente a me, conta, mi farebbero fare solo la comparsa in un documentario sull'acne giovanile."

Allora lei mi rispara la solita stronzata degli sputi: "Sai che ti dico? Siete solo sputi nell'oceano, tutti quanti."

Mi guarda storto e se ne va.

Va a farsi un caffè.

77

"Un dentino! Ti è caduto un dentino!"

"Un dente. Mi è caduto un dente."

Scusami, scusami, hai ragione, devo bonificare la prosa dai suffissi, non perdi dentini, perdi denti, dovresti perderli per carie, colluttazioni, cadute, non per ricambio della dentizione. E io devo eludere le inclinazioni morfologiche al ribasso, non c'è più nulla da rimpicciolire, la nostra vita si è già dilatata nelle misure che doveva avere, il gioco è fatto.

Eppure eccolo qui, un dente da latte, ma guarda che distratto, il tempo. Talvolta, mentre usura, gli sfuggono i dettagli.

Mi depositi il dente su una mano con un gesto neutro, e io lo guardo come un barbone che riceve un'insperata elargizione da un benefattore.

Un automatismo della memoria mi soffia addosso un'eco penosamente inattuale, importunandomi: "Mammina, il dentino. È caduto. Ora il topino mi porta la paghetta."

Quanto tempo dalle nostre sbornie di diminutivi? Quattro anni? Forse tre, anche meno.

Ecco chi gioca al ribasso, sempre lui: il tempo. È lui che accorcia, da sarto incompetente. Misure sottodimensionate, soprattutto nella zona attorno al collo. Ti strangola, e aspetta di vederti penzoloni. Simula, è infido, ti organizza epifanie di doni, e in seguito te li sfila tutti, uno per uno. Un bel giorno, poi, pretende di venirti a risarcire con qualche insignificante premio di consolazione, un obolo odontoiatrico, un'inezia. Un dentino.

Me lo rigiro tra le mani. Presagisco intemperanze dei dotti lacrimali. Reprimo. Dreno un inizio di umidità negli occhi. Tossisco lievemente. Inforco gli occhiali. Osservo con distacco da dentista. Verbalizzo: "È un canino!"

Oddio, il suffisso, un passo falso. Avrei dovuto dire "è un cane", senza pignoleggiare su generi, animali o cose.

Ora si arrabbia.

"Già. È il canino destro."

Ha detto "canino" pure lui.

Anzi, rilancia il suffisso, nientemeno: "Ora verrà il topino, no?"

Lo guardo incantata: un colpo di coda dei diminutivi. Non voglio rovinare il sortilegio. Riparo in un silenzio neutrale.

Si avvicina, mi offre il viso: "Guarda!" Dilata le labbra e mostra il buco.

Con la cautela di un ladro, gli sollevo il mento delicatamente e ne approfitto per riconoscere il suo odore, palpare furtiva la consistenza della sua pelle, restituirlo ai miei sensi in astinenza. Nella ricognizione, reprimo a fatica pulsioni sconvenienti, languori, tenerezze, siamo tra adulti, niente di materno, sta' tranquillo.

"Sta già crescendo il canino nuovo. Tra poco potrai ridere di nuovo senza buchi."

"Capirai, buco più buco meno. Cioè, con tutti quelli che c'ho sulla faccia."

Decodificare. Parlava con me o con se stesso? Rivendicativo? Magari, in qualità di fattrice, mi ritiene direttamente responsabile delle sue eruzioni cutanee, una per una. Oppure è inciampato in una confidenza involontaria? Si tratta forse di una sommessa richiesta di complicità? Mi apre uno spiraglio, un pertugio, una fessura? Vuol essere consolato? Vuole sfogarsi? Vuole che gli consigli un buon prodotto contro l'acne? Cosa vuole?

Devo rapidamente trovare la risposta esatta, i pertugi si richiudono in un niente. Il cervello lavora febbrilmente, mentre il cronometro galoppa. Rimpiango le malattie esantematiche, le coliche gassose, la diarrea. Le risposte esatte, allora, erano in fila sui manuali pediatrici, divise per ordine alfabetico. Alla "o" c'era "orecchioni", non c'era "ostilità".

E dunque alfabetizzo le opzioni, come allora. Risposta A: *"Sei bello comunque." Risposta* B: *"Bisogna accettarsi per quello che si è." Risposta* C: *"La bellezza non conta." Risposta* D: *"L'acne è fascinosa." Risposta* E: *"Il sapone allo zolfo fa miracoli." Verosimilmente, la risposta esatta dev'essere la* E. *Sapone allo zolfo. Le altre mi sembrano non verificate.*

Potrei non dirgli nulla. Forse non vuole una risposta. Forse non mi ha fatto una domanda. Meglio zitta. Mi sto allenando a regolare i miei flussi verbali: meglio il silenzio, di una conversazione troppo sbilanciata.

Il silenzio, però, comincia ad addensarsi, e poi, vedrai, finisce che le parole rimangono intrappolate in gola, e si rapprendono in un grumo, e restano depositate sullo stomaco, e non dormi.

Eludo una risposta spendendo una moneta di conio garantito: l'ironia.

"Chissà se è ancora in servizio, il tuo topino."

Errore. S'irrigidisce, sferza: "Topone, non topino! Non essere ridicola. Sarà cresciuto, il topo, nel frattempo."

Lo blandisco, melliflua: "Certo, hai ragione, un topone. Sarà vecchissimo. Magari sarà andato in pensione."

Rilancia: "Secondo me, invece, ha fatto carriera. Ha messo su una fabbrica di dentiere coi denti nostri, e adesso è ricco. Quindi non porta più paghette. Porta pagone."

Insiste sulla revisione dei suffissi. Messaggio obliquo. È l'ora del vampiro.

Sto al gioco: "Che cosa intendi, esattamente, per 'pagone', Vlad?"

"Vlad?"

"Niente, cose mie e di un tizio che si chiamava Stoker. E allora?"

Quantifica: "Cento."

78

Non erano mica tanti, cento, cioè, veramente. Gli avevo fatto pure un prezzo buono. Secondo me sono pochi, cento sacchi, per un dente da latte. I denti da latte dei figli non te li becchi mica tutti i giorni. E poi, dall'ultimo che ho perso, i prezzi praticamente si sono raddoppiati.

L'avevo stretta al muro, Marge, cioè, una genialata: faceva la sborona, l'indifferente, "to', un canino", ma aveva gli occhi bagnati.

Io avevo già calcolato tutto prima, cioè, era sicuro, la stendevo, un dente da latte è oneshot, stesa al primo colpo, come vaffanculo. E invece no.

Quando gli ho chiesto cento sacchi, Marge ha fatto gli occhi a palla, tipo che gli veniva un po' da piangere. Quando gli chiedo soldi, fa sempre così. Poi ha ripetuto: "Ceeento?"

Infatti mi ha attaccato una pezza sui topi che devono mantenere la famiglia, che devono usare i soldi per comprare il formaggio, e non soltanto i denti, sennò dove finiamo, c'è la crisi, "e devo pensare al tuo futuro", e tutto il resto.

Allora si è messa a mercanteggiare tipo un vu' cumpra'.

Alla fine ha sganciato cinquanta, la rabbina. Un quarto di quelli che mi servono per Giulia. Mo' dimmi tu che dovrei fare. Mi devo staccare altri tre denti? Da latte, che si muoveva, c'avevo solo quello lì. A tirarlo col filo attaccato alla maniglia della porta, poi, fa un cazzo di male. Cioè, uno lo fa una volta e basta. Mica tre.

Secondo Cami, invece, cinquanta euro sono un botto di soldi, per un dente.

"A me per i denti mi davano solo una moneta e basta. Infatti, alla fine, quando mi cadevano li buttavo al cesso, senza dirgli niente."

"Ma sei scema? Cioè, glieli potevi dare, i denti, e poi trattavi. Le madri ci vanno in paranoia con queste cose qui. Mia madre, i miei li ha conservati tutti in una scatola di biscotti, per darmeli da grande."

"Mia madre non mi ha conservato un cazzo. Sta sempre impegnata a fare Pilates oppure a litigare con mio padre. Manco lo sa, se c'ho i denti da latte da vino o da caffè. Secondo me, come madre, stai messo meglio tu."

"Ma sei schizzata? Cioè, io che ci faccio, coi denti da latte?"

"Sono ricordi."

"Scusa, mi puoi spiegare a che servono i ricordi?"

"Da quando sei vincente sei troppo uno stronzo. Cioè, non capisci un cazzo, che ti parlo a fare?"

E se n'è andata a prendersi un caffè.

Comunque a me mi puzza un botto, come sta mia madre.

Cioè, tipo diversa, tipo strana, parla meno, stucca meno, non mi fido. Secondo me, visto che "daiparliamo" e "mamma letale" non gli funzionano più, si sta studiando qualche evoluzione nuova per fregarmi.

Ora non piange più la sera, dopo il telegiornale, però beve. La bottiglia praticamente si svuota in quattro giorni. E la mattina sta stesa, tutti gli occhi rossi, il mal di testa, la faccia da suspiria.

Secondo me, c'entra pure il fatto di come sta fuori nel calcolo dei tempi. Va in paranoia per il fatto di conservare i ricordi per darmeli da grande, o per il fatto che deve pensare al mio futuro. Praticamente viaggia sempre in anticipo o in ritardo. Se era un treno, c'aveva solo gli orari di ieri e di domani, di oggi no.

E allora poi rimane alla stazione ad aspettare, e non arriva niente.

Il treno è già arrivato ieri.

Forse ritorna domani.

Però mica è sicuro.

79

Se una va a cena al ristorante giapponese con un ex marito, può capitare che le vengano somministrate pietanze esotiche, indipendentemente dal sushi o dal sashimi.

Per esempio, domande stravaganti.

"Allora, Caterina, sei serena?"

Eccentrico interrogativo.

Posso contare sulle dita di una mano le volte che, in tutti questi anni, Filippo mi ha chiesto: "Sei serena?" Volendo arrotondare per eccesso, con estensione del conto all'altra mano, direi che me lo ha chiesto in media una volta ogni sei anni. Forse meno.

"Abbastanza," mento. "A te non lo domando. Sei in gran forma."

Sorride, vanesio.

Invece della solita camicia azzurra button-down, indossa una T-shirt blu di seta dolcevita sotto un blazer del medesimo colore, e si è lasciato crescere un velo di barba con seducenti spruzzi di canizie. Lo sguardo azzurro è sottolineato da una raggiera di rughe sottili, con un effetto da cornice. Sembra ringiovanito, come se il tempo, invece di sottrarre, gli avesse concesso un beneficio di restituzioni a interessi maggiorati. Lo avrà intontito, il tempo. Filippo è un irresistibile usuraio. Ha strappato interessi sovradimensionati pure a me.

Lo osservo, e riconosco in lui qualcosa che si era sfilato dal mio sistema di ricordi, e riconosco in me un lieve sisma nell'area viscerale e un illanguidimento della zona pubica, restituzioni del tempo anche queste, però senza interessi, anzi, con capitale ridimensionato.

E allora decido che stasera mi sgrondo dalle secrezioni acidule. Mi sento temperata da un soccorso di armonia. Sarà grazie al vestito nero Armani che avevamo acquistato assieme a Capri, non ricordo quando. Richi e Gio' sono state categoriche: "Metti quello!" Con cinque chili di meno, mi sta una meraviglia. Chissà se se n'è accorto.

Chiedo, vaghissima: "Stai bene?"

Abbassa lo sguardo sulla tovaglia bianca con disegni stilizzati di bambù.

Elude: "Abbastanza."

Optiamo per le misure intermedie, questa sera.

L'istinto mi segnala un allerta. Svicolo, divago: "Da quando ti piace la cucina giapponese?"

Lo sguardo non si scolla dalla tovaglia coi bambù.

Ri-elude: "Be', si cambia."

Secondo allerta.

Uscire dal generico sarà un'impresa.

Abbiamo consumato gli antipasti, roll oshinko *di rapa e convenevoli. Provo ad accelerare l'iter delle rivelazioni.*

"Allora, Filippo, ti senti sempre un uomo a metà? Oppure hai recuperato qualche porzione di te stesso?"

Cerco di mantenere la voce su una tonalità compatta, senza infiltrazioni.

Non risponde.

Continua a esaminare la tovaglia, tastando con esattezza il profilo dei bambù. Sembra affascinato dai talenti nipponici riguardo ai tovagliati. Mica scacchetti rossi, come Da Cesare. Bambù.

"Se vuoi, possiamo parlare di tovaglie. Sai, ho chiesto a mamma se un giorno mi regala quelle ricamate a mano da nonna Teresa. Non fanno più le tovaglie di una volta. Non ti pare?"

Solleva lo sguardo dai bambù, me lo deposita negli occhi, e ci intercetto una polvere di malinconia, o disagio, o insofferenza, o tutto insieme.

Ecco, prende fiato, schiude le labbra, parlerà, forse di tovagliati giapponesi, forse no.

Allora il cellulare lo interrompe.

Lo informa, per mezzo della voce di Biagio Antonacci, che "il cielo ha una porta sola", e inoltre è in arrivo una chiamata.

I cellulari del mio ex marito tendono a prevaricare, un po' da sempre. Cellulari bulli, quando trillavano con la suoneria tradizionale della Nokia, come ora che cantano le vie del cielo.

Guarda il display, arrossisce, scaglia simultaneamente il tovagliolo sui bambù e uno "scusa" sulla mia faccia sbalordita, scatta in piedi e si allontana parlando sottovoce, con la mano a protezione della bocca. Si apparta in toilette.

Adesso il mio istinto lavora febbrilmente, accumula elementi di valutazione, procede in modo fluido: non è un caso difficile, gli indizi sono tanti e convergenti, più dei tre che servono per una prova. Elementare, non c'è bisogno di un istinto da Sherlock Holmes, basta un istinto da Watson. La T-shirt di seta, il velo di barba sale e pepe, l'ipnosi dei bambù, il cellulare regressivo, la porta del cielo, la fuga in toilette.

E quella mano davanti alla bocca mentre parla al telefono, oddio, mi gela il sangue: un déjà vu, mio padre, una sequenza che sale da qualche buio recesso della mia memoria. Si arrampica fino al cervello, e poi precipita passando per il cuore, e nel percorso distrugge tutto il distruggibile, come una bomba non intelligente. Una stupida bomba con la suoneria melodica.

Torna, si siede, mi guarda, appare irrobustito da un rifornimento di risolutezza.

"Scusami, Caterina. Ho voluto vederti perché nella mia vita ci saranno alcuni cambiamenti. Volevo parlartene, perché riguarderanno pure nostro figlio. Sto per trasferirmi in un appartamento, e ci sarà una stanza anche per lui."

Sembrerebbe una buona notizia. Non lo è. Altrimenti non sonderebbe il mio sguardo con la circospezione di un piazzista.

Sento aumentare la salivazione, e sudo, e sto per piangere. Provo a drenare tutte le fonti di liquidi organici, ghiandole salivari, ghiandole sudoripare, dotti lacrimali.

Mi sforzo di mantenere un tono colloquiale, anche materno. Allestisco un sorriso non credibile: "Avanti, coraggio, prendiamo il toro per le corna."

Fantastico, l'istinto. Mi ha suggerito una metafora freudiana. Corna. Un'involontaria premessa introduttiva. E adesso schizza in avanti, ho un istinto velocista. Scavalca rapidamente sei o sette passaggi: vai a vivere con qualcuna, quando l'hai conosciuta, come si chiama, la conosco, com'è, da quanto la frequenti, l'ami…

"Meno o più di trenta?"

S'irrigidisce: "L'età non è importante."

Dev'essere bassa. Molto bassa.

Infatti: "Se ci tieni a saperlo, ne ha trentuno."

"Non ci tengo a saperlo. Annoto che ne ha venticinque meno di te."

"Il conto l'ho già fatto, grazie. Voi dirmi pure che potrebbe essere mia figlia? Dai, fallo pure, se ti fa star meglio."

Gli occhi bassi. Palpeggia con ostinazione i suoi bambù.

"Lavora per me. Da poco. Non so se la amo, è ancora presto.

Però sto bene. Mi rispetta, mi ascolta, mi fa sentire uomo."

"Naturalmente. Si sa come vanno queste cose. Allora congratulazioni. Ti auguro ogni felicità. Una curiosità soltanto: è la tua segretaria?"

"Questo che c'entra, scusa?"

Lo è.

"Non avrei mai creduto che fossi così poco originale."

"In ogni caso, tutto questo non ha a che vedere con te," sussurra, improvvisamente untuoso.

Ora, maldestramente, attacca il sushi, per impegnare in gesti congrui almeno la sua manualità.

"So che ti sembrerà assurdo," aggiunge, parlando con la bocca piena, "ma io... ti voglio ancora bene."

Lo guardo con disprezzo, mentre manipola goffamente le bacchette giapponesi continuando a parlare con la bocca piena.

Uno non dovrebbe invitare la gente al ristorante, se parla con la bocca piena.

E non dovrebbe andare al ristorante giapponese, se non sa manipolare le bacchette.

E non dovrebbe parlare di sentimenti, se non ne sa nulla.

80

Strizzacervelli.

Sì.

Metti che da grande non ci riesco, a fare il collaudatore di materassi, allora di lavoro voglio strizzargli il cervello a questi qua. Così scopro il segreto dello sbarellamento, divento ricco e famoso, e mi chiamano sempre alla televisione. Allora ci vado, e spiego a tutti come mai il cervello di questi funziona così a buffo. Neuroni contromano. L'ho scoperto io.

Tipo: stasera Marge si è messa tutta in tiro. Conta, tutta phonata di parrucchiere, due ore chiusa in bagno a farsi il trucco, un vestitino nero tutto dritto, di quelli del tipo che vuol far vedere che non gliene fregava niente, di fare l'elegante, cioè, gli è venuto così, senza pensarci. Pure i gioielli: le perle, l'anello di fidanzamento con lo zaffiro, un bracciale. E pure i tacchi a spillo, che c'è pure inciampata sul tappeto, cioè, non è abituata.

Allora io ho pensato: cazzo, mi sa che questa qui si è tutta apparecchiata da rimorchio.

Può essere pure, che le Marge rimorchiano, cioè, che ne sai della gente che c'è in giro, magari c'è a chi piace la donna che si evolve o gli viene il nervoso o sclera o strippa, magari non si annoiano, così.

Sciallissima, ho pensato: se una madre sta impegnata fuori casa a rimorchiare, in casa stucca meno. Cioè, stucca solo per un po', per il resto del tempo pensa a rimorchiare.

E invece no.

Prima di uscire, Marge si è affacciata alla porta di camera mia, e mi ha spalmato addosso un sorrisetto a cazzo e una zaffata di profumo, e ha detto: "Sai, Nicco, stasera vedo papà. Mi ha invitata a cena."

Ecco. Neuroni contromano.

Primo: come può essere che due, da sposati, non si filano per niente, e poi, da separati, cominciano a fare cose da due che si filano un casino, tipo che lui la invita a cena, che lei si mette in tiro per rimorchiarlo, e poi si sa come finiscono certe serate, cioè, che di solito lui gliela chiede, e che di solito lei gliela dà?

Secondo: come mai mia madre non si è mai messa in tiro prima, per mio padre, invece di girare per casa con certe tute vecchie tipo rom, e le ciabatte da sfattona, e i capelli tutti scombinati da carciofo.

Terzo: perché quando non erano separati mio padre non l'ha invitata a cena mai, mia madre, a parte una volta che avevo dieci anni, però me la ricordo bene, perché era il giorno in cui mia madre faceva cinquant'anni, e io non li avevo mai visti andare a cena da soli loro due (e poi ho pensato che era molto meglio se non ci andavano mai più, dato che dopo non si sono parlati per due mesi)?

Prima di uscire, mamma, credendo che io non la vedevo, si è guardata nello specchio dell'ingresso, ha fatto le prove di sguardo e di sorriso, si è sistemata i capelli, tirata su le tette, sfumata un po' il trucco con le dita, succhiate le labbra per spalmare il rossetto, e altre cose normali che fanno le donne quando devono rimorchiare.

A parte una anormale.

Ha guardato l'anello con lo zaffiro che gli ha regalato papà per il fidanzamento (cioè, un tormentone che mi ha raccontato tipo mille volte: "Lui non aveva i soldi per comprarmi un brillante, e allora ha preso questo, e mi ha detto che aveva il colore dei miei occhi, e allora io l'ho baciato", e tutto il resto). Poi se lo è tolto, e l'ha buttato su una mensola, tipo una cosa che non serve a un cazzo, perciò la getti nel primo posto che ti capita, e poi vedi.

Cioè, ci diventi matto, se stai appresso a questi qui.

Dopo che Marge è uscita, mi sono messo a scrivere sul blog, perché c'avevo proprio bisogno di consigli.

Ho spiegato il fatto di Giulia e dei duecento euro.

"Raga... aiutatemi... nn so ke fare... scnd voi km posso rimediare 1 po' di carte...?"

TiPeTTa rAp sPaKKosiSsima ha scritto: "xkè nn chiedi 1 pagamento a rate...?!? magari bst 1 anticipo... tipo 1 televisore al plasma... ke lo paghi anke in 3 anni... m intanto t l danno... kosì skopi."

ManiKomio KriMinAle ha scritto: "gli euri devi prenderli qnd t mdr ha ftt il bankomat... da una mzztt grossa te ne puoi inkulare anke 50... nn s n akkorgono... io faccio kosì."

AnJeliKa SoNoKazZimiei ha scritto: "Cioè, scs, se t 6 1 vincente... ci devi avr 1 strategia... sennò k kzz di vincente 6?"

Cioè, ha ragione. Una strategia.

I soldi dal portafoglio a mia madre, per esempio, io glieli frego sempre con la strategia: un giorno ne sfilo dieci, un giorno niente, un altro giorno niente, un giorno dieci, e lei non se ne accorge. Dice soltanto: "Madonna come volano via i soldi", e se la prende coi prezzi alti, con gli stipendi bassi, e non con me.

La prossima volta che fa il bancomat, con la strategia, gliene frego venti. Così arriviamo a cento, la metà.

Comunque questo fatto della strategia lo so da quando ero piccolo, cioè, me lo ha detto mio padre, una volta che Marge era partita per un weekend alle terme con le zie cornacchie, e a lui gli veniva da parlare: "Nella vita bisogna avere sempre una strategia. Saperci fare. Un giorno te lo spiego."

Poi, dopo quella volta che gli era venuto da parlare, non gli è venuto più. Mia madre, infatti, alle terme non ci è andata più.

Sabato devo andare al residence, e allora glielo posso chiedere, come si fa a saperci fare. E cerco pure di scucirgli un po' di cash. Magari lo chiamo papo, gli dico cose tipo che mi sento solo, che senza di te non è la stessa cosa, che mamma è una stronza. Gli dico che non doveva andarsene e lasciarmi.

Cioè, una strategia.

E allora forse mio padre me li alza, cento euro. E allora ne ho duecento. E lunedì vado da Tricheca e glieli do. E allora poi...

Allora poi io e Giulia da soli, al cesso. E per la prima volta lei mi guarderà. E dopo aver scopato, magari mi si stappa anche la voce. E allora gli dico che la amo. E gli regalo pure qualche cosa da femmina, tipo un braccialetto, un ciondolo, un anello...

Un anello.

Con una pietra che ha il colore dei suoi occhi.

Uno zaffiro.

Vado, lo prendo dalla mensola.

"Tieni, ha il colore dei tuoi occhi."

Tanto mia madre l'ha buttato, tipo una cosa che non gli serve più.

E tanto il suo fidanzamento con mio padre praticamente è andato di merda.

E tanto, se si fidanzano di nuovo, mio padre gli dà un anello nuovo col brillante.

I soldi ora ce li ha.

81

Non dovevo restare seduta ad ascoltarlo, censurando quel legittimo riflesso che mi istigava all'invettiva. Tra poco mi alzo saluto vado buonanotte. Facciamo che sono rimasta solo per terminare la portata da venti pezzi, trenta euro. Quest'uomo non merita uno spreco di sushi e di sashimi.

Consumo concentrata, storno il mio sguardo dal suo, ostento indifferenza e competenza nell'uso delle bacchette.

"Non credere sia facile, per me, Caterina."

"Non è tanto difficile. Devi manipolarle con il pollice e l'indice, e prendere il cibo con la punta."

"Cioè, non sono sicuro di niente."

"Non si comincia una frase con cioè. Lo dico sempre anche a tuo figlio."

"Sono confuso."

"È un sintomo allarmante, alla tua età. Potrebbe essere Alzheimer. Fatti vedere da un bravo neurologo."

"Mi manca Niccolò. La nostra casa. Anche tu. Mi manchi."

"Davvero? Vuoi che ti faccia qualche squillo sul cellulare, di tanto in tanto, per farti sapere che ti penso? Cose da giovani. Chiedi alla tua fidanzata."

"Guarda che io non voglio perderti."

"Capisco. Considerata la saggezza della mia età avanzata, vorresti consulenze sul problema della confusione. Gli analisti costano."

"Sei ancora così bella."

"E quando te ne sei accorto? La vista si appanna alla nostra età. Io, senza occhiali, sono una talpa. Tu?"

"Secondo te che cosa dovrei fare?"

"Fatti vedere da un bravo oculista."

"Ti prego, Caterina, smettila: ho bisogno di sapere cosa pensi. Non mi ricordo più com'eri, prima di diventare così polemica, aggressiva..."

"... stanca, Filippo. Molto stanca. Scusa, perché mi vieni a raccontare tutto questo? Sei confuso, sono bella, ti manco, mi vuoi bene, non vuoi perdermi, pertanto ti sei fidanzato. Io non ho niente contro le segretarie. Ma tu che vuoi da me?"

Con la bacchetta si mette a ispezionare i suoi pezzi di sushi, li demolisce, li sbriciola, li accantona sul bordo del piatto.

Che peccato.

Persevera Antonacci. Ripete indicazioni categoriche per l'ingresso al cielo, uno solo, bisogna affrettarsi, ci sarà la coda. Le segretarie gestiscono le agende con diligenza ottusa e petulante.

Filippo stavolta non si alza, risponde sbrigativo: "Ti richiamo dopo" e chiude.

"Se solo tu non mi avessi trattato come una nullità, un padre inesistente, davanti a nostro figlio."

"Se solo tu non ti fossi comportato come una nullità, un padre inesistente, davanti a nostro figlio."

"Se solo mi avessi lasciato più spazio, se solo non avessi occupato tutto il territorio, se solo non fossi stata così invasiva, dominante. Tu mi hai costretto a indietreggiare."

Vorrei dirgli che è stato faticoso, occupare da sola un territorio che richiedeva una duplice giurisdizione. Ma non voglio parlarne, ne ho già parlato tante, troppe volte, non sono stata capita, è colpa mia, ho usato i linguaggi del silenzio o della rabbia, avrei dovuto usare la parola, somministrata giudiziosamente, però, nel tempo giusto, controllando l'ora. E poi ha ragione lui, la ritirata segue un'invasione, non è il contrario, le strategie militari in proposito non lasciano alcun dubbio. Avrei dovuto rifletterci prima, ma non avevo tempo per riflettere, ero stanca, e finalmente, adesso, ho visto l'ora: è tardi.

Allora mi stringo nelle spalle: "Se solo, se solo... Se solo cosa? Sarebbe andata diversamente, se solo non fosse andata com'è andata."

Nessun retrogusto di risentimento, soltanto una saturazione di rimpianti.

Lascio che l'abbandono della resa mi dissoci da tutte le energie nervose, e mi stordisca, e taciti il ronzio del mio rancore affrancandomi almeno dalla fatica della rabbia. Nessuna sensazione rilevante, a parte la stanchezza, e le punture di spillo del dolore che quasi non avverto, per assuefazione. Mi sento invertebrata. M'illanguidisco: "Sai, vorrei solo dormire per un anno. Per ora, non credo di avere nessun altro desiderio."

E allora, per la prima volta in questa serata, e per la prima volta da non so quanti anni, e per la prima volta da una vita, i nostri sguardi si incrociano, si scambiano informazioni, si riconoscono, e proprio ora, e chissà mai perché. Complicità tra vittima e carnefice? Ma chi è la vittima e chi è il carnefice, tra noi? Abbiamo fondato un'associazione senza ragione sociale, solo torti.

Allora, all'improvviso, dal doppiofondo della mia memoria riemergono dati archiviati. Una preistoria di sagome sfocate. Ricordi letargici che si risvegliano, schegge impazzite di Filippi che si sovrappongono, plurali, caleidoscopiche, e ridono mi baciano mi accarezzano mi parlano nelle orecchie mi stringono la mano.

Mi cade addosso il peso di quello che ho perduto, etti, chili, quintali, non saprei, eludo l'unità di misura, è molto meglio.

Ora mi parla con dolcezza: "Senti, Caterina, ti dà fastidio se Niccolò la incontra?"

È già un pronome, "la". La penultima nota. Quella che imposta la frequenza della melodia. Segue il concerto, ma io non ci sarò.

Mi dà molto fastidio se Niccolò la incontra, insopportabilmente. Potendo, risolverei la cosa con l'uso delle armi, ra-ta-ta-ta-ta, una strage, come in un videogioco di mio figlio: ho ucciso tutti, ho vinto un'altra vita.

Ma sono troppo stanca per le stragi, e le mie vite si sono esaurite, e il genere sembra fuori produzione.

Esalo un refolo di voce: "Valuta tu. Saprai decidere per il meglio."

Mi guarda, sorpreso: "Perché non mi parlavi mai così?"

Già, perché? Non era difficile, che ci voleva.

Mi prende una mano, gliela lascio, non mi serve, per ora non ho progetti di carezze.

Irrompe ancora Antonacci.

Lo incalza, lo mette con le spalle al muro, gli ricorda che la porta per il cielo è un'altra, non la mia.

Stavolta non risponde. Il cellulare insiste, stridulo. Filippo reprime la rivendicazione mettendo al minimo la suoneria.

"Vedo che prediligi il genere."

"Quale genere?"

"Cacacazzi. Hai solo variato l'opzione generazionale."

Sorride. Ha un bel sorriso. L'ha sempre avuto. Peccato che per me, in un crescendo di parsimonia, ne avesse diradato l'elargizione, fino a sopprimerlo in via definitiva.

Dico: "Abbiamo fatto errori grossolani. E sai qual è stato il più grave?"

"Quale?"

"Non ascoltare la raccomandazione di mia madre. Avrem-

mo dovuto fare i corsi prematrimoniali in parrocchia, prima di sposarci."

Una risata che gli allaga gli occhi. Ma come no, ora me la ricordo, questa risata sostanziosa, come scordarla, bastava guardare le fotografie, ne ho accumulate a decine, nei cassetti, per gli album che non ho mai fatto, progetti in sospeso, come gli altri.

Di nuovo Antonacci. Flebile, ma tassativo. Va bene, è stato esaustivo, ci guarderemo bene dal cercare porte vicarie per il cielo.

Mi lascia la mano, "scusa", si alza, si riapparta, parla, gesticola, sorride.

Ora non mette più la mano a protezione della bocca.

Poi torna, chiede il conto.

"Perdonami, è tardi, devo andare."

Perdonami. Non ho energie per perdonare nessuno. Neanche me stessa. Filippo ha agito con destrezza. Si è fidanzato con la sua giovane segretaria, ha fatto in modo che mi dessi da sola la notizia, mi ha strappato il consenso alla promiscuità tra la sua vita e la sua definitiva immunità dal mio rancore. Infine, mi ha sepolta viva sotto uno strato di sensi di colpa. Ha ribaltato i ruoli. Un'unica puntata, en plein.

Usciamo, ci abbracciamo, buona fortuna a presto abbi cura di te mi raccomando d'accordo ci sentiamo.

Mi lascia in un parcheggio, evacuata da tutti i sentimenti, frastornata da una nostalgia acuta di ogni cosa, compreso il mio risentimento.

Accendo una sigaretta, lo guardo mentre si allontana in fretta, inghiottito dalla notte.

La porta del cielo potrebbe chiudersi, se tarda.

Libero i dotti lacrimali.

Rifletto su quella porta.

Credo che per alcune sia girevole.
Una crede di entrare, e poi ritorna fuori.

82

"Piacere, Luigina."

"Salve, Niccolò."

Mia madre dice che "piacere" è brutto, è meglio "salve".

Cioè, questi qui non si mettono d'accordo nemmeno sui saluti, uno dice una cosa e uno un'altra.

Ci diamo la mano.

Io stringo, lei no, ha la mano moscia. Le donne sono brave a piangere a strippare a stuccarti a comandare e altre cose, a stringere la mano no.

Papà sorride.

Mio padre strasorride, stasera, vedrai che alla fine si sloga la mascella, ha i muscoli in flanella, cioè, non è allenato.

Secondo me, lui non doveva sorridere così.

Sempre secondo me, lei non doveva chiamarsi Luigina.

Io penso che una, se voleva fare la matrigna, doveva chiamarsi con un altro nome, tipo Grimilde, Geltrude, Ubalda, non so, ora mi vengono in mente questi nomi qui, da stronza, però ce ne sono pure altri più da matrigna di Luigina.

Al limite poteva chiamarsi tipo Deborah o Selvaggia, se andiamo sul genere matrigna strafica mangiauomini che si vedono nei serial, di quelle tutte alte con i capelli lunghi e con le tette grosse e gli occhi e le labbra strette tipo un taglio e vestite tutte eleganti.

Luigina a mangiare gli uomini io non ce la vedo proprio. Infatti, come matrigna del genere strafica, è solo alta. Il resto niente. Ha i capelli cortissimi, le tette piccole, è vestita da pischella, cioè, con la gonna corta e la T-shirt, e gli occhi sono neri tondi luccicosi, ed è magrissima, di quelle che non mangiano né uomini né niente, solo cibi integrali, perché non vogliono ingrassare. Porta gli occhiali grandi con la montatura rossa. Secondo me, le matrigne non li portano, gli occhiali, né rossi né niente, perché sono cattive, ma non miopi. Le labbra non sono strette tipo un taglio, sono tutte gonfie, cioè, tipo a canotto. Inoltre le matrigne hanno le sopracciglia sempre all'ingiù, e in genere non ridono, casomai sorridono malvagie, cioè, tipo un ghigno. Luigina, invece, ride sempre, anche se non ci sta niente da ridere, e ha le sopracciglia sempre all'insù, tipo l'emoticon della felicità che uno manda col cellulare o col PC quando vuol far vedere che sta di buonumore, anche se sta incazzatissimo, così, tanto per fare.

"Spero che andrete d'accordo."

Papà continua a sorridere, ci fa sedere accanto sul divano, che non è da due posti, è da uno e mezzo, e il mezzo tocca a me, tipo che c'avevo mezzo culo. Siccome invece il culo ce l'ho intero, metà mi resta fuori.

Per stare su mezzo posto di divano senza toccare Luigina, praticamente assumo il rigor mortis dei cadaveri sul tavolo della polizia scientifica di Las Vegas, in *CSI*, prima che il dottor Robbins li taglia a fettine per l'autopsia.

Mi viene immediatamente il tappo in gola.

Papà si siede per terra sul tappeto davanti a noi, stringendosi un cuscino tra le braccia, dato che, a parte il divano da uno e mezzo, nel salottino del residence non c'è nessun altro posto per sedersi. E poi, sul tappeto col cuscino in braccio fa fico, cioè, tipo da giovane, si capisce da come si muove che lo pensa.

"Allora, Luigina, hai visto che fusto, il mio ragazzo? Pensa, quattordici anni, tra poco supera in altezza il suo papà."

Mio padre non aveva neanche mai detto cose tipo che io sono "un fusto", o "il suo ragazzo", o chiamato se stesso "il suo papà". Secondo me pure la cosa dei quattordici anni, cioè, che ne sapeva, forse avrà guardato i documenti, oppure gliel'ha chiesto a Marge.

Luigina dice: "Sì, è proprio un ragazzo alto, hai ragione."

Io, sempre il tappo in gola.

Invece mio padre parla a nastro. In una sera sola, sta dicendo tutto quello che non ha detto nel resto della vita. Anche stronzate, tipo barzellette, che non gliele avevo sentite raccontare mai, ed era meglio se continuava a non raccontarle, cioè, non fanno proprio ridere, per niente.

Luigina, invece, ride.

Mentre mio padre parla, lei fa sì con la testa, mai no, e aspetta che lui ha finito di parlare, e allora dice delle cose corte e sempre uguali. Tipo: "Sono d'accordo", "Giusto", "Certamente", "La penso come te." Ma soprattutto dice: "Sì, hai ragione."

Cazzo, una scoperta: al mondo c'è un genere di donna "sìhairagione", praticamente il genere opposto a quello di Marge, che è il genere "seistronzo".

Cioè, è pure ovvio, se uno cambia donna, se ne prende una di genere opposto a quella che ha lasciato, sennò praticamente tanto valeva tenersi quella di prima. E se la prende giovane, cioè, tipo che poteva essere sua figlia, come questa. A quel punto, però, tanto valeva prendersela bona, no? Neuroni contromano, manco a dirlo.

Poi ci sediamo a tavola, o meglio a tavolino, uno pieghevole, da due posti e mezzo, non da tre. Naturalmente il mezzo posto è mio, sempre per via del mezzo culo, e un'altra volta assumo rigor mortis.

Mangiamo giapponese, pesce crudo, comprato da mio padre al sushi bar, dato che "il cibo giapponese è buono e non ingrassa", sostiene lei, e per una volta a dire "sìhairagione" è lui. Mangiamo con le posate, e non con le bacchette. Mio padre dice che "qui non siamo mica a Tokyo, abbiamo le forchette e i coltelli, usiamoli". Lei risponde: "Sì, hai ragione, usiamoli." Io zitto, come prima.

Però, se non mi era venuto il tappo in gola, gli dicevo: "Scusate, se qui non siamo a Tokyo, perché dobbiamo mangiare giapponese?" La roba è molto meglio mangiarla cucinata che non cruda, tipo polpette al forno, per esempio, che bisogna tenerle in forno anche due ore, "così si forma la crosta," dice Marge, e fuori scrocchiano, e dentro ti si sciolgono sulla lingua tipo burro. Secondo me Luigina non le sa fare, le polpette al forno. Cioè, non mi sembrano da matrigna. È più da matrigna il pesce crudo.

Mio padre ha già raccontato di quando era bambino, e ora sta raccontando di quando era ragazzo, e mancano ancora le puntate di quand'era giovane, e poi grande proprio, e poi un po' vecchio, cioè, cinquantasei anni sono un botto, qui facciamo notte. Mi schiumo di noia, guardo il televisore spento, rosico, cazzo, proprio stasera che ci stava *The OC*. Sìhairagione annuisce sempre, che adesso vedrai gli viene il torcicollo. Ascolta mio padre con le labbra un po' socchiuse. Infatti gli si secca il palato, e beve un sorsetto del vino bianco freddo che ha stappato papà, e lui prova a versargliene ancora, e lei lo ferma con la mano, "soltanto un goccio, lo sai, non reggo il vino, mi ubriaco subito, e poi mi gonfia".

A una certa, sobria, sgonfia e muta com'era venuta, per fortuna se ne va.

Mi svacco davanti alla televisione, evvai, non è ancora finito: Summer va all'università, e ha un fidanzato nuovo con la barba, e un sacco di amiche, e una matrigna simpatica. Beve vino e whisky e tutto quanto, e non dice al marito sìhairagione, e non si chiama Luigina, e neanche matrigna, ma step-mother. Chissà perché gli americani le chiamano madre-scalino, le matrigne. Cioè, forse perché i mariti che non scopavano con le prime mogli, sulle seconde tipo ci salgono sopra, e finalmente ci possono andare un po' su e giù. Chissà come dev'essere salire sopra Luigina e andarci su e giù. Cioè, magari mentre mio padre ci sta sopra, e va su e giù, lei dice: "Ssì ssì ssì ssì... hai ragione." Secondo me, a quel punto, a mio padre gli si ammoscia.

Torna mio padre, e spegne, cazzo.

Si siede accanto a me: merda, di nuovo il mezzo posto, il mezzo culo, e il rigor mortis.

"Allora, che ne pensi di Luigina?"

Cioè, questa è proprio la sera delle prime volte. Mio padre, a me, questa cosa praticamente non me l'aveva chiesta mai, né che pensavo di qualcosa, né se pensavo o non pensavo in generale, né nient'altro.

Allora mi viene di dirgli vaffanculo, ma non posso.

Cioè, gli devo scucire cento sacchi, se ora gli dico vaffanculo col cazzo che me li dà.

Allora prendo tempo.

Insiste: "Carina, no?"

"Sì, hai ragione."

Sorride.

Cazzo, sono troppo un grande.

"Sai, Niccolò, vado a vivere in un appartamento. Forse verrà con me anche Luigina. Ne stiamo parlando. Ti sembra una buona scelta?"

"Certamente."

"Voglio che tu sappia che questa cosa non c'entra, con tua madre. Lei è stata e rimane la donna più importante della mia vita. La madre di mio figlio. Solo che le cose finiscono, e la vita deve continuare."

"Giusto."

"Non posso vivere in un residence da solo."

"Sì, hai ragione."

"Allora, davvero non hai niente in contrario?"

"La penso come te."

"Nel nuovo appartamento, naturalmente, avrai la tua stanza."

"Con la televisione?"

"Con la televisione."

"E la PlayStation 4?"

"E la PlayStation 4. Ti piace?"

Allora, di colpo, mi si stappa la gola: "Se mi piace? Cioè, è troppo una ficata, papo... praticamente tridimensionale... ci gioco sempre a casa di Ste'... grafica da sballo... gli schizzi di sangue tipo veri... Sai, Ste' ora è un amico mio... cioè, è il boss dei vincenti... e adesso sono un vincente pure io... ho dovuto superare tre prove di forza e di coraggio... te le racconto..."

"... magari me le racconti un'altra volta. Io volevo sapere se ti piace Luigina, non la PlayStation 4. Cosa dirai di lei a tua madre?"

"Be'... ci devo pensare... non lo so."

Il momento giusto, lo sento, è questo qui.

"Senti, papo, insomma, non so come dirtelo, cioè, mo' te lo dico: a me mi servirebbero cento euro."

L'ho fatta cadere così, tipo una cosa che mi è venuta all'improvviso, cioè, per caso, perché mi doveva venire, mica per altro, perché ci vuoi marciare, o nonsochè.

In pratica, una strategia.

"Cioè... è per... insomma... una ragazza."

Allora mio padre allarga gli occhi a palla, come Marge quando gli chiedo i soldi. Cazzo, vuoi vedere che adesso gli viene da piangere anche a lui?

Cioè, può essere, ha parlato ha sorriso mi ha chiesto che ne pensi, mancava solo che si metteva tipo a camminare lungo i muri, perché piangere no?

E invece ride. Mi passa una mano tra i capelli, la sporca di gel, la guarda che tipo gli fa schifo, corre a lavarsela in cucina, poi prende il portafoglio dalla giacca.

"Tieni. Se è per una ragazza figurati. Centocinquanta, te ne do. Così fai bella figura. Buon sangue non mente."

Mi allunga tre carte da cinquanta.

Preciso.

Le guardo, senza fiato.

Ho Giulia.

Ora volevo raccontarlo a tutto il mondo, telefonare, mandare SMS, aggiornare il blog.

Invece, praticamente, stringo solo la mano di mio padre e dico: "Grazie, papo. Comunque Luigina non è male. A mamma glielo dico, che è gentile."

Risorride. Mi fa l'occhiolino. Mi allunga le lenzuola e la coperta, mi dice buonanotte e se ne va via tutto contento, mentre dal suo cellulare comincia a trillare una suoneria di Biagio Antonacci sul cielo sulle porte o nonsochè. Dall'altra stanza, si sente la sua voce (cioè, veramente lui parla sottovoce, però si sente uguale): "Tutto bene, amore. Gli sei piaciuta, è fatta."

Apro il divano a un posto e mezzo, che come letto diventa un posto solo, molto duro. Mi metto a letto, mi sento proprio a palla, e chi m'ammazza, stanotte non mi faccio sogni a cazzo, sogno Giulia.

Merda!

Mi sono dimenticato di chiedere a mio padre come si fa a saperci fare.

Vabbe', chissenefrega.

L'ho capito da solo.

Sono un vincente.

Cioè, nella vita io ci so fare, come lui.

Praticamente, c'abbiamo tutt'e due la strategia.

PARTE TERZA

Tutto ciò oltrepassa il rigore
che la ragione riconosce a tutto
e ha qualcosa dell'amore
quantunque l'amore sia muto.
Fernando Pessoa, *Il ragazzo che ride*

83

Noi due da soli, il tuo dolore e il mio per chaperon.

Il tuo tumore morde con esattezza un punto del tuo ventre, i miei mordono ovunque. Mi chiedi aiuto con un'impercettibile mobilità degli occhi velati dalla patina bluastra che riveste lo sguardo dei vecchi e dei neonati. Nessuno saprebbe intercettare la richiesta, tranne me.

Che aiuto posso darti, caro Beta, a parte qualche goccia di analgesico per cani?

Tu credi che io possa far tutto, e invece no.

Dovrai ribassare le tue aspettative, io l'ho fatto. Sono sovradimensionate, com'erano le mie.

Il fatto è che il tempo ci ha scalzati entrambi, catapultati fuori dall'area in cui sono plausibili le aspirazioni. Non posso fare niente, per noi due. E tu ti stai infilando nel mio campionario di beni alienati, e fai già parte della nostalgia. E io non so fermarti, non posso, sono in balia di una definitiva, dispotica fiacchezza.

Eppure ora sollevo trenta chili di te con la risolutezza dell'amore, ti trasporto in salone, ti tengo in braccio, seduta sul divano, ti stringo, ti accarezzo, ti parlo, affondo il mio volto nel tuo pelo stinto che odora di vecchio. Ti lasci fare. M'incanta il talento canino nell'accoglienza dell'amore, questa lezione sull'integralismo della tenerezza. Provi a leccarmi il collo, il movimento è rallentato. Ti stai già congedando, vecchio cane col nome di un ormone che morirai domani, portandoti via nuove porzioni della mia vita consumate poco, irrancidite. E soprattutto il ricordo della mia fertilità.

Domani viene un uomo a farti l'iniezione, ma sta' tranquillo, non è cattivo, è uno che toglie il dolore, la stanchezza, e dormirai, e io piangerò, e proverò un po' di invidia per te che sei partito. Rimpiangerò di non poter cancellare le sconfitte con la pressione impalpabile di un ago, come te.

Ti rimetto a cuccia.

Devo fumare, adesso.

Maledette stronze bastarde sigarette che invece di lasciarvi fumare sparite nel momento del bisogno e Dio vi maledica, il dio delle sigarette, voglio dire. Mi ascolto, non mi riconosco, o forse sì. Scopro che il turpiloquio mi si addice, mi sgorga dalle labbra con una sua naturalezza ripugnante, come da un tubo dopo l'intervento dell'idraulico. Un tubo del cesso, ovviamente. Sono cosciente della mia nuova identità. In molti, ultimamente, si sono adoperati per notificarmela. Rivendico le prerogative di un cesso, quale sono. Lasciatemi spurgare. Cazzo! Magari, se m'inquino il gergo, ottengo l'effetto secondario di una contiguità lessicale con mio figlio, visto che quella affettiva va a puttane.

"Puttane": suona bene.

Avevo sottovalutato l'energia del mio rancore.

Resiste, si rinnova.

Ad alta voce: "Mio figlio stasera è a cena con suo padre che gli vuole presentare una puttana."

Una di quelle dalle carni immoderatamente turgide, presumo, e dall'encefalo tendenzialmente ottuso, che asportano con reti robuste gli altrui mariti stagionati, a mo' di pesci ammazzati col tritolo, slealmente, e se ne infischiano dell'ecosistema coniugale. In genere, s'infiltrano nella tua vita in forma appa-

rentemente inoffensiva. Segretarie. Ma sono più letali di un bacillo. "Puttane."

Pronuncio la parola tre volte, ad alta voce, ne ascolto il suono, mi piace. La coda di Beta oscilla lievemente. Dalla cuccia, segnala approvazione per la mia nuova scelta, il turpiloquio. La distinzione sui mercati affettivi rende poco, e quasi sempre la gente gli fa il vuoto attorno, e la distinta resta sola a boccheggiare nell'atmosfera rarefatta di una casa stagna.

Benvenuti nell'era delle segretarie e affini.

Il bacillo si diffonde in vari ambienti, uffici, scuole, TV, PC, *in forma di sagoma femminile plastificata, in un'ideale trasversalità di tempi, contaminando adolescenze transgenerazionali, tardive e non, con effetti nocivi sul cervello. Si tratta di un flagello.*

"Sei sicuro che vuoi andarci, Niccolò? Non hai paura di sentirti a disagio? Se non vuoi nessuno ti costringe."

(Dai, Niccolò, ti prego, di' che non vuoi andarci, che ti senti a disagio, che preferisci uscire con gli amici...)

"Ama', cazzo mi frega?"

Ecco.

Devo mangiare qualcosa.

Apparecchio sull'isola, in cucina, con la premura che sento di meritarmi in base al barometro della mia autostima. Una forchetta, un bicchiere, e una Simmenthal che consumerò con asporto diretto dalla scatola di latta. Unico lusso: l'ultima bottiglia del Chianti acquistato con Filippo. La farò fuori con la solennità di un rito conclusivo, in un calice bombato di cristallo del servizio regalato dagli zii di Viareggio per il nostro matrimonio.

Sollevo il calice e brindo a chi ho davanti: nessuno.

E bevo, e bevo ancora, e asciugo le labbra col bordo della manica, e progressivamente perdo densità interiore, mi alleggerisco, e quando mi muovo non produco alcun rumore.

Forse sono un fantasma, sono morta a mia insaputa, sono molto distratta, in questi giorni.

Mi avranno fatto necrologi, camera ardente, funerali, tutto, e spero non abbiano invitato la puttana, e forse Filippo è precipitato in un gorgo di rimorsi, e forse Niccolò ha pianto, può essere, peccato, mi sarebbe piaciuto vederlo piangere per me, però non mi sono accorta di morire. Scordo le cose, perdo tutto, gli oggetti s'invertono di posto per deridermi, per dirmi vedi, non riesci a controllare nulla.

Nulla si fa trovare dove credevi di averlo messo tu: le sigarette, tuo figlio, il tuo matrimonio, la tua vita.

Tutto è altrove.

84

Ce l'ho già dritto come un fucile, e tutto profumato, praticamente a prova di pompino, cioè, non si sa mai. Per duecento una pompa ci sta tutta.

Mi prude. Mentre la prof di mate spiega il Teorema di Talete, mi gratto sotto il banco. Non so se ho fatto bene a spruzzarmi Axe pure nei boxer, ma metti che poi lei me lo succhia, allora me lo deve trovare tutto profumato. Gratto per il prurito, gratto per il nervoso, gratto per portafortuna, cioè, gratto per tutto. Oltre che dentro le mutande, mi sono spruzzato a litri sul collo sul petto sulle mani sotto le ascelle dappertutto. Speriamo bene i piedi e la fiatella, che non mi tradiscano, cioè, non dovrebbero, mi sono lavato benissimo con docciaschiuma Acqua di Gio' e sto masticando Halls extraforte balsamiche alla menta da tre ore, però non si sa mai. Quelle son zaffe che ti si inculano senza preavviso, e sei fottuto.

Il domopak non l'ho preso, l'ho lasciato a casa. Ste', che sa le cose, dice che senza è più forte, "e poi sono cazzi delle donne". Una battuta col doppio senso, e tutti a ridere. Mi ha detto pure: "Sentimi a me, prenditi un Viagra, zio." Lui per scopare se lo prende sempre, il Viagra, e dice che va a mille, "cioè, giuro, pure meglio di una pista". Mi ha dato una pillola azzurra: "Tie', è un regalo, prendila un'ora prima." Gli ho detto: "Grazie, però non so se mi serve, cioè, più dritto di così che cazzo vuoi?" Un'altra battuta col doppio senso, e tutti di nuovo a ridere. Il Viagra me lo sono messo in tasca. Cioè, dice che fa venire l'infarto, non lo so. Il cuore già mi batte a mille. Insomma, poi vediamo.

Manca mezz'ora. Mezz'ora, come tempo, è tanto, ma anche poco, cazzo. Cioè, non so se spero che finisce subito o non finisce mai.

Undici in punto, bagno delle femmine, secondo piano, il cesso-sesso è il primo a destra. "Quindici minuti, a' bello: non uno di più. Il tempo preciso della ricreazione. Io sto di guardia, e tu datti da fare, come suona la campanella fuori, e si ritorna in classe sennò dopo ci sgamano, e se non sei venuto peggio per te, ti sbori in mano, sono cazzi tuoi," ha detto quella principessa di Tricheca. E intanto s'infilava i quattro pezzi da cinquanta nel bordo di dietro dei jeans, spingendoli giù, tipo praticamente fino al culo.

Ste' e gli altri m'hanno battuto il cinque, stamattina, e mi hanno detto cose tipo: "Zio, sei troppo un grande", "Tieni alto l'onore dei vincenti", e altre frasi così. Ste' mi ha raccomandato di fare qualche foto con il cellulare, che poi scarichiamo su Internet, oppure ci facciamo un giro porno di MMS per tutta la scuola. Ho detto ok, però non so se mi va di essere visto, gli dico che la videocamera si era impallata.

Il cuore mi batte tipo house, e seguo il ritmo con le dita sul banco e con i tacchi sul pavimento, e smandibolo, e non riesco a stare fermo, un down. E poi c'ho una cosa nella pancia, praticamente tipo un pugno che stringe le budella, e mi manca il respiro, e da stamattina mi scappa da pisciare, cioè, in continuazione, speriamo che non mi bagno le mutande. Speriamo che non sudo per l'ansia. Speriamo che non si accorge che è la prima volta. Speriamo che mi resta dritto. Speriamo che glielo metto dentro bene, e ci so fare.

Sono tre giorni che studio su YouPorn e su RedTube, praticamente posso fare tutto, smorzacandela, pecorina, a gambe intrecciate, lei seduta io in piedi, io seduto lei in piedi, davanti di dietro di lato, cioè, proprio tutto, gli dico: "Scegli tu." Poi scopiamo. E dopo gli dico: "Io ti amo," e gli do l'anello.

Lo tocco per controllo nella tasca dei jeans. Chissà che faccia fa quando lo prendo e glielo metto in mano, e poi gli dico che ha il colore dei suoi occhi, e poi la bacio, e poi gli chiedo di mettersi con me, e poi... driiin.

Cazzo, la campanella, mi suona dentro, mi schizza il cuore, mi sale in petto come un ascensore, mi va in gola.

Sarebbe sfiga veramente, morire soffocato dal mio cuore, proprio da stronzo, qualche minuto prima di scopare Giulia.

85

Qualche minuto prima che morisse, ho trattenuto per me l'ultimo sguardo, l'ultima oscillazione della coda, mi spettavano. L'ho accarezzato, l'ho stretto forte, gli ho detto: "Buonanotte Beta," e poi sono fuggita a chiudermi nella mia stanza prima che lui si addormentasse.

Ho chiesto al veterinario che lo portasse via in mia assenza con tutte le sue cose: la cuccia, il guinzaglio, le scodelle, il suo collare rosso. La medaglietta con il nome no, quella gliel'ho sfilata prima di eclissarmi, è di mio figlio, la voglio custodire nella scatola dei suoi ricordi, con i dentini, due ciuffi di capelli, un bavaglino, due paginette a righe un po' ingiallite, impresse dalla preziosità dei suoi tremori attorno alle lettere dell'alfabeto.

Gli darò tutto quando sarà grande, e smetterà di sentirsi braccato dai sentimenti come da una feroce gang di rapinatori.

Nicco era a scuola. Di Beta gli ho detto ieri sera.

Sono riuscita a trattenere le lacrime con quel che mi resta di lucidità, e ho riesumato ogni risorsa di delicatezza con quel che mi resta del patrimonio di cautele materne, talenti deperiti.

"È per non farlo più soffrire, sai. È un gesto d'amore."

Lui mi ha risposto: "Ok."

Nient'altro.

Avrei voluto accarezzarlo, stringerlo, baciarlo, smascherargli il dolore che dissimulava in uno sguardo sorvegliato, e rapi-

nargli una condivisione con il mio. Ma nei suoi occhi c'era la nettezza di un veto, e ho rinunciato.

Allora ho virato su altre pene.

"Com'è andata con tuo padre?"

"Nientedichè."

La formula magica del niente, nessun indizio per poterla decifrare: niente di chè la serata, quella donna, la vita, tutto quanto assieme? Per sbrogliare l'intrico, dovrei affondargli una sonda dentro il cuore, e non ho sonde, e non sono più certa che abbia un cuore.

Telefono in ufficio, ho l'influenza.

Poi piango.

Stamattina la mia solitudine ha una nuova qualità, ha lo spessore gelido e compatto dell'acciaio. Solo una fiamma ossidrica potrebbe vulnerarla. O il whisky. Ricorro al piano B.

Ora mi muovo su gambe malferme tra una stanza e l'altra, cercando odori, calori, movimenti, indizi di vitalità. Mi raggela l'assetto familiare delle cose, la simmetria del mobilio, un ordine apparente, artificiale, che ha l'accoglienza dei ghiacciai.

Nella stanza di Nicco il caos mi rassicura, conferma che mio figlio esiste, e vive qui. Lo cerco. Annuso, palpeggio gli abiti sparsi dappertutto, carezzo i libri intonsi sugli scaffali, sfioro le sue collezioni di feticci, pacchetti di sigarette e bottiglie di birra vuote, accendini scolpiti in varie forme, banconote straniere, oggetti di culto, totem miniaturizzati per devozione alla futilità, reliquie che segnano la distanza tra i suoi sogni e i miei.

Apro il cassetto del comodino: la stessa confezione di profilattici che c'è da mesi. Ancora sigillata, inutile come un'aspettativa delusa.

Mi arrampico in piedi su una sedia per rovistare sulle mensole più alte, dietro i libri.

Una scatola da scarpe.

La apro: videogiochi.

Gli avevo ordinato di farli sparire. Ha eseguito alla lettera: nascosti. Sfoglio le copertine: un Grand Guignol di volti sfigurati da una ferocia generica, indiscriminata. Ghigni assassini, muscolature abnormi e minacciose. Gangster, criminali, sicari, lottatori, militari, fucili, pistole, lame, spade, bombe, coltelli, raggi laser, odio violenza guerra mafia.

Eccoli qui, finalmente ci conosciamo: i miei nemici. M'incrudelisco, per simmetria con l'avversario. Mi adeguo alla qualità speciale di quell'odio. Comincio a sfilare i dischetti dalle custodie e poi li spezzo, uno per uno, meticolosa, paziente, contratta nello sforzo muscolare, fino a sfinirmi i polsi, ferirmi le dita, sanguinare. Si sparge del sangue, in una guerra. Dieci, quindici, trenta, e adesso eccoli là per terra, un tappeto di materiali plastici tossici inservibili distrutti. M'inebria il luccichio di cocci argentati o neri, infierisco, calpesto sbriciolo sminuzzo con i tacchi. Infine rimiro lo scenario della rivincita, ubriaca di vendetta, fiera come un acheo sulle rovine fumanti di Troia.

Prima. Avrei dovuto farlo molto prima. Avrei dovuto avvistare il mio nemico in tempo, distruggerlo senza tattiche, condoni, indugi, pietà, prima che a farlo fosse lui. Il nemico, se sgombri il campo, assalta. Dispone di più tempo, più strategie, più seduzioni, più ferocia. È irrobustito dalla sciatteria degli avversari che tardano ad agire.

La consapevolezza delle mie omissioni mi cade addosso con l'energia di uno schiaffone.

Un autorimprovero cattivo: "Sono una povera stupida, una stronza. Dovevo stare in guardia, occupare postazioni, controllare il campo. I nemici più pericolosi sono i più subdoli, colpiscono alle spalle."

Alle spalle.

Mi volto.

Incrocio il suo sguardo monocolare, quadrato, scuro, segreto, minaccioso, e quell'occhietto rosso che lampeggia come una provocazione. È acceso. È uscito senza spegnere il PC. *Ragazzo sbadato, come sempre.*

Mi siedo davanti allo schermo con le mani giunte, pronta all'attacco, satura di rancore.

Lo sfido ringhiando, ad alta voce, con qualche slittamento etilico: "Non sei impenetrabile, bastardo. Sei spietato, sei ottuso, sei una macchina. Una madre è molto più intelligente di una macchina. Una madre ha coraggio." Un sospiro profondo: "Almeno credo."

Il cuore batte forte, sollevo l'indice.

"Non bisognerebbe mai toccare il PC *dei propri figli."*

L'eco della voce di Annina, lagnosa, interferisce. La ignoro. Un'eco lagnosa non è un consulente dell'età evolutiva, è un'eco e basta. Che si taccia.

Il polpastrello precipita sul tasto "enter", con la risolutezza verticale di una ghigliottina.

Nikilvincente blog mi appare sullo schermo come la spiegazione di un arcano, un rito iniziatico, il segreto di una maledizione.

Avverto un sussulto all'altezza dell'aorta.

Il logo è un coltello.

Sembrerebbe un coltello da macelleria.

Un motto a caratteri cubitali: "Il bello nl vita nn è nn avere un kzz da fare, ma averlo e nn farlo."

Clicco su "profilo".

"Vandalismo pestaggi scherzi ai perdenti infarinate ai prof kannoni birra tette grosse Play poker fankazzismo."

Reprimo uno sbalzo di sistole.

L'istinto mi svia sui dettagli, per autotutela: ma guarda, non c'è punteggiatura.

Un elenco di date.
La sua vita.
Ora non ce la faccio.
Clicco poi.
Un link con una strana sigla: Netlog.
Sembra una sigla inoffensiva.
Clicco ora.
Amiche: Saretta Porkona, Sukkiobene, Fikabisex, GodocomeGodo, Pornogiulia, Rinaskoseria...
Mi fermo.
La lista è lunghissima.
Prendo tempo.
Prendo fiato.
Ai segreti delle maledizioni è consigliabile accedere con cautela.
L'impatto può avere ricadute micidiali.

86

Lei sta seduta sulla tazza del cesso con le gambe tutte accavallate, tipo che le tazze non erano tazze ma poltrone, e i cessi non erano cessi ma salotti.

Fuma.

Che patata.

Molto più fica al cesso che al cortile, non lo so perché.

Le gambe mi tremano. Il tappo mi strozza la gola. Mi viene tutta una saliva in bocca. Soffoco. Secondo me, se non mi passa l'ansia svengo pure.

La guardo.

Non mi guarda.

Guarda il muro.

Allora, all'improvviso, quel bastardo mi si fa tutto moscio tipo una biscia in overdose, la testa si muove appena appena, cioè, quasi niente, adesso mi muore, proprio ora. Merda, dovevo prendere il Viagra, e invece non l'ho preso. Troppo uno stronzo. Allora a che cazzo servono gli amici? Cioè, fidati, no?

La coda dei capelli biondi gli cade da una parte sola, le spalle tutte nude che vengono fuori dalla T-shirt scollata le appoggia sulla cassetta dello sciacquone, come se lo sciacquone era un cuscino di velluto. Ha le unghie lunghissime tutte laccate nere, e si accompagna la sigaretta in bocca piano piano. Tipo che l'ha inventato lei, fumare, che gli altri lo fanno così, tanto per fare, però non sono buoni: si mettono la sigaretta in bocca, sputano il fumo, e arrivederci. Mica si fa così, fumare, cioè, guardate lei, imparate, cazzo.

Si è già tolta le mutandine prima che arrivavo. Un tanga rosa. L'ha buttato a terra, e adesso sta proprio accanto allo spazzolone, e sembra strano, tipo una rosa cresciuta dentro un cesso.

Continua a fumare, continua a non guardarmi, guarda sempre il muro.

Tipo che non gli fregava un cazzo di vedere se sono un uomo, una cosa o un animale, che faccia ho, e pure se ce l'ho una faccia, oppure niente.

Butta la sigaretta a terra senza spegnerla. La spengo io, col tacco della scarpa, sennò qui andiamo a fuoco.

La biscia si muove sempre meno, cioè, quasi morta.

E mo'?

Almeno non faceva la statua, Giulia.

Almeno mi sorrideva un minimo, o almeno mi diceva una parola, o almeno mi guardava, invece di guardare il muro.

Scusa, guardarmi che ti costa? Sul muro cosa c'è?

"Sbrigati!"

Ecco, mi ha parlato, meno male.

Sbrigati.

Secondo me, poteva dire pure un'altra cosa, cioè, non dico "Prendimi", o "Ti voglio", o "Scopami" (che ci stavano tutte, per duecento euro), ma almeno qualcosa tipo "Vieni qui", "Fai pure", oppure niente. Niente era meglio di sbrigati.

Biscia stecchita: non si muove più.

Cazzo, mi guarda, finalmente. Però strano. Tipo che attraverso me stava guardando sempre il muro. Tipo che in giro, a parte il muro, non c'era proprio un cazzo da guardare.

Guarda che sfiga, una c'ha gli occhi tipo zaffiri, e poi non ha un cazzo da guardare.

Da qualche parte io li ho già visti, questi occhi. Cioè, giuro. Un film, una foto, un video, una pubblicità...

Biglia.

Gli occhi di Biglia, la gattina.

Avevamo deciso di chiamarla Biglia perché c'aveva il pelo tutto schizzato di colori, come le biglie con cui giocavo al mare Solito. Io c'avrò avuto tipo quattro anni. Mia madre l'aveva portata a casa nella tasca del cappotto. Era tutta fradicia, tremava.

"L'ho trovata per strada, avrà un mese."

Gli occhi di Biglia erano azzurri zaffiro, e dentro c'aveva cose che non c'entravano per niente una con l'altra. Tipo, un po' ti dicevano: "Stai lontano da me sennò ti graffio", un po' ti dicevano: "Dai, vieni qui, fammi le coccole." Cioè, secondo i momenti.

Beta praticamente strippava proprio di brutto. Tipo che gli abbaiava contro, la inseguiva, e Biglia faceva il pelo dritto e scappava dappertutto, e io avevo paura che lui se la mangiava.

Allora piangevo e gridavo: "Mamma, fallo smettere, è cattivo."

"Sta' tranquillo, non la morde, abbaia e basta. Non è per cattiveria, è per istinto."

Allora ho capito che ci stanno due modi diversi per fare i bastardi: uno è per cattiveria, e allora sei un bastardo proprio, uno è per istinto, e sei sempre un bastardo, ma non è colpa tua. Beta abbaiava, abbaiava, e poi mia madre ha deciso che era meglio farla adottare da un'altra famiglia, Biglia, sennò alla fine gli scoppiava il cuore.

Gli occhi di Giulia mi ricordano gli occhi di Biglia, non lo so perché.

Adesso Giulia arrotola la gonna fino all'ombelico, e mostra la patata, e poi si appoggia al muro a gambe aperte, e chiude gli occhi, e volta la testa da quell'altra parte, come quando ti devono fare l'iniezione, e c'hai paura. Non lo so, mi sembra proprio una cosa piccola e bagnata, come Biglia. Metti che mo' gli scoppia il cuore? Adesso gli dico che non mordo, e i soldi a Tricheca non li ho dati per cattiveria, li ho dati per istinto, e a lei non potrei mai fargli del male, perché l'amo.

Il cervello dà l'ordine alla voce: cazzo, parla! Ma quella non esce, niente, ci sta il tappo. Non riesco a muovermi proprio, cioè, paralizzato.

Allora Giulia sbuffa: "Va bene, ho capito, non ti tira." Si abbassa la gonna, si rimette il tanga, mi guarda. Finalmente! Però storto. Adesso sicuramente prende e se ne va.

Presto.

Devo fare presto.

Prendo l'anello, glielo allungo sotto gli occhi, mi stappo la voce, e sputo fuori a razzo le parole che mi ero preparato: "Ecco è per te è un regalo ha il colore dei tuoi occhi cioè zaffiri tu sei bellissima voglio che stiamo insieme insomma... io ti amo..."

Allora lei mi guarda, e... cazzo... che fa?

Gli vengono le lacrime... cioè... piange!

Ma no, non piange, che piange: sta ridendo!

Cioè, non lo so se piange o ride, non si capisce, tipo che piange e ride insieme, tutt'e due. Negli occhi c'ha le cose diverse, e una che non c'entra niente con l'altra. Tipo Biglia.

L'anello neanche lo guarda.

Me lo lascia in mano.

Si accende una sigaretta, si aggiusta i capelli, si risistema il trucco guardandosi dentro uno specchietto che c'aveva in tasca, apre la porta del cesso-sesso, se ne va.

La seguo, con la testa bassa, tipo un cane che qualcuno l'ha preso di brutto a calci in culo.

Fuori fa freddo, e gli altri stanno insieme nel cortile, mezzi ibernati, Ste', Matti, Andri, Tricheca, Carola e Silvia, tutti quanti, persino quel lardoso di Mancini, che s'incolla sempre. Stanno a fare i pinguini aspettando, fumando, battendo i piedi sul pavimento del cortile, per tenersi caldi. È un cazzo di marzo, questo qui.

Giulia si piazza in mezzo a loro.

Tricheca: "Com'è andata?"

Lei gira un po' la testa all'indietro, tipo per indicare me senza guardarmi, tipo che non meritavo un giro completo del suo collo.

Poi tira una boccata, sputa il fumo e dice, a voce altissima: "Guardatelo: è un frocio, questo qui!"

Allora io penso che magari c'era un dio delle voci che stamattina era venuto a scuola mia e aveva tolto la voce a tutte le ragazze.

Magari c'era un dio degli invisibili che ora veniva, e mi toccava la testa, e io sparivo.

Magari c'era un dio dei ciechi che stamattina aveva tolto gli occhi a tutto il mondo.

E invece mi guardano.

Tremo tutto.

Che gelo.

87

Che gelo. Povera Marge. Muore di freddo, Mrs Simpson, stamattina.

Un freddo definitivo, un freddo vampiro, un freddo che le succhia il sangue e lo congela per farci stalattiti di ghiaccio, che poi le penzoleranno giù dal naso, e sarà buffa.

Sono buffissime, le mamme dei cartoni.

L'inverno è venuto a prendermi a casa, stamattina, strappando dilazioni a questo marzo irrisoluto, per accompagnarmi al consiglio di classe straordinario che ho fatto convocare a scuola di mio figlio. L'inverno è spietato e conformista. Gli piace infierire sui barboni. I senza famiglia. Come me. Esalta il lavorio del mio cervello con una luce sottile fredda albina.

Da tre giorni e tre notti, non faccio che randomizzare un ordine sparso di rappresentazioni tetre e surreali come gli incubi. Il mio cervello ha una vitalità febbrile, dolente, circolare. Nicco che fa il palo in raid vandalici notturni, Nicco che spalma di escrementi il sedere dei compagni, Nicco che compra il sesso alle compagne, Nicco che si sfonda di canne, Nicco risucchiato in un gorgo di sogni malsani.

Da tre giorni e tre notti, so che mio figlio è stato intossicato da veleni che danno assuefazione. Sfregiato da invisibili malformazioni.

Una centrifuga mi mulina in testa schizzi di frasi mutilate, parole mozze, sillabe cave, senza vocali, senza senso, stupri della lingua.

Sono in balia di una piena, travolta da un torrente di frasi focomeliche, linguaggi diversamente abili sparati addosso a raffiche di kappa. Nikilvincente mi ha fatto secca, senza neppure notificarmi la condanna a morte per mezzo di una consonante scorbutica, avulsa dalle lingue latine, aguzza come un punteruolo, un'arma impropria.

Ho indossato abiti da Marge. Solo mise da "un po' vecchia", d'ora in poi, mai più da "rimastona". Tailleur scuro, camicetta bianca, filo di perle, scarpe décolleté di cuoio chiaro, tacchi moderati. Mi approvo allo specchio, decido di credere alle bugie del mio cervello: una mamma impeccabile, ne indosso l'uniforme d'ordinanza.

L'ipertofia del traffico mi concede il tempo di ripassare brani di ciò che ho letto, di ragionare ancora, per ritentare l'isolamento di un filo conduttore. È difficile. Tutto era liquido, tutto era uguale a tutto il resto. Un'antropologia del nulla.

Ecco, sicuro, il filo è quello: il nulla. È questo il segreto della maledizione: "attacchi di nientite". Tra tutte le patologie rivelate dallo schermo, questa mi sembra la più nociva.

Il nulla si riproduce per proprietà transitiva, in cerchi concentrici sempre più stretti, coercitivi. Il nulla si nutre di "ossigeno incazzoso". Il nulla è più osceno dell'oscenità. È più volgare di tutte quelle nenie di "te lo mtt al cl" o "m fai vnr il czz duro fmm un pmpn". Il nulla è più rabbioso della rabbia. È più violento di quella giaculatoria di "t spcc il cl ti do fuoco bstrd fgl di pttn mo' t fcc a pzz".

Il nulla è la ripetizione del nulla.

Il nulla è un sequestro di persona.

Ha preso in ostaggio il mio bambino, e per pagare il riscatto non ho niente.

Attraverso il cortile della scuola fendendo una spessa coltre di nuvole ad altezza d'uomo. Una punteggiatura ininterrotta di sigarette accese, piccoli sbuffi apatici di fumo. Sembrano omologati da una sinistra simmetria. Le braccia penzoloni, cilindri di cenere che precipitano per forza d'inerzia senza neppure essere scossi, come per un risparmio integrale di energia. Mi strega una meticolosa regolarità di liturgie: i gesti esatti, le pose disarticolate, gli sguardi immobili, impasti di frasi gergali che veleggiano sul niente. La mia paura lievita, m'infrange il cervello, un'emicrania acuta.

Chissà chi sono i vincenti e chi i perdenti. Chissà come si riconoscono, se esiste qualche indizio rintracciabile da un investigatore dilettante come me.

Un gancio, ci vorrebbe un gancio per poterli estrarre dall'immersione in questo magma informe, e fulminarli con la neutralità di un'esegesi dei loro stessi riti. Cari ragazzi, vi devo fare una rivelazione: vi state facendo capitare il tempo senza nessuna strategia, fate le cose senza conoscerne il motivo, perciò siete perdenti tutti quanti, perdenti di voi stessi, cos'altro si può perdere di più?

Cerco un brogliaccio di pensiero nell'intrico di geroglifici che imbrattano ogni centimetro di muro: una letteratura spray di esperimenti semantici, e invettive, e strampalati precetti di filosofia, e aforismi, ed epigrammi amorosi iperbolici e sghembi.

Per noi non c'è domani. Bevolandia. Giovinezza al potere. Porco dio. Froci a morte. Martina puzza di pesce. Riina uno di noi. Rivolta fascista. Giulia ti voglio. Scuola di merda. Comunismo x sempre. Fasci bastardi. Priscilla ti amerò x sempre. Città violenta. Marty+Fili+Giusy. Sieg heil. Stupro di gruppo. Studenti sulla cresta dell'onda. Cucciola non mi lasciare. Skopo chi vuole dalle 18 in poi. Ma soprattutto, e ovunque: mettiamogliela al culo. Con minime varianti di coniugazione (mettigliela, te l'hanno messa, gliela metteremo). Mento a me stessa: "Dev'essere la pubblicità di una supposta."

Sono stordita dalla vuota intensità di quelle scritte. Mi graffia il dubbio che possa trattarsi di un pensiero unico, volatile ma denso, che abbiamo tralasciato per una nostra leggerezza. Una letale insipienza di cure, di attenzione. Erano lì, scolpivano i loro comandamenti sulla pietra, nell'etere, ovunque, ma non li abbiamo visti.

Sfilo tra i capannelli cercando di incrociare sguardi che non guardano, sennò mi riconoscerebbero di certo.

Salve ragazzi, sono Marge, quella che stucca e strippa e che si evolve, la madre fallita, la perdente.

Mio figlio è Nikilvincente.

Quello tarato sul vuoto, come voi.

Quello che non mi parla più.

Quello che forse non l'ho neppure messo al mondo, dev'essere nato per partenogenesi, adesso non ricordo bene com'è andata, può essere che una madre non ce l'abbia.

Non io.

88

Non io.

Non Nikilvincente.

Cioè, giuro, era un altro.

Forse mi assomigliava, quello lì, cioè, può capitare. Conta, i ragazzi si assomigliano un botto, lo dicono pure alla televisione, si vestono uguale, pensano uguale, fanno le stesse cose, e gli altri cazzi. Così, a sentirla, sembra una stronzata, però, se lo dicono alla televisione ci deve avere un senso, no? Se i giovani sono tutti uguali, quello, magari, poteva essere pure uguale a me, in pratica vestito uguale, con la stessa faccia, che parlava uguale e tutto il resto.

Però era un altro.

Questo volevo dire a tutti, nel cortile: "Guardate ragazzi, veramente, c'è stato uno scambio di persona, c'è andato un frocio, nel cesso con Giulia, al posto mio, cioè, capita, ho fatto tardi, e lei non gli ha chiesto mica i documenti. Cioè, lo sapete, ai froci gli piace fare le cose da femmine, tipo andare a pisciare nel bagno delle donne, apposta sono froci."

Ecco, volevo dire questo.

Ma poi, alla fine, non ho detto niente.

Tenevo gli occhi sulle scarpe, e non riuscivo ad alzarli, tipo che si erano incollati. E poi mi bruciavano le guance, sentivo tutto il sangue che saliva in faccia, e pensavo che volevo tanto essere nato senza faccia, tipo col corpo e basta, sopra niente, un buco. Non hanno detto niente neanche loro. Neanche sei uno stronzo, un frocio, fai schifo, non so cosa. Niente. Soltanto una risatina di quel bastardo di Mancini (che magari si strozzava e moriva lì, sul colpo), e la voce da gallina di Tricheca che diceva: "Cioè, meno male che aveva già pagato." Un pezzo di silenzio, cioè, lungo, o forse corto, o forse una via di mezzo, non saprei, non sono riuscito a calcolarlo, non me lo ricordo. E poi se se sono andati tutti insieme.

Da allora non mi parla più nessuno.

Solo: "Frocio sparisci", se m'incontrano. Tipo che mi chiamavo proprio così, Frocio di nome e Sparisci di cognome.

Piacere, sono Sparisci Frocio.

Cioè nessuno.

Io non mi guardo più neanche allo specchio.

Non si vede niente.

I froci, oltre che froci, sono pure trasparenti.

89

La sala professori è in penombra. Sembra si sia velata per pudore, perché non riveli un suo segreto di muri scrostati e mobili vecchi e sciatteria, per rendere clandestino un genius loci scalcagnato e amorfo.

Dalle fessure delle tapparelle, una tessitura di luci sfoca i profili di sagome sedute attorno a un tavolo di formica malmesso. Il preside, quattro insegnanti, un genitore, una genitrice. Chissà perché hanno sollevato gli avvolgibili solo a metà. Forse nessuno vuol essere smascherato, o smascherare.

Mi aspettano, immobili, dissimulando a stento un fastidio, un sospetto, una malevolenza.

"Prego, si accomodi."

Il preside mi parla con falsa cortesia, visibilmente contratto in un allerta. Resto in piedi. Non voglio sentirmi una di loro.

"Scusate, in piedi parlo meglio. Entro immediatamente in argomento. Ho letto il blog di mio figlio. Non l'ho spiato. Non era nascosto. Era in rete. Avreste potuto leggerlo anche voi. Ci siete mai andati, a leggere i blog dei ragazzi su Internet? Avreste dovuto. Credo ce ne siano a migliaia. Più istruttivi di un trattato di pedagogia."

Un successivo silenzio prolungato pietrifica ogni residua forma di vitalità, amplificando colpi di tosse secca rilasciati in sequenza regolare, come rintocchi di campane a morto. Il preside sembrerebbe affetto da un principio di tracheite. Forse psicosomatica. Non so.

Continuo: "Vi parlerò di quello che succede, a vostra insaputa, in questa scuola. Comincerò dalle finestre ipnotiche e dai certificati dei cognati, che sono un preambolo coerente per poi passare al resto. Dividerò il resto per capitoli: le canne, la cocaina, l'alcol, i coltelli, la prostituzione, passando per lo spaccio nel cortile, la fumeria, i bagni-scopatoi, ovvero il cesso-sesso. Affronteremo anche il tema dei professori che fingono di non vedere, e di quelli che insegnano a selezionare la cannabis."

Anelo a un risarcimento di gote vermiglie. Ma questa dannata penombra li soccorre, li nasconde, e ne uniforma i colori in favoreggiamenti d'ombra.

Allora, meticolosamente, m'incuneo nei dettagli, e glieli butto in faccia uno per uno, torniti in foggia scarna e appuntita, chiodi, un desiderio inconscio di crocifissione. Parlo con voce ferma ed efficace, eludendo commenti o intonazioni, e sottolineo con un gesticolare misurato, e non concedo pause, neanche una, niente che possa contenere l'indulgenza di uno sconto.

Venti minuti. Omelie da una Bibbia di ordinarie perdizioni. Ho chiuso con Saverio bidello poco serio, per alleggerire. Adesso la penombra ha familiarizzato col mio sguardo, si è messa dalla mia parte, è mia sodale, non nasconde più. Li guardo negli occhi, uno per uno. Un caso atipico. Un sistema di reazioni malformato. Non colgo nessun bagliore di sorpresa, di allarme, di cruccio, di resipiscenza. Niente. Non colgo in realtà nessun bagliore. Iridi opache. Sguardi che non guardano. Come quegli altri, nel cortile.

La rivelazione è da spezzare il fiato. Immersi anche questi nelle profondità di un magma informe? A farsi capitare il tempo, a fare le cose senza conoscerne il motivo, omologati in una sinistra simmetria? Come gli altri? Possibile? Allora non ho scampo. Chi mi aiuta?

Mi siedo costernata in mezzo a loro, ne sondo le morfologie, cercando di carpire informazioni che smentiscano l'apocalisse della mia scoperta.

Rilevo affinità zoologiche.

Il preside, ad esempio, ha uno sguardo succube appannato stralunato, da cane bassethound.

"Senta, signora, siamo insegnanti, non siamo poliziotti. Il nostro mestiere riguarda la diffusione dei saperi, non la tutela dell'ordine pubblico. Comunque indagheremo."

Poi, stancamente, si gratta una criniera scomposta di ciocche foltissime e canute, e allora noto che ha la barba incolta, e un'aria intorpidita, e sembra appena sveglio, e oppresso dal peso di un fisico bolso e di qualche sepolta mole di sconfitte. Sembra un vecchio soldato suonato, in ritirata, che ha familiarizzato con i suoi nemici e implora i terzi di non rinfacciarglielo, di lasciarlo in pace.

Gli corre in soccorso un collega giovanile con indosso un golf azzurro, la lana sfibrata come la sua voce: "Voi delegate alla scuola il vostro compito di educare i figli. Ma i guai li fanno i genitori. I figli sono i segreti denudati dei padri. Nietzsche, cara signora."

Questo dev'essere quello di storia. Il professore dei certificati. Ha gli occhi piccoli neri tondi ravvicinati. Una scimmietta. Parla, ma credo che non senta e che non veda. Occhietti incorniciati in minuscole lenti circolari senza montatura, cerchi concentrici, da zombie, sembra glieli abbiano stampati in faccia senza riuscire a dargli un'espressione. Vorrei chiedergli se anche i cognati, oltre ai figli, denudino inconfessabili segreti di famiglia. Tipo una saga di certificati falsi. Ma sto zitta.

"Diciamo la verità, signora: ci sono genitori che io non conosco neppure, non vengono mai ai colloqui," piagnucola una giovanotta segaligna dai capelli corti e bruni. Credo alluda a me: non l'ho mai vista. Dev'essere quella che ha preso

il posto della Nitti. È stridula, nervosa, parla a scatti, ha un colorito verdastro, le gioverebbe prendere un po' d'aria. È un grillo. Apprendistato da grillo parlante.

Quest'altra, invece, è prematuramente anziana, mi sembra sui cinquanta mal portati, capigliatura crespa, tinta di un biondo grossolano, sul cranio isole di calvizie dissimulate male, occhi cisposi, obliqui, un po' maligni, viso piccolo e tondo, zigomi irrintracciabili, naso a becco. Una pernice.

Parla con sussiego: "Personalmente, non sono mai venuta a conoscenza di episodi del genere. Se devo essere sincera, mi sembrano molto fantasiosi. I ragazzini a volte inventano le cose per fare bella figura con gli amici. Se lo lasci dire. Li conosco bene. Faccio la vicepreside da un anno."

Il tono monocorde, sulla parola "vicepreside", si è impennato in un guizzo voluttuoso. Piuttosto che pronunciarla, l'ha assaggiata, in preda a qualche oscuro godimento interno. Orgasmi spirituali.

Con un sorriso acidulo, preannuncia il probabile sigillo: "Sinceramente, signora, non credo a una parola di quello che ci è venuta a raccontare."

90

Dovevo stare zitto, muto, trasparente, cioè, tipo che neanche esistevo, che non ero fatto di carne e di ossa, che ero fatto di calce e di cemento, che ero il muro. E invece no. E invece ho voluto fare la stronzata.

L'ho visto che fumava da solo, senza gli altri, nel cortile. Matti stava appoggiato a un muro, e mi guardava. Cioè, almeno mi sembrava che guardava proprio me, ma non lo so. Magari mi guardava pure, ma, dato che sono diventato trasparente, non vedeva niente.

E allora mi è venuta così, senza pensarci.

Mi sono detto: scusa, che mi costa, cioè, ci provo, ora gli parlo, gli spiego tutto il fatto, gli sparo due stronzate. Gli dico che è stata tutta colpa del Viagra che dovevo prendere e invece non l'ho preso. Oppure che avevo bevuto una birra troppo fredda e mi era venuto il mal di pancia. Oppure che al cesso ci stava troppa zaffa per scopare. Oppure che all'ultimo Giulia non me l'ha più voluta dare, cioè, ha cambiato idea, magari gli è venuto il ciclo all'improvviso, cioè, può capitare. Gli sparo una cazzata, una qualunque.

E poi, alla fine, gli dico: "Te lo giuro, Matteo, non sono frocio, figurati."

Magari gli ricordo i vecchi tempi, e quando gli ho passato il compito di mate, e quando eravamo amici ed era forte, e la merda sul culo di Caretti, e la missione a casa del secchione, e quando mi ha fatto diventare vincente, "cioè, proprio tu, sei stato troppo un grande".

Gli dico pure che d'ora in poi gli passo tutti i giorni la merenda, i compiti, metà paghetta, gli offro sigarette erba birra, gli presto il cellulare e l'orologio, glieli regalo, cioè, quello che vuole.

Insomma, uno parla, ci prova, poi si vede.

Allora mi sono gonfiato di coraggio, mi sono stappato la gola e sono andato da lui con una sigaretta in mano.

"Mi fai accendere?"

Lui niente. Io una statua. Aspetto, tutto sudato, col cuore a mille, pensando: ora che fa?

Dopo un certo tempo, Matteo tira fuori dalla tasca un grosso Zippo nero con sopra disegnato un teschio, accende, e poi mi mette la fiamma sotto il naso.

Cazzo, ho pensato, vedi, ce l'ho fatta, cioè, che ci voleva?

"Grazie! Grazie davvero, Matti. Cazzo, sei forte, sei proprio un amico. Sapevo che eri il meglio. Troppo un mito. L'ho sempre detto a tutti. Chiedi in giro."

Faccio per accendere, ma non accendo niente. Lui spegne prima.

Mi strappa la sigaretta dalla bocca, e la getta a terra, la pesta, e poi ci sputa sopra.

"Era solo per farti vedere la fine che fai se mi rivolgi la parola un'altra volta, brutto frocio. La stessa fine della tua merdosa sigaretta. Ti pesto. E poi ti sputo sopra. Oppure ti infilo l'accendino su per il culo, vuoi? Lo abbiamo fatto con un primino, l'anno scorso. Era una checca come te. Gli è piaciuto un botto. Perché non glielo chiedi? Magari vi potete fidanzare."

Allora di colpo mi è venuto tutto un rosso di rabbia in faccia, negli occhi, nel cervello, dappertutto, e se potevo lo ammazzavo a calci. Però gli ho tirato un calcio solo, cioè, sulla caviglia, però bello forte. Gli ho detto: "Sei un bastardo."

Lui non si è mosso proprio. Non si è difeso, non ha risposto, non ha fatto un cazzo. Si è solo accarezzato la caviglia, e intanto mi guardava fisso, e aveva gli occhi stretti, e metti che gli occhi potevano sparare, sicuramente ero già morto.

Poi, a una certa: "Ma bravo, ma guardalo, il frocetto. Il cazzo non gli tira, però c'ha le palle. Vedremo quanto pesano. Stai manzo."

Allora poi tira il coltello fuori dalla tasca, e me lo piazza sotto la punta del naso.

Penso: ora mi ammazza. Mi passa tutta la vita davanti, cioè, come nei film (passa prestissimo, non è successo un cazzo).

Invece Giumatti si rimette in tasca il coltello, si volta e se ne va.

Mentre camminava, grida: "Checca di merda, te ne pentirai!"

Però senza girarsi, cioè, di spalle.

Guardando in alto.

Tipo che ce l'aveva col cielo, non con me.

91

Il genitore chiede la parola. È ligio al protocollo scolastico. Alza la mano.

Il genitore è basso, corporatura tozza, lo sguardo piccolo, l'espressione diffidente, le unghie mangiucchiate, la dentatura sbilenca e irregolare, qualche manciata di sabbietta bianca sulle spalle di un blazer sgualcito di qualità mediocre, da travet. Dovrebbe spolverarlo. Considerando tutto, anche l'igiene, direi che siamo ai roditori. Un ratto.

Squittisce: "Il figlio della signora non può essersi inventato tutto. Noi vi affidiamo i nostri figli, e voi permettete che la scuola diventi un covo di drogati. È una vergogna."

La genitrice lo guarda con smaccata insofferenza. Veste spigliato con affettazione, accuratamente dégagé, i jeans sapientemente slavati e la giacchetta rosso-arancio, casual con griffe. Cinquanta giovanili, occhi felini, pupille di cristallo, fiatate di charme vaporizzate in giro con sapienza come gocce di Chanel. Una gatta.

Ostenta un taglio lungo e ondulato di capelli biondi da teenager, e un gergo ricercato: "Per cortesia, confrontiamoci sulle strategie formative, non sui dettagli ininfluenti. Non credo che la cannabis sia un tema focale. Le canne, a suo tempo, le abbiamo consumate pure noi. Si tratta di consuetudini indotte dall'emulazione."

Gli occhi felini frugano ansiosamente tra quelli degli astanti rivendicando approvazione. Tutto rivela in lei sovrabbondanti dosi di autostima. Sul ratto, in quanto gatta, dovrebbe aver la meglio.

Lui trasuda sdegno: "Ma cosa dice? Io non me le sono mai fatte, le canne, e neanche mio figlio se le fa. Si figuri: gli faccio fare sport quattro volte a settimana!"

"Se le fa, ne sia certo. La spinta all'omologazione è ingovernabile. Si domandi, piuttosto, perché mai non la mette a parte delle sue esperienze. Mia figlia, con me, lo fa regolarmente." Miagola: "Abbiamo una relazione empatica, con un livello comunicativo intensissimo. L'ho incoraggiata a scandire il consumo con autodisciplina. Un paio a settimana, le ho detto, non di più. L'interazione è un'ottima strategia, per il controllo".

Il ratto strabuzza gli occhietti malmostosi. Scarta l'etichetta e passa al tu: "Tu le permetti di consumare sostanze psicotrope a quattordici anni?"

La gatta, sprezzante, ribadisce il lei: "Oddio, sostanze psicotrope, ma come parla, lei?"

Il ratto insiste con il tu pirata: "Perché, tu non hai detto 'interazione', 'omologazione', 'relazione empatica'? Ti sei sentita?"

Il tono lievita.

Lei: "Secondo me il problema dei figli sono certi genitori, non la droga."

Lui: "Tu devi essere una di quelle attempate ex sessantottine che giocano ancora a fare le alternative, come se non foste stati voi a rovinare i nostri figli, dopo aver rovinato questa società." Assesta una rifinitura di scalpello, con un ghigno: "Scommetto che le canne te le fai ancora. Ci giurerei."

Allora la gatta arruffa il pelo. "Nel Sessantotto avevo nove anni." È offesa: "Qui siamo alla fiera dei luoghi comuni proibizionisti del piccolo borghese."

Cede alla scostumatezza di quel tu: "Sei un conformista. E ottuso. E reazionario."

Il ratto spariglia: "E tu sei un'incosciente."

Ora gridano senza ritegno.

Genitori bulli. Una lacuna delle mie nozioni di antropologia. Ora è colmata.

Intanto pupille mobilissime di bassethound pernici grilli scimmiette perlustrano con interesse le crepe nell'intonaco, gli arredi scarni e sgangherati, il pavimento di linoleum incrostato da un'intensa geografia di macchie oleose. Lasciano fare, con la sommessa cattiveria di chi assiste a una lotta tra fiere da una distanza di sicurezza. Un bel regolamento di conti tra famiglie, che svia l'inquadratura, legittimando l'autoassoluzione.

Neanche uno sguardo si lascia incrociare da altri sguardi, tutti itineranti, tutti in fuga. Quelli dei professori, infine, simmetricamente convergono sulla finestra, dove sostano per un tempo indefinito.

Uno sguardo no.

È limpido e diritto, indugia su di me, come se fossi l'unico oggetto degno di osservazione nei dintorni. Appartiene a un professore col mento spolverato da una rarefatta barba grigia, un'aria intensa placida assennata, sembrerebbe un animale raro, in estinzione. Un orso. Ha un viso familiare, sono sicura che l'ho già visto, non ricordo dove. Lui non ha detto niente, e sta seduto nell'angolo più buio, amministrando lo sguardo plantigrado in un suo isolamento infrangibile e perfetto. Non parla. Non si muove. Non sono certa nemmeno che respiri.

Intanto il preside, tentando di domare un accesso di tosse dirompente, sputa parole miste a schizzi di saliva: "Scusate, non siamo qui per un confronto ideologico sui vecchi tempi. Il rapporto che avete con i vostri figli è affare vostro. A noi interessa solo ciò che succede in questa scuola."

Infine, conclusivo, si autoconcede una dilazione sine die: "Indagheremo."

Allarga le mani in un gesto di congedo, l'udienza è tolta, se avesse un martelletto lo batterebbe sul tavolo di formica con energia.

Sguardi di muta approvazione dallo zoo.

Si alzano tutti simultaneamente.

Allora vengo travolta da un impeto di sentimenti diseguali, che stanno tra il disprezzo e la disperazione con categorie intermedie, e non riesco a distinguere i più intensi o i più importanti, registro un'equivalenza delle opzioni. So soltanto che devo rovesciarli tutti fuori ora, prima di venirne intossicata, e subito dopo andare via.

"Prima di andare, devo dirvi una cosa. Vorrei che riusciste a rintracciare nei vostri discorsi e nei vostri sguardi quel che vedo io. Scusate, sarò franca: niente. Forse mi sbaglio. Ma il vostro niente mi sembra affine a quello di cui si sono ammalati i nostri figli. Abbiamo sbagliato tutto. È colpa nostra. Spero ci sia ancora rimedio, ma non so. Per quanto mi riguarda, mi sento molto in colpa, e molto sola. Adesso devo andare. Ho fatto male a chiedervi aiuto. Scusate. Arrivederci."

Raggiungo la porta con un balzo, quelli si scansano simultaneamente, in fretta, come per far passare un'ambulanza. Rotolo giù per le scale come se l'edificio stesse andando a fuoco. Uno scalpiccio di passi affrettati alle mie spalle, qualcuno m'insegue, mi raggiunge. Una mano mi sequestra un braccio con risolutezza, bloccando la mia fuga. Ecco, saranno la pernice o il bassethound, vorranno dirmi si cerchi un'altra scuola, per suo figlio.

Mi volto.

Il professore-orso.

Mi elargisce un sorriso viscerale: "Sei stata molto brava,

Caterina. Io sono il professore di arte di tuo figlio, Sciarelli, quello che seleziona la cannabis."

In quell'istante, una sciabola di sole sfonda una finestra dai vetri sfregiati. Marzo si è emancipato d'un colpo dall'inverno. Il sole illumina uno sguardo bonario e selvatico, da orso, e inquadra uno squarcio improvviso nella mia memoria. Uno scarto del tempo. Una ventata di emozioni confuse. Correnti di memoria.

Così lo riconosco.

"Ti chiami ancora Che?"

Ride, rovesciando la testa all'indietro.

Ride di una risata fragorosa, che rimbalza tra le pareti dell'androne, riproducendosi in piccoli echi mixati di amarezza e di allegria.

"Chiamami Angelo."

"Angelo, ma certo! Aveva ragione Richi."

"Chi?"

"Niente. Lo avevo dimenticato, il tuo nome vero. O forse non l'ho neanche mai saputo."

"Non sono più il Che, da tanto tempo. Sono un pensionato della rivoluzione. Esonerato per vecchiaia e incompetenza. Ho chiuso con la politica militante. Anzi, è stata lei a chiudere con me."

92

Ho chiuso col blog. Anzi, è stato il blog a chiudere con me.

Lo aprivo e mi sputava in faccia.

"Frocio culo ricchione checca culattone finocchio femminuccia", e "Ce l'hai moscio", e "Al posto del cazzo c'hai un'oliva", e "Me la dai carina", e "Quanto costa il tuo culo me lo vendi", e altro del genere. E chi lo sa chi erano, e quanti erano, potevano essere dieci o cento o mille, che cazzo ne sapevo, e ce li avevo addosso, tutti quanti, cioè, circondato. Pensavo: mo' questi a una certa escono dallo schermo, o salgono dalla finestra, o bussano alla porta, e sono qui coi caschi i coltelli le catene le cinghie e tutto il resto a farmi il culo. Lo sapevo che non era possibile, ma lo pensavo, e mi dicevo: speriamo che non suona il campanello della porta, sennò crepo, mi scoppia il cuore d'un colpo, bum.

E allora non mangiavo, non dormivo, non vivevo, niente. E accendevo il computer sperando che l'ADSL era saltata, che si era bruciata la scheda madre, che la connessione era impallata e sullo schermo non veniva fuori nulla, solo buio.

Così ho cancellato il blog.

Nikilvincente non esiste più.

Io non ho vinto niente, ho perso tutto.

E ora mi chiamo soltanto Niccolò, cioè, almeno credo, nessuno mi chiama, veramente, tipo che mi sono perso pure il nome.

Non ho più nulla.

Giulia, le donne, gli amici, Internet, la vita.

Niente più.

Ora per me la vita è solo un lungo attacco di nientite, cioè, un blocco unico, tipo che finisce solo perché ne comincia un altro, e in mezzo non c'è niente.

Ora per me una giornata non è più una cosa che la mattina ti alzi ti vesti e fai le cose. Una giornata è una cosa che la mattina ti alzi ti vesti e non ti va di fare un cazzo, ed era meglio se non ti alzavi proprio, e l'unica cosa che vuoi dalla giornata è che finisce presto, anche se sai che tanto subito dopo ce n'è un'altra. La vita è fatta di giornate, o quelle o niente, e io sono fottuto.

E il cellulare è morto, non mi squilla più.

E poi c'è questa cazzo di paura, a chiedermi tutti i giorni chissà cosa mi fanno quelli, chissà quando.

Giumatti lo ha detto: te ne pentirai.

Adesso sto a pentirmene seduto con Camilla su un muretto del cortile.

Stiamo in autogestione da tre giorni, i prof hanno sgombrato. È appena finita una lezione di Grassi Domenico, prima liceo sezione c sul Parkour. Il Parkour è una cosa che uno, se uno la sa, può fare i salti, le capriole, zompare giù da un muro di due metri, oppure da un balcone al primo piano, al massimo un secondo, e non si rompe niente. Cioè, qualche volta sì, non sempre. Infatti Grassi Domenico ha raccontato che lui si è buttato sei volte giù da muretti o da balconi, e si è rotto qualcosa solo due volte, tipo un braccio e una spalla, mi pare, e le altre niente.

Adesso Barba Claudio, terza H, sta facendo una lezione su rollare le canne, cioè, tipo le prime cose, arrotolare il filtro, livellare la cartina, leccare la gomma, praticamente roba da primini. Infatti ci stavano solo i primini, e stavano in flebo dalla noia. Barba Claudio è moscissimo, c'ha proprio un nome adatto, e poi i primini le canne in genere le sanno già rollare dalle medie.

Allora Cami e io ce ne siamo usciti in cortile a fumare, che c'è il sole.

I vincenti se ne stanno in gruppo a parlare sottovoce, e ogni tanto si girano dalla mia parte.

"Cami, quelli mi stanno a fare venire un botto d'ansia. Cioè, perché mi guardano? Perché parlano sottovoce? Di cosa parlano, secondo te?"

"Di cazzate, come sempre. Tipo di femmine, scopare e tutto il resto."

"Scusa, Cami, se uno deve parlare di femmine parla ad alta voce, e parlando guarda le femmine, non me. Cazzo, praticamente mi sento tipo un condannato alla sedia elettrica nel braccio della morte, ogni mattina mi sveglio pensando forse è oggi forse no, ma al massimo sarà domani."

Ride: "Sei proprio un cagasotto, Nic. Sono quattro animali, quelli, che vuoi che ti fanno?"

"Fidati, cazzo, li conosco. Qualcosa succede, presto o tardi..."

Succede presto.

Ora.

93

Seduta sulla panchina accanto a lui, mi sento un ecomostro.

Il verde, il sole, i ragazzetti in amore, le leggerezze lussureggianti che ti costruisce attorno un parco, e io vestita da Marge, col tailleurino scuro, le scarpe décolleté.

Mi chiama Caterina in un modo che mi piace, come si chiama una donna, e non un ente inutile, con una restituzione di suoni, di musica, di integrità. Io non riesco a chiamarlo Angelo, né Che, e allora non lo chiamo, gli dico sai, vedi, insomma, senti, senza nomi.

Per quanto mi sforzi, non riesco a ricordare niente di noi due. La trama è troppo esile, la mia memoria non l'ha trattenuta, nessun dettaglio, solo la vaga memoria di un grumo di emozioni, ambientazioni generiche e dissociate dalla sua persona.

Il sole ci importuna gli occhi, e attenua la verifica dei danni: i miei graffi di rughe, il suo fisico imbolsito, l'ovale impreciso, il collo che gli si è srotolato sotto la barba in una digressione di pieghe regolari, il fuoco dello sguardo che si è spento a beneficio di un tepore.

Ci siamo raccontati le nostre vite, in rapida sequenza di sconfitte. Inventariandole, ci siamo accorti che sono simmetriche e assonanti come le rime di una strofa, e neanche tante. Sconfitte di genere esistenziale, professionale, genitoriale, coniugale. Solo quattro. Sembravano di più.

Angelo racconta fumando, aspira avidamente, spegne e riaccende, getta la cenere e le cicche in un foglio di giornale disteso sulle sue ginocchia, riflessi di vecchi anticorpi ambientalisti, o forse soltanto buona educazione.

"Lei è una borghese doc, diciamo middle class, quel genere di conformismo integralista che può incrostare un'anima. Era una sfida, per me. O forse un inconsapevole desiderio di normalizzazione. M'incuriosiva la sua diversità. Era bella, intelligente, speravo di redimerla. Lei, invece, sperava di redimere me."

"E infine chi è stato redento?"

"Nessuno dei due. Dieci anni di scontri. E poi ci siamo separati. Male. Cerca di impedirmi di vedere le ragazze. Ha detto al giudice che mi drogo."

"Lo fai?"

"Figurati. Spinelli. Qualche volta. Mai davanti alle mie figlie."

"Magari però hai spiegato loro come distinguere l'erba buona da quella cattiva, come fai a scuola. Ti sembra una buona cosa da fare, per un insegnante?"

Spegne l'ultima sigaretta, accartoccia il giornale, si gira, mi guarda intensamente, riparandosi gli occhi dal sole con la mano.

"Stammi a sentire. L'hashish che c'è in circolazione oggi ha un principio attivo del quattordici, quindici per cento. Ai nostri tempi era il sette. La marijuana a volte arriva a trenta. Hanno tredici, quattordici, quindici anni. Anche di meno. Certi hanno cominciato a undici. Non sono in grado di scandire un uso accorto. Strafanno. Si bombardano i neuroni. Il fumo non è un'occupazione secondaria nel pacchetto delle condivisioni, come ai tempi nostri. A volte è 'la' condivisione, è 'la' occupazione. Nient'altro."

"E allora?"

"E allora provo a proteggerli. Questa cannabis, se abusata, può dare dipendenza. Gli insegno a tagliare col tabacco. Meglio far finta di non vedere, come gli altri?"

"Non c'è una strategia meno dissennata?"

"Non c'è affatto una strategia. Non c'è una scuola. Non ci sono genitori. Non c'è niente. Vivono da esuli, in un mondo separato. Esuli da noi, dalla vita, da se stessi. E sai cosa succede?"

La Slava suggerisce prudenza: "Lascia stare, è meglio non saperlo, hai già abbastanza guai." René rivendica un approfondimento. Malvolentieri, gli do retta: "Cosa?"

"Noi fumavamo gli spinelli, e fine. Qualcuno arrivava all'eroina, ma era un percorso parallelo, un altro mercato."

"Invece?" tremo.

"Invece questo non è più un mercato."

"No?"

"Chiudi gli occhi. Prova a immaginare un outlet."

"Un outlet?"

Continua, implacabile: "Un outlet. A cielo aperto. La canna è servita per fidelizzarli. Ora conoscono lo sballo. Di più. Conoscono un metodo: la fuga. E soprattutto conoscono i luoghi e le persone. Sono le stesse. Diversificano l'offerta, fanno buone politiche di prezzi, e sono sempre a disposizione, sottomano. Al parco, in piazza, a scuola, persino ordinazioni a domicilio. Tutti i giorni. Ovunque. Sotto i nostri occhi."

Vorrei dire qualcosa, ma la voce recalcitra, indietreggia, la bocca è alluvionata da una iperproduzione di saliva, parlando sputerei. E poi non so che dire. Ripeto "un outlet", come un'idiota, sillabando.

Ora racconta su un registro lento e regolare, come se recitasse una filastrocca paurosa per bimbi cattivi: "Sul primo bancone c'è la canna. Ma quella già la conosci, è routine, magari ti ha stufato. Allora, sul bancone accanto, c'è la cocaina in offerta speciale. Cominciano a sniffarla a tredici anni. Poi, più in là, ketamina, un anestetico usato in veterinaria per i cavalli. Con quello puoi sperimentare uno stato di premorte. Va molto, ultimamente."

Premorte. Quadri terrifici. Niccolò premorto, lo sguardo sbarrato, non parla, non si muove, non respira. La salivazione aumenta. Deglutisco. Vorrei interloquire, ma non ho né l'energia, né gli argomenti.

"Poi ci sono i boccioni di vetro con dentro caramelline colorate, come dal droghiere. Hanno forme di fiori, cuori, fiocchetti. Ecstasy. Loro le chiamano 'paste'. Provocano sovreccitamento e allucinazioni. Energia per ballare, o per scopare. Più in là puoi trovare pure le droghe vegetali: funghi, peyote, salvia. Le chiamano 'bio', anche se bruciano il cervello."

"Bio." Sono intrappolata nella coazione a ripetere un'eco.

"E poi sta tornando il brown sugar, l'eroina, ti ricordi? Un revival. Anche la bianca. Non la sparano in vena, come ai vecchi tempi. La sniffano. Un minuto e sei fatto. Il massimo, però, è mischiare le droghe tra di loro. E tutte con l'alcol."

"Ah!"

Guardo le mamme sul prato coi bambini. Mi sembrano belle e in sintonia col sole, sagome scolpite in un blocco di beatitudine marmorea. Mosse simmetriche, come in un balletto. Chine su passi barcollanti, le schiene flessibili e coriacee insieme, nessuna fatica, braccia aperte, ali di chioccia spiegate sulla mobilità incompetente dei pulcini. Secoli fa devo aver fatto anch'io qualcosa del genere, ma non ricordo nulla. Un tempo deve aver barcollato sui prati anche mio figlio. È stato mai così piccolo, mio figlio? E io? Ho fatto la chioccia al parco pure io? La mia memoria ha censurato tutto.

Vorrei convocarle qui, metterle in guardia: tenete un diario, registrate tutto, fate ogni giorno incetta di dettagli.

E sappiate che fare le chiocce non vi servirà.

Si perderanno, e voi li perderete, e un giorno perderete anche voi stesse, vi troverete crocifisse al suolo, come me.

La chioccia ha le ali, ma non vola.

94

Mi vola in faccia.

M'arriva d'uno botto, tutta insieme, splash.

Tipo una pizza, ma non una normale. Una pizza bestiale da una megamano con cento dita.

Poi un liquido giallo comincia a scivolarmi sulle guance, in bocca, sul collo, giù per la maglietta.

Quando succede una cosa molto brutta, i pensieri funzionano un po' a cazzo. Cioè, la prima cosa che pensi non è la cosa più importante che dovevi pensare, no, certe volte è una cosa che non c'entrava un cazzo.

Infatti la prima cosa che penso è che la pipì ha un sapore schifoso da sbrattare, e come cazzo fanno a bersela certi che si sono perduti nel deserto, cioè, meglio morire di sete, veramente.

Questa l'hanno fatta da poco.

È ancora tiepida.

Almeno un bicchiere.

Però grande.

Non saprei dire chi me l'ha tirata, cioè, non ho visto niente, forse quello che l'ha tirata era nascosto, o forse è venuta giù dal cielo tipo pioggia, e ora mi sta colando dappertutto, e scatto in piedi, e resto immobile per un tempo che può durare un minuto, un'ora, tutta la vita, non lo so. E adesso non sono Niccolò, sono una statua, il monumento alla pisciata, e niente al mondo potrà farmi muovere, mai più, e il piscio dai capelli comincia a colarmi anche sugli occhi, e vedo tutto pixelato, tipo quando s'impalla il PC.

Vedo Cami in piedi accanto a me che non si muove, non parla, non fa niente. Vedo un botto di gente che ride, ride, ride. Come se stavano al cinema, i bastardi. Giulia a colpetti piccoli, tipo che aveva la tosse o il singhiozzo. Mancini girando su se stesso tipo una trottola, secondo me dal ridere si sta pisciando pure addosso. I vincenti ridono fortissimo, gridano, si tengono la pancia, si danno le pacche sulle spalle, si battono il cinque.

Gli altri, dietro, ridono più piano, certi con la mano sulla bocca, tipo che non volevano ridere, però gli scappava. Vedo soltanto uno che non ride, Caretti Giulio, quello che un giorno gli avevo messo la merda sulla sedia, chissà perché cazzo non ride pure lui, e ridi, no?

E poi d'un botto l'odore di piscio diventa insopportabile, e diventa il mio odore, l'odore di Nicco, e lo sarà per sempre, e non me lo tolgo più di dosso, no, mai più, non penso.

Allora comincio a correre verso il portone, entro, mi arrampico su per le scale verso il cesso gridando: "Che schifo che schifo che schifo che schifo" tipo quattro volte, dieci volte, cento volte, non lo so. E corro sempre più veloce perché mi viene da sbrattare, e mi viene da piangere, e le lacrime cominciano a mischiarsi con il piscio, e devo chiudermi in bagno, e devo lavarmi, e devo sparire, e devo morire, anzi, sarebbe meglio non essere mai nato.

Mi corrono dietro, mi raggiungono, mi superano, si piazzano di spalle davanti alla porta del cesso.

"Alt, fermo qui."

"I froci non possono entrare nel bagno dei maschi."

"Devono prima chiedere il permesso."

Non so chi ha detto cosa.

Parlano svelto, uno dietro l'altro, senza pause, come se erano una voce sola divisa in tanti pezzi.

Stefano: "Questo non è il tuo posto, sai, frocio?"

Filippo: "I froci devono andare al cesso delle femmine."

Andrea: "Oppure, se proprio vuoi entrare qui per rimorchiare qualche maschietto che ti piace, devi pagarci il biglietto."

Claudio: "Facciamo cento euro a pisciata, d'ora in poi. Ok, ragazzi?"

Matteo: "Ok, andata. Però, per questa prima volta, facciamo i buoni: ci accontentiamo di quello che ha."

Allora poi mi salta addosso, mi acchiappa da dietro, con un braccio mi prende il braccio destro e me lo piega, e l'altro braccio me lo mette sotto la gola. Intanto gli altri tre mi sfilano le scarpe e i pantaloni. Sono in mutande. Penso: speriamo che non ci stanno sbreghi (sempre per quel fatto dei pensieri che, quando succede una cosa brutta, funzionano a cazzo).

Stefano si prende il mio portafoglio dalla tasca, e poi rovescia a terra quello che c'è dentro: "Dieci euro e trenta centesimi. Straccione. Quella puttana di tua madre non fa più gli affari di una volta, sulla tangenziale. È diventata vecchia."

Allora d'un botto mi si accende dentro una cosa che non conoscevo, cioè, forte, calda, tipo una fiamma, tipo una vampata, tipo che brucio di forza: un superpotere, mi sto evolvendo, sto diventando Goku, il più feroce dei Super Saiyan.

Odio. Questo è l'odio. Non l'avevo mai provato. Cazzo, l'odio è fortissimo. Ti va dritto alla testa, come l'alcol. Sono ubriaco.

Allora poi mi scrollo di dosso quel figlio di puttana, e sono libero, e comincio a tirare stecche ginocchiate calci morsi schiaffi gomitate, e colpisco alla cieca, non so cosa, non so chi. E prendo calci e pugni e morsi pure io ma non li sento, e non sento dolore, e sono di gomma, e quelli li spingo contro il muro, e me li ritrovo addosso un'altra volta. E prendo, e do, e sono solo, e quelli sono in quattro, e sento un liquido caldo che cola giù dal naso, e cado e mi rialzo, e riprendo a colpire, e quelli mi vengono addosso tutti insieme, e penso ora mi ammazzano, e poi...

E poi, all'improvviso, arriva lei.

Come nei film.

95

Come nei film. Quelli mediocri. Le trame costruite male, inverosimili, passaggi incongrui, la logica che stride.

Raccolgo quel filo di voce che mi resta: "E i soldi? Dove li prendono? Come fanno ad avere tanti soldi?"

"Spacciano per conto dei pusher. Distribuiscono a scuola. Oppure rubano. A casa. A scuola. Portafogli, cellulari, libri, piumini, scarpe. Se poi non hanno soldi, si arrangiano. Fanno gli sperimentatori. Inalano il butano degli accendini a gas, le colle, i solventi, la benzina. L'importante è un'emozione truccata, una qualunque, sempre, per non sprofondare nel silenzio, per non sentire il rimbombo del vuoto, tappandosi le orecchie."

Allora mi sale qualcosa dalle viscere, un embolo di nuda ostilità.

La voce s'impenna in un balzo aggressivo: "E tu che sai tutte queste cose, cosa fai? A parte venirmelo a raccontare, a parte predicare, a parte fumarti gli spinelli, a parte dare lezioni di buona canna ai ragazzini, come intervieni? Sei un insegnante, sei un padre. Dimmelo, avanti, adesso: cosa fai?"

Mi guarda con una specie di indulgenza paterna, o di pietà. Risponde con domande: "Credi ci sia qualcosa che io potrei fare e che non faccio? E tu? Credi che potresti fare qualcosa in più di ciò che fai?"

Arrossisco. Abbasso gli occhi. "Scusa, ma non mi va proprio di giocare agli indovinelli. Credo che siamo tutti responsabi-

li di un fallimento umano, educativo, esistenziale. Le nostre case, le nostre scuole, sono non-luoghi nei quali si convive senza condividere. Senza guardarsi, senza ascoltarsi, senza volersi bene, senza nulla."

"Già, un fallimento. La parola è questa. Li abbiamo coinvolti nel nostro fallimento. Non fanno altro che riprodurre la nostra stessa apatia, la nostra stessa opacità interiore. Lo hai detto tu stessa prima, in sala professori. Li abbiamo espropriati in partenza di un diritto. Il diritto alle passioni. Sai, a volte li osservo, mentre vagano per la striscia di Gaza."

"La striscia di Gaza?"

"Sì, il cortile. Una striscia di terra né fuori né dentro la scuola. Un altrove. Si aggirano come automi, mossi da un riflesso condizionato, senza un piano. Si muovono in gruppo, simmetrici, come formiche. Spariscono nel branco. Sperando di appartenere a qualcosa che non sia la propria vita. Di non doversi ritrovare faccia a faccia con se stessi. Sai, Caterina, mi sembra che ciò che li tiene assieme non sia la loro rispettiva compagnia. Sono le loro rispettive solitudini. È questo che condividono. Il vuoto che gli abbiamo disegnato attorno. Il niente."

Il niente.

Gli attacchi di nientite.

"Angelo..."

Lo chiamo per la prima volta col suo nome.

Sembra l'inizio di una preghiera: Angelo di Dio, che sei il mio custode... E tuttavia è un angelo luciferino, questo qui, che custodisce segreti maligni. Un arcangelo anziano malmesso iettatore, che annuncia a una madonna taroccata il suo destino di maternità fallita.

"Angelo..."

La paura sbarra il passo alla domanda.

Gli angeli leggono nel pensiero.

"Lui fuma qualche canna, come gli altri. È ancora un bambino. È molto intelligente. Penso che dentro abbia intatto il suo tesoro. Come tanti. Solo, non sanno riconoscerli, investirli, quei tesori. Non li abbiamo istruiti."

"No, non l'abbiamo fatto. Non abbiamo lo sguardo abbastanza lungo, il tempo, le risorse. Non ce li siamo meritati, questi figli."

Rabbrividisco. Fa freddo, all'improvviso. Il sole è andato via. Chissà se il sole ha un figlio. Se ne ha uno, sarà corso da lui.

Lentamente, indosso la mia giacca da Marge.

Lui cerca di aiutarmi con l'automatismo di un gesto galante che non gli assomiglia.

Io lo ringrazio con uno spettro di sorriso che non mi assomiglia.

Nessuno dei nostri gesti ci assomiglia più.

96

Non assomiglia a Camilla.

Cioè, sembra un'altra. A parte che è bruna e non è bionda, è precisa a Uma Thurman nel film *Kill Bill*. Con un salto, gridando "Kamae", si butta in mezzo a quei bastardi.

Colpisce.

Tipo una mossa dietro l'altra, a raffica, precisa, senza che quelli hanno il tempo di reagire. Mentre colpisce elenca le mosse a voce alta, una per una, come se stava citando una declinazione greca: falciata di gamba al ginocchio, ginocchio uncinato, colpo di taglio della mano, dito a lancia, pugno a forbice, pugno di gomito, calcio circolare inverso, colpo su punto vitale. E mena ginocchiate, calci, ditate, manate, gomitate. E li colpisce sulle palle, negli occhi, sul naso, sul ginocchio, sulla milza, uno per uno, senza sbagliare un colpo. E sembra che ha cento mani e cento gambe, e ha la velocità della luce, e invece di picchiare sta ballando un ballo. E quelli gridano, e cadono per terra, e si rialzano e le saltano addosso gridando "Brutta troia", e lei li riscaglia giù per terra. Cazzo, li sta battendo, schiumano di rabbia. Mi alzo per andare ad aiutarla. Mi butto nella mischia.

E poi: "Cazzo, fermatevi!"

La voce di Stefano non assomiglia per niente alla sua voce, cioè, è diversa, tipo strozzata, come se una mano gli stringeva il collo. Si alza, tenendosi le palle in mano. Cami gli ha appena tirato un calcione a gamba tesa, proprio lì, precisa.

"Fermi... Noi non possiamo batterci con una femmina. Siamo i vincenti. Lasciatela perdere, questa troia emodelcazzo. Andiamo via!"

Zoppica fino alle scale, gli altri lo seguono, lentamente, in fila, con le teste basse.

L'ultimo è Giumatti. Si ferma. Si gira. Mi guarda. È tutto rosso. Sibila come Sir Biss di Robin Hood: "Ti sei fatto difendere da una femmina, sei davvero un frocio."

Allora mi torna addosso l'odio.

Tiro fuori il coltello e mi lancio, gridando: "Ora ti apro!"

Camilla mi acchiappa un braccio, mi trattiene: "Lascialo perdere. È già morto, non vedi? Guardalo in faccia. È un morto che cammina."

Lui dice: "Bastardi. La pagate."

E se ne va.

Mi rimetto i jeans e le scarpe, e dopo ci sediamo su un gradino.

Cami, con dei kleenex, mi asciuga un po' i capelli umidi di piscio, li bagna con lo sputo, e mi strofina le guance sporche di sangue di pipì di lacrime di tutto. Intanto io, con le dita, gli aggiusto le ciocche di capelli che stavano tipo a carciofo, tutti in su.

Poi ci prendiamo la mano e rimaniamo lì seduti, senza guardarci, senza dire niente, tipo tranquilli, tipo che non c'è niente da guardare dire fare a parte questo, cioè, stare così.

Mi sento strano, tipo uno che stava annegando in mezzo all'oceano, dopo un naufragio, e acchiappa un salvagente, e magari non basta per salvarsi, cioè, è un salvagente, non è mica una barca. Ecco, però, se c'era un salvagente, allora vuol dire che l'oceano non è disabitato, cioè, da qualche parte c'è qualcuno che pensa ai naufraghi e tira i salvagenti, meno male. Uno credeva di essere solo, e invece no.

"Cami?"

"Sì?"

"Cazzo vuol dire kamae?"

"In guardia."

"Ah..."

Fissiamo una faccetta che piange disegnata sul muro con lo spray. Sotto c'è scritto: "Arte, non vandalismo."

Mi alzo, mi sfilo un pennarello rosso da una tasca, e sulla bocca piegata verso il basso ci disegno una piega verso l'alto. Ora sorride.

Mi risiedo sullo scalino: "Un sorriso per te. Grazie che sei venuta, Cami... Cioè... ho sculato... non so come finiva se non venivi tu. Come cazzo hai fatto?"

"Mani e piedi come spade, conquista dell'autocontrollo, conoscere le parti vulnerabili, muoversi come si muove il tuo avversario."

"Ah..."

"Cintura nera primo dan nel gruppo dei cadetti."

"Ah..."

"Come stai?"

"Tipo tranquillo, tipo in pace, cioè, così. Tipo bene. Non so."

"Anch'io. Però se il mio maestro mi vedeva mi faceva il culo. Dovevo combattere senza combattere, cioè, senza colpirli. Non ho applicato il rei."

"Il rei?"

"Rispetto. Per l'avversario. Non mi è venuto proprio. Quelli non erano avversari. Erano pezzi di materia organica comunemente detta merda."

Mi giro, la guardo, mi guarda.

Dico: "Cami, sei forte."

Dice: "Anche tu. Però puzzi di piscio."

E poi scoppiamo a ridere.

97

Dico: "Certo che come Che sei un po' in disarmo."
Dice: "Tu invece per essere una Marge non sei malaccio."
E poi scoppiamo a ridere.
Battute mediocri, risate troppo nette.

Non sono riuscita a sottrarmi all'ovvietà dei jeans, fedele al suggerimento di Richi, contro il parere di Giovanna, che pretendeva una mise più sexy.

La trattoria dev'essere una di quelle dove andavamo un tempo, non saprei dire, la mia memoria conserva soltanto evanescenze, fumi. Da Gino a casa mia. A casa di Gino c'è puzza di fritto, ci sono le tovaglie lise, la carbonara è scotta, il cuoco è spilorcio di sale e di pancetta, il vino della casa Tavernello doc. Gastronomia proletaria. Sulle pareti, la foto con Gino accanto al segretario del PCI, un vecchio poster degli Inti Illimani, un calendario del Sessantotto, il mese è maggio. Pensavo che questo genere di trattorie fossero state chiuse e invece no, ne hanno lasciate o riprodotte alcune, per ricostituire le catene alimentari a beneficio di alcune specie quasi estinte.

Se provo a sondare le emozioni, riscontro un benessere imperfetto, un flusso misurato e ambivalente, un misto di leggerezza e di malinconia. I nostri sguardi si incrociano bene, con naturalezza, niente magnetismi. I magnetismi richiedono energie che non abbiamo più.

"Non ricordo da quanto non andavo a cena con una donna. Mi sembra da mai," sorride.

"Io con un uomo più recentemente. Ammesso che si possa considerare un uomo mio marito. L'ultima volta eravamo in tre: Filippo, io e il suo cellulare."

Gli racconto di Biagio Antonacci, ridiamo. Sono brava a caricaturizzare le sequenze della mia vita che non sto vivendo.

Angelo si concede la civetteria di non possederlo, un cellulare. Esoticamente, sostiene che non serve.

"Chi vuole parlarmi deve saper esercitare la pazienza."

Tace un timore che intuisco, riguardo alla pazienza: quello di non saperla esercitare lui, nell'inutile attesa di uno squillo.

La specie, d'altronde, è solitaria, e in generale rifugge le tecnologie. Conserva abitudini antiche e primordiali. Infatti non mi offrirà la cena, "ognuno per sé", il patto è stato chiaro e consensuale. Per rispetto dei riti della specie, ho spento il cellulare.

Parliamo di nulla intensamente, da reduci di antiche abitudini private o assembleari: un esercizio straripante della parola sui massimi sistemi, con strategie elusive sui minimi, noi due. Spendiamo ogni possibile argomento laterale che ci impedisca di centrarne un altro capace di lambire il tema della nostra antica storia, o delle nostre attuali solitudini. Niente che possa sfiorare le ragioni per cui è finita allora, e per cui adesso, magari, potrebbe cominciare di nuovo, perché no? Sfidando spericolatamente la retorica, ci esercitiamo sulle profezie di Pasolini riguardo alla società dei consumi, all'omologazione, al potere della televisione, senza naturalmente trascurare la diaspora della sinistra, il degrado dell'ambiente, le passioni deperite, i nostri figli. Un possessivo generico, "nostri", né miei né suoi, di chissà chi. Mi soffermo.

"Angelo, credi che esista una viabilità per arrivare al loro cuore?"

"Per salvare loro, dovremmo essere in grado di salvare noi stessi..."

"È una risposta vaga, per un insegnante."

"È solo una questione di progettualità. Le nostre e le loro. Sono percorsi paralleli."

"Progettualità. Restiamo nel generico."

"Allora concretizzo. Ho in testa un progetto. Ti va di bere una cosa a casa mia?"

Organizzo un'espressione disinvolta: "Perché no?"

Il Tavernello, consumato in eccesso, dissimula la banalità delle sceneggiature, semplifica le decisioni, sfuma il carattere grottesco delle repliche fatte a distanza di una vita o due.

Paghiamo il conto e andiamo.

La specie, tipicamente, si apparta in caratteristici quartieri popolari. Raggiungiamo il suo a bordo della mia automobile, lui non ne ha nessuna, la specie è refrattaria alla mobilità motorizzata. Gira in bicicletta.

Guido in silenzio, trasportata da un'altra me stessa, diversa ma parente, un'antenata scomparsa prematuramente, lasciando scarna memoria di sé, per via di una certa insipienza progettuale.

A volte ritornano.

E sono confusi come prima.

98

Sono confuso.

I luoghi certe volte diventano altri luoghi. In questo parco, per esempio, ci sono stato un botto di volte a fare sega a scuola fumare cazzeggiare giocare a pallone e tutto il resto, però mi sembrava un altro parco, mica questo qui: cioè, ora è tipo più colorato, più grande, più fico, più non so.

Pure Camilla, cioè, praticamente è Camilla, chi cazzo vuoi che è? Però non è Camilla di sempre, tipo un po' meno Camilla, o forse un po' di più.

Mi piace che ci sta Camilla, in questo parco. Mi piace in generale che ci sta. Io non ci avevo mai pensato, ma lei c'è sempre stata. Tipo una cosa che non la perdi mai, anche se non ci fai caso, cioè, non te ne accorgi nemmeno che ce l'hai. Non so, conta, tipo casa tua, che tu ci torni sempre, e dentro ci trovi tutte le tue cose, e se non c'era non c'avevi niente, e poi dovevi vivere per strada. Però mica pensi: meno male che c'ho casa mia e c'ho le mie cose, e non devo vivere per strada, cioè, ci sei abituato, ce l'hai e basta.

Camminiamo senza parlare. Poi Cami si gira, mi guarda, mi chiede se può prendermi la mano e se la prende, senza aspettare che gli dico sì.

Ecco, la riconosco, è Sailor Moon.

C'ha il sole negli occhi e nei capelli. Brilla.

C'ha pure un bel culo, e tette grosse, però non troppo, cioè, grosse giuste, tipo che non te le sbatte in faccia, ce le ha e basta, chi vuole vederle le vede, e gli altri ciccia.

Se era una caramella, era una caramella in una carta qualunque, ma buona di sapore.

Giulia, se era una caramella, c'aveva una carta bella tutta colorata, ma poi tu la scartavi, e dentro ci trovavi una caccola di merda, e la prendevi a male. Camilla, invece, la scarti e dentro ci sta una cosa buona da mangiare, e te la mangi.

Mi sembra come se non l'avevo vista mai. Cioè, vederla la vedo da sempre. Però si vede che non l'avevo mai guardata.

Certe volte uno le cose le vede e non le guarda. Secondo me, quando ti mettono gli occhi dovrebbero darti pure le istruzioni.

Mi piace camminare e non parlare.

Cioè, non è "non parlare" come sempre, tipo che non hai un cazzo da dire, e ti stai zitto. È "non parlare" perché non serve a un cazzo, tipo che quello che dovevi dire l'altro lo sa già, e stare zitto allora viene bene. Assomiglia al silenzio, però è un'altra cosa, è un silenzio che c'ha dentro le cose, e non che è vuoto.

E poi a un certo punto ti salta il tappo dalla gola. Ti viene di parlare. Viene da solo, senza che tu pensi adesso parlo, parli e basta. Senza che devi chiederti e mo' che cazzo dico. Apri la bocca e le cose se ne escono da sole. Come se stavano lì pronte da un pezzo ad aspettare che le facevi uscire, invece di tenerle chiuse in bocca.

"Come stai?"

"Io bene, Nicco, e tu?"

"Io pure."

"Sai che non mi avevi mai chiesto come stai?"

"Cioè, scusa, magari ero distratto. Però da solo me lo ero chiesto, lo giuro. Un casino di volte, veramente. Magari stavo a casa, a scuola, al cesso, e a un certo punto prendevo e mi chiedevo: chissà come starà Camilla?"

"E come facevi a darti una risposta?"

"Cioè, a intuito. Dicevo: se sta male si vede. Se non si vede vuol dire che sta bene."

"Sei un soggetto proprio. Cioè, un cazzaro."

"Cioè, un po' sì. Non sempre."

"Sei pure ignorante."

"Cazzo c'entra ignorante? Mo' parli come mia madre?"

"Chi non chiede non sa. Ignora. Tua madre, comunque, mi sembra una forte. Cioè, fa le cose bene. Ha fatto te."

Allora mi piaccio, e pure lei mi piace, e poi mi piace oggi, mi piace l'idea che c'è domani, e poi dopodomani, e un altro ancora, speriamo che ce ne sono un botto.

"Cami?"

"Sì."

"Cioè, mi sento come se ero un alcolpop. Un Bacardi Breezer al limone, con sopra le bollicine e dentro il rum."

"Anch'io. Alla fragola, però."

"Mi hai fatto venir sete."

Allora mi prende la faccia con le mani e dice una cosa che non pensavo mai poteva dirla, neanche se campavamo trecento anni a testa.

Dice: "Bevi me."

Mi bacia. La bacio. Restiamo stampati così per non so quanto. Le labbra di Cami sono morbide, cioè, tipo cuscini, che ci affondi dentro. Doveva dirlo, che aveva le labbra morbide tipo cuscini. Mica si capiva così, a occhio.

Il primo bacio della mia vita è senza lingua. È un bacio asciutto. Fresco. È un bacio che passa la sete. È un bacio che d'un botto io sto bene.

Dice: "Sto sotto da un pezzo con te. Ma tu duro come il granito, a non vedermi."

Dico: "Vabbe', scusa, però sta' zitta, baciamoci, mi piace. Proviamo con la lingua? Lo sai fare?"

Dice: "Allora mi ami? Stiamo insieme?"

Dico: "Cioè, non lo so, vediamo, per ora stiamo impicciati, poi si vede."

Fa la faccia triste.

"Dai, Cami, veramente, guarda, giuro, io sto bene."

Bene proprio.

Perché nessuno me lo aveva detto mai che per star bene bisogna far così? Che cosa gli avevo fatto, a tutti quanti? Cazzo, potevano informarmi, invece di nascondermi le cose.

Camilla, e andare al parco, e un bacio a stampo.

Bastava saperlo.

Divento felice.

Non ci voleva un cazzo.

99

Naturalmente una mansarda. Tre piani a piedi, la specie rifugge gli ascensori. Forse è la stessa di allora, o forse siamo sempre nel campo delle riproduzioni per mano di ambientalisti metropolitani.

La casa è fredda, la specie è temprata, non ne soffre. Sui muri due poster del Che, naturalmente, più altri in eterogenea sintonia. La prima pagina dell'"Unità" nel giorno del sorpasso ("Primi"), Pink Floyd, Candice Bergen in Conoscenza carnale, *garofani del Soviet attorno a uno Stalin bonario e sorridente, Gigi Riva, la gigantografia di due bambine brune su lussureggiante sfondo agreste. Distendono le labbra in un sorriso fisso, al quale non partecipa lo sguardo.*

"Roberta adesso ha quindici anni e mezzo, Emilia diciassette. Emilia da Emiliano Zapata. Roberta da Peppino di Capri. C'è stato un tempo in cui funzionavano le mediazioni familiari e politiche, in casa mia."

C'è polvere. Tossisco. Il luogo galleggia in una specie di astrazione temporale, non respira, sospeso in un'inerzia minerale.

Monitorizzo le mie emozioni, immobili, come guardando un vecchio album di fotografie.

La sbornia proletaria si avvale di un'altra bottiglia di vino rosso sfuso, che accelera il transfert, privandomi di cognizioni attendibili riguardo alla mia attuale identità e ai miei progetti più imminenti. Angelo mesce, consumiamo in fretta per mezzo di bicchieri da cucina un po' sbeccati, io su un divano con le molle disarticolate, lui per terra, avvinghiato a un vecchio pouf di un rosso stinto.

"Sai che sei bella più di allora?" mente.

Un brivido. Credo sia freddo. Propongo una miseria di sorriso.

"Hai un fascino più pieno, più maturo," insiste.

L'esemplare, con tutta evidenza, si sente immune dal contagio del luogo comune (virus che, pure, ha già subdolamente sterminato buona parte della specie).

"Ma qui non ce l'hai il riscaldamento?" schivo.

"Non serve," sostiene, irragionevolmente. "Per riscaldarsi ci sono tanti modi," allude, senza grazia.

Comincia a strisciare verso di me. Cerca di guadagnare la distanza per mezzo del sedere, che impegna in una lenta progressione di saltelli. La Slava e René si stanno accapigliando. Le solite mozioni antagoniste: si contrappone il tema "occasioni da non perdere" al tema "senso del ridicolo". Oscillo indecisa tra un turbamento da eccitazione avventurosa e una maligna istigazione al riso.

Adesso m'incanto a rimirare cinque dita schiuse e voraci come una pianta carnivora sopra il mio ginocchio.

Divago: "Sai, spesso mi chiedo se esista un tempo massimo per le emozioni."

Riallude: "Il tempo per un certo tipo di emozioni non scade mai. Il futuro è fatto di porzioni singole, con dentro i loro ingredienti di emozioni."

"A volte penso che l'unico futuro che mi spetti coincida col futuro di mio figlio."

"Non puoi prenderti cura del futuro di tuo figlio, se di futuro tu non ne hai nessuno."

Dev'esserci un fondo di verità, in questo sofisma strampalato, dovrei rifletterci, vorrei parlarne, ma senza la digitazione del ginocchio. La rotula palpeggiata può distrarre.

La pianta carnivora comincia ad arrampicarsi lentamente lungo la mia coscia. Angelo percepisce al tatto la mia contrazione muscolare.

Si alza. Mi accarezza la fronte. Mi tira su il mento, mi guarda con occhi accesi dall'imminenza di un progetto.

"Aspetta qui."

Torna con in mano una scatola di latta gialla. Ne sfila un involucro di carta stagnola. Rovescia delicatamente metà dell'erba sul tavolino davanti al divano, richiude l'altra metà nell'involucro, apre la mia borsetta e lo fa scivolare dentro.

"Un regalo. Roba buona. Quando non riesci a governare i pensieri, meglio provare ad addomesticarli. È una corsia d'emergenza. A volte serve."

Poi sfila da un cassetto una cartina, si siede per terra davanti al tavolino, prende l'erba residua, e lentamente, con la flemma di un orafo, comincia a rollare.

"È Maria. Vergine e pura come la Madonna. Non se ne trova in giro, sai?" s'inorgoglisce. "Un vecchio amico la coltiva in un orto. È formidabile, quando uno ha voglia di ordinarsi una porzione di futuro."

La tentazione s'infiltra come un flusso di corrente tiepida nel gelo (il freddo è davvero insopportabile, ma come si fa a vivere così?). Una canna. Interessante. Non mi ricordo più cosa si prova. Fare l'amore. Intrigante. Anche su questo la mia memoria è inadempiente. Il futuro. Non so. Questo di cui parla Angelo mi sembra un futuro desueto. Un'esplorazione col passo del gambero, all'indietro. Un'archeologia delle emozioni. Lo guardo, mi pare un replicante. Mi sembra stia replicando un gioco fatuo, una vecchia storia molto inverosi-

mile, che non sta in piedi, che non ha finale. Sta replicando un niente. Temo che lo farà per sempre. Il niente si può replicare all'infinito. Attacchi tardivi di nientite.

Rolla meticolosamente, diligente, manipolando la canna come una reliquia. Ne osservo affascinata i movimenti, le posture. Mi sembrano artefatte come quelle dell'eroe di un vecchio film in bianco e nero, un attore di qualità mediocre addestrato con tecniche recitative superate. Sorrido. Fraintende.

"Te lo ricordi ancora? È il nostro rito."

Un rito. Mi chiedo che genere di rito. Che tipo di officianti siamo noi. Un congresso della memoria tra reduci di guerra, un congresso carnale tra fuggiaschi, un congresso pedagogico tra agenti educativi sgangherati?

Non credo che dovremmo essere qui.

Mentre rolla, riconosco l'odore rancido di alimenti scaduti: porzioni di futuro andate a male.

Rifletto ad alta voce: "Sai, credo che noi non abbiamo mai avuto nulla da insegnare. Non sapevamo come si fa per essere felici, nessuno ce lo ha spiegato, e noi non siamo stati in grado di spiegarlo. I nostri sogni sono fuori corso. L'unico addestramento che abbiamo ricevuto è alla tristezza."

"Dai, non pensarci, adesso. Prova a vivere intensamente questo istante."

Nella sua voce vibra un accordo stonato come una menzogna. Di istanti non si vive intensamente. Non è questo che sta sfigurando i nostri figli?

Credo che dovremmo trovarci da qualche altra parte a riparare, a restaurare, a rimediare, a risarcire, a chiedere perdono. Non siamo due qualunque: siamo una madre e un insegnante. Inadempienti. Le carte non si truccano. Le corsie di emergenza non portano da nessuna parte. Il nostro futuro non è stasera, non è qui.

"Scusami, devo chiamare Niccolò. Ho lasciato in macchina il cellulare," mento.

"Telefona da qui."

"Non ricordo il suo numero a memoria. Lo chiamo sempre con il tasto 1. È l'unica chiamata rapida che ho messo in memoria."

"Non conoscere il numero del proprio figlio è un brutto segno."

Penso a tutte le cose che non conosco, di mio figlio, alle chiamate rapide al suo cuore che non ho mai fatto e non so fare. Penso che non so nulla di lui, né di quegli altri. Penso che Angelo ne sappia anche di meno. Penso che non dovrebbe fare l'insegnante. Penso che tutti facciamo cose diverse da quelle che sappiamo fare. Penso che forse non sappiamo fare niente. Penso che non avremmo dovuto avere figli. Penso troppo. Penso che non mi va più di pensare.

Voglio soltanto andare via.

Afferro la giacca, la borsa. "Torno subito."

Mi precipito giù per le scale, è la seconda volta che accade in pochi giorni, sono una donna in fuga in un mondo obsoleto, senza ascensori, lungo un'inclinazione di gradini.

M'infilo in macchina in fretta. Prima di mettere in moto, riaccendo il cellulare.

Diciotto chiamate senza risposta.

Schizzi di adrenalina bollente mi friggono il sangue.

No, non è Nicco.

Ringraziando il cielo non è lui.

È Annina, mia sorella.

100

Un morto lo avevo visto solo al cinema alla televisione ai videogame, tipo morto ammazzato, col sangue e tutto il resto. Un morto vero mai. Pensavo che era strano, un morto vero, che mi faceva paura, invece no.

Nonno non fa paura, non è strano, praticamente è uguale preciso a come stava da vivo, solo morto. Ha una faccia tipo plastica, un vestito e una cravatta neri, e lo hanno messo in mezzo al salone in calzini, senza scarpe.

A parte queste tre cose, è come prima.

Secondo me, ai morti gliele dovrebbero mettere le scarpe, cioè, senza pare brutto. Non dico per forza scarpe fashion. Scarpe qualunque, per non stare in calzini, e gli altri poi pensano che come morto sei sfigato. Metti che nonno dopo morto lo giudicano non proprio cattivo ma così così, tipo da debito, e invece di mandarlo all'inferno lo vogliono mandare al purgatorio? Secondo me, in purgatorio non ti ci fanno entrare, coi calzini. Ti dicono: "Guardi, così come sta messo a noi lei ci sembra più da inferno, è meglio se va lì: lì stanno tutti scalzi come lei, anzi, proprio nudi, che tanto poi noi gli dobbiamo dare fuoco, e allora scarpe o non scarpe che ci frega?" Così praticamente, conta, finisci all'inferno per colpa delle scarpe.

"Le scarpe non gli entrano, ha i piedi troppo gonfi, che facciamo, lo lasciamo in calzini?" ha chiesto a mia madre la zia Annina. Mia madre neppure gli ha risposto, tipo che a lei non gliene fregava niente proprio, se a nonno le scarpe gli entravano o non gli entravano. Lei doveva piangere, e non poteva occuparsi di scarpe o di calzini. Mia madre ha detto solo: "Ti prego, Annina, pensaci tu, non ce la faccio, Marta ha chiuso bottega, non serve, non c'è più." Chissà chi è Marta. Forse una loro amica che vendeva scarpe. Cioè, chiamala, allora, pure se ha chiuso bottega un paio di scarpe grandi per nonno te le trova.

Anche questa cosa della camera ardente, cioè, a me mi sembra proprio una stronzata.

Io, per esempio, se ero morto, volevo starmene da solo nella mia stanza a farmi i cazzi miei di morto, mica in salone, con tutti che si siedono intorno e si mettono a guardarmi per vedere da morto come sono. Cioè, che c'è da vedere, che guardate? Un morto mica è una cosa da mostrare, tipo una macchina nuova o una televisione al plasma. E invece tutti a fissarlo, nonno, e a parlare dei cazzi loro, e a dire le stronzate, tipo: "Sembra sereno", "Sembra che dorme", "Sì, grazie, un caffè lo prendo volentieri." Scusa, se volevi il caffè te ne potevi andare al bar, non qui, che ci sta il morto. E poi quale sereno, secondo me mica gli andava di morire, a nonno, a chi gli va? E poi che dorme e dorme, cioè, mica a una certa si sveglia, si alza e chiede il cappuccino. Quello non dorme mica, è proprio morto.

I morti, secondo me, hanno tutti un modo diverso di morire, cioè, che gli assomiglia.

La Nitti, per esempio, si è visto pure da morta che era forte. Noi siamo andati con i fiori a casa sua, ma non l'abbiamo vista. Le due figlie l'hanno lasciata nella sua stanza, senza metterla in mezzo nel salone, e senza stare a rompergli le palle con gli ospiti le chiacchiere le stronzate e il caffè. A noi ragazzi, le figlie ci hanno abbracciati tutti, uno per uno, e ci hanno detto: "Lei sicuramente preferisce che la ricordate da viva, non da morta." Poi ci hanno regalato una cosa a testa della Nitti, tipo un libro, una penna, un'agendina, e ci hanno detto: "Voi siete stati tutta la sua vita, non dimenticatela." Secondo me, così ci stava tutta, e a noi c'è venuto anche da piangere, e quasi tutti hanno pianto (a parte Giumatti, che ha chiesto di andare al cesso, tanto per ficcanasare, vedere se rubava qualcosa e fare lo stronzo pure lì).

Però secondo me il più grande di tutti, a morire, è stato Beta. Un mito. Cioè, io, quando muoio, voglio morire come lui, che un giorno lo vedi e il giorno dopo non lo vedi più, senza chiacchiere camere ardenti e funerali e storie, e poi, se a te ti va di piangere, piangi da solo nella tua stanza, per i cazzi tuoi, e non ti fai vedere da nessuno, come ho fatto io.

Invece Marge piange davanti a tutti. Piange più di zia Annina, pure più di nonna che, essendo la moglie del morto, nella graduatoria del pianto doveva essere prima. Invece no, nonna piange poco, piange senza rumore, e se ne sta seduta sulla solita poltrona col rosario in mano, ma non prega, cioè, guarda il rosario e basta, come una guarda una cosa che non serve a niente.

Mia madre, quando è arrivata, è entrata nella stanza di nonno correndo, gridava: "Papà, papà", come se aveva paura che nonno d'un botto si alzava e se ne andava e lei non lo trovava più. Ci stava pure un prete, che gli ha detto: "Dev'essere serena, suo padre adesso è volato in cielo." Lei lo ha guardato stortissimo, e io ho pensato mo' gli sgancia una stecca sul naso, a questo qui.

La stecca non gliel'ha sganciata, però ha detto: "Non dica sciocchezze, non è il caso. Mio padre non è in cielo, è lì sul letto con indosso il pigiama di seta che gli ho regalato io a Natale, non lo vede? Mio padre non vola, nessuno sa volare, a questo mondo, né da morto né da vivo, purtroppo non abbiamo ricevuto le istruzioni" (cioè, volendo, potrei pure parlarle del Parkour, magari, metti, la metto in contatto con Grassi Domenico, che vola, però non ora, magari un altro giorno).

Poi dopo mia madre si siede sul letto del nonno, e se lo prende in braccio, come se invece di un vecchio morto era un bambino vivo. Gli accarezza la testa, la faccia, le mani, lo bacia, piange, piange, dice: "Questa è la prima volta che riesco ad abbracciarti davvero, sai, papà. Ti voglio tanto bene."

Allora poi si sono messi tutti a piangere più forte, zia Annina, nonna e pure la balena bianca, tutto un pianto. Veramente mi veniva un botto da piangere anche a me, però non mi andava di farmi vedere, e non ho pianto, anche perché un po' mi sembrava una cosa da neuroni contromano. Voglio dire, se lo dovevi abbracciare, a nonno, e gli dovevi dire: "Ti voglio tanto bene", perché non lo hai fatto prima che moriva? Che lo fai a fare, adesso? Mica ti sente, e ti risponde: "Anch'io." Adesso è morto. Adesso è troppo tardi.

Allora ho pensato che quando uno nasce dovrebbero fargli un software con dentro scritte tutte le scadenze delle cose. Cioè, fino a quando vale fare o dire una cosa, e quando scade, e allora è troppo tardi. Tipo, per esempio, dire alla gente che gli vuoi bene. Allora poi mi sono avvicinato a mia madre e gli ho detto in un orecchio: "Ti voglio bene", mi è presa così. Non si sa mai. Metti che poi scadeva, e glielo potevo dire solo da morta, e lei non mi sentiva, e non poteva dire: "Anch'io"?

Cioè, veramente non me lo ha detto neanche da viva, "Anch'io". Forse "Ti voglio bene" l'ho detto troppo piano. Le cose, le prime volte che le fai, di solito vengono così così.

Allora ho chiamato Cami sul cellulare.

"Vediamoci al parco. Devo dirti una cosa. Subito."

Sono scappato, mezz'ora ed ero al parco, e c'era lei. Quando l'ho vista gli sono corso incontro, e l'ho abbracciata forte, gli ho detto: "Mi piaci, ti voglio bene, ti amo", tutto quanto.

Lei mi ha guardato tutta contenta, e mi ha detto: "Anch'io." Cioè, meno male. Siamo rimasti abbracciati non so quanto, senza dire niente, cioè, tipo il silenzio che dentro c'ha le cose e non che è vuoto.

Poi Cami ha detto: "Senti, domani è sabato, i miei vanno fuori. Gli chiedo se mi lasciano a casa. Mi invento che devo studiare per una verifica. Potresti dormire da me. Vuoi?"

Mi ha chiesto di fare l'amore per la prima volta così, soltanto "Vuoi?" Come si chiede vuoi una sigaretta, vuoi una gomma, vuoi un gelato? "Vuoi?"

"Non so, domani c'è il funerale di mio nonno."
"Ti aspetto fuori dalla chiesa, e andiamo via. Vuoi?"
Un'altra volta: "Vuoi?"
Lo dice proprio bene.
Voglio.
Certo che voglio.
Lo voglio fare subito, anche ora.
Metti che poi scade.

101

Tarrattatatatà…

La sigla della Domenica sportiva.

Chissà da chi si era fatto aiutare, per scaricare questa suoneria. Mio padre era maldestro, necessitava della devozione operosa di un'ancella in quasi tutte le sue manualità.

Mi sono portata a casa il suo cellulare, sei fotografie che lo ritraggono in età diverse e i suoi guanti di daino stinti dall'usura. Li annuso. Odore e dolore mi cadono addosso simultaneamente. Penso che alle persone non dovrebbero sopravvivere gli odori. La morte, per pietà dei vivi, dovrebbe saper chiudere le sue partite.

Dal mio cellulare chiamo quello di mio padre. Un gioco feticistico, inutile, così, per farmi male.

Tarrattatatatà. Moviola. Io bambina. Domenica del villaggio, giorno turlupinato da una vigilia bugiarda, un sabato cialtrone. Giorno deluso, giorno desolato, giorno già arreso al lunedì. Domani scuola, e un'altra settimana ad aspettare niente, e lui incollato alla televisione, e non esisti, e lei che cucina la minestra, un brodo di verdure e di mestizia, e appena divento grande me ne vado, e me ne faccio una vera, di famiglia, non così. E adesso è tardi, a letto dopo Carosello, *un'elemosina prima della malinconia del buio, e buona notte, e provi a dormire, ma non dormi. L'eco del tarrattatatatà che viene dal tinello non è una ninna nanna, è solo il sonoro che qualcuno ha messo alle solitudini minori. La mia è piccolina come la mia stanza, come il mio cuore, come me. Povera Cate.*

Nicco direbbe: "Ama', mo' te la stai menando, dai, fly down." Ma Nicco non è qui. È andato via subito dopo il funerale, e non ha detto dove, e ci sentiamo dopo, e un bacio da lontano, immateriale, e puff, svanito.

Vorrei che ci fosse, vorrei tanto. Vorrei potergli dire quel genere di cose che s'ingorgano nel flusso del fiato, e poi restano lì: "Ti voglio bene, ho bisogno di te, non mi lasciare." Cose che non ci vuole la laurea in sentimenti. Cose che possono restare lì per sempre, se non le dici in tempo.

Dovevi darmi il tempo di dirtele, papà.

Continuo a chiamare il suo cellulare dal mio, per allestire i suoni di una relazione, per simulare una vitalità. Chissà da quanto tempo usava questa suoneria. Io non l'avevo mai sentita. L'ho visto poco. O forse, semplicemente, non ci ho fatto caso.

Far caso agli altri è un esercizio molto faticoso, richiede allenamento, competenza, attenzione, la vita è una somma di dettagli. A volte non riesci a concentrarti, e poi all'esame arrivi impreparata. Respinta, purtroppo non è una buona figlia. Respinta, purtroppo non è una buona madre. Ci dispiace, signora, ma lei non è un bel niente. Riprovi alla sessione successiva.

E poi, un bel giorno, la sequenza di sessioni s'interrompe. Sono una figlia senza più sessioni. No so se ne ho ancora, come madre. Posso provarci. Voglio farlo adesso. Solo che adesso Niccolò non c'è.

Comincio a bere whisky. Chiedo ai pensieri di fare anticamera, irrompere non subito, tra poco, prima che funzioni l'anestesia ci vuole tempo.

Tasto 1. "L'utente desiderato potrebbe avere il cellulare spento..." Ma certo che ce l'ha. L'utente desiderato spegne, e resti al buio. L'utente desiderato si fa desiderare invano. L'utente è mio figlio, signorina, gliel'ho detto altre volte, non ricorda? Chiamarlo utente è una perfidia che non le perdono. Lei non ne ha, di figli? Se per caso ne avesse, io la maledico. Un giorno subiranno una mutazione genetica sotto i suoi occhi, da figli a utenti desiderati invano, e allora lei capirà cos'è il silenzio. Stia attenta al silenzio, signorina, lo tenga a bada, perché dà assuefazione.

Silenzio: patologia cancerogena. Tumore a predisposizione familiare, ereditario, congenito, nutrito dalle tue stesse staminali, per coazione a ripetere del DNA. *Se avessi conosciuto la quantità di tempo necessaria perché un silenzio diventi incurabile come una malattia mortale, sarei stata migliore come figlia e come madre. Avrei potuto calcolare i tempi, i rischi. Se non hai calcolato i tempi e i rischi non ci pensi, che ne sai.*

"Devi fidarti del tempo," ha detto Richi. "Col tempo, il dolore diventa un buon compagno. Ha la dolcezza della nostalgia. Mio padre ce l'ho sempre dentro, non l'ho perso."

Del tempo non mi fido, cara Richi. Trucca le carte. Come puoi fare a non perdere qualcosa che non ti hanno dato? Come funziona la nostalgia di quello che non hai ricevuto?

E poi quand'è che le cose mai avute smettono di essere mutilazioni? Mi chiedo se a un certo punto venga sancito un indulto dei rincrescimenti, oppure mai. Il fatto è che le storie d'amore possono finire, o possono non essere mai cominciate. E allora è taroccata anche la nostalgia.

Per esempio, non riesco a soppesare la qualità di quella che ho provato per le braccia rocciose di Filippo, quando mi ha stretto forte, stamattina, e poi ha scavalcato con disinvoltura l'incoerenza di dirmi: "Io ci sono sempre", e subito dopo andare via.

Sollevo il bicchiere: "Io brindo a te, caro papà. Buon viaggio. Scusa, a proposito, che mi hai lasciato? Un po' di eredità mi spetta, non ti pare?" Svuoto in tre gollate.

Mi sdraio sul letto di Niccolò senza neppure togliermi le scarpe. Lascio sul comodino la bottiglia. Continuo a bere. Le dodici, l'una, le due del mattino, rintocchi nel cervello, detonazioni mute, le ore si staccano dal nulla, e cadono addosso alle persone come ordigni, con la ferocia indifferenziata dei bombardamenti.

Non torna, non risponde, bevo ancora.

Dai, vieni, Niccolò, che ho da parlarti, ho da abbracciarti, ti devo palpeggiare per sondare la tua consistenza, ed essere certa che questa storia non è finita, che deve soltanto cominciare. Nicco dagli occhi belli come il nonno, pupille scure, sguardi introvabili, oro o velluto, la mente zoomma, la confusione dell'alcol sovrappone i tempi, le sequenze, le persone. Chissà dov'è, con chi, che fa, ma tu non devi piangere, mamma, lo sai che papà torna, fai come me, che aspetto ma non piango. Bevo. Bevi con me, mammina, salute a noi, la vedova e l'orfana. Due mogli e due madri sconfitte dal silenzio.

Maledizione. Il whisky è terminato prima dell'attesa. Il whisky fa i pasticci, col dolore, lo mescola, ti fa una macedonia di rimorsi, ti shakera i cattivi ricordi, te li schizza addosso, e poi si esaurisce prima dell'anestesia.

Sono le tre. Il fiato per l'attesa non mi basta. Ora che faccio?

"Quando non riesci a governare i pensieri, meglio provare ad addomesticarli. È una corsia d'emergenza. A volte serve." Ma certo, tu sai quel che dici, caro Che, vecchio bastardo fallito bugiardo e licenzioso, amico sbagliato ma prezioso. Con passo malfermo, vado a recuperare la mia borsa. Eccolo qui, il regalo dell'angelo luciferino. Non ho cartine. Svuoto una sigaretta dal tabacco e la imbottisco d'erba.

Comincio a fumare con la circospezione di un gatto che manipola un topo agonizzante. Non fumavo una canna da trent'anni. Un fiotto di napalm sui pensieri. Galleggio. Ma guarda. Un paradosso. Senza pensieri recuperi lucidità.

Ecco com'è: una storia finisce dove comincia un'altra storia. Dalle omissioni di alcuni possono sgorgare progetti d'altri. È una staffetta. Chi prende in mano il testimone lo porta più avanti, dove l'altro non era riuscito ad arrivare. Per fare una staffetta, però, avrei dovuto rispettare il programma degli allenamenti, ed eseguire tutti gli esercizi che avevo pianificato tredici anni fa, su un letto Flou. Ma poi? Dovevano dirmi che il regime della condivisione ha una scadenza, che nello statuto non sono previste proroghe, mai, senza eccezione, per nessuno.

Vero, papà?

Ma sì. Eccola qui, la rendita ereditaria di mio padre. Una lezione obliqua sulle omissioni, da leggere al contrario.

So cosa devo fare, adesso: chiudere i conti e rilanciare.

Grazie, papà.

Però sono le quattro, e lui non torna.

Come rilancio, se non torna più?

Allora mi sento dire a voce alta: "Vado a cercarlo."

Cercarlo dove?

Mi sento troncare le obiezioni di ciò che mi resta in ragionevolezza con la brutalità di un autoinvettiva.

Ho un doppio scortese e irragionevolmente risoluto.

Mi sento schizzare fuori da me stessa, e trascinarmi un corpo recalcitrante e disarticolato fuori casa, e incongruamente scendere, entrare in auto, mettere in moto, impennare l'auto in un balzo equino di pneumatici, e poi piombare in strada con un tuffo, destinazione ignota, generica come la notte.

E corro.

E sbando.

La strada è inospitale, mi sfugge, mi scansa, si pente, mi raccoglie. Mi scorrono accanto ambientazioni di altre età, e mi stordiscono rapsodie di altri umori, di altri pensieri, di altre vite. Mi sento satura di vite. Non sono che una citazione di me stessa. Sono l'antologia di Caterina, qualità mediocre, la trama è frammentaria, manca un filo rosso.

Rosso.

Ecco il rosso dell'alba, ambiguo e indefinito come i miei progetti. Continuo a cercare, e non so dove, come, perché, chi. Non ricordo. Nicco, mio padre, Filippo, Beta, me stessa, la mia vita? Cosa mi manca, tra tutte le cose che ho perduto?

Lo spettro di una voce: "Non fare la lagna, Marge."

E tu non lasciarmi sola, Niccolò.

Il mio doppio segue percorsi predeterminati dagli automatismi dell'originale.

Sto raggiungendo la scuola di mio figlio.

Ecco un bel gruppo di sapientoni imparruccati da folte chiome verdi, schierati in fila, placidi e maestosi, posture diritte, autoreferenziali, questi la sanno lunga, conoscono il segreto della simmetria, dell'ordine supremo. Mi sfilano accanto, mi seguono, mi precedono, mi fanno strada, mi scortano, e sono una regina in un corteo di platani regali.

Ce n'è uno altissimo che ha fatto un passo avanti, si sporge nell'ansia di incontrarmi, s'inchina deferente, mi corre incontro con encomiabile premura.

Prego, si accomodi, le faccio compagnia.

Ma guarda che accoglienza.

Volentieri.

Mi aspetti.

Vengo ad abbracciarla.

102

"Ma dico io, sbarellata proprio, veramente... ma come cazzo hai fatto? Tre metri. Pure davanti agli altri stava, in prima fila. Cioè, lo vedeva pure un cieco. Sai come lo chiamiamo quel platano a scuola? L'albero King Kong."

"..."

"E poi mi spieghi che ci facevi alle cinque di mattina davanti alla mia scuola? Come ti è venuta? Ti eri sbagliata sull'ora dei colloqui con i prof? Cioè, sei troppo una sclerata, veramente."

"..."

"Che fai, non parli? Allora stai male veramente."

"..."

"Dice così, che sei viva per miracolo. Guardatela, mo', come sta messa! La tibia, il perone, due costole, la spalla. Cioè, ti sei sfranta tutta. Mo' come ti rincolli? Altro che bostik. Senti male?"

"Un po'. Non tanto. Robinia mi passa di nascosto il doppio dell'analgesico prescritto in terapia. Per farmi dormire. Robinia è fantastica. Siamo amiche."

"Parla più forte, non si sente niente. Chi è Robinia? Una cavalla?"

"La caposala. Ha un figlio di diciassette anni. Dice che mi darebbe anche gli analgesici per l'anima, se ne avesse. Dice che ne avrò bisogno. Dice che le cose dei figli peggiorano, col tempo."

"La lagna: stai meglio."

"Senti, potevi dirlo."

"Cosa?"

"Che dormivi fuori."

"Cioè, che ne sapevo, pensavo che non te ne fregava, che manco te ne accorgevi, se c'ero o se non c'ero. Cioè, stavi impegnata a piangere, a soffrire, che ne sapevo che pensavi a me?"

"Io penso sempre a te."

"Potevi dirmelo. Aprivi la bocca e dicevi: "Penso sempre a te. "Forse ti rispondevo vaffanculo, forse no. Che ne sapevi? Bisogna dirle, le cose. Non tutte. Certe. Scegliendo. Questo sì e questo no."

"Quali sì?"

"Cioè, che stavi di merda e ti sentivi sola e mi volevi bene e invece io no e stavi sbarellando e tutto il resto. Che ti sentivi... com'è che ti sentivi? Ah. Disabitata."

"Cosa ne sai?"

"L'ho letto ieri sera sul tuo PC. Nella cartella 'Storia di noi due'."

"Come ti sei permesso ti leggermi il PC? Chi te l'ha data la password?"

"Cioè, capirai: Occhidoro. Al primo colpo. Pure un down."

"Era così, per riflettere da sola, visto che nessuno vuole riflettere con me. Per sentirmi meno abbandonata."

"Allora una lo dice, dice: "Guarda, mi sento abbandonata", magari quell'altro ti risponde: "Cazzi tuoi", magari no. Una ci prova, e vede."

"Non so quante volte te le ho dette, certe cose."

"Cioè, cazzo, se una parla a raffica, se una ne dice troppe, di cose, non si capisce mica qual è quella importante, mamma."

"Hai ragione. Dillo di nuovo."

"Cioe, cazzo, se una parla a raffica..."

"... no, non questo. Dimmi di nuovo mamma. Mi piace, non so da quanto tempo non mi chiamavi più così."

"Non so da quanto tempo non mi dicevi che ho ragione. Tipo mai. Cioè, visto che ci siamo te lo dico: mi tratti di merda. Veramente."

"In che senso, di merda?"

"Mi tratti tipo... non so... da figlio."

"E come vorresti essere trattato?"

"Da persona."

"Un figlio non è una persona?"

"Una persona è un casino di cose. Non è solo un figlio."

"Hai ragione."

"Cazzo, mi hai dato ragione due volte, bingo."

"Va bene, allora facciamola fuori questa Marge. Coltello, lama da dieci. Un modo da vincente."

"Che cazzo ne sai di Marge, di coltello da dieci, di vincente o non vincente e tutto il resto?"

"Ho letto il tuo blog."

"Come ti sei permessa di leggere il mio blog? Chi te l'ha data la password?"

"Hai lasciato il PC acceso. Sei scemo."

"E tu sei una ficcanaso, veramente."

"Anche tu."

"Vabbe', allora meno male che ci sta il PC. Cioè, almeno si sanno le cose. Magari ti iscrivo al mio gruppo su Messenger. Così parliamo."

"L'amore è un lavoro serio. Non tutti sono all'altezza. Tu non credi?"

"..."

"Non mi ascolti."

"Scusa, dovevo rispondere a uno squillo. Senti, se attacchi una pezza prendo e me ne vado."

"No, non te ne andare. Volevo solo dirti che lo so, ho sbagliato con te. Ma non l'ho fatto apposta."

"Vabbe', lascia perdere, figurati, capita, chi lavora sbaglia. La Nitti di lettere lo diceva sempre, quando gli parlavamo male degli altri professori. Quando esci da qui?"

"Fra tre settimane. Poi dovrò fare una terapia di riabilitazione. Lunghissima. Devo recuperare un sacco di funzioni. Non sai quante. Mi darai una mano?"

"Vediamo. Sto molto impegnato. Cioè... volevo dirti... che mo'... praticamente... mi sono pure fidanzato... cioè... una specie. Ecco, te l'ho detto. Tanto valeva che te lo dicevo, prima che lo leggevi sul PC."

"Sei felice?"

"Sssì... cioè... un po'... abbastanza, cioè... insomma... Cazzo, ero sicuro che mo' mi chiedevi chi dove quando come e mi raccomando i preservativi e tutto il resto. Non che mi chiedevi se ero felice. Ti ha fatto bene la canna."

"Chi te l'ha detto?"

"Ho sentito l'odore di erba sui vestiti, quando sono arrivato in ospedale."

"Mi hai annusata?"

"Ti ho abbracciata."

"Sul serio?"

"Cioè, un minimo. Non ti svegliavi. Pensavo che morivi. Non mi andava di diventare orfano. È da sfigati."

"Ah."

"Puzzavi pure di alcol. Cioè, cazzo, uno sballo vero. Come ti è venuta?"

"Volevo provare quel che provi tu. A te come ti viene di sballarti?"

"Cioè, alla mia età si fa, alla tua no, fa male un casino, tipo muori."

"L'età è sempre sbagliata. Il metodo è sbagliato. Vuol dire che per vivere hai bisogno di imbrogliare. È da sfigati."

"No, la pezza no. Ti stanchi."

"Ok. Scusa. Ti voglio bene."

"Pure io."

"Pure io cosa? Scusami o ti voglio bene?"

"Tutt'e due. Però non ti allargare. Ti voglio bene, tipo qualche volta. Quando non stucchi. Che poi, metti non stucchi più, ti posso volere bene anche più spesso."

"Sono contenta che mi vuoi bene. Non sai quanto avevo bisogno di saperlo. Potevi dirlo."

"Potevi dirlo, che avevi bisogno di saperlo."

"Allora d'ora in poi diciamole, le cose. Ok?"

"Vabbe', scusa, mo' ti lascio, devo andare. Torno più tardi. Non so l'ora. Cioè, tipo verso sera. Corro. C'è una, qua fuori, che mi aspetta. È una che stucca, come te. C'ha sempre fretta. Ciao."

"Ti aspetto anch'io. Verso sera. Quando vuoi. Io non ho fretta. Ciao."

EPILOGO

Condivisioni

Da un po' condividiamo un botto di cose, con mia madre.

Non tutte.

Certe sì.

Infatti siamo diventati amici.

Mia madre mi ha chiesto l'amicizia e gliel'ho data.

Gli ho detto: "Basta che poi non stai a ficcanasare tra i cazzi miei tutto il giorno."

Mi ha detto: "Figurati, con tutto quello che ho da fare."

Mia madre è la mia amica numero 47.

Io sono il suo amico numero 10.

Su Facebook, abbiamo condiviso già dodici video (io sei video suoi di De André e Battisti e De Gregori e due filmati di *Peter Pan* e *La spada nella roccia* di Walt Disney; lei certi miei di dj Radium, dj Andrea Roma, di Lady Gaga e di Flo Rida). Abbiamo condiviso pure venti foto. Io ho condiviso il suo album di quando ero bambino, e Cami ha detto: "Cazzo, eri un mostro veramente." Mia madre ha condiviso il mio album della gita scolastica a Lisbona, e sotto c'ha scritto pure dei commenti tipo "fortissimo", "che fichi", "evvai", con le faccette che ridono. Mo', scrive questo genere di cose e mette le faccette.

Gli è presa così.

Mi fa fare le grezze con gli amici.

Mi sa che un giorno prendo e la cancello.

Il PC

Mia madre, con Facebook, c'è andata proprio in fissa. Dice: "Figurati con tutto quello che ho da fare", ma poi sta a facebookare sul PC.

Ha centotré amici, e dice che di amici non ne aveva mai avuti tanti in vita sua. Dice che è fico questo fatto che la gente ti chiede l'amicizia, invece di chiederti i soldi o i favori o che ne so, oppure che tu chiedi l'amicizia alla gente e la gente te la dà, invece di darti solo fregature.

"Lo so," dice, "non sono amici veri. Di questi tempi, bisogna accontentarsi di ripieghi."

Però mi ha chiesto che quando va in fissa a contare gli amici di Facebook e gli viene da tirarsela se gli aumentano, gli devo dire che è cretina.

Il miracolo del tappo

Mia madre dice sempre che vuole imparare "i miei linguaggi", così magari dopo io imparo i suoi, e allora andiamo a pari.

Io non lo so cosa sono esattamente "i suoi linguaggi", cioè, se li sapevo non dovevo impararmeli. E i miei linguaggi a me mi sembrano normali, cioè, mica ci vuole il dizionario.

Comunque il tappo, un giorno, mi è sparito all'improvviso. Tipo un miracolo. Io e Cami lo chiamiamo il miracolo del tappo.

Anche mia madre a parlare è migliorata. Le pezze le fa sempre, però più corte. Tipo sotto i dieci minuti, anche di meno. Non dice più le cose tutte uguali, cioè, certe volte dice anche cose che prima non le aveva dette mai, almeno certe non me le ricordo.

Adesso ha pure imparato a parlare con le pause, e tu puoi dirgli le cose, e lei ti ascolta come se eri una persona, e non un figlio, anche se poi l'ultima cosa deve dirla sempre lei.

Poi si è imparata persino a stare zitta: io gli ho insegnato il "non parlare" di Camilla, cioè, il silenzio che c'ha dentro le cose, e non che è vuoto. Secondo me quando sta zitta gli viene da impazzire, e dura poco, tipo cinque minuti, non di più. Comunque mi ha detto: "Grazie, mi piace imparare le cose da mio figlio. Certe volte i figli ne sanno più di te."

Infatti, per esempio, gli ho insegnato a prendere i filmati da YouTube per scaricarli sulla sua bacheca o su quelle dei suoi amici, e adesso lei lo fa.

Secondo me era meglio se non lo faceva: certi filmati che scarica sono da flebo veramente.

Via del Campo

Ora mia madre si è pure imparata a scannerizzare i siti dove vado io, lo fa tutte le sere, però non di nascosto, cioè, lo dice, "anche se siamo amici, sono sempre tua madre, e devo controllare."

A me mi rode un po', però pazienza, tanto sui siti porno non ci vado più: il sesso lo faccio con Camilla, però non solo porno, cioè, anche, ma tipo che scopi e ti vuoi bene tutto insieme.

Oggi, che è il mio compleanno, mamma ha scaricato sulla mia bacheca un pezzo di De André che si chiama *Via del campo*, e sopra ci ha scritto: "Era la tua ninna nanna da bambino."

Io non me la ricordavo, questa ninna nanna, ma il pezzo era la storia di una bambina che se vuoi amarla basta prenderla per mano, mica gli devi dare duecento euro, come a Giulia.

Comunque a mia madre gli ho chiesto se certi filmati me li può mandare in privato, "sennò, la prossima volta, ti cancello".

Quindici anni

Oggi che ho fatto quindici anni è un giorno da sballo.

Innanzitutto, quindici anni non sono come gli altri anni che ho fatto fino adesso, cioè, sono molto più importanti. Stai a cinque da dieci e a cinque da venti, cioè, preciso in mezzo. Tipo, praticamente un mezzo grande.

Mia madre è venuta a prendermi a scuola, e mi ha portato un cestino con sopra una copertina gialla. Dentro c'era un coso biondo, peloso, morbido, un golden retriever, Beta piccolino.

A me mi è venuto un po' da piangere pensando a Beta, però, per non passare da frocio, non ho pianto. Cami pensa che questa storia che gli uomini non devono piangere è una stronzata. "Ma chi l'ha detto che piangere è una cosa da froci? Piangere è piangere e basta, vuol dire che sei molto felice o che stai male, e allora?"

Cioè, non lo so, forse ha ragione, però, a meno che non ti è successa proprio una disgrazia, meglio non piangere.

Siceramente un po' da frocio è.

Prince

Quando è arrivato il cucciolo, a scuola è scoppiato il manicomio: tutti intorno, a dire che bello che dolce me lo fai prendere in braccio.

Mia madre mi ha detto nell'orecchio: "Non è una sostituzione, Niccolò. Beta è insostituibile. È solo una staffetta."

Il cucciolo abbiamo deciso di chiamarlo Prince, un po' dal cantante di *Come On*, un po' dal principe di una storia che mi ha fatto leggere mia madre. Questo qui è un tizio che c'ha tipo i neuroni proprio a mille. Lo chiamano Piccolo Principe, ma è un grande.

Certe volte un po' se la mena, il principe, tipo che lui sa sempre tutto, ma pazienza. C'ha la risposta pronta e te la piazza, cioè, cose che a te non ti sarebbero venute in testa mai.

E allora dici: cazzo, mi pare che questo lo pensavo anch'io, però non lo sapevo di pensarlo, e vuoi vedere che da adesso mi viene di pensarlo pure a me?

Secondo me coi pensieri del Piccolo Principe dovrebbero farci un software, tipo un manuale di pensare per PC.

Ci fanno i soldi.

Il cinquantino

Alla festa dei miei quindici anni, a casa mia, ci sono proprio tutti.

Mio padre mi ha portato un cinquantino, Aprilia Scarabeo due tempi, tutto nero. Mi ha fatto promettere che non tolgo i diaframmi per andare più veloce, e io gliel'ho promesso, però poi vediamo. Cioè, mica nella promessa c'era anche la data. Le promesse c'avranno pure una scadenza, tipo un mese, o due, al massimo due e mezzo, e allora poi li tolgo: con i diaframmi ci vai a uno all'ora, e poi sono proprio da sfigato.

Cami oggi si è messa un vestitino rosso corto che si vedono le gambe, cioè, una patata proprio, da paura. Gli dico: "Dai, amo', vieni qui, mi aiuti a spengere le candeline, quindici sono tante."

Lei viene e dice: "Lo sai che, se hai bisogno, io ti aiuto sempre, amo'."

Mia madre ci agita contro una delle stampelle che gli servono per camminare e dice: "Sentite, amo', piantatela di fare gli svenevoli. Stiamo aspettando voi, le candeline si sciolgono, pomiciate dopo, ok?"

Io l'ho guardata storto.

Chissà se un giorno finalmente si impara a farsi i cazzi suoi.

La pizza

Domani sera, per festeggiare, ci facciamo una pizza con i nostri nuovi amici, tra cui Caretti Giulio e Dakarai Amir. Fanno spaccare un botto, cioè, ci stai bene, te la sbraghi proprio e ci vediamo sempre.

Amir ci ha insegnato lo *Youte*, che è una specie di golf, però nei buchi invece della pallina ci tiri le pietre, e se t'incazzi le puoi tirare pure contro l'avversario, però meglio di no, solo se è stronzo.

Camilla dice: "Bisogna saperli scegliere gli amici, solo quelli che ti assomigliano, e gli altri vaffanculo."

I nuovi amici ci assomigliano abbastanza.

A parte Amir, che c'ha la faccia araba e noi no.

Ma non si nota.

Il buon umore

Camilla non è più emo. Dice che, secondo lei, gli emo sono troppi.

Dice: "Mi sembra che è diventata, non so, tipo una moda, tipo trendy."

Lei non vuole fare lo sputo nell'oceano, cioè, si sa.

E poi adesso a Camilla non gli va proprio più di suicidarsi o stare depressa, e gli va più di campare e avere il buonumore.

Infatti ha buttato al cesso la lametta e non si taglia più.

Si pettina con la riga di lato e senza frangia, va in giro con la faccia, ci vede bene, e si sta facendo pure crescere i capelli.

Ora gli piacciono i vestiti colorati, e non più neri. Non se li mette né di due taglie in più, come faceva prima, né di due taglie in meno, come le fichette. Se li mette precisi, cioè, della sua taglia esatta, e poi sta da paura. Di caffè, ora si prende solo due o tre tazzine al giorno, non di più, così non gli viene più il nervoso.

A Cami gli piace abbastanza mia madre, e anche a mia madre gli piace abbastanza Cami, e certe volte la invito a cena a casa mia (però non molte, gli ho detto, sennò poi facciamo i fidanzati a casa e non mi va).

Allora certe volte mia madre e Camilla si evolvono insieme in rompicazzo: attaccano a parlare a manetta delle donne che sono meglio degli uomini e sono più forti più sensibili più oneste e tutto il resto. A una certa a me mi viene troppo il nervoso, e dico: "Scusate, mo' penso che vi lascio e vado via."

Poi giuro a me stesso che Camilla, a cena, non la invito più.

I pensieri

Adesso, con Cami, non ci facciamo più le canne, cioè, quasi mai. Giusto una volta al mese, al massimo due, cioè, se capita proprio, di più no.

Non è che abbiamo deciso di non farci più le canne per le stronzate che dicono i grandi, tipo che fanno male e bruciano i neuroni e poi diventi dipendente e tutto il resto. Praticamente, abbiamo deciso di non fumarle per la stessa ragione per cui le fumavamo prima. Camilla ha detto: "Se fumi le canne non riesci a pensare. E adesso a noi ci servono i pensieri."

Cami pensa di aver capito come si fa per diventare felici, cioè, almeno crede, non è proprio sicura, però pensa di sì. Secondo lei, per diventare felici servono due cose: i pensieri e il cuore.

Lei dice che bisogna connettere il cuore coi pensieri, cioè, tipo l'ADSL col PC. "Allora i pensieri si riempiono di certe cose che vengono dal cuore, cioè, ti viene da piangere, o da ridere, o da incazzarti, e non ti vengono più gli attacchi di nientite."

Io ci sto provando, a fare questa cosa, e certe volte i pensieri e il cuore si connettono, certe volte no, non è che le cose s'imparano così, da un giorno all'altro. Comunque, in generale, gli attacchi di nientite non mi vengono quasi più. Giusto una volta o due, tipo quando la mia squadra di calcio perde la partita a cazzo. Ma poi mi passano.

Tanto c'è sempre il girone di ritorno.

Progetti

Usando i pensieri, io e Cami abbiamo fatto dei progetti. Per esempio, stiamo imparando a giocare a pallanuoto e a tennis, e qualche volta andiamo tipo al cinema e ai concerti.

Cami, che ha il pollice verde, sta facendo un corso di giardinaggio per coltivare i fiori, invece dell'erba. Sta pure facendo esperimenti per inventare un fiore nuovo, che si chiamerà Nic.

Io sto facendo un corso per imparare a comporre la musica con gli accordi gli spartiti e tutto il resto, e non col copia-incolla sul PC, come facevo prima. Ho già scritto una canzone che si intitola *Camilla*.

Mia madre è contenta di tutte queste cose che facciamo, però ha detto: "Sui nomi di fiori e pezzi musicali voi ragazzi avete veramente poca fantasia."

Mia madre deve sempre criticare, sennò non è mia madre, è un'altra.

Din

A zia Richi gli hanno affidato per tutta l'estate un bambino africano malato di non so che cosa. Si chiama come il suono di una campanella: Din.

Din ha dieci anni, ma ne dimostra cinque: in Africa non si mangia proprio e non si cresce, e quando sei malato le medicine non le prendi, perché non ci stanno farmacie.

Zia Richi ha portato Din alla mia festa, e adesso è lì che s'ingozza come se non aveva mai visto tartine patatine e torte in vita sua, e quello che non mangia se lo mette in tasca, e noi facciamo finta di non averlo visto.

Zia Richi vorrebbe adottare Din per farlo curare qui in Italia, però mia madre dice che non glielo daranno mai, dato che lei non ha un marito, e allora Din non potrebbe avere un padre.

"Va tutto storto, a questo mondo," dice mia madre, "anche per le adozioni. I padri, per i figli, non fanno quasi niente. E in generale gli uomini sono abbastanza stronzi e non servono proprio, tranne alcuni."

Dicendo "tranne alcuni" guarda me.

Infatti a mia madre io gli servo, da un po', perché adesso gli apparecchio la tavola tutte le sere, e dopo cena gli carico la lavastoviglie.

Infatti mia madre ha mandato via la filippina per il fatto della crisi e dei soldi che non bastano mai, e perché dice che voleva "recuperare un po' di intimità domestica". In cambio di aiutarla, mi sono fatto aumentare la paghetta a trenta.

Mia madre ha detto: "Va bene, te la aumento la paghetta." Ma ha detto pure che, secondo lei, sono abbastanza stronzo pure io.

Sempre per via del fatto che deve criticare.

Black music

Questo fatto che gli uomini non servono, ora lo dice sempre anche zia Gio'.

Infatti lei non va più su Internet a cercarsi i fidanzati, dice che sta meglio sola, e Internet lo usa per scaricare musica afro-americana. Praticamente c'è proprio andata in fissa, dice che "la black music fa bollire il sangue".

Come regalo di compleanno, mi ha portato una compilation di un tizio che si chiama Chuck Berry, "un nero che ha inventato il rock, un uomo vero, non come quelli che ci sono in giro adesso. E chi li vuole, quelli?"

Io penso che neanche gli uomini vogliono lei, né veri né finti.

Perciò tutti d'accordo, e pace.

Nonna

Secondo me, pure mia nonna adesso pensa che gli uomini non servono, anche se non lo direbbe mai. Quando è morto mio nonno, diceva: "Miodiomiodio adesso come farò senza di lui?" Secondo me, Miodio glielo ha spiegato, come doveva fare, perché senza mio nonno mia nonna fa benissimo.

Adesso infatti esce sempre con le amiche, gioca a carte, fa shopping, e recita il rosario solo una volta a settimana, invece di ogni giorno, e qualche volta se lo scorda pure.

Poi c'ha i soldi a valanga, adesso, nonna, e dice sempre alla gente che incontra: "Sai, sono ricca." In genere la gente dice: "Ah sì?", perché del fatto che mia nonna è ricca non gli frega niente, ma lei continua uguale: "Sai, adesso prendo la pensione di mio marito. Per la prima volta nella vita, posso spendere i soldi come voglio io."

Infatti alza più carte di mio nonno. Oggi mi ha sganciato duecento euro tondi tondi, sempre in una busta bianca, come prima. Anche stavolta ha detto: "Sono da parte di tuo nonno." Però non si è dovuta inventare una bugia per il fatto che lui non è venuto, dato che è morto. E ha dimostrato a tutti che lui non serviva neanche per i soldi.

In pratica lei ne alza il doppio, fate voi.

Call center

Persino zia Annina, che senza zio Rudi pareva che moriva, adesso ha deciso che i maschi non servono a niente. Per tutto il tempo della festa, è stata ad appallare tutti quanti su questa storia del suo nuovo lavoro in un call center.

Dice che è meglio lavorare in un call center che lavorare per zio Rudi.

Dice che al call center non guadagna molto, "ma tanto prima non guadagnavo proprio niente".

E dice che può parlare con un sacco di persone, "mentre prima solo con mio marito, che praticamente è muto".

Tette

Invece mia cugina Flavia, alla mia festa, stava col muso lungo fino a terra, cioè, nera proprio, perché sua madre l'ha messa ai domiciliari da mesi, e gli ha tolto pure il PC la televisione il cellulare e tutto quello che poteva togliergli, non lo so perché. Adesso Flavia può uscire solo con zia Annina, per fare cose tipo andare a visitare nonna, fare la spesa, al massimo un cinema, e poi kick boxing due volte a settimana.

Mentre si scola una Coca a sorsettini tutta sdraiata sul mio letto, tirandosela come se la Coca era un whisky, mia cugina Flavia dice: "Pure in palestra mi deve accompagnare quella, ma ti pare? E allora prendo a pugni e calci il punching ball pensando chè è mia madre, e scarico il nervoso. Tanto, appena mi crescono le tette, me ne vado a fare l'attrice la velina o la modella. Mi sono già fatta il book da sola, con il cellulare."

Questa storia che quando avrà le tette se ne va a fare l'attrice la modella o la velina, mia cugina Flavia la dice ancora precisa uguale a come la diceva da bambina, un po' perché secondo me la testa gli è rimasta uguale, un po' perché le tette ancora non ce le ha. Prima si metteva i push up, ora no, perché sua madre glieli ha presi e glieli ha buttati tutti nella spazzatura.

Allora certe volte mia cugina Flavia si mette il cotone sotto la maglietta, ma quasi sempre sua madre la sgama.

Così gli toglie subito il cotone, gli allunga una pezza, e poi gli dice: "Sei proprio una cretina."

Secondo me ha ragione.

I patti

Anche mia madre adesso sembra proprio che sta meglio senza mio padre.

Non piange più dopo il telegiornale, anzi, non guarda nemmeno più il telegiornale.

Dice che il telegiornale la mette di cattivo umore, e poi mentre si mangia è meglio tenere spenta la TV, così può parlare.

Ora mia madre sorride abbastanza, certe volte con tutta la bocca, certe volte con una parte e basta, cioè, tipo un po'.

Non ce l'ha più col tempo come prima, tipo che il tempo lo perdi, o che corre troppo, o che la insegue, oppure che è un bastardo o una carogna e tutto il resto che diceva prima. Adesso dice che il tempo fa solo quello che deve fare, va avanti, e non può mica andare indietro, "e se una fa i casini la colpa non è del tempo, è solo sua".

Certe volte parla di una signora slava e un signore francese che prima litigavano e ora no.

Non si sa proprio chi sono, questi due, cioè, secondo me non esistono e se li è inventati lei, perché certe volte, se beve un po', sbarella come prima. Questi due tizi, secondo lei, "non si prendevano, e invece sono riuscita a metterli d'accordo, e questo è il mio matrimonio più importante."

Poi sospira e dice: "Sai, Niccolò, la cosa che conta più di tutte è riuscire a star bene con se stessi."

Le carezze

Io spero che per Camilla la cosa più importante non è star bene con se stessa, ma con me. E spero che lei non penserà mai che gli uomini non servono e senza si sta meglio, come pensano mia madre, le zie cornacchie, nonna, zia Annina, Laura e Roberta e le mie compagne gay.

Le compagne gay, in classe mia, adesso sono otto, e si fidanzano solo tra femmine perché secondo loro i maschi sono da flebo, non parlano, e sono bestie a scopare, e pensano solo a se stessi e mai alla femmina, e neanche si mettono il domopak, tipo che poi ci puoi restare incinta, e neanche sanno fare le carezze.

Perciò io mi sto imparando a parlare, a scopare pensando anche a Camilla, a usare sempre il domopak, e a fare le carezze.

Le carezze me le ha insegnate Cami, dato che a me non mi venivano.

Sono difficili da cominciare.

Ma poi continuano da sole.

High tech

Pure mio padre adesso parla abbastanza, cioè, più di prima, tipo che gli hanno fatto una specie di miracolo del tappo pure a lui.

Alla mia festa, oltre alle chiavi del cinquantino per me, ha portato un mazzo di fiori per mia madre, e lei gli ha detto: "Grazie, ma guarda, come al nostro primo appuntamento: la prima volta che mi hai portato fiori. E pure l'ultima."

Adesso mio padre, con mia madre, fa tutto il gentile, in pratica l'aiuta a fare le cose, portare a tavola le bottiglie e le tartine, distribuire la torta e tutto il resto, dato che lei cammina ancora mezza zoppa.

Mio padre non si vede più con Sìhairagione.

Mi ha raccontato che si sono lasciati per via di una storia di mobili high tech.

"Per arredare la nostra nuova casa, gli era presa l'ossessione dell'high tech, mi seppelliva sotto cataloghi e riviste, mi trascinava per negozi, non si parlava d'altro, non ne potevo più. I mobili high tech saranno anche belli, ma alla lunga stufano."

Secondo me, mio padre ha pensato che alla lunga anche Sìhairagione stufa come l'high tech, ed è rimasto al residence.

Certe volte papà invita mamma fuori a cena, e lei ci va, ma solo una sera ogni tanto, cioè, non sempre. Prima però dice a mio padre: "Solo a patto che lasci a casa il cellulare," non lo so perché.

Ho chiesto a mia madre se lei e papà ritorneranno assieme.

Mia madre mi ha risposto: "Non farmi queste domande, per favore, non voglio proprio pensarci, va bene così, adesso siamo amici."

Infatti lei gli ha dato pure l'amicizia su Facebook, e condividono le canzoni giurassiche di quando erano giovani.

Amici

Secondo Cami, amici è molto più importante di marito e moglie o amanti o fidanzati.

Camilla pensa che sposarsi rompe le amicizie e fa screziare le persone. Meglio volersi bene da lontano.

Io penso che dipende: "Se i neuroni ti vanno giusti, in carreggiata, da vicino è meglio che da lontano, cioè, fai più cose da amici, da sposati o altro. Se i neuroni ti vanno contromano, allora no. Però non so."

Comunque, per "amicizia", su Wikipedia ci sta scritto: "Sentimento di affetto vivo e reciproco tra due persone dello stesso o differente sesso, o anche tra esseri umani e animali."

Tipo Beta, che eravamo i due migliori amici da vicino, non da lontano, e a lui gli veniva di farmi stare bene, e pure a me, e non ci siamo mai screziati, neanche una volta nella nostra vita.

Amici, secondo me, certe volte con gli animali viene meglio.

La mamma del primino

A scuola mia sono cambiate molte cose, perché la mamma di un primino, che aveva saputo un botto di cose chissà come, è andata a raccontare del sesso delle canne e tutto il resto al preside e ai professori, che non sapevano niente. Nessuno lo sa, chi è questo primino, sennò sicuramente lo aprivano con i coltelli.

Hanno chiuso il cesso-sesso e la fumeria, e hanno sostituto Saverio bidello poco serio con uno alto due metri tipo John Cena del wrestling, che perquisisce la gente per togliergli i coltelli o vedere se c'ha l'erba addosso.

Il preside adesso sta culo e camicia con la polizia, e i ciocchini vengono fuori scuola con i cani lupo. Hanno fatto pure una "squadra antidroga", con dentro cinque alunni (tra cui Mancini Francesco, che s'incolla sempre), e cinque professori (tra cui la Colli di ginnastica e Sciarelli di arte, che di canne ne sa più di tutti perché, secondo me, se le fa).

Con me, da un po' di tempo, Sciarelli di arte fa tutto il gentile, mi guarda e mi sorride, non lo so perché, e poi mi chiede sempre: "Come sta tua madre?" Io gli rispondo: "Bene grazie", però penso: scusa, ma che ti frega come sta mia madre, a te?

La squadra antidroga deve cioccare la gente nel cortile per vedere se si fuma i cannoni oppure no.

A me, veramente, questa storia della squadra antidroga mi sembra una cazzata. Cioè, voglio dire, stiamo a scuola, mica è un telefilm. E tanto poi la gente, squadra o non squadra, le canne se le fuma uguale, solo che invece di fumare dentro fuma fuori.

Secondo me, pure a Sciarelli di arte questa storia della squadra antidroga gli sembra una stronzata. Un giorno, in cortile, ho sentito che diceva alla Colli di ginnastica: "Stiamo solo giocando a guardie e ladri." La Colli di ginnastica ha fatto sì con la testa.

A questi due, secondo me, di fare le guardie non gli va.

Forse gli va di più di fare i professori.

I narcotrafficanti

Stefano e gli altri, l'anno prossimo, non staranno più nella mia classe. Sono stati bocciati tutti e cinque un'altra volta.

Stefano, Andrea e Filippo, che c'hanno i genitori ricchi, cambieranno scuola. Si sono iscritti a una scuola che i genitori pagano una fracca di soldi e quelli ti fanno fare tipo due anni in uno, senza che devi proprio metterti a studiare, cioè, basta che paghi.

Matteo e Claudio, che non c'hanno i genitori ricchi, si sono iscritti di nuovo a scuola mia. Secondo me, faranno la quarta ginnasio fino a trent'anni, tipo, e poi si iscriveranno alla mafia o alla camorra.

Li hanno bocciati tutti perché c'hanno avuto le pagelle che sembravano le schedine del Totocalcio un giorno che hanno vinto solo le squadre fuori casa: tutti 2, pure in condotta. Infatti sono stati sospesi tutti e cinque, per un mese, con obbligo di frequenza però, sennò praticamente gli facevano un favore. Li hanno trovati con un botto di roba addosso nascosta nelle mutande o nelle scarpe: tre decini d'erba a testa, Filippo sei paste, Stefano pure un grammo di coca, Matteo due di ketamina.

La polizia se li è bevuti tutti e cinque davanti a scuola. Non si sa se è stato per via dei ciocchini e i cani lupo, per via della sfiga, o per via della solita mamma del primino che li aveva denunciati pure a loro. Comunque i poliziotti se li sono portati in questura.

Insieme a loro, si sono portati via per sbaglio pure Mancini Francesco, che piangeva come una bambina gridando: "Aiuto aiuto sono innocente non ho fatto niente." Si era incollato ai vincenti perché s'incolla sempre, ma poi i poliziotti hanno visto che c'aveva addosso solo due merendine, e l'hanno rilasciato.

Allora poi Mancini ci ha raccontato tutto.

Dice che i poliziotti, a Stefano e agli altri, gli hanno gridato in faccia: "Vergognatevi, siete dei narcotrafficanti." Gli hanno detto che se erano dei narcotrafficanti maggiorenni li sbattevano in galera per tre anni, ma siccome erano dei narcotrafficanti minorenni gli facevano solo un verbale. Gli hanno detto pure che erano "stupidi pericolosi e incoscienti", ma solo a voce, senza scriverlo pure sul verbale, non lo so perché.

Mancini dice che i genitori dei vincenti, appena arrivati al commissariato, praticamente sono andati in sclero.

Le madri piangevano e dicevano cose tipo: "Ma come è potuto accadere, ma come lo potevo immaginare, ma io che ne sapevo?" eccetera, e poi se la prendevano con la scuola coi videogiochi con il computer con la televisione con qualunque cosa, e soprattutto con le cattive compagnie che rovinano i bravi ragazzi. Mancini ha detto che si screziavano a morte madre contro madre su chi erano i bravi ragazzi e chi erano le cattive compagnie, e gridavano, e s'insultavano, tipo: "Lei come si permette, lei si vergogni, suo figlio ha rovinato mio figlio", "No è stato suo figlio a rovinare il mio, si deve vergognare lei." Secondo Mancini, le madri sembravano certe di scuola nostra quando fanno a botte.

I padri, invece, gridavano contro la polizia, dicendo tipo che non si devono trattare i ragazzini come criminali per una bambinata, e dicevano pure che adesso chiamavano non so chi e ai poliziotti gli facevano passare qualche guaio. Allora i poliziotti gli hanno risposto che, invece di chiamare non so chi per fargli passare a loro qualche guaio, era meglio se stavano più attenti ai loro figli, così li aiutavano a diventare meno stupidi pericolosi e incoscienti, e poi magari da grandi, invece di fare i narcotrafficanti, facevano un altro lavoro.

Ora a Stefano e gli altri gli hanno pure tolto il patentino, e devono fare i lavori socialmente utili con gli anziani in un ospizio, tipo svuotare le padelle, mettergli i pannoloni, imboccarli, dargli le pappine e tutto il resto.

Secondo me, dopo questo fatto, Stefano e gli altri da grandi diventeranno dei killer di anziani.

Webcam

A scuola mia, l'anno prossimo, non ci sarà più nemmeno Giulia. Infatti è stata espulsa con Tricheca, dopo che la solita madre del solito primino ha raccontato al preside e ai professori il fatto delle foto e di scopare per duecento euro al cesso-sesso. I genitori di Giulia, quando il preside gli ha detto degli MMS con Giulia nuda, del sesso, dei duecento euro e tutto il resto, si sono incazzati da paura. Non con Giulia. Col preside. Gli hanno gridato: "Ma come si permette, la denunciamo, le facciamo passare qualche guaio." I genitori ci vanno in paranoia, con questa storia di far passare qualche guaio a quelli che gli raccontano le cose che fanno i figli.

Alla madre di Cami, la madre di Giulia al telefono gli ha detto figurati cosa vanno a inventare, sua figlia è ancora una bambina, e poi lei ci passa insieme tutti i pomeriggi, si sacrifica, a parte Pilates, solo per mantenere una forma decorosa. "Forma decorosa, Nic: ha detto queste precise parole, le ho sentite dal telefono, ho alzato la cornetta dalla mia stanza. Cioè, dovresti vederla, praticamente c'ha la bocca le tette gli zigomi gonfiati tipo con la pompa delle bici."

Dopo che Giulia e Tricheca sono state espulse da scuola mia, i loro genitori le hanno iscritte a un istituto di preti dove vanno i figli della gente che c'ha i soldi e conta un botto. Nelle scuole dei preti, non credo che ci stanno i cessi-sessi, cioè, non lo so. Alle ragazze gli insegnano a pregare e andare a messa e a non scopare per duecento euro, sennò vanno all'inferno (anche perché duecento euro, per scopare, sono troppi).

Tricheca, anche per via della crisi, ha ribassato i prezzi, e Giulia adesso scopa solo con la webcam su un sito che si chiama RIV, Ragazze in vendita. Il suo nickname è Lesbobisex, fa sesso virtuale sia con i ragazzi che con le ragazze, cioè, basta pagare.

Mancini Francesco ha dato in giro l'indirizzo, "sapete, mi hanno chiesto di fargli un po' di pubblicità". Scamarcio Ettore, che è sempre più rabbino, gli ha chiesto quanto costa. Mancini gli ha risposto che dipende dal tempo, "comunque il tariffario sta sul sito, se sei un amico ti fa pure lo sconto, di' che ti mando io".

Mancini ha detto pure che l'orario per far sesso con la web è dalle quindici alle venti, perché a quell'ora Giulia è sola in casa.

Dev'essere l'orario di Pilates.

La storia di noi due

Adesso stiamo seduti nel salotto a chiacchierare, tranne Din, che gioca per terra con il mio Lego e parla e non capisci niente, e lui se parliamo non capisce noi, cioè, non saprei dire chi non capisce chi, ma è uguale. A Din gli ho detto a gesti di portarselo a casa, il Lego, insieme alla mia Play e ai miei album con le figurine dei calciatori e a tutti i miei giochi di quando ero piccolo.

Mi ha detto: "Grazie!" in italiano. Ho chiesto a zia Richi come si dice prego in swahili, e gliel'ho detto: "Karibu!" Ci siamo capiti. Cioè, era facile.

Ora mia madre dice: "Adesso devo darvi una notizia."

"Ti sposi con un vero uomo, finalmente?" chiede zia Gio', lanciando un'occhiataccia a mio padre, che gli fa la linguaccia.

"Sto scrivendo un libro. Su Nicco e su di me. La storia di noi due."

E allora tutti a dire ma che brava quando l'ha scritto e cosa racconta e come va a finire.

"Più che andare a finire," ha detto mamma, "diciamo che va a cominciare. E questo è più importante. Quanto al finale, be', è un finale aperto. Dipende. Credo che si scriverà da solo, con il tempo."

Il cuore

Adesso che se ne sono andati tutti via, e stiamo mettendo a posto il salone e la cucina, gli dico: "Scusa, mamma, com'è questa storia del libro? Non mi va mica che racconti alla gente i cazzi miei e mi sputtani in giro. Di te non mi fido."

"Ma dai, figurati, sta' tranquillo, non lo pubblicherà nessuno. E poi non è proprio un libro. È un viaggio. Ma è anche una catarsi."

"Una catachè?"
"Diciamo una specie di lavanda gastrica, per svuotare le viscere da quello che non riuscivo a digerire."
Allora ha attaccato una pezza, cioè, una specie, e io sono stato a sentirla senza dire niente, perché una pezza ogni tanto si può pure sopportare.
Ha detto che scrivere serve per capire meglio quello che è successo, e a farlo succedere meglio nel futuro.
Ha detto che è importante soprattutto capire i collegamenti tra le cose, cioè, perché sono successe, cos'era sbagliato e cosa giusto.
Ha detto che tra le cose sbagliate e quelle giuste ci sono molte vie di mezzo, e farle diventare giuste o sbagliate dipende dalle persone e da nient'altro.
Ha detto che certe volte uno fa le cose sbagliate senza accorgersi, ma servono anche quelle, e poi magari non erano nemmeno sbagliate, lo sembravano, e quelle giuste magari sembravano giuste ma erano sbagliate pure quelle.
A me tutta questa storia delle cose sbagliate e delle cose giuste mi sembrava abbastanza sballata, un gran casino, però gli ho detto che avevo capito, sennò continuava chissà quanto.
"Senti, mamma, però mi devi fare una promessa: sul libro Occhidoro non lo scrivi, ok?"
"Fa parte della storia. Proprio non vuoi?"
"Vabbe', facciamo un patto."
"Ok, spara."
"Ogni volta che scrivi Occhidoro, mi alzi venti euro."
Ha fatto gli occhi a palla. Allora ho pensato: ecco, ora gli viene da piangere, vedrai.

E invece scoppia a ridere.
E allora rido anch'io.
Cioè, da un po' di tempo quando mia madre ride mi scappa da ridere anche a me, non lo so perché.
Mi viene.
Da dentro, però, cioè, tipo dal cuore.

Il cuore si connette, e ride.

Non c'è una ragione precisa, è che gli scappa.

Così.

Visto che si è connesso, il cuore (che a dargli corda non si fa più i cazzi suoi), mi dice dai, non fare lo stronzo, è un botto che non piange, mo' che facciamo, la fai ricominciare, e quando smette?

Allora gli prendo una mano, a mamma, e gliela stringo.

"Vabbe', facciamo dieci, che rabbina. Affare fatto?"

I GIORNI

Ho tolto il lutto all'agenda. Rossa. Nera mai più. Gialla non c'era, sennò avrei preso quella. Giallo di sole, di luce, delle tue pupille, giallo è un bel colore, a parte quello che il fegato mi spalmava in faccia quando mi lasciavo soccorrere dal whisky, o quello su cui virano da un po' le mie pareti, bisognerà che chiami gli imbianchini, prima o poi.

In ogni pagina della mia agenda di pelle rossa, sotto la data e il nome della settimana ho scritto: "Un giorno."

Un giorno è un'unità irripetibile e compiuta, bisogna tenerlo a mente ogni mattina, lasciarlo lavorare, farlo durare ventiquattr'ore, non sottrargli nulla.

Se lasci fare un giorno, e non lo assilli, saprà erogarti molti benefici.

Un giorno, per esempio, può contenere la misura della vita (speriamo non oltre la 44, mi si è imbaldanzito l'appetito, ingrasso).

Un giorno può prendersi cura dei progetti, e ammorbidire la memoria, e diventare una stella all'improvviso, o rivelarsi un niente, solo un passaggio inconcludente tra altri giorni, ma poi pentirsi, e riprodurre se stesso all'infinito per non deluderti, e amarti, e vezzeggiarti.

Un giorno è materno, ti accudisce, se lasci che accadano le cose, e sai riconoscerne le elargizioni, e non sprecarle.

Il tempo, frazionato in giorni, si abbellisce, ammicca, diventa benevolo innocuo seduttivo.

Dentro ogni giorno puoi infilarci un progetto che abbia il respiro di una manciata di secondi, oppure quello di tutta la vita.

Prendi noi.

Ognuno dei miei giorni e dei tuoi giorni, adesso, ci porta più lontani, e più vicini.

Ora che il parto è terminato, e sei diventato una persona, non più solo un figlio, mi piace fare la tua conoscenza tutti i giorni, trovarti simpatico o molesto, inorridire per gli afrori che emanano da qualche tempo le tue ascelle, incuriosirmi scoprendo inclinazioni nuove e mimesi da adulto, sentirti la voce che s'imposta, farmi incantare dallo sguardo mentre si inspessisce, diventa fondo, e l'oro s'imbrunisce un po'. E mi diverte come un gioco nuovo la ricognizione quotidiana dei tuoi mutamenti, vederti accudire i tuoi talenti maschili con fierezza, sperare che tra quelli ne affiori qualcuno femminile tuo malgrado, a beneficio di chi ti vivrà attorno. M'intriga, affidarti ai giorni ed affidarmici, vederti crescere e crescere con te, vederti andare altrove e andarci anch'io, e chiederti se torni, ma non quando. Non più. Può essere, accadrà, le nostre vie si sdoppiano, ora si possono incrociare, lo faranno. Io lo spero.

È il tempo della pazienza, questo, e dell'attesa, e degli appuntamenti, e degli incontri a rischio, e delle solitudini a tempo, o delle delusioni con riscatto. È il tempo per scegliersi, o non farlo. L'amore è liquido, se ci sai fare può allagare i giorni. A me scorre addosso copiosamente come le lacrime di gioia o di dolore, sempre per via dei dotti lacrimali incontinenti. Ma non s'ingorga più.

"Hai elaborato il lutto del tuo ventre," ha detto Richi.

Gio' l'ha sgridata: "E basta con questa storia dei lutti, hai proprio stufato, porta sfiga."

E tu?

Le cose da chiedere ai tuoi giorni dovrai deciderle da solo, Niccolò. Mi basterà sperare che i giorni ti ascoltino con allegria, e che le cose avute, infine, siano quelle. O, meglio ancora, che trovi desiderabili le cose che già hai. Quanto ai miei giorni, la rassegna ho deciso di farla ogni mattina, una pratica al giorno, e poi vedremo.

Potrei cominciare con cose più leggere, fatuità, qualche indulgenza nella somministrazione delle rughe, nell'incipienza dei capelli bianchi e nell'infiacchimento dell'ovale, che tutto avvenga piano, con dolcezza, non prima che abbia sondato per intero le mie funzioni di femminilità, dopo quella più grande e più definitiva.

Ma ai giorni, soprattutto, chiederei qualche restituzione di energie. Devo comprendere se posso allestirne ancora un serbatoio assieme a Filippo, oppure no. O se magari è meglio attingere ad altri autosufficienti, da me sola. Oppure potrei innamorarmi di qualcuno, un'altra volta, a fare le sbornie di emozioni, a dire: "Ti amo ho voglia di vederti penso a te", a fare indigestione di zuccheri, quando sfidavi il diabete tutti i giorni, credo di ricordare fosse questo.

"Sei la cosa più bella che abbia mai avuto in vita mia."

Lo ha scritto Camilla su un biglietto che tieni appeso accanto al letto. Non è da Guinness, essere la prima cosa bella di qualcuno che ha solo quindici anni. Eppure in un grappolo di giorni può esserci un tutto, alla tua età. E forse anche alla mia, ma perché no?

D'altronde, sei la cosa più bella anche per me.

Io per te no, lo spero, sogno che possa averne di migliori. So che la graduatoria, per una madre, è sbilanciata. Mi basterebbe essere nella top ten. Di cose belle, poi, vorrei ne avessi tante.

E vorrei averne anch'io. Serve per rinsaldare il tuo primato. Magari per scambiarci le energie, chissà.

E allora incentiverò il mio campionario, voglio scoprire cose dentro e attorno a me, dove lo sguardo non si è mai allungato, perché era fiacco, lento, distratto, poco accorto.

Non chiedo abbondanza, giorni d'oro, ho l'oro dei tuoi occhi, mi ha appagata.

Mi basta la carezza discreta di un colore, di un suono, di una luce, un solletico appena, per il cuore.

Non so quali cose, come, quando.

Un giorno, o un altro, o quello dopo.

Le nostre età non sono più indecenti, amoremio.

Sono soltanto ciò che siamo noi.

RINGRAZIAMENTI

Grazie a cev, la mia cozza, dal suo scoglio a pelo d'acqua.

Ringrazio Alessandro, Andrea-Dodo e Luca, per aver ispirato, in questo libro, tutto ciò che ha a che fare con l'amore; per i suggerimenti involontari; per essere il meglio della mia vita. Soprattutto questo.

Per essersi lasciato saccheggiare di buon grado il nome, pur non avendo mai avuto intemperanze in comune col suo omonimo, ringrazio il mio quasi-figlio Niccolò, che amo senza quasi.

Per analoghe ragioni, e con analoghe precisazioni, ringrazio Caterina-Ketty, del cui modo di essermi sorella non potrei fare a meno.

Voglio ringraziare con molta tenerezza Nonna Iole e Nonno Eugenio per la pazienza di essersi lasciati trascurare.

Grazie alla mia sorella-amica Alessandra e alla mia amica-sorella Donatella per tutto ciò che sanno e che fanno.

Grazie a Michele, editor di qualità rara e di indulgenza misurata, amico insostituibile in questa circostanza, come sempre.

Imperdibili le letture commentate di Dido.

Voglio ringraziare molto Camilla, speciale com'è.

E grazie ai miei formidabili nipoti Gaia, Achille, Flavia, Giulia, Nicolò, Gimmi, Federico, Jacopo, Lorenzo e Ginevra: anche tra loro ho intercettato qualche ispirazione, però non faccio nomi.

Ringrazio per tante cose Elisabetta Sgarbi. Tra queste, la sua costante erogazione di pazienza e fiducia, e la capacità di penetrare il cuore di un racconto con talento cardiochirurgico.

E ancora grazie, come sempre, a Eugenio Lio, che mi sostiene con la generosità indiscriminata dei supporter.

Indispensabili la premura e la competenza di Beatrice Gatti; le cesoie fatate di Alessia Algani; la pazienza certosina di Luca Bisin, Manuela Cometto, Maria Cristina della Volpe.

Grazie alle straordinarie Isabella D'Amico, Stefania Eusebio, Valeria Frasca, Frida Sciolla, Laura Valletti, per quello che hanno fatto e che faranno, a beneficio di un'autrice entropica.

Molto preziosi i consigli, l'assistenza, l'irriducibile sorriso di Roberto Minutillo Turtur, dello studio Cao.

Ringrazio i tanti insegnanti che hanno ispirato il personaggio della professoressa Nitti. Quelli che non guardano le finestre, ma gli occhi dei ragazzi. Sono tanti. Ad alcuni di loro devo molto.

Grazie alle tante mamme che conosco, alle quali ho saccheggiato emozioni ed esperienze; spero che in questo romanzo riconoscano l'eco di un coro che appartiene a tutte noi.

Grazie ai tanti ragazzi che conosco per le informazioni, per gli spunti, per le rivelazioni, per avermi regalato più di una speranza. Soprattutto per avermi aiutata a tentare di comprendere quanto si aspettano dai propri genitori.

Come avrei fatto senza Graziella, che da sempre gestisce le mie deleghe domestiche con la premura professionale degli angeli custodi?

Ringrazio anche Mimì, che mi ha stregata per due mesi col suo spettacolo di maternità canina, confermandomi nell'idea che la pazienza di una mamma, in natura, può essere perfetta solo se è a termine.

E infine grazie a te, papà, che ci sei sempre, anche se non rispondi al cellulare.

INDICE

[illegible] Virginia Woolf, Emily Dickinson, [illegible]

Bompiani ha raccolto l'invito della campagna
"Scrittori per le foreste" promossa da Greenpeace.
Questo libro è stampato su carta certificata FSC,
che unisce fibre riciclate post-consumo a fibre vergini
provenienti da buona gestione forestale e da fonti controllate.
Per maggiori informazioni: http://www.greenpeace.it/scrittori/

Finito di stampare
nel mese di settembre 2009 presso il
Nuovo Istituto Italiano d'Arti Grafiche - Bergamo

Printed in Italy